ZOMERLIEFDE

Van Katie Fforde verschenen eerder:

Katie Fforde

Zomerliefde

VAN HOLKEMA & WARENDORF
Uitgeverij Unieboek | Het Spectrum bv, Houten – Antwerpen

Oorspronkelijke titel: *Summer of Love*
Vertaling: Harmien Robroch
Omslagontwerp: Wil Immink
Omslagillustratie: Sophie Griotto
Opmaak: ZetSpiegel, Best

ISBN 978 90 475 2050 4 | NUR 302

© 2011 Katie Fforde Ltd
© 2011 Nederlandstalige uitgave: Uitgeverij Unieboek | Het Spectrum bv,
Houten – Antwerpen
Oorspronkelijke uitgave: Century, a division of the Random House Group Ltd

www.katiefforde.com
www.unieboekspectrum.nl

Van Holkema & Warendorf maakt deel uit van:
Uitgeverij Unieboek | Het Spectrum bv.
Postbus 97, 3990 DB Houten

Voor mijn beminde echtgenoot,
met veel liefde

1

'Eh... Hallo!'

Sian legde haar vork neer en keek over het tuinmuurtje. Een vrouw met een fles wijn in haar ene hand en een jampot met bloemen in de andere keek haar met een glimlach aan.

'Hallo!' zei Sian.

'Ik hoop niet dat je me een nieuwsgierig aagje vindt, maar ik zag de verhuiswagen gisteren wegrijden en ik wilde je welkom heten in de buurt. Ik ben Fiona Matcham. Ik woon in het huis aan het eind.' Ze wuifde met de fles wijn in de richting van waar ze woonde.

'O,' zei Sian. 'Wil je even binnenkomen?' Ze had zo'n vermoeden dat haar bezoek het grote huis bedoelde, een prachtig gebouw waar haar moeder helemaal lyrisch over was geweest toen ze Sian had geholpen met verhuizen.

'Ik wil je niet van je werk afhouden, maar misschien kan ik toekijken.'

Sian schoot in de lach en veegde haar handen aan haar korte broek af. Ze had alle aardbeiplanten die ze van haar moeder had gekregen in de aarde gezet. 'Nee, welnee, ik ben blij dat ik kan stoppen. Ik ben Sian Bishop.'

'Hallo, Sian.' Fiona zwaaide met de jampot naar haar. 'Kijk eens, voor jou.' Fiona Matcham gaf haar de fles en de bloemen over het muurtje aan en liep toen naar het hek om

7

zichzelf de tuin in te laten.'O! Je hebt een zoontje! Wat leuk!
Ik ben dol op kinderen!'

Rory zat met zijn schepje in de grond te spitten die zijn
moeder eerst had los gewoeld. Hij keek op en staarde vanonder zijn blonde pony vragend naar Fiona.

'Jij bent goed bezig, zie ik. Ga je iets planten?' vroeg Fiona
Matcham aan Rory, terwijl ze een pot jam uit de zak van
haar linnen jasje haalde.

'Ja,' zei Rory ernstig.

'Nu we op het platteland wonen, willen we onze eigen
groente verbouwen,' zei Sian. 'Rory heeft dat stukje en ik ga
een grotere moestuin in de achtertuin beginnen. We hebben
al aardbeien geplant. Straks komt de sla. Rory, wil je wat
drinken? Of werk jij verder, terwijl ik thee zet?'

'Verder werken, terwijl jij thee zet,' zei Rory, die weer
begon te scheppen en hen verder negeerde.

Sian wist dat haar zoon een beetje verlegen was en waarschijnlijk vanzelf bij hen kwam zitten als hij het blik chocoladekoekjes zag dat zijn grootmoeder had meegebracht.
'Heb je eigenlijk wel zin in een kopje thee?' vroeg Sian aan
haar gast. 'Ik ga er zo maar van uit...'

'O ja, thee lijkt me heerlijk. Als het niet lastig is.'

Sian had al geconcludeerd dat deze vrouw, van halverwege
de vijftig, niet iemand was die het erg zou vinden als haar
huis niet op orde was. Waarom had ze anders wijn meegenomen? De bloemen waren ook artistiek en origineel en
kwamen ongetwijfeld uit haar eigen tuin; dit was beslist
geen standaardboeket. Sian vond haar nu al aardig.

Ze ging Fiona voor naar de cottage. Het leek binnen donker na de felle junizon, en het rook er vochtig. Maar, zoals haar
moeder had gezegd, had ze het huis goedkoop kunnen huren,
had het een grote tuin en had de huisbazin, die in Frankrijk
woonde, haar toestemming gegeven om het een en ander te
laten opknappen, zolang het niet te kostbaar werd. Sian maakte
ruimte voor de bloemen op tafel en dat fleurde de boel op.

'Let niet op de rommel,' zei Sian, die een halfvolle doos serviesgoed van een stoel haalde. 'Het was gewoon te mooi weer om binnen te zitten. Ga zitten. Dank je wel voor de bloemen. Het ziet er gelijk een stuk gezelliger uit, op de een of andere manier.'

Haar gast zette de pot jam neer. 'Voor jou.' Ze trok een lege stoel naar zich toe en ging aan tafel zitten. 'Tja, misschien moet dit wel onze hele zomer voorstellen, en dan is het zonde van die zon om binnen te zitten en dozen uit te pakken.' Ze zweeg even. 'Ik heb de bloemen maar in een potje gedaan zodat je niet op jacht hoefde naar een vaas. Er is niets zo vervelend als wanneer mensen bloemen meenemen naar een dinertje en je je gasten, het eten en de drankjes moet laten voor wat ze zijn om een vaas te zoeken. Ik heb geen man meer,' voegde ze er-aan toe, 'dus ik ben gewend aan solo-entertainment.'

'Ik ben een alleenstaande moeder, dus ik ken het.' Het was niet echt bedoeld als test, maar Sian had in de vier jaar sinds ze Rory had, ontdekt dat mensen die hiervan huiverden niet snel haar vrienden zouden worden.

'Dat ben ik ook geweest. De vader van de jongens stierf toen ze nog jong waren. Dat was moeilijk.'

Sian glimlachte naar Fiona vanuit het halfdonker van de sombere woonkamer. Ze had het gevoel dat ze een nieuwe vriendin had gevonden.

'Ik ga water opzetten. Wat voor thee wil je?'

'Niet te geloven dat je al in staat bent me een keus te bie-den,' antwoordde Fiona. Ze zat op het puntje van haar stoel alsof ze elk moment te hulp kon schieten.

Sian glimlachte. 'Mijn moeder heeft een paar dagen bij ons gelogeerd. Ik drink English Breakfast, zij Earl Grey. Dat zijn de keuzes, tenzij je liever kruidenthee hebt.'

'English Breakfast is lekker.'

'Ik heb zelfs koekjes. Mijn moeder had een enorm blik meegenomen. Ik ben zo terug,' zei Sian, waarna ze snel de keuken in dook.

'Ik vind dat Luella die muur zou moeten weghalen om er een grote eetkeuken van te maken!' riep Fiona haar na. 'Waarom stel je het haar niet voor?'

'Bedoel je mevrouw Halpern? Ze is erg aardig en ze heeft gezegd dat ik het een en ander mag veranderen, zolang ik niet te ver ga. Maar ik denk dat ze muren doorbreken iets te veel van het goede vindt,' riep Sian terug.

Maar ze was al niet langer alleen in de kleine keuken. Haar gast, die kennelijk niet graag bleef zitten om bediend te worden, stond al naast haar.

'Ach, kijk die vochtige vloer eens!' riep Fiona uit. 'Vreselijk. Maar goed, misschien is dat een kwestie van de dakgoten schoonmaken. Wil je dat ik iemand stuur om ernaar te kijken?'

'Als het alleen de dakgoot is, kan ik het waarschijnlijk zelf wel,' zei Sian. 'En anders zou ik heel blij zijn met de naam van een betrouwbare klusjesman.' Sian was graag zo zelfstandig mogelijk, maar ze wist ook dat er dingen waren die ze niet kon. Sinds haar verhuizing was haar vader niet meer in de buurt om die dingen voor haar te doen.

'Je zegt het maar. Ik woon hier al sinds mensenheugenis, ik ken vrijwel iedereen. O, hallo, Rory,' zei ze, toen het jongetje in de deuropening verscheen.

'Wil jij de koekjes meenemen?' Sian gaf het blik aan haar zoon. 'Neem ze maar mee naar de achtertuin.' Ze wendde zich tot Fiona. 'Daar staan een tafel en stoelen. Dan zet ik de thee.'

'Goed idee. Dan gaan Rory en ik vast lekker zitten. Ik ben Fiona,' zei ze tegen de jongen.

'Zou je niet liever mevrouw Matcham zijn?' vroeg Sian.

'O, nee,' zei Fiona resoluut. 'Fiona is veel beter.' Ze glimlachte. Waarschijnlijk om de resolute toon wat te verzachten.

'Zou jij de melk vast willen meenemen?' vroeg Sian.

'Ach, schenk het hier vast in bekers, is dat niet veel makkelijker? Als jij en Rory dan een keer bij mij zijn, hoef ik ook niet zo overdreven formeel te doen.'

Sian glimlachte en deed theezakjes in de bekers. Ze kon zich de verrukte reactie van haar moeder voorstellen als ze haar over Fiona vertelde. Haar moeder zou Fiona zien als een verstandige, oudere vriendin, als een mogelijke oppas, en – aangezien ze in zo'n mooi huis woonde – als een potentiële klant voor haar dochter. Richard zou ook blij zijn. Hoewel ze door hem naar dit dorpje was verhuisd en hij haar en Rory onder zijn vleugels had genomen, zou hij blij zijn om te horen dat de buren aardig waren.

Fiona Matcham en Rory stonden achter in de tuin toen Sian de bekers thee naar buiten bracht. Sian ging op een van de stoelen zitten, dronk van haar thee en keek naar hen beiden. Ze was blij dat Rory zijn verlegenheid was vergeten en vriendschap met Fiona sloot. Het was nogal wat om hem uit zijn vertrouwde omgeving te halen en mee te nemen naar het platteland – ook al was het een dorp, zoals Richard terecht had gezegd, en geen verlaten plek, mijlenver bij alles vandaan. Er waren een school, een pub, een kerk en twee winkels, met in de ene een postagentschap. 'Een bruisende metropool, dus,' had haar vader droogjes gezegd. Hij was niet zo enthousiast geweest als zijn vrouw toen hij hoorde dat zijn dochter samen met zijn enige kleinkind ging verhuizen, hoewel ze allebei inzagen dat ze goede redenen had om te verhuizen. 'De thee staat klaar!' riep ze. 'Met koekjes.'

Rory draaide zich om en rende over wat ooit het gazon zou worden – als ze hier natuurlijk zo lang zouden kunnen blijven en haar huisbazin geen bezwaar zou maken, dacht Sian droefgeestig. Fiona volgde hem.

'Je hebt zeker niet wat van dat prachtige fluitekruid voor me, hè?' vroeg Fiona, toen ze bij het tafeltje kwam. 'Ik moet morgen de bloemen voor de kerk verzorgen en een enorme bos fluitekruid zou er schitterend uitzien!'

'Ach, natuurlijk. Pluk wat je wilt.'

'Dank je. Misschien wil je me wel komen helpen. Mijn collega is er niet, dus moet ik het alleen doen. Rory kan ook

11

helpen.' Ze zweeg. 'Maar natuurlijk niet als je het druk hebt of morele bezwaren tegen de kerk hebt.'

Sian moest lachen. 'Nee, ik kom je graag helpen. Al ga ik zelf niet naar de kerk.'

'Dat geeft niets, dan help je me alleen met de bloemen.' Fiona pakte haar beker en nam een slok. 'Als beloning zal ik je voorstellen aan de mama's uit de buurt. Er zijn er drie die ik redelijk goed ken. Gaat Rory al naar school?'

Sian knikte. 'In september. Hij is vorig jaar in Londen al begonnen, maar dat was een ramp. Hij is in de zomer jarig en was dus nog maar vier, en het was zo'n grote school. En zijn juf was ook niet echt aardig.'

'Wat afschuwelijk! Ik kan me niets ergers voorstellen. Arme Rory. Arme jij.'

Sian glimlachte. 'Ik ben blij dat je me niet zo'n draak van een moeder vindt die haar kind krampachtig probeert te beschermen. Het onderwijs is een van de redenen dat ik uit Londen weg wilde. Toen hij écht niet meer naar school terug wilde, heb ik hem thuis lesgegeven. Maar hier gaan we het opnieuw proberen.'

'De school hier is fantastisch. Ik heb jarenlang in het bestuur gezeten. Het komt vast wel goed.'

'Dat denk ik ook. En als het om voortgezet onderwijs gaat, zijn de scholen in Londen nog erger.'

Fiona knikte. 'En je wilde hem waarschijnlijk niet naar een kostschool sturen. Ik heb dat wel gedaan. Dat hoorde zo in die tijd… maar ik ben er bijna aan onderdoor gegaan.' Ze fronste haar wenkbrauwen. 'Al zou ik het waarschijnlijk niet zo erg hebben gevonden als mijn man niet net was overleden.' Ze nam nog een slokje thee. 'Waarom wilde je nog meer verhuizen?'

Sian wuifde met haar hand. Meestal was ze niet zo'n prater, maar bij Fiona voelde ze zich op haar gemak. 'Allerlei redenen. Het plattelandsleven, een eigen moestuin, zelfvoorzienend zijn. Een vriend stelde dit plaatsje voor en hij heeft het huis ook voor me gevonden. Zijn zus begint een speelgroep met buitenschoolse spelactiviteiten, en Rory is gek op haar. Het betekent dat ik in de zomervakantie gewoon kan blijven werken, en dat heb ik echt nodig.' Ze zweeg even. 'En je kunt toch niet eeuwig naast je ouders blijven wonen, ook al pasten ze vaak op.'

'Nee?' Fiona keek bedachtzaam. 'Een van mijn zoons komt binnenkort bij me wonen.'

'O nee, dat is toch leuk!' zei Sian haastig, ook al had ze geen idee wat voor relatie Fiona met haar zoon had. 'Ik bedoel alleen dat het feit dat mijn ouders zo dichtbij waren niet de enige reden mocht zijn om in Londen te blijven. Het was niet eerlijk om van hen te verwachten dat ze elke keer alles uit hun handen lieten vallen als ik veel werk had. Ze hebben hun eigen leven.'

'Wat vonden ze ervan dat je ging verhuizen?'

'Tja, ze waren niet dol van vreugde, maar toen Richard... dat is die vriend van me... dit huis voor me had gevonden, vonden ze het prima.' Sian somde de voordelen van haar nieuwe huis op. 'We wonen in een dorp, niet al te geïsoleerd. Er is een goede school op loopafstand. Het is maar een uurtje met de trein naar Londen en het station ligt vlakbij. Ik heb nu een enorme tuin, zodat ik mijn eigen groenten kan verbouwen en de huur is heel redelijk.'

'Omdat de keuken piepklein en vochtig is,' zei Fiona.

Sian schoot in de lach. 'Daar kan ik mee leven, en misschien is er wel iets aan te doen.'

Fiona moest ook lachen. 'Luella is waarschijnlijk niet de meest attente huisbazin, maar ik mag haar wel.'

'Ze klonk heel aardig aan de telefoon toen we alles regelden.'

'Ze heeft de huur van dit huis eigenlijk niet echt nodig, en waarschijnlijk zal ze het op den duur wel verkopen, maar ze wilde graag een plekje in Engeland hebben, zolang ze in Frankrijk woont.'

'Ik heb een contract voor drie maanden dat waarschijnlijk

13

wel verlengd zal worden,' zei Sian, die plotseling de rillingen kreeg bij de gedachte dat ze haar cottage zou moeten verlaten. Het huis was misschien wel vochtig, maar het was de perfecte plek voor haar en Rory.

'En je kunt vast veel langer blijven als je wilt,' zei Fiona, die opeens besefte dat ze Sian ongerust had gemaakt. 'In haar laatste e-mail schreef ze dat ze niet van plan was om terug te gaan naar een land waar je thee drinkt in plaats van wijn. Ik heb haar wel gemist toen ze naar Frankrijk vertrok. Ze was mijn beste vriendin hier in de buurt.' Ze pakte een chocoladebiscuitje. 'Ik ben dol op chocoladekoekjes. Ze hebben iets, vind je ook niet? Er is niets wat zo lekker smaakt.'

Sian beaamde dit. 'Lust je er nog eentje? Ik wou ze maar even binnen zetten, voordat ze smelten. Rory? Jij nog eentje?'

Rory pakte nog een koekje, leunde tegen Sians stoel en speelde afwezig met een speelgoedautootje dat hij onder de tafel vandaan had gehaald, terwijl zijn moeder het blik naar binnen bracht.

'En wat zijn je plannen?' vroeg Fiona, toen Sian terug was met een vochtig doekje om Rory's gezicht en iedereens vingers schoon te maken. 'Of heb je die nog niet?'

'O, ik heb genoeg plannen. Allereerst wil ik een begin maken met de tuin. Ik heb nog nooit groente verbouwd, maar ik wil het dolgraag proberen. Ik begin met wat snelgroeiende planten, later komen dan de aardappelen en zo. En dan heb ik nog een eigen bedrijfsruimte nodig. Ik hoop dat ik ergens iets kan huren.' Ze vertelde er niet bij dat ze misschien met Richard zou gaan samenwonen. Daar was ze nog helemaal niet van overtuigd, ook al was het idee soms erg aantrekkelijk. Hij was een dierbare vriend – een 'goeie partij', zou haar vader zeggen.

'Wat voor bedrijfsruimte? Ik bedoel, zoek je een vliegtuighangar of een zolderkamertje?'

'Iets ertussenin, maar eerder een hangar dan een zolderkamertje. Ik beschilder meubels, op bestelling.'

'O?'

'Als je echt geïnteresseerd bent, kan ik je wel wat foto's laten zien.'

'O, ja! Dat lijkt me enig. Rory, wil jij me de andere kant van de tuin laten zien, terwijl je moeder de foto's haalt? Het lijkt wel of daar een klein huisje staat.'

'Goed,' zei Rory na een ogenblik. Hij klauterde overeind, en samen liepen ze weg.

Sian vond haar albums al snel en bladerde erdoorheen tot Fiona en Rory terugkwamen. Die leken verdiept in de restanten van een zomerhuisje achter in de tuin. Sian had zelf nog geen tijd gehad om het te onderzoeken. Ze was blij dat ze zo snel iemand had leren kennen. Ze had erover ingezeten dat zij en Rory misschien te veel op elkaar en Richard aangewezen zouden zijn als ze niemand anders hadden om mee te praten. Misschien dat ze wel moeders leerden kennen tijdens de spelactiviteiten waar ze Rory voor had opgegeven, maar misschien ook niet. En Fiona kon het zo goed vinden met Rory; ze was vriendelijk zonder neerbuigend te zijn. Sian slaakte een zucht. Ze maakte zich alleen nog zorgen om Richard. Ze vond hem ontzettend aardig, maar ze was niet verliefd op hem, en hoewel hij dit wist en accepteerde, hoopte hij duidelijk dat ze mettertijd meer in hem zou gaan zien dan alleen een vriend. In zekere zin hoopte Sian dat ook. Hij was in veel opzichten de volmaakte man. Maar ze kon niet trouwen met een man van wie ze niet hield, zelfs niet voor de financiële zekerheid waar ze zo naar verlangde.

Toen Rory zijn moeder zag, rende hij terug, iets rustiger gevolgd door Fiona. 'Die is van mij!' zei hij, en hij wees naar een ladekast die was beschilderd met draken, kastelen en een zeelandschap.

Fiona bekeek de foto goed. 'Wat prachtig! Wat een prachtige schildering. Hoe verzin je zoiets?'

'Tja, Rory was toen gek op draken… nog steeds wel. Mijn moeder had deze kast voor een habbekrats op een veiling gekocht. Ze stroopt altijd alle veilingen af. En omdat er wel iets mee moest gebeuren, leek het me leuk om iets meer te doen dan alleen schuren en een laag wit erop.' Ze grinnikte. 'Ik heb de Kunstacademie gedaan. Ik wilde graag mijn geld verdienen met iets wat met mijn opleiding te maken had, en dat ik ook van huis uit kon doen. Dit is ideaal... althans, dat wordt het, als ik de zaak een beetje heb opgebouwd.'

Fiona bladerde verder. 'Maar deze zijn toch niet allemaal van jou – de meubels, bedoel ik?'

'O, nee. Toen mijn vrienden de ladekast zagen, wilden ze dat ik voor hen ook dingen beschilderde. Nu heb ik mijn eigen website, maar ik heb ook een plek nodig om grotere stukken te beschilderen.'

'Wat voor ruimte heb je nodig?'

'Weet jij misschien iets hier? Ik zoek een schuur, of iets dergelijks. Een deel van de verf is giftig, dus heb ik een goed geventileerde ruimte nodig.'

'Misschien weet ik inderdaad wel iets. Mijn eigen schuur. Alleen staat die wel helemaal propvol.'

'Nou, als je hem zou willen verhuren, zou ik je kunnen helpen met opruimen.'

'Zelfs zonder huur is dat aanbod al de moeite waard. Ik ben het al jaren van plan, maar heb het nooit aangedurfd.'

'Ik vind dat soort dingen juist leuk.'

'Het zou mij, denk ik, ook wel leuk lijken als ik niet overal een beslissing over hoefde te nemen, maar als je me ermee wilt helpen, lijkt me dat fantastisch.' Fiona zweeg met een peinzende blik.

Sian wilde niet dat ze van gedachten zou veranderen en dus knikte ze enthousiast. 'Ik ben er dol op. Het lijkt me niet alleen leuk, maar misschien kan ik nog wel wat dingen van je overnemen die ik zou kunnen beschilderen. Ik vind het altijd zonde om nieuwe dingen te kopen, terwijl er heel mooie meubels zijn die toevallig foeilelijk zijn... tot ik ze te pakken krijg, natuurlijk!'

'Persoonlijk vind ik niet dat je foeilelijke meubels in één zin ook nog eens heel mooi kunt noemen,' zei Fiona droogjes, terwijl ze het fotoalbum weer aan Sian gaf.

Sian schoot in de lach. 'Dat zou mijn moeder ook zeggen.'

'Ik hoop dat dat een compliment is!'

'Absoluut! Mijn moeder en ik hebben altijd zo'n lol samen.'

'Wat een opluchting.' Fiona legde haar hand even op die van Sian en stond toen op. 'Ik moet ervandoor. Meende je het toen je zei dat je me met die bloemen wilt helpen?'

'O, ja.'

'Dan kom ik morgen om een uur of twee langs, kunnen we het fluitekruid plukken en de boeketten samenstellen. Komt dat uit, met eventuele middagdutjes en zo?'

'Ik doe geen dutje meer,' zei Rory. 'Ik ben al groot.'

'Ik doe zo vaak een middagdutje en ik ben veel groter dan jij,' verklaarde Fiona. 'Maar laten we er geen ruzie over maken. Tot morgen dan maar.'

Toen Sian haar gast had uitgelaten en haar opnieuw had bedankt voor de cadeautjes, belde ze haar moeder. Die zou dolblij zijn dat Sian al een vriendin had gevonden. Sian was zelf ook dolbij.

'Het is Fona,' zei Rory de volgende middag, toen hij door een van de kleine ramen aan de voorkant keek wie er voor de deur stond.

'Ah, mooi.' Sian deed de deur open. 'Hallo! Loop maar mee naar de tuin, dan gaan we direct plukken.'

Fiona had een emmer bij zich met daarin een snoeischaar en iets wat op een oud gordijn leek. 'Goeiemiddag. Dag, Rory! Ga je ons helpen bloemen in de kerk te zetten? Er is ook speelgoed daar als je je gaat vervelen.'

De twee vrouwen knipten flinke bossen fluitekruid en vulden Fiona's emmer, en nog een tweede, waarna ze naar de kerk liepen.

'Mag ik de emmer dragen?' vroeg Rory, die ook graag wat

17

wilde doen. Hij was een beetje beledigd geweest dat hij niet had mogen helpen met het plukken van het fluitekruid, maar Fiona had gezegd dat de snoeischaar te gevaarlijk was en alleen door grote mensen gebruikt mocht worden, en volgens zijn moeder was planten uit de grond rukken niet hetzelfde. En dus had hij alleen mogen kijken en was hij zich gaan vervelen.

Sian dacht erover na. De emmer was zwaar, maar ze wilde geen discussie met hem aangaan waar Fiona bij was. Rory was over het algemeen een gemakkelijk kind, maar kon zich vreselijk beledigd voelen als iemand hem ergens te jong of te klein voor vond, en hij had al een beetje lopen mokken omdat hij niet had mogen helpen met bloemen plukken. 'Goed dan,' zei ze ontspannen, in de hoop dat hij het idee snel zou laten varen.

'Misschien kun je me met de mijne helpen,' zei Fiona. 'Mama kan die van haar in haar eentje wel tillen, maar ik weet niet of ik deze zelf kan dragen. Als jij zo lief zou willen zijn om hem samen met me te dragen, dan zou ik dat heel fijn vinden.'

Gevleid door dit verzoek, pakte Rory het handvat beet.

'Hij is best zwaar met al dat fluitekruid, hè?' ging Fiona verder.

'Hij is helemaal niet zwaar,' vond Rory.

'Nou, voor jou misschien niet!' zei Fiona. 'Maar jij bent ook een sterke jongen.'

Sian slenterde op haar gemak achter haar zoon en haar nieuwe vriendin aan. Wat fijn dat ze het zo goed met elkaar konden vinden. Fiona ging echt heel leuk met hem om. Ze was bang geweest dat Rory haar ouders zou missen. Hij was eraan gewend altijd volwassenen om zich heen te hebben. Ze deed de voordeur op slot en stopte de sleutel in de zak van haar spijkerbroek. Fiona en Rory begonnen te zingen toen ze met zijn drieën over het weggetje omhoog liepen in de richting van de begraafplaats.

Het was koud en donker in de kerk, en Rory was er stil van, totdat Fiona wat lichten aandeed en met hem babbelde alsof ze op een vertrouwde, prettige plek waren. Het kostte Sian ook even voordat ze het gevoel had dat ze niet hoefde te fluisteren, maar tegen de tijd dat Rory wist waar het speelgoed lag, een treinenset, onder andere, ging ze gauw aan de slag om Fiona te helpen de verwelkte bloemen uit het steekschuim te trekken en de verdorde blaadjes op te rapen die niet op het gordijn waren geland dat Fiona op de grond had uitgespreid.

Een tijdje later trok ze de onderste blaadjes van het fluite-kruid en gaf ze de takken aan Fiona alsof ze nooit anders had gedaan. Het gaf voldoening om bloemen te schikken in de bijzondere sfeer van zo'n oud gebouw.

'Het hoeft er alleen maar goed uit te zien van achter uit de kerk. Daar zitten de meeste mensen,' zei Fiona. Ze deed een stap naar achteren en keek met een kritische blik naar het boeket.

'Van hieraf ziet het er goed uit!'

'Dank je! Ik hoop dat je strakjes mee thee komt drinken,' zei Fiona. 'Ik heb een taart gebakken, en Jody en Annabelle komen ook. Annabelle is ongeveer net zo oud als Rory, en Jody vind je vast heel aardig.'

'Wat lief van je. Ik wil ze dolgraag ontmoeten en we zijn gek op taart. Zeker als hij zelfgebakken is.'

'Ik ook. Ik hou mezelf altijd voor dat gekochte taart het niet waard is om dik van te worden, maar ik weet niet zeker of ik dat wel geloof.'

'Je had voor ons niet speciaal een taart hoeven bakken, hoor! We doen niet moeilijk over gekochte taart!'

Fiona schoot in de lach. 'Eerlijk gezegd wil ik je iets vragen, dus het leek me wel zo handig om je gunstig te stemmen.'

Sian moest ook lachen en hoopte dat het niets was waar ze geen zin in had. 'Tja, als we iets voor je kunnen doen...'

'Het is niet veel, maar het is niet iets wat ik bijvoorbeeld aan Jody zou kunnen vragen.' Fiona beet op haar lip, fronste haar wenkbrauwen een beetje terwijl ze het boeket schikte. 'Het is een beetje gek en ik wil het niet vragen aan iemand die ik goed ken.' Ze deed een stap naar achteren en bekeek de piramide van frivool wit en groen die in Sians ogen bijna een sterrennacht leek. 'Ziet het er zo goed uit? Mensen noemen mijn boeketten altijd "apart" en ik weet nooit of dat nou een compliment is of niet. Niemand heeft ooit zoiets gemaakt, volgens mij, maar ik kan me herinneren dat mijn moeder me eens heeft verteld dat Constance Spry altijd een grote kan fluitekruid in de etalage van haar winkel in Londen had staan vlak na de oorlog. Ik heb altijd al zoiets willen maken.'

'Ik vind dat het er schitterend uitziet. Heel eenvoudig en puur. En als het apart is, dan is het prachtig.'

'Zolang het er van achter uit de kerk maar goed uitziet,' bracht Fiona Sian in herinnering, en ze liep die kant op.

Toen Fiona eenmaal tevreden was met het boeket en ze hadden opgeruimd en de treintjes hadden weggelegd, liepen ze naar Fiona's huis. Bijna daar, zei Sian: 'Wil je me niet vertellen wat dat gekke verzoek van je is? Ik barst van nieuwsgierigheid.'

'Tja, dat moeten we natuurlijk niet hebben, al vertel ik het je liever met een papieren zak over mijn hoofd heen. Maar geen woord tegen Jody. Het is allemaal de schuld van je huisbazin. Die heeft me ertoe aangezet.'

'Tot wat?'

'Internetdaten,' zei Fiona. 'Zo. Ik heb het gezegd. Kijk, daar komt Jody.'

2

Een oranje auto stopte voor het huis. Het portier ging open en een jonge vrouw in korte broek en een gestreept shirtje stapte uit. Ze was bruin, had sproeten en zag er erg sportief uit. Ze deed Sian denken aan een tennisser.

'Hoi, Fiona! We leuk van je om ons uit te nodigen. Even Annabelle losmaken.' Ze schoof het portier naar achteren en begon met de bandjes te rommelen. Tegen de tijd dat Fiona, Sian en Rory bij de auto waren, stond het meisje op de grond en keek ze hen vanonder haar pikzwarte wenkbrauwen stuurs aan.

Ze had blote voeten, lange zwarte krullen die over haar rug dansten, droeg een roze kuitbroek en een bijpassend T-shirt. Sian vond haar net een prachtige zigeunerkoningin.

Jody stak haar hand uit naar Sian. 'Jij bent zeker Sian. Ik ben Jody. En dit prinsesje is Annabelle.' Jody keek naar Rory en zei: 'Maak je geen zorgen, ze kan beter met jongetjes omgaan dan met meisjes. Ze heeft twee oudere broers en ze houdt dan wel van roze, maar verder vindt ze meisjesdingen maar stom.'

Rory keek naar Jody en glimlachte als reactie op haar hartelijke en ontspannen houding.

'Fiona heeft een trein,' zei Annabelle, trots dat ze iets wist wat Rory niet wist.

'Als jullie daar eens naar op zoek gaan,' stelde Fiona voor. 'Het hek is open, je kunt zo naar binnen.'

Gewichtig liep Annabelle voorop, gevolgd door een gewillige Rory.

'Dat is een toekomstige hartendief,' zei Fiona, toen de volwassenen iets langzamer volgden.

'Hou op!' zei Jody. 'Ze is al lastig genoeg als de jongens een logeerpartijtje geven. Dan valt ze hun vriendjes lastig, zo gênant.' Jody keek verontschuldigend naar Sian. 'Als Rory genoeg van haar heeft, moet je het zeggen, hoor. En je moet gauw een keertje langskomen. Het is een rommeltje bij ons, maar het is een groot huis, dus hebben we vaak logeerpartijtjes.'

Sian glimlachte en was Fiona ongelooflijk dankbaar, ten eerste om het feit dat ze iemand kende die zo leuk was en ten tweede dat ze hen aan elkaar had voorgesteld. 'Klinkt super. Wij wonen zelf in een vrij klein huis, maar een logeerpartijtje zo nu en dan lukt altijd wel.'

Terwijl ze achter Fiona en Jody aan door het grote hek de tuin in liep, waardoor een grote open schuur zichtbaar werd waar Rory en prinses Annabelle nu liepen, moest Sian onwillekeurig denken aan wat Fiona haar had verteld.

Fiona was duidelijk een belangrijk iemand in het dorp. Ze verzorgde immers de bloemen in de kerk en ze was vast voorzitter van de vereniging voor plattelandsvrouwen. Het idee van internetdaten leek absurd! Maar wel leuk. Toen ze het huis van haar moeders dromen binnenging, moest Sian toegeven dat het beslist een leuk idee was.

De keuken was enorm groot en had aan de ene kant een indrukwekkend fornuis en aan de andere kant een tafel. De rest van de ruimte was ingericht met een kookeiland, verschillende kastjes, een buffetkast en een bureau. Boven het raam, dat uitkeek op een enige tuin, hing een lange plank met majolica borden en kannen. Of het nu zo was ontworpen door een expert of dat het toeval was, het resultaat was prachtig.

'Wat mooi!' zei Sian. 'Wat een perfecte ruimte!'

'O, vind je? Soms vind ik het maar een rommeltje, maar

als ik eraan denk om het allemaal te veranderen, dan krijg ik de zenuwen. Zo, gaan jullie lekker zitten, dan zet ik thee.'

Jody en Sian zaten net aan tafel toen Annabelle en Rory binnenkwamen. Annabelle stond op het punt om iets te drinken te vragen, maar één blik van haar moeder hield haar tegen.

Fiona, die kennelijk vloeiend kindertaal sprak, vroeg: 'Willen jullie iets drinken? Appelsap? Annabelle, wil jij Rory laten zien hoe de ijsmachine werkt?'

'Wat een waanzinnige koelkast,' zei Sian, die keek hoe Annabelle en Rory hun glazen vulden met ijs.

'Het is absurd, eigenlijk, want meestal ben ik maar in mijn eentje. Ik heb hem met Kerstmis van mijn zoons gekregen zodat ik altijd ijs heb voor mijn gin-tonics. Niet dat ik dat voortdurend drink, maar ik hou wel van veel ijs.'

'Ik vind het een geweldig cadeau. Veel beter dan een nieuwe strijkbout, of zo,' zei Jody, toen Fiona appelsap en rietjes in het glas met ijs had gedaan.

'Ja, het zijn goeie jongens. Russell woont in Canada en Angus is heel lang weg geweest, maar hij komt nu thuis om een boek te schrijven.' Ze trok een kastje open en haalde er een blik uit. 'Althans, dat is Angus' plan. Ik zie het hem nog niet doen, geloof ik, hij is altijd zo actief en heeft ook nog eens dyslexie.'

'Waarom dan een boek?' vroeg Jody.

Fiona haalde haar schouders op, terwijl ze een bord van de afdruipplaat pakte en het blik openmaakte. 'Volgens mij weet hij gewoon niet wat hij anders moet. Niet dat het zo gemakkelijk is om een boek te schrijven… al die gekwelde zielen. Het zal wel gek zijn om het huis weer met iemand te delen, ook al is het hier heel groot. Een van de redenen dat ik de schuur wil opruimen, is dat ik hem wil verbouwen zodat hij er kan wonen, als hij tot de conclusie komt dat hij als volwassene niet in één huis met zijn moeder wil wonen. Ik ben niet de netste persoon die er bestaat.'

'Ik ook niet,' zei Jody.

'Zo netjes ben ik ook niet, maar ik vind het leuk om andermans rommel op te ruimen,' zei Sian. 'Veel makkelijker dan je eigen rommel.'

Toen de taart op een bord lag en op tafel stond, wendde Fiona zich tot de kinderen, die luidruchtige slurpgeluiden door hun rietjes maakten. 'Willen jullie nu een stuk taart of strakjes? Nog wat sap? Of de trein?'

Annabelle keek Rory aan. 'Mogen we de taart meenemen naar de trein?'

'Dat lijkt me wel. Mama's? Wat vinden jullie ervan?'

'Minder rommel als ze het mee naar buiten nemen,' oordeelde Jody.

'En mogen ze taart?' Fiona keek Sian aan; blijkbaar wist ze al wat Jody ervan vond.

'Ze mogen best een klein stukje taart,' zei Sian, 'en ik vind het een heel goed idee dat ze het buiten opeten.'

Annabelle keek Rory aan alsof er niets zo spannend was als taart mee naar buiten nemen. Verrukt renden ze weg met hun chocoladetaart in een stukje keukenrol.

'O, wat een rust!' zei Jody, die zich op een stoel liet vallen.

'Ik ga thee zetten,' zei Fiona.

'Die taart is zalig!' zei Sian, en ze snoepte van de kruimels die de kinderen op tafel hadden laten vallen.

'Toe, neem een echt stuk!' Fiona gaf Sian een mes en drie schoteltjes. 'Ik wil hem niet te lang in huis hebben.'

'We doen ons best,' zei Jody met een grijns.

Twee kopjes thee en nog een stuk taart later stond Jody op. 'De zwemles van de jongens zal nu wel voorbij zijn. Ik moet ze maar eens ophalen, als ik Annabelle tenminste meekrijg.' Ze keek naar Sian. 'Zij en Rory hebben het duidelijk naar hun zin. Er is nog niemand komen huilen of klagen over verveling. Geweldig!'

'Nou en of! Echt leuk dat Rory zo snel een vriendinnetje heeft gevonden,' zei Sian opgelucht.

'Jullie moeten een keertje langskomen…'

Ze liepen naar buiten, waar de kinderen met een houten trein aan het spelen waren die zó groot was dat ze erop konden zitten. Uiteindelijk wist Jody Annabelle mee te krijgen, nadat ze had beloofd dat het meisje chips mocht hebben als ze de jongens hadden opgehaald. 'Die hebben altijd zo'n honger als ze van zwemmen komen, en als hun bloedsuiker daalt zijn het net beesten… Meer nog dan anders.'

Sian keek naar Rory en vroeg zich af of zij ook moesten gaan, maar Fiona zei: 'Nu je hier toch bent, Sian, zou je even een blik in de schuur willen werpen en zeggen wat je ervan vindt?'

De schuur stond vol meubels – Fiona had niet overdreven – en terwijl Sian achter haar aan liep langs kledingkasten, tafels, kastjes en omgekeerde stoelen, besefte ze dat het een ideale werkplek zou zijn – als hij niet zo vol stond, natuurlijk.

'Van wie is dit allemaal?' vroeg ze Fiona.

'Van verschillende mensen. Veel kan gewoon weg, maar er zitten ook wat erfstukken bij waarvan de jongens eerst eens moeten zeggen of zij ze willen. Sommige dingen zijn van mijn ex… mijn tweede echtgenoot. Die mogen allemaal weg. Deze ruimte moet echt leeggemaakt worden,' zei Fiona, en ze fronste haar wenkbrauwen. 'Ik moet die spullen niet allemaal bewaren.'

'Je hebt zo'n lifestyle-coach nodig die je helpt om afscheid te nemen van al die kasten en die je ervan overtuigt dat je verder moet met je leven.'

Fiona glimlachte, maar Sian merkte dat ze een gevoelige snaar had geraakt.

'Ik zou je kunnen helpen,' ging Sian verder. Ze wilde niet overdreven enthousiast overkomen, maar deze schuur zou voor haar de perfecte werkplek zijn. 'Puur eigenbelang, natuurlijk. Ik zou de meubels kunnen beschilderen, en de schuur lijkt me een fijne plek om te werken.'

'Maar,' zei Fiona enigszins gereserveerd, 'zoals ik al zei, als blijkt dat Angus niet met mij in een huis wil wonen, dan wil hij misschien dat ik hem bewoonbaar maak.'

Sian wuifde een onverwacht gevoel van ergernis vanwege de afwezige Angus weg. Hij was Fiona's zoon: natuurlijk had hij de eerste rechten op de schuur. 'Dat is prima. Ik wil je nog steeds helpen,' zei ze grootmoedig.

'Echt?'

'Natuurlijk.'

'In huis heb ik al veel opgeruimd. Ik heb vrachtladingen boeken uitgezocht; een complete bibliotheek zelfs. Maar aan de zolder heb ik nog niets gedaan.' Fiona slaakte een zucht. 'Ik wil niet verhuizen, echt niet, helemaal niet, maar het is zo'n groot huis en ik ben maar in mijn eentje. Ik dwaal erdoorheen, en hoewel ik van mijn huis hou, heb ik onwillekeurig toch het gevoel dat de jongens liever nu een som geld hebben, dan te moeten wachten tot ik het loodje heb gelegd. Al heeft Russell het natuurlijk wel goed voor elkaar in Montreal.'

'O.' Fiona zag er absoluut niet uit alsof ze binnenkort het loodje zou leggen.

'Ik heb een winkel gevonden die misschien een deel van de boeken wil opkopen. Tweedehands... of liever antiquarische boeken worden tegenwoordig grotendeels via internet verkocht. Deze man verkoopt ze. Ik ga hem binnenkort een selectie brengen.'

Sian keek om zich heen. 'O kijk, een mimiset.'

'Ik haat van die tafeltjes die je onder elkaar kunt schuiven!' riep Fiona uit. 'Ik weet dat ze best handig zijn, maar ik vind ze afschuwelijk.'

'Als ik ze nou eens voor je beschilder, met allemaal verschillende bloemen, bijvoorbeeld? Dan zou je ze in verschillende kamers kunnen zetten.'

Fiona lachte. 'Oké. Mijn ex zou woest zijn als hij hoorde dat de mimiset van zijn overleden tante met bloemen beschilderd werd. Maar aangezien hij hem hier heeft laten staan en hem kennelijk niet terug wil, kan het me niet zoveel schelen wat hij ervan vindt!'

Sians fantasie draaide op volle toeren. 'Niet te veel bloemen, natuurlijk, en ik zou er eerst een laag vernis op doen. Wat dacht je van een lichte kleikleur? Daar zouden de bloemen prachtig op uitkomen.'

Fiona vond het grappig dat de jongere vrouw zo enthousiast was over een mimiset. 'Doe maar wat jou het mooist lijkt. Als ik ze lelijk vind, kan ik ze altijd nog aan een vriendin van me geven die ze dan verkoopt. Ze heeft een winkel in Fairsham. Je kent het wel: vol met spullen die je niet nodig hebt, maar toch wilt hebben.' Ze fronste haar wenkbrauwen. 'Sorry, dat klonk niet aardig. Ik heb er zelf ook wel eens wat gekocht. Ze zou een goed contact voor jou zijn. Ik moet jullie maar eens aan elkaar voorstellen. Ze heet Margaret Tomlin en haar winkel heet Eclectica. Ga er maar eens langs, als je tijd hebt.' Fiona zweeg even, maar voordat Sian de kans kreeg om te reageren ging ze alweer verder. 'Zeg, ik heb een idee. Ik wil binnenkort een dinertje geven. Dan nodig ik Margaret uit en stel jullie aan elkaar voor. Zo kan ik je meteen officieel welkom heten in het dorp. Perfect.'

'Een winkel als verkooppunt zou geweldig zijn,' zei Sian voorzichtig. Het idee van een etentje beangstigde haar een beetje. Ze wist niet of ze er klaar voor was om het dorpsleven volledig te omarmen, ook al had ze genoten van haar ontmoeting met Jody. Ze gaf de voorkeur aan informele gelegenheden. Ze klom over een stoel heen en liep naar een hoek van de schuur. 'Kijk eens naar die kast... Fantastisch voor een kinderkamer. Ik zie het al voor me met dunne klimpranken die omhoogklimmen en een rijtje antieke babyspulletjes bovenlangs.'

'Dat klinkt mooi.' Fiona keek met hernieuwde belangstelling naar de kast. 'Maar misschien hou ik die liever zelf. Hij is van mijn tante geweest.'

'Hoe kom je aan zoveel meubels?' vroeg Sian.

'Dat is gemakkelijk,' zei Fiona. 'Telkens als er iemand overleed of mensen wisten niet wat ze met hun spullen aan moesten, dan zeiden ze: "Fiona woont in een kast van een huis, die slaat het wel voor ons op". Maar niemand komt z'n spullen ooit weer ophalen.'

'Dat kun je wel zo zeggen!' zei Sian, en ze keek naar een zee van voorwerpen die de hele schuur van boven tot onder vulde. Dit waren echt angstaanjagend veel spullen. 'Verlos me nu alsjeblieft uit mijn lijden en vertel me over dat internetdaten!'

'Het is Luella's schuld,' zei Fiona. 'Ze heeft mijn naam op zo'n site gezet waarop je je vrienden aanbeveelt. Ze heeft wel gevraagd of ik het goedvond, maar pas toen ze het al had gedaan.' Fiona schudde haar hoofd even. 'De doorslag was een heel mooie foto van mij, die ze had genomen toen ik bij haar was. Lachend en stoeiend met haar hond. Ik zag er goed uit voor een wat oudere vrouw. Toen ik die zag, dacht ik: ach, waarom ook niet?'

Sian aarzelde. 'Ik zou jou geen oudere vrouw noemen. Ik bedoel, niet dat je jong bent… Je bent meer zoals mijn moeder, je draagt een spijkerbroek, hippe sieraden, en je hebt pit. "Oudere vrouw" klinkt zo… nou ja, oud.'

'Je vindt het misschien belachelijk, maar ik voel me vaak nog achttien.' Fiona fronste haar wenkbrauwen. 'God weet wat Angus zou zeggen van dat internetdaten.'

'Als je maar gelukkig bent, toch?'

'Jawel, maar mijn jongens hebben niet zoveel vertrouwen in mijn keuze van mannen. Het was voor ons allemaal een afschuwelijke tijd toen ik met mijn tweede man trouwde.'

'Maar je wilt toch helemaal niet trouwen?' zei Sian. 'Het gaat er gewoon om dat je plezier hebt, toch?'

'Dat zei Luella ook,' antwoordde Fiona met een glimlach, toen ze Sian van de schuur naar een bankje op de binnenplaats bracht. Rory was heel tevreden met de trein aan het spelen.

28

'En wat wilde je nou aan me vragen?' vroeg Sian.'Wat met internetdaten te maken had.'

Fiona begon te lachen. 'Eerlijk gezegd vind ik het al geweldig dat je het niet besterft.'

'Ach, iedereen doet dat tegenwoordig toch?' zei Sian op geruststellende toon, ook al kon ze niemand bedenken.'Maar er zit vast meer achter.'

Fiona knikte.'Ja. Het is een kwestie van veiligheid. Ik heb een date en ik wil dat iemand weet waar ik naartoe ga, met wie ik ben, wanneer ik weer thuis ben, dat soort dingen.'

Hoewel ze haar nog maar een dag kende, had Sian eigenlijk het gevoel dat Fiona elke situatie aankon, hoe hachelijk ook, maar dat zei ze niet hardop. Ze wilde met alle plezier iemand helpen die zo hartelijk voor haar was geweest. 'Geen probleem. Waar ga je naartoe?'

'We gaan naar een antiekmarkt. Ik had verteld dat ik daarvan hield, en hij stelde voor om er een te bezoeken. Hij wist er een in de buurt en ik heb ja gezegd.' Fiona zweeg even. 'Ik kan me niet herinneren wanneer ik voor het laatst met een man uit ben geweest.'

'Het klinkt als een perfect eerste afspraakje.' Sian glimlachte enthousiast. Het was vast heel eng, maar ook spannend. Heel even vroeg ze zich af of haar leven opwinding miste. Het was vol en productief, maar niet echt zinderend. En hier stond een vrouw van haar moeders leeftijd die niet bang was om risico's te nemen en eens iets anders te proberen. Sian voelde zich maar een saaie muts.

'Dat hoop ik. En vind je het niet erg als ik je sms tijdens de date, zodat ik je kan waarschuwen als ik gered moet worden? Al zal dat heus niet nodig zijn. Ik kan ook gewoon naar huis lopen als het niks is. Maar goed, je kunt beter op safe spelen...'

'Helemaal waar. Maar hoe goed kun je elkaar leren kennen op een antiekmarkt?' vroeg Sian.

'Goed genoeg, lijkt me. Maar er is nog één ding...'

Kennelijk was er iets wat Fiona nog dwarszat. 'Vooruit, zeg het maar.'

'Nou, op de datingsite en in alle e-mails en telefoontjes is er één ding dat ze je niet zeggen en wat niet op een foto te zien is...'

'Wat... of het zal klikken?' Sian wist precies wat Fiona bedoelde. Het was iets wat in Sians ogen soms maar één keer in je leven voorkwam.

'Nee, al heb je daar natuurlijk gelijk in. Ik maak me over iets veel simpelers zorgen.' Ze was even stil. 'Een slechte adem. Is het je wel eens opgevallen dat veel oudere mannen die hebben?'

'Nee, eigenlijk niet.' Opnieuw verwonderde Sian zich over Fiona's gedachtegang. Ze was wonderbaarlijk eerlijk.

'Jij komt waarschijnlijk niet zo dicht bij oudere mannen, maar ik zweer je, het is een probleem. En als ik de woorden "mondwater" of "tandzijde" niet in een e-mail of telefoongesprek kan verwerken zonder belachelijk over te komen, weet ik het pas als ik een middag aan hem vastzit op een antiekbeurs.' Ze glimlachte meewarig. 'Zullen we nog een kopje thee nemen?'

3

Rory liep al neuriënd naast Sian, zijn hand in de hare. Ze waren allebei moe en stoffig, maar ze hadden dolle pret gehad bij Fiona. Ze had hen uitgenodigd om mee te eten, maar Sian vond dat Rory dringend naar bed moest. 'We eten thuis gewoon een geroosterde boterham met roerei, en daarna ga jij snel in bad,' zei ze, en ze vroeg zich af of ze nog puf had om te werken als Rory in bed lag. Ze moest een meubelstuk afmaken, maar na haar ontmoeting met Fiona, het bloemschikken, de ontmoeting met Jody en Annabelle en het inspecteren van de schuur had ze amper tijd gehad.

'Wil je me dan voorlezen?' vroeg Rory.

'Dat is goed, lieverd.' Voorlezen in bad was begonnen als een manier om tijd te winnen, maar ze genoten er allebei van. Dan poetsten ze eerst zijn tandjes en ging Sian op de grond tegen het bad aan zitten, terwijl Rory aan het spetteren was en steeds slaperiger werd. Op het juiste moment haalde Sian hem dan snel uit bad, wikkelde hem in een grote handdoek en legde hem in bed. Regelmatig zeurde hij dan om nog een verhaaltje, maar vaak sliep hij al voordat ze het uit had.

Vanavond zat hij uitgebreid te kwebbelen over Fiona, Annabelle en de trein in Fiona's schuur. Hij dacht ook aan de speelgroep de volgende dag.

'Emily is er ook, hè?' vroeg hij, terwijl hij bubbeltjes uit de spons kneep.

'Ja, en ze zal wel wat hulp hebben, want er zijn nu meer kinderen. Je bent niet alleen.' Sian veegde zijn gezichtje met de washand schoon. Als het badderen zo ontspannen ging, vergaten ze soms om hem te wassen.

'Zijn er ook meisjes?'

'Bij de kindjes of de helpers?'

'De helpers. Helpers zijn bijna altijd meisjes.'

'Misschien niet. Misschien heeft Emily wel jongemannen die haar helpen, nu ze hier zit.'

Rory slaakte een zucht. 'Ik denk het niet. Ik denk niet dat jongens voor kinderen zorgen. Ik hou van jongens.'

'Ik ook.' Ze zweeg even. 'Kom je eruit, lieverd? Ik moet nog wat werken en ik vind dat jij naar bed moet.'

'Goed, mammie,' zei Rory, die zich erbij had neergelegd dat er geen mannelijke helpers zouden zijn. Redelijk tevreden ging hij naar bed.

Sian had met de deuren open zitten werken om de verflucht te verdrijven. Ze had net haar verfkwast in keukenfolie gewikkeld toen de telefoon ging. Het was Richard. Ze wist dat hij op zakenreis was geweest.

'Hoi!' zei ze. 'Ben je weer thuis?'

'Nee, morgen. Ik vroeg me af hoe het jou vergaan was.'

'Goed! Bijna alle dozen zijn uitgepakt. Mama heeft geweldig geholpen. En we hebben een heel aardige vrouw ontmoet, Fiona Matcham. Ken je haar? Ze woont in het grote huis aan het eind van de straat. Heel aardig!'

'O ja, die is erg aardig. Ik heb met haar zoons op kostschool gezeten, maar ik heb haar al een tijd niet gezien. Het verbaast me niets dat ze je onder haar hoede heeft genomen. Zo is ze wel.' Hij zweeg even. 'En hoe is het met Rory? Heeft hij zin in morgen?'

'O, ja. Hij hoopt dat er mannelijke helpers zijn.' Onmiddellijk beet ze op haar tong. Richard vond dat Rory een man als voorbeeld in zijn leven nodig had en dat hij daar de aangewezen persoon voor was. Hoewel Sian het in sommige opzichten met hem eens was, was ze er niet van overtuigd dat om die reden een huwelijk met Richard een goed idee was. Ze zuchtte en zei toen wat opgewekter: 'Hij heeft een klein meisje ontmoet, Annabelle, dat ook gaat. En hij kijkt ernaar uit om Emily weer te zien. Heeft ze veel hulp, weet jij dat?'

Ze babbelden nog een tijdje over Emily's project en sloten het gesprek af met de afspraak dat Richard de volgende avond zou komen eten. Hij zou met de auto uit Londen komen voor een flitsbezoekje voordat hij weer op zakenreis moest. Sian ging naar bed met een fijn gevoel. Richard was niet iemand die haar in vuur en vlam zette, maar hij was aardig, en daar viel veel voor te zeggen. Zo had ze er niet altijd over gedacht. Ooit had ze haar hart gevolgd – en haar hormonen – en had ze een korte, wilde verhouding gehad, waar Rory uit was voortgekomen. Maar nu, bijna zes jaar later, had ze het gevoel dat ze een beetje volwassen was geworden. Ze verlangde niet langer naar bloedkolkende passie, maar naar gezelligheid en zekerheid. Intellectueel gezien was ze ervan overtuigd dat ze dit nodig had en wilde, al zou het mooier zijn als ze haar koppige hart hiervan kon overtuigen. Maar ze moest praktisch blijven. Ze was niet de heldin in een van de boekjes die ze als tiener had verslonden. De werkelijkheid was anders, ze zou Rory's vader nooit meer zien, en ze moest door met haar leven. En de liefde voor een vriend kon toch ook een intensere liefde worden, of niet? Volgens alle artikelen was een relatie die was gebaseerd op vriendschap heel duurzaam, en ze wist dat verstandshuwelijken vaak langer standhielden dan huwelijken die waren gesloten uit liefde. Ze wist zeker dat zij en Rory een heel tevreden, veilig leven met Richard zouden hebben, als ze daarvoor koos. Ze wuifde het tergende stemmetje in haar hart weg, dat zei: Tevredenheid, is dat werkelijk wat je wilt? Ze draaide zich om en viel in slaap.

De volgende ochtend wist Sian Rory met moeite zover te krijgen om zijn boterham met marmite op te eten. Hij was veel te opgewonden, maar Sian had voet bij stuk gehouden. Hij kon niet op een lege maag naar de speelgroep. Zelf had ze alleen een slok thee naar binnen kunnen krijgen, ze was nog veel zenuwachtiger dan haar zoon.

Eenmaal buiten babbelde Rory honderduit en zwaaide hij haar arm heen en weer, met zijn rugzakje slingerend op zijn rug. Een heel goed teken, dacht Sian. Hij vond Emily heel aardig. Zij had hem geholpen toen Sian hem van school had gehaald, maar de laatste keer dat hij omringd was door kinderen, had hij het vreselijk gevonden. Dat was op een grote school in Londen geweest, zei Sian tegen zichzelf. Terwijl hij vragen stelde over de andere kinderen – Annabelle kende hij natuurlijk al – besefte ze ook met een steek van pijn dat hij het gezelschap van leeftijdgenootjes heel erg moest hebben gemist.

De vorige dag waren ze even naar de speelgroep gelopen zodat Rory wist waar hij naartoe zou gaan en hoever het van huis – en zijn moeder – was. Hoewel het gebouw er erg functioneel uitzag, lag het op een prachtige locatie, op veilige afstand van de drukke weg, met ruimte genoeg om te spelen.

Tot Rory's grote blijdschap en verrassing was er een jongeman die met de oudere kinderen hielp. Rory was ook verrukt om Emily te zien, en toen hij haar had begroet en nog een snelle blik op zijn moeder had geworpen, rende hij naar de andere kinderen. Emily keek Sian met een opgetrokken wenkbrauw aan, alsof ze wilde zeggen: zie je wel, je hoefde je nergens zorgen over te maken. Sian glimlachte opgelucht. Ze had betrouwbare en plezierige opvang voor Rory nodig, zodat zij kon werken. Ze kreeg pas betaald voor de weinige uitstaande opdrachten die ze had, nadat ze het resultaat had afgeleverd. Ze was heel blij met haar eigen zaak en het feit dat ze geld verdiende met werk waarvan ze hield, maar het was geen vetpot. Als ze geen werk had, moest ze aan werk zien te komen. Ze hoopte dat Fiona's vriendin met de winkel een goed contact zou vormen. Ze zei Emily gedag en zwaaide naar Rory die samen met een ander jongetje druk aan het spelen was met een trein, terwijl Annabelle instructies gaf.

Het was een enigszins met verfspetters besmeurde Sian die Rory vijf uur later kwam ophalen. Ze had een heel productieve dag gehad en hoewel ze Rory had gemist, moest ze toegeven dat een klein kind voortdurend voor afleiding zorgde, zelfs al kon Rory heel goed zelf spelen als zij werkte, en ze had veel meer gedaan dan anders. Ze had zelfs tussen de middag doorgewerkt omdat ze zo was opgegaan in het gecompliceerde ontwerp voor een stoel voor in een kinderkamer.

Ze werd verwelkomd door Emily, die vertelde dat de meeste kinderen buiten waren.

'Ik vind het heerlijk om nu een plek te hebben waar ze buiten kunnen spelen,' zei ze, terwijl ze Sian de tuin liet zien. 'Ik hoop dat ik nog wat meer speeltoestellen kan regelen, maar dit is een prima begin.' Er was een pierebadje, een zandbak en een klimrek.

'Volgens mij is het het belangrijkst dat ze lekker kunnen rondrennen,' zei Sian. 'En daar heb je genoeg ruimte voor.' Ze wist dat Rory dol was op hun nieuwe tuin, die veel groter was dan het tuintje dat ze in Londen hadden gehad, maar ze wist ook dat hij dit fantastisch vond. En van al dat spelen werd hij vast ook lekker moe. Ze vond het geweldig dat hij kon rondrennen en al zijn energie kwijt kon.

'Dat is zo,' zei Emily, 'en vandaag was het ook zulk mooi weer.'

Alle kinderen – en het waren er heel wat, zo te zien – droegen honkbalpetjes met de klep achterstevoren om hun nek tegen de zon te beschermen. De oudere kinderen speelden cricket onder leiding van de mannelijke assistent. 'Dat is Philip,' zei Emily, 'een student. De kinderen zijn dol op hem. Ik probeer hem ervan te overtuigen om het onderwijs in te gaan.'

Rory zag zijn moeder en rende op haar af om haar te omhelzen en racete daarna weer terug naar zijn spel.

'Ik hoef zeker niet te vragen of het goed gegaan is?' vroeg Sian, die nog even naar de kinderen bleef kijken.

'Nee, het is geweldig goed gegaan. Het is een schatje. En hij is gek op Philip.'

'Hij houdt van jongens, zoals hij zegt. Hij kan het ook geweldig goed met mijn vader vinden, maar die is een stuk ouder.'

Emily schoot in de lach. 'Misschien moet je met mijn broer trouwen en hem een jongen geven naar wie hij permanent kan opkijken.' Ze lachte. 'Grapje.'

Sian glimlachte meewarig. Ze wist dat Emily halfserieus was. Ze zou niets liever willen dan dat Richard en Sian een echte relatie kregen. Sian was erg gesteld op Emily, maar dat was niet genoeg om met haar broer te trouwen. 'Ach, wie weet?'

Sian en Rory waren bijna thuis, toen ze een auto bij het huis zagen staan.

'Wie zou dat kunnen zijn?' vroeg Sian, in de hoop dat het geen bezoek was. Ze had haar schilderkleren nog aan en Rory was doodmoe – hij liep al met zijn voeten over de grond te slepen – en als hij moe was, vergat hij nog wel eens hoe hij zich hoorde te gedragen.

Toen ze bij de voordeur kwamen, zag de eigenaar van de auto hen. Een verschijning in een fleurige zomerjurk en designerzonnebril stapte uit de kleine cabrio. Ze zag er kalm en ontspannen uit, had volmaakt gebruinde benen en droeg mooie sandalen. 'Ik ben Melissa Lewis-Jones,' zei ze. Ze stak haar hand uit die Sian automatisch schudde. 'Fiona Matcham vertelde me dat hier iemand was komen wonen. Ik wilde je welkom heten in de buurt.'

Sian hoopte dat haar glimlach niet verraadde hoe ongemakkelijk ze zich voelde in het bijzijn van deze elegante vrouw. Ze voelde zich groezeliger dan ooit, maar wilde ook niet een mogelijke nieuwe vriendin wegjagen. Sian keek even naar Rory, die door het hek was gegaan en ongeduldig bij de deur stond te wachten omdat hij met zijn eigen treintjes wilde spelen.

'Natuurlijk,' zei Sian, die de deur opendeed en Rory als eerste binnenliet. 'Maar let niet op de rommel. Ik heb geschilderd, zoals je ziet.' In de kostbare tijd die ze met Rory had, deed Sian geen moeite om veel huishoudelijk werk te doen, omdat ze het sneller kon doen als hij er niet bij was. Maar ze kon zich niet meer herinneren of ze de ontbijt- en lunchspullen van tafel had geruimd, of dat ze inmiddels op het aanrecht stonden. 'Ik ben Sian, trouwens. Kom verder.'

De designerverschijning aarzelde niet en liep door naar Sians woonkamer. 'Mijn god, het is wel een beetje een grot, hè? En het ruikt vreselijk bedompt! Ik heb hier altijd eens een kijkje willen nemen. Ik wist niet dat het huis in zo'n slechte staat was.'

Sian vond haar woonkamer steeds mooier, ondanks het feit dat het er wat donker was, en ze merkte dat Fiona wel mocht zeggen dat het huis vochtig was, maar deze arrogante Melissa niet. 'We hebben het hier prima naar ons zin,' zei ze afwerend.

'Nu is het zomer! Maar als het straks winter is? Dan lijkt het me hier een koelkast. Luella Halpern was zeker te gierig om iets aan het huis te laten doen. Ze had het ook kunnen opknappen en voor een fortuin kunnen verkopen.'

'In dat geval ben ik blij dat ze dat niet gedaan heeft,' zei Sian. Toen ze merkte dat haar gast niet van plan was snel te vertrekken, besloot ze dat ze maar beter de beleefde gastvrouw kon spelen. 'Wil je iets drinken? Wat water? Sap? Het is vreselijk warm. De koelte hier is aangenaam.'

'Wat spuitwater, als je het hebt.'

Melissa liep achter haar aan naar de keuken. 'Dit zou prachtig zijn als je die muur doorbreekt en er een open keuken van maakt. Huizen als deze verkopen nog steeds goed, zo dicht bij Londen.'

'Het is niet te koop.' Sian zette het glas water op tafel en schonk wat sap in voor Rory, voordat ze een glas met water voor zichzelf liet vollopen. 'Ga zitten.'

'Hoe heet jij?' vroeg Melissa, en haar glimlach liet zien dat ze niet echt van kinderen hield.

'Rory,' zei Rory.

'Nou, Rory, zou jij niet even in de tuin willen spelen? Dan kan ik met je moeder over saaie dingen praten.' Ze keek naar Sian. 'Als mammie het goedvindt, natuurlijk.'

Sian wilde direct zeggen dat Rory moest blijven en iets lekkers kreeg, maar ze wilde hem ook beschermen tegen verveling en deze lichtelijk beangstigende vrouw. 'Wil je nog iets eten, liever? Dan mag je het mee naar buiten nemen.'

'Een Babybel-kaasje, alsjeblieft,' zei Rory, en hij keek twijfelend naar hun gast. Het was wel duidelijk dat hij Melissa ook niet zo zag zitten.

Hij had mensenkennis, dacht Sian, waarna ze zichzelf een standje gaf. Ze moest Melissa wel een kans geven.

Sian pakte twee kaasjes en gaf ze aan hem. 'Wil je nog wat drinken?'

'Nee, ik heb bij de opvang al gehad.' Hij griste de kaasjes uit haar hand en rende de tuin in. Al zijn vermoeidheid leek verdwenen.

'Het is veel makkelijker om te praten zonder kleine oortjes erbij.' Melissa ging zitten en glimlachte naar Sian.

'Heb je kinderen?' vroeg Sian. Haar dorst was gelest, maar haar humeur was nog niet veel beter.

'O, alsjeblieft, nee! Niet dat ik ze niet ooit wil, maar nu nog niet. En niet zonder een heel groot netwerk. Ik wil van het leven genieten zolang ik jong en mooi ben.' Ze lachte alsof ze het spottend bedoelde, maar dat kwam niet over.

Ach, dacht Sian, en ze pakte de andere stoel. Ze ís ook jong en mooi. Hoewel Sian er redelijk zeker van was dat ze ongeveer even oud waren, zag Melissa er beslist jeugdig uit. Misschien omdat ze niet veel verantwoordelijkheden had.

'En wat brengt jou hier?' vroeg Melissa, waarmee ze haar gedachten doorbrak.

Sian had de meeste redenen voor haar verhuizing al aan Fiona verteld en ze was niet van plan ze te herhalen – niet tegen deze vrouw, in elk geval. Iets zei haar dat ze bij Melissa een beetje op haar hoede moest zijn. Ze besloot het bij enkele algemeenheden te houden. 'Tja, het is hier prachtig en het ligt dicht bij Londen.' Ze voegde er niet aan toe dat de huur heel schappelijk was.

'Waarom wil je dicht bij Londen wonen? Werk je daar?'

Sian nam een slokje water en bereidde zich voor op de ondervraging die ging komen. Ze zag het liefst dat Melissa vertrok, maar ze wilde ook niet onbeleefd zijn. Hoe sneller ze haar vragen beantwoordde, des te eerder zou haar bezoek gaan. 'Nee. Ik werk thuis, maar mijn ouders wonen daar, daarom wilde ik niet te ver weg gaan wonen.'

'En je partner?'

Sian schudde haar hoofd. 'Alleenstaande moeder. Geen ex.'

Melissa's zwaar opgemaakte ogen weerspiegelden haar verbijstering. 'Dus je wilde gewoon een kind? Wat dapper! Hoe heb je in vredesnaam de vader uitgekozen? Heb je op uiterlijk of intellect geselecteerd?'

Sian ging in een flits terug naar die nacht die, negen maanden later, Rory had voortgebracht, en haar gevoel voor humor won het van Melissa's botheid. Ze glimlachte. 'Ik ben niet bewust zwanger geworden, maar toen ik ontdekte dat ik het was, was ik heel blij. Nadat ik eenmaal over de schok heen was.'

'Wat dapper. Ik zou echt niet in mijn eentje een kind willen. Al dat werk. En de schande.' Melissa kon zich zo te zien niets ergers voorstellen. Sian besefte heel goed dat niet iedereen haar situatie normaal vond, maar Melissa's reactie was wel extreem. Misschien had Fiona gelijk en waren mensen op het platteland inderdaad nogal behoudend.

'Ik woonde in de buurt van mijn ouders, en die hebben me geweldig gesteund,' zei Sian zacht, maar resoluut. 'Er was geen sprake van schande.'

'O, ik bedoelde er niets mee, hoor.' Melissa had het fatsoen om rood te worden. 'Maar sommige mensen zijn nou eenmaal wat ouderwets. Hier in de omgeving, bedoel ik.'

Zoals jij, zeker, dacht Sian. 'Ik vind de mensen tot nu toe heel vriendelijk,' zei ze.

'O, Fiona is oké. Een typisch oud mens, maar wel aardig.'

'Ja.' Sian voelde zich beledigd. Fiona was halverwege de vijftig – net zo oud als Sians moeder – en was in haar ogen absoluut geen 'oud mens'.

'Maar sommige anderen zouden er misschien wel eens moeilijk over kunnen doen, dat je een ongehuwde moeder bent. Misschien kun je beter doen alsof je weduwe bent. Hoe zit het met de vader? Heeft hij je gesteund?'

Aangezien Sian Rory's vader nooit had verteld dat ze zwanger was en ze geen idee had hoe het hem verder vergaan was, nam ze nog een slokje water om tijd te winnen. 'Hij verdween, ging op reis. Ik kon hem op geen enkele manier bereiken, dus heb ik het hem nooit verteld. Het had ook niet veel zin. We kenden elkaar amper.'

Ze keek haar ongenode gast recht in de ogen, alsof ze haar wilde zeggen dat ze het niet moest wagen om een opmerking te maken over het feit dat Sian zo snel met hem naar bed was gegaan. Maar het was zo. Op het moment zelf had ze zich er niet van kunnen weerhouden, maar toch was het niets voor haar geweest. Als Rory niet was geboren, als bewijs van wat er was gebeurd, dan zou ze bijna denken dat het allemaal een droom was geweest. Een heerlijke droom.

'Nou, ik vind dat je het de klootzak betaald moet zetten!' riep Melissa uit.

Een beetje geschokt door Melissa's heftige reactie zei Sian: 'Waarom? Ik ben dolblij dat ik moeder ben. Ik neem Rory's vader niets kwalijk.'

Melissa haalde haar schouders op. 'O, nou ja. Je leeft dus van een uitkering?'

Iemand kon bot zijn, of onbeschoft. Dit was onbeschoft. 'Zoals ik al zei, werk ik thuis. Ik heb een eigen zaak, ik beschilder meubels.' Ze zei er niet bij dat ze alle financiële steun die de overheid haar bood aannam en er blij mee was. 'En jij?' Het was tijd om bij haar gast ook de druk een beetje op te voeren. 'Wat doe jij?'

'O, ik doe van alles op het gebied van pr, evenementenmanagement, dat soort dingen.'

'Niet getrouwd?'

'Nog niet.' Melissa glimlachte mysterieus.

'Verloofd? Ben je een grootse bruiloft aan het plannen?'

'Dat zeker! Maar toevallig ben ik op het moment single. Ik heb een serieuze relatie achter de rug. Hij was lief, maar veel te dominant.'

'Aha.' Sian zei met opzet niets, omdat ze het gesprek niet wilde rekken. Dit meisje was als karikatuur wel grappig, maar ze was niet echt aardig. Sian kon zich niet voorstellen dat ze vriendinnen zouden worden. Ze dacht aan Jody, die zo anders was. Misschien was een dorp gewoon een stad in het klein, met dezelfde mengeling van mensen en meningen, en viel de onenigheid in een dorp meer op doordat alles zichtbaarder en moeilijker te vermijden was. Ze had vaak genoeg met haar moeder meegeluisterd naar *The Archers* om te weten dat je in een dorp soms het gevoel kon hebben

41

dat je onder een microscoop lag. Fiona was de goede kant, Melissa de slechte.

Melissa bleef een tijdje stil zitten, alsof ze verwachtte dat Sian het gesprek weer een impuls zou geven. Uiteindelijk stond ze op. 'Ik moet maar eens gaan. Leuk je te ontmoeten.' Ze wachtte even. 'Je wilt me zeker niet even een rondleiding door het huis geven? Ik denk erover om hier in de buurt iets te kopen en dit zou best eens iets voor mij kunnen zijn.'

'Maar het is verhuurd. Ik woon hier.' Sian voelde dat haar nekharen weer overeind gingen staan.

'Luella is vast wel vatbaar voor een goed bod van een koper die contant kan betalen. Ze woont nu per slot in Spanje, nietwaar?'

'Frankrijk, toevallig. En ik kan je helaas geen rondleiding geven.' Sian merkte dat ze ongewoon resoluut was. 'Nog lang niet alles is uitgepakt. Ik ben nog niet ingesteld op bezoek en het is bijna etenstijd voor Rory. Hij kan erg humeurig zijn als hij honger heeft.' Sian vond het akelig om haar zoon als excuus te gebruiken, maar het was bijna etenstijd en ze had er alles voor over om Melissa de deur uit te werken.

'O.' Melissa leek een beetje verrast dat haar verzoek geweigerd werd. 'Een ander keertje, dan?'

Sian glimlachte en haalde haar schouders op, in de hoop dat die andere keer er nooit zou komen. Ze vroeg zich af hoe ze kon voorkomen dat Melissa dit huis zou kopen, wat inmiddels aanvoelde als háár huis. Ze kon zich niet voorstellen dat Melissa vaak nee te horen had gekregen in haar leven. Moest ze Fiona bellen om te vragen of Luella inderdaad door de knieën zou gaan voor een goed bod van een koper die contant kon betalen? Maar ze bedacht zich. Fiona had morgen haar afspraakje en ze wilde haar niet storen.

Toen Sian Melissa had uitgelaten, liep ze de tuin in naar Rory. Plotseling vroeg ze zich af of ze hier nog wel zouden wonen tegen de tijd dat ze van de groenten in hun moestuin zouden kunnen genieten. Ze slaakte een droefgeestige zucht, stak haar hand uit en zei: 'Kom Rory, we geven de aardbeitjes nog even water en dan is het tijd om te eten.' Daarna gingen ze naar binnen.

Toen ze Rory eten had gegeven, nam Sian een snelle douche. Ze trok een zomerjurk aan. Hij was oud en vaal, maar het was een van haar lievelingsjurken. Als ze niet in haar tuinkleren was, sieraden droeg en wat make-up ophad, zag ze er heel mooi uit. Ze wilde iets lekkers koken voor Richard. Hij had verteld dat hij genoeg had van hoteleten en zin had in een huiselijk maal, en dus wilde ze shepherd's pie maken, terwijl Rory televisie keek.

Terwijl ze uien pelde en de selderie en wortels in stukjes sneed, dacht ze aan Richard. Ze keek ernaar uit dat hij kwam – hij was bijna drie weken op zakenreis geweest. Dat was ook iets wat ze aan Richard waardeerde: dat hij veel weg was. Het betekende dat ze verder kon met haar leven en uitkeek naar de momenten dat ze hem weer zag. Zo liepen ze elkaar niet in de weg en hadden ze genoeg te praten als ze elkaar zagen. Dan wilden ze allebei van elkaar weten wat ze hadden gedaan. Hij kon erg leuk vertellen over de mensen die hij op zijn reizen tegenkwam.

Ze besloot hem niet te vertellen dat Melissa had gezegd dat ze de cottage wilde kopen. Dan zou Richard het allemaal voor haar willen regelen, en ze wilde haar problemen zelf oplossen. Sian deed niet moeilijk over het accepteren van hulp, maar Richard had al zoveel gedaan. Ze wist dat hij haar leven gemakkelijk wilde maken – ze hoefde maar een kik te geven of hij zou haar meenemen naar zijn eigen huis, maar ze wilde geen misbruik maken van zijn lieve karakter of iets doen waar ze zichzelf niet lekker bij voelde, alleen om een gemakkelijk leven te hebben.

Ze bedacht opeens dat hij wel eens had verteld dat hij zo nu en dan verlangde naar de butterscotchtaart van vroeger op school. Ze had er geen recept van, maar na een snelle blik in de voorraadkast dacht ze dat ze wel iets in elkaar kon flansen. Rory zou morgen met alle plezier de restjes willen opeten.

'Dag, Richard!' Sian liet zijn armen om zich heen glijden. Ze hield van zijn omhelzingen. Ze waren stevig en betrouwbaar, net als hij, en naderhand kon je nog voelen dat je omhelsd was. Ze sloeg haar armen om hem heen en hield hem net zo stevig vast.

'Sian, meisje,' zei hij. 'Beeldschoon als altijd. Je zou niet zeggen dat jij net een grote verhuizing achter de rug hebt.' Hij zette de fles wijn die hij had meegenomen op tafel.

'De cottage ziet eruit alsof ik hier een paar uur geleden ben ingetrokken. Ik heb nog helemaal niets opgeruimd. Kom binnen. Wil je in de keuken toekijken hoe ik de salade maak, of wil je keurig in de woonkamer zitten?'

'Dat weet je best,' zei hij, en hij keek haar met zo'n tedere blik aan dat ze zich schuldig voelde.

'Dan ga ik eerst snel even naar boven om Rory in te stoppen.'

'Laat mij maar. Ik wil wel eens weten hoe die kleine man het bij mijn zus vindt.'

'Vandaag was zijn eerste dag, en hij vond het geweldig! Er werkt een "jongen" en je weet dat hij dol is op jongens. Ga maar gauw naar hem toe.'

Enige tijd later kwam Richard weer beneden. 'Ik ben dan wel een "jongen", maar hij wil toch dat jij hem instopt. Ik heb hem een verhaaltje voorgelezen, maar volgens mij deed ik de stemmetjes niet goed.'

Nog meer schuldgevoel. Hij was zo lief, waarom wilde Rory niet door hem ingestopt worden? Nadat ze een glas wijn voor Richard had ingeschonken, rende ze de trap op.

Toen ze weer beneden kwam, zag ze dat hij de salade had afgemaakt, de keuken had opgeruimd en de tafel had gedekt.

'Je bent geweldig, Richard,' zei ze, en ze keek hem boven haar wijn met een glimlach aan.

'Betekent dat dat je van gedachten bent veranderd en met me wilt trouwen?' Hij glimlachte. 'Kijk niet zo verschrikt. Ik heb mijn antwoord al. Ik hoop alleen dat je ooit van gedachten verandert.'

Sian hief haar glas naar hem op. Dat hoop ik eigenlijk zelf ook een beetje, dacht ze, maar ze zei het niet hardop.

4

Je hebt maar één kans om een eerste indruk te maken, had Luella die ochtend aan Fiona gemaild. Fiona, die een zorgvuldig gekozen wijde linnen broek en een lang jasje droeg – om die lastige dijen te bedekken – en grote sieraden om had, voelde zich niet op haar best, maar beslist niet slecht. Na een paniekerig telefoontje was Sian, die medelijden met haar had gehad, gekomen om haar te helpen met het uitzoeken van haar kleren. Uiteindelijk had ze gezegd: 'Ik ben geloof ik jaloers, het is allemaal zo spannend!'

'Té spannend,' had Fiona droogjes gezegd, maar toen ze wegreed, nadat Sian haar voor de honderdste keer had beloofd haar een sms'je te sturen, besefte ze dat ze ervan genoot. Haar leven als 'keurige vrouw' was prima, maar de laatste tijd had ze het gevoel dat een deel van haar niet genoeg aandacht kreeg. Ze kon zich nog goed herinneren hoe het was toen ze in Sians situatie zat, maar hoeveel ze daar ook van had genoten, het was fijn om dat los te kunnen laten, ook al maakte ze zich nog steeds zorgen om 'haar jongens'. Misschien was het tijd om eens uit de band te springen. Ze vond een plekje op de grote parkeerplaats in de stad en bekeek het adres van de boekwinkel dat ze in haar hand had. Door vóór haar afspraakje op de antiekmarkt iets nuttigs te doen, voelde ze zich wat minder schuldig. Hoewel er geen enkele reden was om geen afspraak te maken met een man die ze op een datingsite had ontmoet, had ze onwillekeurig toch het gevoel dat het verkeerd was. Ze pakte de doos boeken die ze de vorige avond had uitgezocht en ging op weg. Ze hoopte dat de winkel niet ver lopen was.

Zodra ze de winkelstraat had bereikt, zag ze de boekwinkel al. Ik hoop maar dat die man de boeken wil hebben en dat ik ze niet helemaal terug hoef te sjouwen, dacht ze, toen ze de deur met haar heup open duwde en achteruit de winkel in liep.

'Zal ik u daar even mee helpen?'

Een diepe, vriendelijke mannenstem klonk uit het donker, en Fiona voelde dat de doos voorzichtig uit haar armen werd genomen. Ze keek op en zag een kleine man met dik grijs haar en vriendelijke ogen.

'O, dank u. Hij werd zwaar. Bent u meneer Langley?'

'Dat klopt, James Langley. Dan bent u vast mevrouw Matcham. Komt u verder, dan zullen we eens kijken.'

Fiona volgde de man naar achteren en merkte dat ze de geur en sfeer in de winkel heel plezierig vond.

'Boekwinkels hebben iets, hè?' zei ze, toen ze bij zijn kantoortje kwamen. 'Alsof er elk moment iets magisch uit de omslag van een van de boeken kan komen.'

De man zocht op het overvolle bureau een plekje voor de doos en keek toen naar Fiona. 'Vindt u dat? Wat leuk! Dat vind ik namelijk ook altijd. Je verwacht het alleen niet van iemand die niet van boeken houdt.'

'O, maar ik ben dol op boeken!' zei Fiona snel. 'Ik heb er alleen veel en veel te veel. Die zal ik van mijn leven niet allemaal kunnen lezen.'

'Nou, we zullen eens kijken. Wilt u iets drinken. Thee? Koffie? Water?'

'Een glaasje water zou heerlijk zijn.'

'Ik heb helaas niets waarmee ik het wat interessanter kan maken.'

'Water is interessant genoeg, heus.'

'Neemt u plaats, ik ben zo terug.'

Fiona ging zitten en keek om zich heen. Ze bevond zich in een kleine ruimte vol boekenplanken. Een oud, houten kaartenbaksysteem nam veel ruimte in beslag, maar de rest stond vol met dozen boeken zoals ze zelf had meegebracht. Hij kon kennelijk geen nee zeggen, als iemand hem vroeg om naar wat boeken te kijken. Er zou eens een juweeltje tussen kunnen zitten. Ze kon zich dit hoopvolle gevoel voorstellen, maar had zo'n vermoeden dat het niet het meest briljante bedrijfsplan was. Ze hoopte maar dat er een juweeltje in haar eigen doos zat.

Hij kwam terug met twee glazen water en vond een plekje voor haar glas op een ansichtkaart met een bloemenklok erop. De snelle blik die ze erop wierp voordat hij het glas erop zette, deed haar vermoeden dat hij uit de jaren vijftig kwam en waarschijnlijk als boekenlegger was gebruikt, en daarom nu op het bureau van James Langley lag.

'Zo, mevrouw Matcham, we gaan eens kijken,' zei hij. Hij stak zijn hand in de doos en haalde een boek tevoorschijn. 'Ah!' zei hij. 'Heel mooi.' Hij legde het boek neer en stak zijn hand weer in de doos. 'Het is net een grabbelton met alleen maar mooie prijzen,' zei hij. 'Waar komen de boeken vandaan?'

'Dit is een selectie uit de bibliotheek van mijn echtgenoot. Mijn eerste echtgenoot die is overleden, moet ik zeggen, en niet mijn tweede man die inmiddels mijn ex is.' Fiona besefte dat ze veel meer zei dan strikt noodzakelijk was en legde haastig uit: 'Dat u niet denkt dat ik de boeken van mijn man verkoop, die hij helemaal niet kwijt wil.'

'Er zijn er dus nog meer?'

Fiona knikte. 'Een hele kamer vol. En vele boekenkasten vol. Het grootste deel had hij zelf geërfd, maar hij kocht zelf ook altijd boeken. Het huis bezwijkt eronder en ik moet echt een deel wegdoen. Als ik het huis zou willen verkopen, zou het me jaren kosten.'

James Langley had ondertussen de boeken in de doos bekeken en had zo nu en dan wat goedkeurende geluiden gemaakt. 'Er zitten goede boeken tussen die ik wel wil kopen, maar ik denk ook aan de rest van de bibliotheek. Wat bent u daarmee van plan?'

'Tja, als de boeken iets waard zijn, wil ik ze graag verkopen. Mijn zoons zijn geen van beiden geïnteresseerd. Alles wat ze wilden, hebben ze al.'

'Hoe wilt u dat doen?'

'Dat weet ik niet. Ik heb geen idee welke boeken waardevol zijn. Ik was van plan ze plank voor plank in te pakken en op zoek te gaan naar mensen zoals u.' Ze glimlachte en vond James Langley erg aardig. Zoals het bij een boekhandelaar hoorde, droeg hij geen chique kleren, maar ze waren wel van goede kwaliteit. Misschien waren ze wel van zijn vader geweest, dacht Fiona, maar ze stonden hem goed.

'Zou u het fijn vinden als ik eens kwam kijken? Dan hoeft u niet met dozen te sjouwen.' Hij glimlachte. Hij had een prachtige glimlach: zijn hele gezicht lichtte op. Een knap gezicht ook. Ze vroeg zich af waarom ze hem zo bekeek en besloot dat het waarschijnlijk kwam omdat ze op het punt stond naar haar eerste afspraakje te gaan, en tijdens het afspraakje werd er natuurlijk heel veel gekeken.

'Zou u dat willen? Is het de moeite waard? Ik zou natuurlijk graag willen dat u ze voor me verkoopt, of dat u ze van mij koopt... hoe het dan ook werkt. Maar toch, het zijn wel heel veel boeken.'

'Als ik afga op de kwaliteit van de boeken die u hebt meegenomen, denk ik zeker dat het de moeite waard is.'

'Nou, ik zou u erg dankbaar zijn. Ik hou van boeken, maar deze zijn een enorme verantwoordelijkheid. Ik kan ze niet zomaar wegdoen; er zouden waardevolle boeken bij kunnen zitten die iets kunnen toevoegen aan de erfenis van mijn zoons. En ze laten staan, is echt geen optie. Zoals ik al zei, misschien moet ik ooit verhuizen.'

'Ik wil met alle plezier langskomen om te zeggen welke boeken waardevol zijn en wat u met de rest kunt doen.'

'Echt?' De man had zich in zijn leven omringd met boeken, en hield zichtbaar van ze, maar het was wel een gigantische klus. Afijn, dat was zijn werk.

'Absoluut. Kijkt u eens, hier hebt u mijn kaartje. Belt u mij, dan maken we een afspraak wanneer het u schikt.'

'Hebt u e-mail?'

'Uiteraard. Ik zou niet meer zonder internet kunnen. Mensen schijnen zo tegenwoordig zelfs hun partner te vinden.'

De manier waarop hij haar met fonkelende ogen aankeek, bracht haar van haar stuk. Hij kon toch onmogelijk weten wat ze zometeen ging doen? 'Werkelijk?' zei ze, in de hoop dat ze ongelovig genoeg klonk. 'Nou ja, ik moet ervandoor. Zal ik de boeken hier laten?'

'Als u dat niet vervelend vindt. Dan kan ik ze elk apart taxeren. De exemplaren die ik wil hebben, neem ik van u over. Voor de boeken die ik niet wil, maar die wel van waarde zijn, zal ik kijken of ik een koper kan vinden. Is dat goed? Vertrouwt u ze aan mij toe?'

Fiona keek met een glimlach in zijn ogen, die nog altijd een beetje leken te fonkelen, en besloot dat ze hem vertrouwde. 'Ja,' zei ze resoluut, in de wetenschap dat iedereen die haar kende haar een beetje naïef vond. Maar ze vertrouwde haar intuïtie en had zich maar één keer vergist.

Met een zorgeloos en optimistisch gevoel vertrok Fiona naar de antiekmarkt. Het succes met haar doos boeken was vast een teken dat de rest van de dag ook goed zou gaan. Het feit dat ze een parkeerplekje vond dat niet in een modderig veld lag, was ook al een plus.

Maar toen ze eenmaal bij de ingang van het landhuis kwam waar de antiekmarkt werd gehouden, werd ze een beetje zenuwachtig. Ze hadden afgesproken op de antiekmarkt, maar nu ze bij het hek stond, besefte ze hoe nutteloos het woord 'op' hier was. Ze hadden 'binnen' of 'buiten', 'naast de leeuw bij het hek' of 'bij de derde zuil van links' moeten afspreken.

Maar toen ze de ingang naderde, waar een rij mensen naar binnen ging, zag ze een aantrekkelijke man die leek op de foto op de website.

Luella had haar gewaarschuwd dat mensen er vaak een stuk ouder uitzagen dan op de foto. Haar eigen foto was ook een paar jaar oud, maar bij deze man leek hij precies te kloppen.

Misschien was het hem niet. Misschien was het iemand anders van 'een meter drieëntachtig, grijs bij de slapen, en in een roomkleurig linnen kostuum'.

Toen vermande ze zich. In wat voor wereld leefde zij dat het feit dat iemand precies op zijn foto leek wel toeval moest zijn in plaats van wat je zou verwachten? Het moest hem wel zijn.

Net toen ze bij hem kwam, draaide hij zich om. Hij glimlachte.

'Jij bent zeker Fiona. Ik ben Robert.' Hij leunde naar voren en gaf haar een zoen op haar wang. 'Wat leuk om je eindelijk te ontmoeten.'

Fiona gaf hem ook een zoen, genoot van het gevoel van zijn wang tegen de hare, van zijn aftershave en het korte contact met zijn keurige, gestreepte overhemd. Van dichtbij zag hij er nóg beter uit, terwijl ze niet eens op zoek was geweest naar 'een lekker ding', maar meer naar iemand met wie ze gezellig dingen kon ondernemen.

'Je bent nog mooier dan op de foto,' zei hij, en Fiona was direct gerustgesteld. 'Zullen we naar binnen? Ik trakteer, trouwens. Mag ik je bij de arm nemen? Ik ben ouderwets in die dingen.'

'Is er iets speciaals wat je wilt zien?' vroeg Fiona. Er waren momenten waarop ouderwets heel geruststellend was.

'Ik ben dol op van die olie-en-azijnstelletjes,' zei Robert.

De hoop dat ze iemand had gevonden die meer dan een vriend zou kunnen zijn, werd met deze woorden de grond in geboord. Olie-en-azijnstelletjes hadden iets deprimerends dat Fiona aan kustpensions uit de jaren vijftig deed denken. Maar goed, ze moest geen overhaaste conclusies trekken. 'Zullen we eens kijken of we die kunnen vinden?' vroeg ze vrolijk.

'Tenzij jij ergens speciaal naar op zoek bent?'

'Ach,' zei Fiona. 'We komen ongetwijfeld wel iets leuks tegen op weg naar de olie-en-azijnstelletjes.'

Fiona begon te genieten. Terwijl ze door de zalen slenterden waar kraampjes met antiek in alle vormen en maten stonden, werd haar blik getrokken door een zilveren lijstje en een tafelklok, maar Robert was vastbesloten eerst de olie-en-azijnstelletjes te bekijken, en Fiona vond het prima.

Tot haar verrassing vond ze naast de kraam met olie-en-azijnstelletjes – die in werkelijkheid mooier waren dan ze had gedacht – enkele naamkaarthoudertjes. Ze was er direct weg van. 'Kijk eens! Net kleine fazantjes. Precies wat ik nodig heb voor mijn etentje.'

'Geef je een etentje?'

Was het haar verbeelding of klonk hij een beetje weemoedig? 'Ja,' zei ze, en voordat ze zichzelf ervan kon weerhouden, voegde ze eraan toe: 'Jij moet ook komen. Dat is leuk.'

'Ach, lieve dame, wat een heerlijk aanbod! Maar ik wil me niet opdringen.'

'Dat doe je niet,' zei Fiona, die wilde dat haar goede hart eerst eens overlegde met haar verstand en haar mond het zwijgen oplegde. Zijn protest kwam overduidelijk voort uit beleefdheid. Aan alles was te merken dat hij dolgraag wilde komen. Ze hoopte maar dat hij geen verkeerde verwachtingen kreeg. Ze wist nog helemaal niet wat ze van hem vond. 'Misschien kun je me met de wijn helpen,' voegde ze er snel aan toe, terwijl ze zijn arm weer vastpakte en hem behoedzaam verder leidde.

Toen Sian haar een halfuur later belde, kon Fiona zich

heel even niet meer herinneren waarom. Ze liep weg bij een kraampje waar Robert nogal ordinaire beeldjes aan het bekijken was.

'En, gaat het allemaal goed?' vroeg Sian, die klonk alsof ze barstte van nieuwsgierigheid.

'Ja, het is heel gezellig. Hoezo? O, ja. Sorry! Nee, het gaat prima.' Ze glimlachte.

'Nou, ik wil alles horen zodra je thuis bent, of wanneer het uitkomt,' voegde Sian eraan toe, toen ze bedacht dat haar vriendin zich misschien niet ingeperkt wilde voelen. 'Ik zal je niet langer lastigvallen. Veel plezier!' En ze hing op.

Het bleef gezellig. Robert was plezierig en niet bedreigend. Hij had wel een voorliefde voor dingen die Fiona sentimenteel en gekunsteld vond, maar hij vormde aangenaam gezelschap. Hij trakteerde haar op een overheerlijke lunch in de oranjerie van het huis.

'Goh, vertel eens iets over jouw huis,' zei Robert, en hij schonk haar nog eens bij. 'Je zei dat het behoorlijk groot was...'

'Het is prachtig. Bouwkundig een beetje een allegaartje, maar een heerlijk huis om in te wonen. Ik zou het heel erg vinden als ik weg moest.'

'Moet dat dan?' vroeg Robert, genietend van zijn toast met paté. Alles was bereid met lokale producten.

'Nou, niet op korte termijn, maar mijn zoons kunnen hun erfenis beter nu krijgen dan wanneer ik dood ben. Ik denk niet dat zij erin zouden willen wonen. Er is een gigantische tuin. Ook al vind ik die prachtig.'

'Ik ben erg benieuwd.' Hij liet zijn hand over tafel glijden en intuïtief trok Fiona haar eigen hand weg, hoe onbeleefd het ook was. Robert was best een aardige man, ze had alleen geen romantische gevoelens voor hem. Ze kon hem maar beter niet aanmoedigen met lichamelijk contact, al was een hand door zijn arm nog zo onschuldig.

'Naar mijn tuin?' Fiona glimlachte. Haar tuin was nogal

verwilderd, maar het was haar creatie en ze liet hem altijd graag aan anderen zien, mits het de juiste mensen waren.

'Eerlijk gezegd heb ik zelf niet van die groene vingers, maar ik ben wel erg benieuwd naar het huis.'

Fiona had al besloten dat het tussen haar en Robert niets zou worden, maar elke hoop op vriendschap stierf nu ook een snelle dood. Dat was al de tweede keer dat hij over haar huis begon. Zag hij zich soms al met zijn slippers en zijn krantje bij haar haard zitten? 'Ach, het is gewoon een oud huis met veel herinneringen.'

'En veel ruimte?'

Fiona schoot in de lach. 'O ja, dat ook.'

'En op een mooi plekje, uiteraard.'

Fiona keek Robert even aan boven een vork vol salade met kip, en ze vroeg zich af of ze pondtekens in zijn ogen zag. Stelde hij zich meer voor dan slippers bij de haard, dacht ze een beetje grimmig. Je hoorde wel eens over mannen die aasden op rijke weduwen. Toen hield ze zich voor dat ze niet zo dwaas moest doen.

Fiona had gezegd dat ze rond theetijd misschien even bij Sian langs zou komen om haar alle details te vertellen, en dus had Sian een taart gemaakt. Deels omdat Rory moe was van al het scheppen in de tuin en vertelde dat hij taart wilde bakken. Sian deed wel vaak dingen met hem in de keuken, omdat ze daar allebei van genoten. Ze hadden gekozen voor een koffiecake, en Rory was hem aan het versieren met Smarties toen Fiona haar auto voor het huis parkeerde.

'Ik ga even de deur opendoen voor Fiona. Rory, niet álle Smarties hoeven erop, hoor. Je kunt er ook een paar bewaren voor na het eten, vanavond.'

'Maar het ziet er mooier uit met allemaal.'

Sian slaakte een zucht. Met een kind van vier waren sommige ruzies gewoon niet de moeite waard. 'Goed dan, het is jouw taart.'

Terwijl ze door het huis liep, vroeg ze zich af of ze te lief was, of hij echt een vader nodig had en of trouwen met Richard voor haar het beste zou zijn. Maar omdat ze hier meerdere keren per week over dacht, besteedde ze er niet veel aandacht aan. Er was niets mis met Rory; hij gedroeg zich net zoals de meeste andere kinderen en een stuk beter dan sommige.

'Fiona! Hoe was het? Hoe was hij?' vroeg ze, zodra ze de voordeur had opengetrokken en Fiona had binnengelaten.

'Goed. Leuk, maar niet de ware. Niet dat ik daar nou echt naar op zoek was, maar je begrijpt me wel. Afijn, ik heb hem dus uitgenodigd voor het etentje. Ik had medelijden met hem.' Ze slaakte een zucht. 'Dat moet ik echt niet doen. Het is een erg slechte gewoonte.'

Sian schoot in de lach. 'Kom binnen, dan gaan we aan de thee. Rory heeft een taart voor je gebakken. Wees niet ongerust, ik heb geholpen.'

'Dag Rory! Hoe gaat het met mijn favoriete knul?' Fiona gaf hem een zoen, wat hij beleefd over zich heen liet komen.

Haar moeder was de enige andere persoon die Rory op die overdreven manier mocht kussen. Sian was blij dat hij zich zo op zijn gemak voelde bij Fiona. Ze had zelf het gevoel dat ze deze oudere vrouw al jaren kende, in plaats van slechts een paar dagen, en Rory leek hetzelfde gevoel te hebben.

'We hebben gebakt,' zei Rory. 'En ik heb alle Smarties erop gedaan, ook al zei mama dat ik wat moest bewaren.'

'Lieve schat, het ziet er fantastisch uit! Ik heb wel zin in een stuk!' Fiona trok een stoel bij en hing haar tas aan de rugleuning. 'Wat heerlijk dat ik hier mezelf kan zijn!'

Sian zette water op en pakte een paar bekers. 'En? Ik wil alles horen! Rory, ga jij eens even je handen wassen, lieverd. Dan mag je daarna de taart aansnijden.' Rory klom van zijn stoel en liep naar het toilet beneden.

Toen Fiona haar thee had, ging Sian ervoor zitten. Fiona

vertelde haar hoe haar dag was geweest, maar begon toen over wat anders. 'Ik maak me altijd erg druk over dit soort etentjes, maar ik geniet van dat gevoel. Het hoort erbij.'

Rory was bezig de Smarties van zijn stuk taart te pulken. Als hij opging in iets, kon er een trein voorbijkomen zonder dat hij het merkte. 'Wie nodig je nog meer uit?' vroeg Sian, terwijl ze een slokje thee nam.

'Verschillende mensen, onder andere het echtpaar Francombe, oude vrienden van me die zúlk fantastisch gezelschap zijn dat ze zichzelf verhuren als prijs, om geld in te zamelen.'

'Dat meen je niet! Hoe werkt dat?' vroeg Sian geïntrigeerd.

'Dan kun je op ze bieden tijdens een liefdadigheidsveiling. Mensen betalen om hen als gast bij hun etentje te hebben. Ze geven zelfs een klein boekje uit... ook weer om geld in te zamelen... over hoe je een succesvol diner kunt organiseren.'

Sian was verbijsterd. 'Die moet ik ontmoeten. Ze klinken heel bijzonder.'

'Je gaat ze ook ontmoeten. En ik zal je hun boekje laten lezen.'

'Heb je er een gekocht?'

'Natuurlijk. Het was voor een goed doel. Trouwens, ik was stiknieuwsgierig. Ik wilde weten of ik er als voorbeeld in voorkwam over hoe het niet moet. Ik was een beetje teleurgesteld dat ik er niet in stond.'

'En hoe moet het volgens hen?'

'Er staat bijvoorbeeld in dat je echtparen naast elkaar kunt zetten zodat ze elkaars anekdotes af kunnen maken, dat soort dwaze dingen. Ze maken hun eigen naamkaartjes. O trouwens, ik heb een paar houdertjes gekocht. Ik heb er al heel wat, maar ik kon ze gewoon niet weerstaan.' Ze grabbelde onder in haar handtas en viste ze er uiteindelijk uit.

'Dat zijn fazanten,' zei Rory, die zijn taart op had, en opkeek nu er eindelijk iets interessants te zien viel.

'Dat klopt. Wat goed van jou.'

'Ze staan in een boek van mij,' legde hij uit.

'Ik zou handgemaakte naamkaartjes voor je kunnen maken, als je dat leuk vindt,' zei Sian. 'Als ik je ergens mee kan helpen...'

'Er is genoeg te doen, maak je daar maar geen zorgen om. Alleen jammer dat Richard er niet is.'

'Ja, en Rory gaat bij Annabelle logeren, hè schat?'

'Maar ik zou 's morgens kunnen helpen, Fona,' zei hij serieus. Kennelijk kreeg hij het gevoel kreeg dat hij iets misliep.

'Nou, Rory, toevallig zou ik het heel fijn vinden als jíj de naamkaartjes zou willen maken. Dan kan mama saai schillen en snijden.'

'O ja, ik vind kleuren leuk. Zal ik papier pakken?'

'Doe maar, lieverd.' Terwijl hij ervandoor ging, zei Fiona geluidloos tegen Sian: *Schattig!*

'En hij is best goed,' zei Sian.

'Die lijkt natuurlijk op zijn moeder.'

'Hoe ga jij je internetvriend aan iedereen voorstellen? Ik neem aan dat je niet wilt dat iedereen weet hoe je hem hebt leren kennen.'

Fiona keek haar ontzet aan. 'O hemeltje, nee! Mensen zouden van schrik in hun dessert vallen. Jeetje, daar had ik helemaal niet aan gedacht.' Ze zweeg even. 'Ik weet het al, ik zeg gewoon dat hij een oude vriend van mijn man is. Dat begrijpt Robert vast wel. Hij is heel aardig...'

Toen kwam er nog een onaangename gedachte in haar op. 'Ik moet je nog even waarschuwen. Ik heb Melissa's ouders uitgenodigd, en voelde me gedwongen haar ook te vragen.' Sian had Fiona verteld over Melissa's bezoekje, dus ze wist hoe Sian over haar dacht.

Sian aarzelde even. 'Je moet uitnodigen wie je wilt. En misschien is het wel goed om elkaar in gezelschap nog een keer te ontmoeten. Zo leer je de vijand beter kennen, zeg maar.'

'Misschien worden jullie nog wel vrienden. Haar ouders zijn heel aardig.' Fiona had Melissa nooit echt gemogen, maar wist niet goed waarom. Misschien was er wel helemaal niets mis met haar.

'Ik ben erg benieuwd naar ze.'

Fiona stond op en veegde haar plakkerige vingers aan een stukje keukenrol af dat Sian haar had gegeven. 'Ik moet weer eens naar huis. Maar Rory en jij komen die ochtend helpen?'

'Natuurlijk. Vergeet niet dat we hadden afgesproken dat ik vóór het etentje nog zou komen helpen om de schuur op te ruimen. Dan komen Rory en ik dat eerst doen, dan breng ik hem 's middags naar Annabelle en kom ik terug om met koken te helpen.'

'Super! Ik heb er nu echt zin in. Het is veel leuker om dingen samen te doen.'

5

Op de ochtend voor Fiona's etentje was het prachtig weer. Er hing een laagje mist over de tuin en de dauw glinsterde in de ochtendzon. De weerman was optimistisch geweest toen hij zijn voorspelling die ochtend had gedaan. Helaas was hij ook een beetje vaag geweest, en aangezien Fiona nooit precies wist waar ze woonde, meteorologisch gezien, wist ze niet zeker of 'de regen tegen het einde van de dag' bij haar zou vallen of niet. Ze hoopte maar dat de goden haar gunstig gezind waren.

Haar verlangen om het etentje in de serre te houden en van tevoren buiten nog een glaasje te drinken was groter dan haar voorzichtigheid. Enige twijfels die ze wellicht had gehad over banken en stoelen die naar het terras bij de serre gesleept moesten worden, terwijl het wel eens zou kunnen regenen werden overstemd door het verlangen om een geweldig en ongewoon feest te geven. Haar voorliefde voor kaarsen, waxinelichtjes in papieren zakken en lichtslingers weigerde na te denken over kans op regen.

Sian en Rory zouden over niet al te lange tijd komen om haar te helpen. Ze had geschikt papier voor Rory gepakt om naamkaartjes op te tekenen. Ze keek net naar het menu en vroeg zich af waar ze als eerste aan moest beginnen, toen er op de deur geklopt werd.

Ze keek op haar horloge. Even over negenen. Ze verwachtte niemand, op Sian na, en die kwam achterom. Ze hoopte maar dat het een pakje was en niet iemand die veel tijd in beslag nam. Ze veegde haar handen aan haar schort af en deed open.

Het was een man die ze herkende, maar pas nadat hij had geglimlacht en zijn naam had genoemd. Het was de boekhandelaar.

'James,' zei ze. 'Kom binnen. Ik moet eerlijk opbiechten dat ik helemaal vergeten was dat je vandaag zou komen.'

Hij aarzelde. 'Als het niet uitkomt, kan ik ook een ander keertje terugkomen. Geen probleem.'

'O, nee. Nee, hoor. Ik geef alleen vanavond een etentje en ik was vergeten dat je zou komen. Kom verder. Wil je koffie? Zelf lust ik wel een kopje.'

Ze installeerde James Langley in de bibliotheek met een grote beker koffie en wat zelfgemaakte koekjes, afgekeurde sablékoekjes die ze had gemaakt voor bij het kruisbessendessert. Ze had aangeboden de radio voor hem aan te zetten, maar dat hoefde niet. Hij had genoeg aan de boeken; muziek of achtergrondgeluiden leidden maar af.

Terug in de keuken voelde Fiona zich nog altijd schuldig dat ze was vergeten dat hij zou komen. Ze begon aan de brownies die haar derde dessert zouden worden. Ze wist dat ze een beetje overdreef, maar ze had erg veel last van 'gastvrouwenangst' en ze had besloten dat ze zich minder zorgen zou maken als ze genoeg eten had voor dertig gasten in plaats van de acht die ze verwachtte.

Er werd zacht op de deur geklopt. Fiona schrok en liet haar mes op de grond vallen. Het was James.

'Neem me niet kwalijk dat ik u liet schrikken. Ik heb mijn beker en het schoteltje hier.'

'O, dat had je niet hoeven meenemen.' Ze pakte het mes van de grond en veegde het aan haar schort af.

'U bent zo te zien een goede kok,' zei James, terwijl hij naar het resultaat van Fiona's inspanningen keek.

'Niet echt. Ik bedoel, soms lukt het wel, maar niet altijd. Niet zoals bij sommige mensen die ik ken... Mensen die vanavond komen!' Ze huiverde en legde het mes weg.

'Ik vind dat goede koks geen mensen zijn die zich altijd aan het recept houden en het eruit laten zien als op het plaatje, maar die iets kunnen maken van datgene wat toevallig in de koelkast ligt.'

'O, maar dat kan ik wel. Als vrouw en moeder moet je wel. Ben jij getrouwd?' Ze kon wel op haar tong bijten, maar slaagde erin neutraal te kijken.

'Op het moment niet.' Hij glimlachte, kennelijk niet beledigd door haar vraag. 'En u?'

'Ik ook niet. Ik weet ook niet of ik het allemaal nog eens zou willen meemaken. Het duurt zo lang voor je een partner hebt ingewerkt, vind je niet? En nadat mijn eerste man was overleden, heb ik toch zo'n blunder gemaakt.' Ze zweeg even. 'Waarom vertel ik je dit allemaal? Waarom vroeg ik überhaupt of je getrouwd was? Sorry, hoor. Iets te veel informatie, zeggen mensen dan, geloof ik.'

Hij lachte weer. 'Dat komt doordat we het over het huwelijk hadden. Dan denk je daar vanzelf aan.'

'Ik praatte, jij was te beleefd om me de mond te snoeren. Nog wat koffie? Kan ik iets doen om al mijn geklets goed te maken?'

'Nee, dank u. Het werk gaat goed.'

'Ik zal straks iets te eten voor je maken.'

'Dat is niet nodig. Ik heb boterhammen bij me.'

'Ik maak toch soep. Sian, mijn jonge buurvrouw en haar zoontje komen langs. Hij is zo'n schatje. Met hem zou ik diréct trouwen.'

'En hoe oud is hij?'

'Vier. Treurig, hè?'

'Tja, de kans bestaat natuurlijk dat iemand anders hem wegkaapt als jij op hem blijft wachten.'

Fiona grinnikte. 'Dat betwijfel ik.'

Hij glimlachte naar haar. 'Ik moet maar weer eens aan de slag.'

'En ik ook.'

Ze keken elkaar een tijdlang aan, en Fiona besefte dat ze had genoten van hun gesprek. Hij leek ook helemaal geen haast te hebben om weer naar de bibliotheek te gaan. 'Is het erg saai, oude boeken uitzoeken?'

'Nee, het is fascinerend en ik vind het heerlijk. Maar goed, ik zal u niet langer van uw werk houden.'

'Ik roep wel als de soep klaar is.'

James wilde net weglopen toen Sian en Rory de keuken binnen kwamen.

'Ik heb geklopt, maar je deed niet open, dus toen zijn we maar naar binnen gegaan.' Sian keek naar Fiona en toen naar James. 'Ik hoop niet dat we storen.'

'Nee, nee, helemaal niet. Ik verwachtte je al.' Ze glimlachte en zei: 'Dit is James... James Langley, boekverkoper.'

'Dag,' zei Sian. Ze schudde hem de hand en voegde eraan toe: 'Bent u op zoek naar eerste edities van James Bond met de stofomslag er nog omheen?'

James schoot in de lach. 'Nee, ik verwacht niet dat ik die hier zal vinden. Maar wel veel andere schatten.' Hij wendde zich tot Fiona en vroeg: 'Zou u het erg vinden als ik het bureau gebruik? Om alles goed bij te houden.'

'Gebruik wat je nodig hebt!' zei Fiona. 'Weet je zeker dat je niet nog wat koffie wilt? De soep is voorlopig nog niet klaar.'

'Je hoeft niet speciaal soep klaar te maken, hoor!' zei Sian. 'Je hebt al genoeg te doen. Rory en ik hebben wat pasteitjes meegenomen die we zelf gemaakt hebben. Er zijn er genoeg voor de lunch.' Ze keek naar James. 'Voor u ook, als u dat lekker vindt.'

'Ik heb boterhammen bij me,' zei James tegen Sian. 'Maar een zelfgemaakt pasteitje is veel lekkerder.'

Sian grinnikte. 'Nou, dat valt nog te bezien. Rory heeft er erg zijn best op gedaan.'

'Ah, de man met wie mevrouw Matcham in een oogwenk zou willen trouwen,' zei hij.

Fiona lachte. 'Inderdaad! En noem me alsjeblieft Fiona, anders moet ik jou weer meneer Langley gaan noemen, en ik denk al een tijdje aan je als James.'

Er schoot een zweem van emotie over James Langleys gezicht en Fiona besefte dat ze iets had gezegd wat belangrijk voor hem was. 'Ik ga koffie zetten,' zei ze snel, 'daar hou je het tot de lunch wel mee uit.'

'Dan zie ik je zo in de schuur, Fiona.' Sian liep naar de deur. 'Blijf niet te lang weg.'

6

Toen Fiona bij de schuur kwam, waar Sian al stond met een vastberaden blik op haar gezicht, voelde ze zich plotseling moe.

'Moet dit vandaag?'

'Tja, jij zei dat je er vóór het etentje een begin aan wilde maken. Als we vanmorgen nou gewoon een klein stukje doen, dan concentreren we ons vanmiddag op het huis en het eten?'

Fiona besefte dat ze er niet onderuit kwam. 'Goed, dan pak ik even een overal.'

'Jij, een overal, Fiona?'

'Die is van mijn man geweest, en hij past me goed. Hij is lekker warm en er zitten zó veel verfvlekken op, dat hij bijna waterdicht is.'

'Trek maar gauw aan, dan!'

'En ik pak een paar handschoenen. Daar heb ik er genoeg van.'

Algauw trokken de twee vrouwen de schuurdeuren open en staarden ze naar de stapels meubels voor hen.

'Oké,' zei Sian. 'We moeten de boel sorteren. Een deel houden, verkopen, beschilderen, weggooien...'

'Of verbranden...'

Sian moest lachen.

'Goed zo!' zei Fiona, in een poging zelfverzekerd te klinken, maar ze bleef staan.

Sian keek naar haar vriendin en zag dat Fiona absoluut niet wist waar ze moest beginnen. Sian pakte een tafel die bij een mimiset bleek te horen. 'Wil je deze houden?' Fiona schudde haar hoofd. 'Je weet dat ik een hekel aan mimisets heb.'

'Nou, dan kun je hem verkopen.'

'Wie wil die dingen nou hebben? En hoe moet ik ze verkopen?'

'Je zet alles wat je wilt verkopen in een hoek en laat een veilinghuis uit de buurt langskomen. Zij kunnen ook spullen bij je ophalen. En als er houtworm in zit, stoken we gewoon een gigantisch vreugdevuur.'

'Hè ja, dat lijkt me leuk.' Fiona slaakte een zucht. 'Wat mij betreft mag het geloof ik allemaal op de brandstapel.'

'Niet allemaal!' Sian keek ontzet. 'Je weet gewoon niet goed wat er staat, dát is het probleem.' Ze zweeg even. 'Weet je wat, als jij nou eens water opzet, dan maak ik vast een begin. Als het niet allemaal op zo'n grote hoop ligt, is het vast gemakkelijker.'

Fiona bleef langer weg dan ze bedoeld had, vanwege de brownies die de oven in moesten. Uiteindelijk kwam ze weer buiten.

Sian was flink opgeschoten. 'Daar staan mooie stukken die je misschien wilt houden of anders wilt verkopen. Er zitten er een paar bij die ik graag zou willen beschilderen, maar in dat geval zouden ze hier moeten blijven. Wat dacht je van het groepje daar?' Ze wees naar een toilettafel van gerookt eikenhout met twee kleine lades en een gevlekte spiegel en bijpassende hangkast.

'Verbranden of verkopen,' zei Fiona. 'Foeilelijk.'

'Oké. En deze?'

Helemaal achteraan, deels verstopt achter andere meubelstukken, stond een gigantische kast.

'Jemig, wat een gevaarte,' zei Fiona. 'Dat wil niemand hebben. Ik weet niet eens wat het is.'

'Ik vind het geweldig!' zei Sian.

Fiona draaide zich om en keek haar geschokt aan. 'Echt waar? Waarom?'

'Nu ziet hij er afschuwelijk donker en somber uit,' zei ze, 'maar stel je voor dat hij een soort Scandinavisch grijs is, met een rode onderlaag. Achter in een grote keuken. Als dressoir.'

'Ik weet nooit goed wat dat betekent...'

'O, gewoon een chique keukenkast. Dan is hij prachtig! Er past een complete keuken in!'

'Nou, neem maar mee, lieverd. Ik wil hem niet.'

'Fiona! Stel je hem nou toch gewoon voor als hij af is.'

Maar Fiona kon het zich niet voorstellen, ze zag alleen een monsterlijk, overweldigend ding dat waarschijnlijk nog vol met spinnen zat ook! 'Sorry, dat kan ik echt niet. Maar ik meen het, je mag hem van me hebben, je kunt ermee doen wat je wilt.'

Sian zette haar handen in haar zij en dacht hierover na. 'Het probleem is dat ik er dan hier aan zou moeten werken. We kunnen hem zelf niet tillen, en grote stukken als deze zijn juist de reden dat ik de schuur nodig heb. Dit zou ik niet thuis kunnen doen.'

'Dat geeft niet. We gooien gewoon zoveel mogelijk weg, en alles wat we niet kwijtraken, mag jij beschilderen.' Nu de eerste beslissingen genomen waren, leek de klus opeens niet meer zo gigantisch.

Tegen de tijd dat ze hadden gedaan wat ze konden, waren ze allebei warm en vies. Sian had erop gestaan dat Fiona iets voor zichzelf uitzocht wat zij zou beschilderen, en Fiona had een kleine schommelstoel gevonden die heel mooi in haar badkamer zou staan.

Nadat ze hadden gegeten, richtte Fiona haar aandacht op haar huis en het ophanden zijnde etentje. Sian had zich opgefrist en bracht Rory naar Annabelle.

Een paar uur later trof James Fiona in de keuken, waar ze stond te aarzelen of ze de boontjes in bosjes zou dichtbinden met prei zodat ze ze kon stomen, of dat ze bacon zou gebruiken en ze zou bakken. De eerste optie was makkelijker – en gezonder – maar ze wist dat de bacon extra smaak aan het gerecht zou geven.

'Kan ik iets doen?' vroeg hij. 'Je zuchtte.'

Ze draaide zich om. 'Echt waar? Dat is waarschijnlijk omdat ik niet kan besluiten wat ik met die akelige boontjes zal doen, en mijn sommelier komt te laat.'

'Je sommelier? Dat klinkt chique.'

'Hij is niet echt een sommelier, gewoon een vriend die me gaat helpen met het uitzoeken van de wijn in de kelder.'

'Dat lijkt me een aangename taak. Zal ik het doen? Van bonen heb ik geen verstand.'

'Wel van wijn?'

'Het is mijn vak niet, ik noem mezelf meer een enthousiaste amateur.' Hij glimlachte en Fiona vond hem nog aardiger. Hij had een geruststellende uitstraling.

Ze glimlachte terug. 'Dat is goed genoeg voor mij. Maar dan moet je wel naar mijn etentje komen. Anders kan ik je niet laten helpen.' Ze zweeg even. 'Is dat chantage?'

James dacht hier even over na. 'Mogelijk, maar wel op een plezierige manier. Ik ga er graag in mee.'

'Wat een opluchting. Ik zal je laten zien waar de wijnkelder is. Er staat van alles. Zonde om het niet op te drinken.'

'Wil je één wijn serveren? Of verschillende?'

'Eén soort per kleur, lijkt me. Maar niet iets wat erg zwaar is. Volgens mij staat er nog Côtes du Rhône...'

'Ik vind wel wat. Ik heb wel een idee wat je nodig hebt.'

'De champagne staat al in de koelkast. Ik heb besloten dat ik geen cocktails serveer. Die zijn pas leuk als ze heel erg sterk zijn en dan loop je het risico dat de avond wat asociaal eindigt,' zei ze.

'Heel verstandig,' vond James. Misschien had hij in de

gaten dat Fiona zich afvroeg of ze niet een berg munt moest fijnhakken voor eventuele mojito's.

'Is champagne te koud, denk je?' Fiona was blij dat ze geen munt hoefde te hakken. Ze had al genoeg te doen.

'Daar zou ik me maar geen zorgen om maken. Je haalt het per slot van rekening uit de koelkast en serveert het in de tuin, nietwaar?'

'Natuurlijk. Ik wou dat ik me niet overal zo druk om maakte.'

'Dat doe je niet. Je wilt je alleen goed voorbereiden. Zo, hoe zit het met de wijn?'

Fiona slaakte een zucht en ontspande zich een beetje. Ze had door de jaren heen genoeg etentjes gegeven, maar om de een of andere reden was ze nu ongewoon zenuwachtig. 'De wijnkelder is die deur door en dan een trapje af. Red je het alleen of zal ik het je laten zien?'

'Ik red me best,' zei hij resoluut, en hij verdween in de kelder.

'En ik zal de deur opendoen voor mensen die aan de vroege kant zijn,' zei Sian. Ze had gedoucht, had zich verkleed en zag er in haar zomerjurk fris en beeldschoon uit. Ze begreep wel dat Fiona zenuwachtig was. Ze nam haar het schort af en duwde haar naar de deur. 'Wegwezen, ga je verkleden!'

Om precies halfacht was Fiona beneden.

'Je ziet er prachtig uit!' zei Sian, en ze gaf haar een zoen. 'Echt beeldig! Niemand zou zeggen dat je de hele dag in een hete keuken hebt gestaan en met meubels hebt lopen sjouwen.'

'Ik ben het er helemaal mee eens,' zei James met een glimlach. 'Ik hoop dat je het niet erg vindt, maar Sian heeft me een badkamer gewezen waar ik me even heb kunnen opfrissen.'

'Nee, natuurlijk vind ik dat niet erg!' zei Fiona, die zich hartelijk en mild voelde. 'En als je liever iets anders aantrekt, heb ik nog wel wat overhemden van mijn zoon. Sommige zijn goed te dragen.' Ze glimlachte. 'Sterker nog, sommige zitten nog in de verpakking. Ik koop vaak kleren voor hem. Dan zegt hij: "Dank je wel, mama, geweldig". Maar hij draagt ze nooit. Afijn, misschien denk jij er ook zo over.'

'Dat is heel aardig van je. Dit overhemd is zijn uiterste houdbaarheidsdatum eigenlijk wel voorbij.'

'Ik zal ze even opzoeken…' Fiona wilde James al voorgaan naar boven toen Sian haar resoluut tegenhield.

'Nee Fiona, zeg jij maar waar we moeten zoeken, dan vinden we die overhemden wel. Schenk jij vast lekker een glaasje voor jezelf in en maak je klaar om je gasten te verwelkomen. Er staat al een fles champagne open. James dacht dat je dat niet wilde doen op het moment dat je je eerste gasten verwelkomt.'

Gehoorzaam en dankbaar liep Fiona naar de tuin, waar Sian alle kaarsen en lichtslingers rond het terras had gearrangeerd alsof er een uitvoering van *Een Midzomernachtsdroom* ging plaatsvinden. Het was misschien wat overdreven voor een etentje – zelfs al was het een groots etentje dat in de openlucht plaatsvond – maar er hing een sfeer van verwachting, alsof er inderdaad iets heel bijzonders ging gebeuren, en Fiona was verrukt.

De geur van kamperfoelie hing in de lucht en de jasmijn in de serre verspreidde een heerlijk parfum. De opmerkzame Fiona rook ook rozen. Wat boften ze toch met het weer! Tegen het einde van de zomer was de warmte drukkend en dor, maar nu deed de temperatuur heerlijk aan.

Terwijl ze een slokje champagne nam die James voor haar had ingeschonken voordat hij met Sian naar boven was gegaan, besloot ze dat ze blij was dat Robert niet vroeg had kunnen komen. Nu kon hij alles in volle glorie zien, zonder dat hij deel had hoeven uitmaken van de voorbereidingen. Maar toen bedacht ze hoe vaak hij het over het huis had gehad, en ze hoopte maar dat hij niet zou denken dat ze zich voor hem zo had uitgesloofd. De andere gasten zouden dit ook weten te waarderen.

Het echtpaar Francombe en Robert waren modieus laat. Sian had de keuken opgeruimd – ondanks Fiona's protest dat dat niet nodig was en ze haar mooie kleren niet moest verpesten – en vroeg zich net af of ze naar de anderen in de tuin moest, toen de deurbel ging.

'O! Waar is Fiona?' vroeg een struise, goedgeklede vrouw met een enorme sjaal om zich heen gewikkeld. 'Ben jij de hulp?'

'Natuurlijk is ze de hulp niet, lieverd,' zei een aantrekkelijke maar enigszins gezette man die achter zijn vrouw aan binnenkwam. 'Ze is een behulpzame gast.'

'Inderdaad,' zei Sian, die bedacht dat in het boekje over succesvolle diners was gesproken over het inhuren van de dochters van vrienden als serveersters. Dit was zeker het echtpaar Francombe. 'Wilt u iets in de garderobe achterlaten? Of zal ik u voorgaan?'

De bel ging opnieuw en danste heen en weer op zijn veer.

'We vinden het wel, meisje. Dank je wel,' zei de vrouw.

Sian mocht deze vrouw wel, al was het woord 'zelfvoldaan' voor haar gecreëerd. Ze was zó zelfverzekerd: een vrouw die volledig tevreden was met zichzelf.

Sian deed de deur open voor een vrij lange, best aantrekkelijke man met een aardige bos haar. Dit moest Robert zijn, en ze zag meteen waarom Fiona had gezegd dat hij niet 'de ware' kon zijn.

'Hallo?' zei hij. Hij legde zijn hand in de hare en drukte hard. 'Ik ben Robert Warren. Ben jij Fiona's dochter?'

'Nee, gewoon een vriendin. Kom verder. Iedereen is in de tuin.'

Robert Warren stapte over de drempel en keek om zich heen. 'Goeie god! Dit moet een paar centen hebben gekost!'

Sian huiverde, maar bleef glimlachen. 'Loop maar mee naar de tuin.'

'Weet je of er een hypotheek op zit?' vroeg hij op gedempte toon.

'Ik heb geen idee!' zei Sian. 'Deze kant op.'

Sian keek trots naar Fiona, die aan het hoofd van de tafel zat. Alles ging geweldig. Er was genoeg ruimte in de serre omdat de helft van de planten was weggehaald, de tafel zag er bijzonder mooi uit en meneer en mevrouw Francombe waren niet in staat hun verbazing over de verfijndheid van de gelegenheid te verhullen.

Het eten was verrukkelijk. Sian was blij dat ze Fiona ervan had overtuigd om haar pronkboontjes niet in pakketjes te binden maar er alleen wat stukjes uitgebakken bacon aan toe te voegen om ze speciaal te maken. James en zij hadden de asperges afgeruimd, waarna James de ene lamsbout had getrancheerd – perfect rosé vanbinnen – en Fiona de andere. Tot Sians heimelijke ergernis had Robert alleen wat geringschattende opmerkingen over de kwaliteit van de wijn gemaakt. Als hij echt onbeleefd was geweest, zou ze er iets van gezegd hebben, maar hij was alleen nogal laatdunkend. Gelukkig hoorde Fiona het niet.

Sian genoot. Ze ging niet vaak naar etentjes – als haar ouders ze vroeger hielden, ging zij meestal uit met vrienden – en ondanks het feit dat ze wist dat Fiona's etentje geen saaie aangelegenheid zou worden, was ze toch een beetje bang geweest dat ze zich misschien overweldigd zou voelen, maar dat was niet zo. En hoewel haar jurk een beetje rafelde bij de zoom, wist ze dat hij haar goed stond. Ze voelde zich niet ongemakkelijk tussen de pracht van de kleding die de anderen droegen. Ze had lang gesproken met Margaret Tomlin, die een eigen boetiek had en aan wie ze had beloofd om langs te komen met voorbeelden van haar werk. Ze was er zelfs in geslaagd met Melissa te praten zonder te huiveren.

Ze waren aan het kaasplateautje toe, voorafgaande aan het

dessert, en Sian bedacht net dat Fiona er zo mooi uitzag, toen ze een geluid hoorde. Een soort motor. Het klonk erg dichtbij, alsof er een voertuig over de oprit van grind reed, terwijl de meeste mensen achter het huis parkeerden.

Ze keek naar Fiona. Zij had het ook gehoord en wilde zo te zien op onderzoek uit. Het geluid werd harder en zorgwekkender. Sian wilde net aanbieden om te gaan kijken toen iedereen opschrok van piepende remmen en het geluid van metaal tegen steen.

Sian wilde er direct naartoe rennen, maar ze zat ingebouwd tussen twee gasten. Fiona keek bezorgd, maar haar uitdrukking veranderde toen ze de man bij de serre zag.

'Godgloeiende tering!' zei een mannenstem. 'Wie zet die rottige engel daar nou neer?'

Het bleef even stil. Niemand zei wat. Iedereen keek verwachtingsvol naar de deur. Een indringer zou niet zo luid hebben gevloekt. Die zou waarschijnlijk zijn onderzoek hebben gedaan en hebben geweten waar de engel stond. Wie was dit?

Een lange, sjofele man verscheen in de deuropening. 'O, stik. Een etentje. Hoi, mam!'

Sian had geprobeerd om haar stoel een beetje te verschuiven en had niet gezien wie dat had gezegd. Nu kon ze hem helemaal niet meer zien doordat iedereen opstond zodat Fiona erlangs kon.

Ze zag dat hij zijn armen om zijn moeder heen sloeg en zich bukte om haar te omhelzen. En toen keek hij op.

Sian dacht dat ze onderuit zou gaan. Ze dacht dat ze droomde. En toen besefte ze dat dat niet zo was en wilde ze het liefst weg.

Een slokje wijn gaf haar wat bedenktijd. Niemand had haar reactie opgemerkt, ze stonden allemaal rond de verloren zoon, maar Sian wist dat Fiona haar elk moment kon gaan voorstellen.

Gelukkig stond Melissa op. 'Angus!' riep ze verrukt. 'Ken

je mij nog? De laatste keer dat jij me zag, duwde je me in de brandnetels!'

Het bleef rumoerig. Melissa leunde nu tegen Angus aan, gaf iedereen de indruk dat ze elkaars jeugdliefde waren en dat jongetjes meisjes die ze leuk vonden nu eenmaal in de brandnetels duwden. Misschien was dat ook wel zo. Behoedzaam schoof Sian haar stoel naar achteren en ze stond bijna, toen ze Fiona hoorde roepen: 'Sian! Lieverd! Dit is Angus! Angus, dit is Sian, mijn buurvrouw en grote steun en toeverlaat. Ik weet niet hoe ik het zonder haar had moeten redden.'

Sian dwong zichzelf op te kijken. Gus, de vader van haar kind, keek haar aan.

'Sian?' zei hij, en hij staarde haar aan alsof ze een standbeeld was dat tot leven was gekomen of iets anders wat al net zo bizar was. 'Sian! Wat doe jij hier in vredesnaam?'

Sian merkte dat haar mond kurkdroog was geworden. Het duizelde haar. Ze voelde een lichamelijke schok door zich heen gaan. Alle verlangen dat ze de eerste keer voor hem had gevoeld stroomde in volle hevigheid door haar lichaam. Hoe kon haar lichaam haar zo verraden? Dit was niet goed. Ze nam nog een slokje wijn in de hoop dat de woorden daarna zouden komen.

'Ik…' was het enige wat ze uit haar mond kreeg. Ze kon gewoon niet geloven dat hij hier was, in levenden lijve, de man die haar hart had gestolen, haar hartstocht, haar dromen. Die ermee vandoor was gegaan en haar alleen had achtergelaten met haar geliefde zoon. Kom op, hersens, smeekte ze. Verzin iets! Was hij de afgelopen vijf jaar maar wat minder aantrekkelijk geworden, maar helaas, hij was nog net zo, maar dan meer… van alles!

'Kennen jullie elkaar?' vroeg Fiona. 'Wat een buitengewoon toeval. Waarom heb je nooit verteld dat je mijn zoon kende?'

'Ik wist het niet!' wist Sian ten slotte uit te brengen. De

wijn hielp. 'Ik had geen idee dat Gus jouw zoon was. Jij hebt het altijd over Angus.' Ze fronste haar wenkbrauwen. 'En jouw achternaam is Matcham!' Net op tijd weerhield ze zich ervan om eraan toe te voegen: *niet Berresford*. Zijn naam zou niet in haar geheugen moeten zijn geëtst en dat moest ze geheim houden.

'Dus jullie kennen elkaar?' vroeg Melissa een beetje bezitterig.

'Reken maar,' zei Gus heftig. 'Nou en of. Al hebben we elkaar heel lang niet gezien.'

De manier waarop hij haar aankeek, gaf wel aan dat hij zich hun ontmoeting nog tot in detail kon herinneren en Sian bloosde toen zij er ook aan dacht. Ze schaamde zich dood dat ze zulke herinneringen had in een kamer vol mensen die haar allemaal aan leken te staren.

'Hoe hebben jullie elkaar ontmoet?' vroeg Melissa.

'Op een feest,' zei Gus, 'vlak voordat ik wegging.'

Het feest. Ze hadden elkaar in de keuken ontmoet. Sian was wat water gaan halen en Gus was daar geweest. Hij had een glas voor haar gezocht en het vol laten lopen. Toen hij het haar had aangegeven, hadden hun blikken elkaar gekruist. Sian kon zich de vonk nog herinneren die tussen hen was overgesprongen; hij stond in haar geheugen gegrift. Sian had het water aangepakt, maar was niet teruggegaan naar de groep waar ze mee was. Gus had haar bij de hand genomen en in een hoekje naast de tafel getrokken. Hij was voor haar gaan staan alsof hij haar van de rest van de groep wilde afsnijden. Ze wist dat ze zich ingesloten had moeten voelen, maar had zich juist veilig en beschermd gevoeld. En ze hadden gepraat. Urenlang. Uiteindelijk had hij gevraagd: 'Zullen we weggaan?' En zij had geknikt. Zonder afscheid te nemen van de anderen hadden ze de flat verlaten en een taxi naar zijn huis genomen. Het was helemaal niets voor haar, en toch kon ze zichzelf niet stoppen. Ze hadden elkaar in de taxi gezoend en hadden zich nauwelijks van elkaar los kunnen maken toen ze uitstapten. Gus had de chauffeur een handvol biljetten gegeven, waarschijnlijk als excuus voor hun gedrag en omdat hij geen tijd wilde verspillen met geld tellen en betalen.

Sian kon zich herinneren dat ze over een stapel dozen was gestruikeld toen ze bij de slaapkamer waren, maar hoorde pas de volgende dag dat hij een erg lange reis ging maken. Toen was het al te laat; ze was hopeloos verliefd. Het was liefde, lust, verlangen, wat dan ook. Tegen haar zin had ze ermee ingestemd dat het verstandiger was om zonder beloftes uit elkaar te gaan, om die heerlijke nacht zonder spijt te blijven herinneren. Gus wist per slot van rekening niet wanneer hij weer terug zou zijn.

'En sindsdien hebben jullie elkaar niet gezien?' vroeg Fiona.

'Nee,' zei Sian, die haar gedachten terug sleepte naar het heden.

'Ik vertrok de volgende dag,' zei Angus. 'Ik bedoel, de dag nadat we elkaar hadden ontmoet.' Hij keek haar even net zo aan als toen. Toen ze die zondagochtend afscheid hadden genomen, had hij met zo'n trieste blik naar haar gekeken. Hij had zijn hand tegen haar wang gelegd en hem daar gehouden. Ze wist toen dat ze nooit spijt zou hebben van die nacht, die hemelse seks, en ze had ook nooit spijt gehad, zelfs niet toen ze had beseft dat ze zwanger was. Ze schraapte haar keel, probeerde te bedenken wat ze kon zeggen, zodat hij haar niet meer zo aan zou kijken, alsof hij haar mee naar boven wilde nemen, en zijn moeders etentje en de vijf jaar dat ze elkaar niet gezien hadden wilde vergeten.

Maar ten slotte nam haar gezonde verstand de regie over. Ze was sindsdien een stuk volwassener geworden en ze had verantwoordelijkheden gekregen. Haar lichaam wilde wel, maar haar verstand zei dat ze zich niet kon gedragen als het onbesuisde meisje van toen. Ze had te veel te verliezen. Haar gezonde verstand om te beginnen. Haar gevoelens lagen overhoop en ze wilde dat ze kon wegrennen, maar ze was het Fiona verschuldigd om te doen alsof er niets aan de hand was, alsof ze niet net een man had ontmoet die ze niet gedacht had ooit nog te zien; een man die nog altijd even onstuimig en onbekommerd leek als toen. Ze kon het zich niet veroorloven toe te geven – zelfs niet aan zichzelf – hoe sterk die aantrekkingskracht nog steeds was.

Tot Sians grote opluchting nam Fiona haar moederrol op zich. 'Heb je al gegeten, lieverd?' vroeg ze.

Gus wendde zich tot zijn moeder. 'Eh, nee. Ik heb honger als een paard.' Daarna gleed zijn blik weer naar Sian. Zij wendde haar blik snel af en frunnikte aan haar servet. Zijn blik was te doordringend.

'Laten we een stoel erbij pakken,' zei Melissa. 'Hier, naast mij is wel plek.' Ze klopte verleidelijk op de stoel naast haar.

'Laat die jongen lekker naast zijn moeder zitten,' zei Margaret Tomlin resoluut.

Iemand haalde een stoel, er werd ruimte gemaakt en Gus ging zitten.

'Nou, lieverd,' zei Fiona. 'Waarom ben je zo lang niet thuis geweest?' Direct daarna legde ze bezorgd een hand op zijn arm. 'Tenzij dat privé is?'

'Ja,' zei Melissa, 'vertel. Heb je soms een vrouw en zes kinderen ergens in Buiten-Mongolië?'

'Voorzover ik weet niet,' zei Gus met een grijns. Hij draaide zijn gezicht naar Melissa, en hoewel Sian zijn gezicht niet kon zien, merkte ze dat hij aan het flirten was.

Sian deed haar uiterste best om haar gevoelens onder controle te houden en onderdrukte een zucht. Hij was nog steeds één brok charme, besefte ze jaloers, en ze bestrafte zichzelf voor die gedachte. Hij kon doen wat hij wilde. Hij was niet de hare, was het nooit geweest ook. En wat moest ze in vredesnaam met Rory aan? Gus was de beste minnaar die ze ooit had gehad, ooit nog zou hebben, daar was ze van overtuigd, maar was hij een goede vader? Daar ging het om. Uit wat Fiona over haar zoon had verteld – al hield ze zielsveel van hem – en uit wat Sian zelf te weten was gekomen, had ze opgemaakt dat hij graag risico's nam, flirtte met gevaar en er niet van hield om ingeperkt te zijn en afgehouden te worden van waar hij het meeste van hield: op stel en sprong vertrekken naar ontdekte en onontdekte gebieden. Ze zou zeker willen weten dat hij niet weer weg zou gaan voordat ze hem überhaupt zou vertellen dat hij een zoon had. Ze kon het Rory niet aandoen, ze kon het zichzelf niet aandoen.

'Zeg, als het geen duister geheim is, wat heb je dan al die tijd gedaan?' drong Melissa aan. 'We hebben je gemist!'

Gus wendde zich met een triomfantelijke blik tot zijn moeder. 'Ik heb een boek geschreven. Nou ja, ik ben ermee begonnen. Ik weet dat je me niet geloofde, maar het is echt zo en ik heb een agent. Hij gaat het komende herfst naar een aantal uitgevers sturen… als ik het dan tenminste af heb, natuurlijk!'

'O, lieverd! Ik ben zo trots op je!' Fiona glunderde. 'Ik weet dat je dat wilde, maar ik was bang dat je met je dyslexie…' Ze zweeg, wenste waarschijnlijk dat ze haar mond had gehouden over dat wat zijn schooltijd zo moeilijk had gemaakt.

'Veel creatieve mensen zijn dyslectisch,' zei Margaret. 'Een vriend van me noemt het een geschenk, geen handicap.'

'Maar waarom kon je het boek niet hier schrijven?' vroeg Melissa op een drammerig toontje, alsof ze het recht had te verwachten dat hij bij haar in de buurt was. 'Schrijven kun je toch overal.'

'Waarschijnlijk is het gemakkelijker om te schrijven over een plek als je er ook daadwerkelijk bent,' zei Fiona, een beetje kortaf. 'Maar Angus, lieverd, ik ben toch zo nieuwsgierig. Hoe kennen jij en Sian elkaar? Wist je dat ze een schat van een…'

'Ach, verveel hem daar maar niet mee,' zei Sian. 'Ik heb

een zoontje,' zei ze met een snelle glimlach. 'Maar verhalen over kinderen van anderen zijn altijd zo saai, vind je niet?'

'Niet per se,' zei Gus, en hij wierp Sian een blik toe die zij interpreteerde als grimmig – maar misschien was dat haar kwade geweten, besefte ze.

'Rory is niet saai, hij is een schatje!' zei Fiona, 'maar misschien…'

'Ik heb hem gezien,' zei Melissa. 'Een engeltje, maar misschien niet zo interessant nu we Angus hier hebben die ons kan vertellen over zijn avonturen.'

Sian wilde helemaal niet over Rory praten en ze had Melissa dankbaar moeten zijn, maar op de een of andere manier was ze dat niet.

'Vertel ons eens over je avonturen,' drong Melissa aan. 'Volgens mij willen we er allemaal dolgraag meer over horen.'

Sian dwong zichzelf kalm te blijven, ook al ging ze nu het liefst naar huis om zich daar te verschuilen tot ze genoeg tijd had gehad om tot zich te laten doordringen dat hij hier was. Maar ze kon nu niet met goed fatsoen weg. Ze moest nog even wachten. Na de koffie, beloofde ze zichzelf. Dat zou niet raar zijn. En dan kon ze Fiona helpen met klaarzetten. Dan ging het sneller en kon ze eerder weg.

Ze moest toegeven dat Gus een onderhoudende verteller was, en als hij schreef zoals hij vertelde, zou zijn boek fantastisch worden. Terwijl hij aan het woord was, wierp hij haar steeds betekenisvolle blikken toe. Sian kon ze niet beantwoorden. Ze wilde niet dat er nog meer tegenstrijdige gevoelens opgerakeld werden. Eén keer keek ze hem per ongeluk recht aan, en zag ze dat hij verward keek. Hij begreep kennelijk niet waarom ze hem niet had begroet alsof ze net die ochtend afscheid hadden genomen en ze zonder meer bereid was verder te gaan waar ze waren gebleven, samen in bed. Als Rory er niet geweest was, en tot op zekere hoogte ook Richard en nog een heleboel andere dingen, zou ze dat misschien nog wel hebben willen doen ook. Maar het was een leven geleden, en ze was toen een andere Sian.

Ze was blij toen ze van tafel kon en Fiona kon helpen met afruimen.

7

Gus, dacht Sian voor de honderdste keer sinds Fiona's noodlottige etentje. Wat moest ze met hem aan? Rory was met beloftes van een bezoek aan De Slingeraap, een binnenspeeltuin, overgehaald om de dag na zijn logeerpartijtje te blijven, en dus had Sian meer dan genoeg tijd om zonder de afleiding van een vierjarig jongetje na te denken. Ze zou bijna willen dat Jody had gebeld om te zeggen dat Rory liever naar huis wilde, zodat ze nu naar zijn gekwebbel kon luisteren en niet zat te piekeren over de onaangename verrassing tijdens Fiona's etentje de vorige avond. Maar goed, Richard kwam lunchen, dus kon ze aan hem denken en creatief bezig zijn. Er was niets rustgevender dan het bladeren door kookboeken. Maar toen bedacht ze dat Richard niet hield van de avontuurlijke keuken.

Terwijl ze uien bakte voor op de macaroni, en boter, suiker en bloem mengde om een kruimeltaart te maken, als een brave huisvrouw uit de jaren vijftig, en zelfs toen ze haar tanden poetste en make-up opdeed, moest ze onwillekeurig toch weer aan Gus denken en niet aan haar gast. Ze had het grootste deel van de nacht aan hem gedacht. Ze kon er niets aan doen. Maar hoe meer hij haar gedachten beheerste, des te verwarrender en ongemakkelijker ze zich voelde. Ze had niet genoeg tijd of emotionele energie om zich er druk om te maken. Ze wist alleen niet wat ze aan moest met deze totaal onverwachte situatie. Gus was hier, woonde praktisch naast de zoon van wiens bestaan hij niet eens wist. Hoe moest ze het hem vertellen? Móést ze het hem vertellen? Kon ze het risico nemen? Zou hij een goede vader zijn? Rory en zij hadden stabiliteit nodig en iemand die betrouwbaar was en er voor hen zou zijn. Iemand die hun leven niet alleen pret en avontuur verschafte, maar die ook problemen rond school of het voetballen aankon.

Ze kende Gus amper, ondanks het feit dat ze een halve nacht – die heerlijke nacht die bijna een droom leek – met hem had gepraat. En hoewel ze zich nog steeds lichamelijk tot hem aangetrokken voelde, wist ze niet wat ze eigenlijk van hem vond; niet nu, bijna zes jaar later. Nee, besloot ze gedecideerd, terwijl een merel zijn ochtendlied bij haar raam floot, Gus mocht pas weten dat Rory zijn zoon was als zij en Rory daaraan toe waren.

De deurbel doorbrak haar verwarde gedachten. Richard was vroeg, dacht ze, toen ze naar de deur liep. Maar het was Richard niet, het waren Fiona en Gus.

Het leek alsof haar hart en maag een vrije val maakten. Ze was er absoluut nog niet klaar voor om hem weer te zien, maar kennelijk had ze geen keus. En dus zei ze, naar ze hoopte met een hartelijke glimlach: 'O, hallo! Fiona, ik dacht dat jij na gisteren lekker de hele dag in bed zou blijven!' Ze gaf haar vriendin een zoen en bleef babbelen zodat ze niet met Gus hoefde te praten, laat staan naar hem te kijken.

'Dag, Sian,' zei hij, terwijl hij achter zijn moeder aan de cottage binnen liep. Hij gaf haar een zoen op haar wang. 'Je was gisteravond vroeg weg.'

'Ik had hoofdpijn,' zei ze blozend. Hartzeer eigenlijk, maar daar kon je geen paracetamol tegen slikken. Ze mocht Fiona en Gus niet laten merken hoe in de war ze was. Ze moest doen alsof het de normaalste zaak van de wereld was dat ze met zijn tweeën even bij haar langskwamen na het etentje van gisteren – en dat was het natuurlijk ook. Zij hoefden niet te weten dat Gus' komst voor haar nogal overweldigend was.

Gus leek niet tevreden met haar antwoord. 'Je ontliep me dus niet, of zo?'

'Lieve hemel, nee!' zei Sian, iets te heftig. 'Waarom zou ik?'

'Lieverd, ondervraag haar niet zo! Storen we, Sian? En waar is Rory? Ik heb Angus uitgebreid over hem verteld, en hij wil hem graag ontmoeten.'

'Hij is er niet.'

Wat een opluchting!

'Annabelles moeder heeft het hele stel meegenomen naar een binnenspeeltuin waar ze glijbanen en ladders af kunnen en lekker kunnen gillen. Ik was net het middageten aan het klaarmaken. Richard komt zo.'

Op hetzelfde moment werd er aangeklopt. Richard: precies op tijd. Sian deed een stap in de richting van de deur toen Gus, die naar de keuken was geslenterd riep: 'Ik zie dat je net als mijn moeder overdreven uitgebreid kookt.'

Sian en Fiona keken elkaar even aan. Sian was in paniek, Fiona leek geamuseerd. Ze was duidelijk niet van plan om Sian te helpen door voor te stellen dat zij en Gus Richard en haar met rust zouden laten.

'Ik zal Richard even binnenlaten,' zei Sian zenuwachtig. Toen dacht ze: misschien is het wel een goed idee als Gus en Fiona blijven. Richard zou Gus af kunnen leiden, en Gus zou kunnen voorkomen dat Richard haar opnieuw zou vragen of ze al van gedachten was veranderd. Bovendien had ze sinds ze hier was komen wonen al zo vaak bij Fiona gegeten, dat ze hen best gastvrij kon onthalen en hen uitnodigen om te blijven lunchen. 'Waarom blijven jullie niet eten?' vroeg ze gehaast, voordat ze de voordeur opendeed en Richard met een kus op zijn wang begroette en zei: 'Vind je het vervelend als we niet alleen eten? Een oude vriend van jou is hier, en Fiona.'

Op de een of andere manier was Gus meester van de situatie toen hij de keuken uit kwam om Richard te begroeten. Hij leek volkomen op zijn gemak in de cottage, alsof hij hier regelmatig kwam en Richard de vreemdeling was. Sian vond het niets, maar ze kon het niet veranderen. 'Richard! Goeie genade! Jou heb ik in geen jaren gezien! Wat doe je hier bij Sian?' wilde Gus joviaal weten. 'Niet te geloven!' zei Richard. 'Gus! Dat zou ik jóú moeten vragen! Sian is mijn...' 'Gus is hier samen met Fiona,' onderbrak Sian hem. Ze wist dat hij op het punt stond haar zijn 'vriendin' te noemen, maar ze hadden afgesproken – nou ja, zij had besloten – dat ze elkaar altijd gewoon vrienden zouden noemen, of in Richards geval, een vriend met verlangens naar meer. In elk geval tot Sian het openbaar wilde maken.

Fiona stond in de keuken en controleerde de kruimeltaart die net niet was verbrand. Ze leek nog steeds te genieten van de situatie. Voorzichtig zette ze de taart op het aanrecht en begroette Richard. 'Hallo, Richard. Jou heb ik lang niet gezien. Hoe gaat het met je ouders?'

'O, prima.' Richard wurmde zich in de keuken en gaf Fiona een zoen op haar wang.

'Het zou fijn zijn als iedereen een beetje doorliep,' zei Sian. Ze was erin geslaagd haar gevoelens enigszins onder controle te krijgen. Zolang ze bezig bleef, ging het prima. 'Ik heb bier en wijn,' ging ze verder, en toen ze zag dat Fiona haar handtas pakte, zei ze: 'Fiona, Gu... Angus, blijf toch eten. Tenzij jullie andere plannen hebben?' Sian wist niet of ze blij zou zijn als Fiona en haar zoon weggingen en haar met Richard alleen lieten, of dat ze teleurgesteld zou zijn.

'Weet je het zeker?' vroeg Fiona. 'We willen ons niet opdringen.'

'Ik vind dat we moeten blijven,' zei Gus resoluut. 'Er is genoeg en ik kan een lekkere kruimeltaart niet weerstaan. Trouwens, Richard en ik moeten nodig bijpraten.'

'Als jullie dat nou eens in de tuin nou eens deden,' zei

Sian, die door de spanning een beetje kortaf werd. 'Ik moet de tafel dekken.'

'Mannen zijn soms net honden,' zei Fiona, die het tafelkleed dat Sian haar had gegeven op tafel legde. 'Je kunt ze maar beter de ruimte geven.'

'Absoluut. Maar goed, ze kennen elkaar al heel lang, en ze moeten hoog nodig bijpraten. Glaasje wijn?' Sian wachtte niet op antwoord, maar schonk twee glazen in en gaf er een aan Fiona. 'Zo, wat moet er nog gebeuren? O ja, de dressing voor de sla. En, wat heb ik gisteravond nog gemist?' Hou het luchtig, dacht Sian, terwijl ze de ingrediënten pakte.

'Melissa flirtte met Angus alsof hij George Cloony was en zij zijn liefdesbaby had gebaard.'

Sian slikte. Het woord 'liefdesbaby' maakte een golf van paniek los. Ze wist heel goed dat het gewoon een lichtzinnige opmerking van Fiona was, maar Sian besefte plotseling dat ze niet alleen moest voorkomen dat Gus erachter zou komen dat hij Rory's vader was, maar ook Fiona. En vrouwen waren veel opmerkzamer dan mannen. Ze was blij dat Rory haar lichte huid had. Misschien dat dat iedereen voor de gek kon houden. 'En wat vond Angus daarvan?'

Fiona haalde haar schouders op. 'Hij vond het wel grappig, geloof ik. Ze is per slot van rekening een aantrekkelijk meisje.' Ze zweeg even, was zichtbaar nieuwsgierig, maar wilde zich nergens mee bemoeien. 'Hoe goed kennen Angus en jij elkaar?'

'Helemaal niet goed. We hebben elkaar ontmoet vlak voordat hij vertrok, voor… wat het ook was.' Sian wist het opeens niet goed meer.

'Maar hij wist nog wie je was.'

Sian knikte. 'Kwestie van een goed geheugen.'

Fiona slaakte een zucht.

'En,' zei Sian, 'vertel nu eens even over jóúw liefdesleven. Heeft Robert je gisteravond gezoend?' Te laat besefte ze dat ze het feitelijk niet over haar eigen liefdesleven hadden gehad. Ze hoopte maar dat het Fiona niet was opgevallen.

Ze moest voortaan beter op haar woorden letten. Elk woord was een mogelijk gevaar.

'Op de wang, ja.'

'En James? Heeft hij je wang ook gezoend?'

'Ja, maar goed, dat hebben alle mannen gedaan. Zo gaat dat.'

'Dat is waar, zelfs als je elkaar net kent.' Ze voegde een theelepel mosterd aan haar dressing toe. Een nieuwe zorg overviel haar: stel dat Gus zijn moeder had verteld over hun nacht. Waarschijnlijk had hij dat nog niet gedaan, anders zou Fiona wel iets hebben gezegd, maar hij zou het elk moment kunnen doen.

'Je hebt er al mosterd in gedaan.' Fiona wierp haar een bevreemde blik toe. 'Volgens mij moet je de honing hebben.'

'Ach, ja! Wat dom! Ik was er niet bij met mijn gedachten.'

'Je bent zeker moe.'

'Ik heb geen excuus om moe te zijn. Niet zoals jij. Laten we dit maar eens naar binnen brengen en de mannen roepen.' Ze wilde niet toegeven aan Fiona dat ze bijna geen oog had dichtgedaan. Ze had zich de hele nacht zorgen gemaakt om Rory en Gus, Gus en Rory... totdat ze het gevoel had dat ze geen kant meer op kon.

'En wanneer stond het zwarte schaap opeens op de stoep?' vroeg Richard, voordat hij een vork vol macaroni met kaas in zijn mond stak en driftig begon te kauwen.

'Gisteravond,' zei Gus. 'Ik wist niet dat mijn moeder een etentje had en een engel pal voor de garagedeur had gezet.' Hij wierp zijn moeder een quasi-boze blik toe, waarop zij een glimlach op haar gezicht kreeg. 'Mijn voet gleed van de koppeling en de landrover reed er vol tegenaan.'

'En luid vloekend kwam hij vervolgens de serre binnen, Richard,' zei Fiona rustig. 'Waar al mijn gasten bij zaten. Jammer dat je er niet bij kon zijn.'

'Ik weet het. Ik loop altijd alle goede uitnodigingen mis... nou ja, bijna alle.'

Richard keek betekenisvol naar Sian. Met een ongemakkelijk gevoel glimlachte ze. Ze had Fiona en Gus niet moeten uitnodigen. Het was een absurde situatie en ze wilde dat er een eind aan kwam. Hoe had ze kunnen denken dat ze normaal kon doen? Ze keek naar de twee mannen en vergeleek ze onwillekeurig. Ze mocht Richard erg graag, maar wist dat haar gevoelens voor hem nooit zo sterk waren geweest als de gevoelens die ze al direct voor Gus had gehad, al die jaren geleden. Niet alleen was Gus een erg aantrekkelijke en ontspannen man die iedereen met zijn enthousiasme en levenslust voor zich wist te winnen, er was een spanning tussen hen die niet te verklaren was. Richard was vriendelijk en attent, maar ze hadden nooit dat wezenlijke gevoel gedeeld. Toch wist ze dat haar gevoelens voor Gus heel makkelijk puur lichamelijk hadden kunnen zijn geweest en dat ze niet de basis waren voor een langdurige, bemoedigende relatie. Ze wist zonder enige twijfel dat Richard haar zekerheid en stabiliteit voor Rory kon bieden. Dat kon ze van Gus niet zeggen.

'En wat heb jij allemaal gedaan terwijl de rest van ons braaf zijn brood verdiende?' vroeg Richard luchtig, maar er lag een licht uitdagende klank in zijn stem.

'Ach, je kent het wel. Een boek geschreven, dat soort dingen.' Gus gaf Sian een knipoog.

Sian begreep waarom. Ze gaf de salade aan Fiona en vroeg zich af of ze de enige was die zo gespannen was.

'En Richard, hoe was jouw reis?' vroeg Sian, die hem nog een keer opschepte, zonder te vragen of hij nog wilde. 'Waar zat je eigenlijk?'

'In Dubai, zoals altijd.' Richard fronste zijn wenkbrauwen even. Dat wist Sian toch?

'Dat klinkt toch zo betoverend,' zei Fiona. 'Wolkenkrabbers, winkels en hotels die allemaal aan de woestijn zijn ontsproten. Ik heb altijd een keer naar de woestijn gewild, sinds die reclames voor Turks fruit toen ik nog een stuk jonger was.'

Richard glimlachte beleefd. 'Ik kom nooit in de woestijn, helaas. Ik zie alleen de wolkenkrabbers.'

'Ach, wat jammer,' zei Fiona.

'Ik neem je wel een keer mee naar de woestijn als je wilt, mam. Jou ook, Sian.'

Gus glimlachte naar de twee vrouwen. Richard fronste zijn wenkbrauwen. Sian kon het hem niet helemaal kwalijk nemen. Gus keek wel een beetje zelfvoldaan.

'En wat doe je in de woestijn, of waar jij dan ook toevallig bent?' vroeg Richard.

'Ik reis. Soms alleen, soms met iemand uit het land zelf. Ik observeer, maak aantekeningen. Het meest interessante vind ik het leren van oude ambachten en vaardigheden.'

'En daar kun je van leven?'

'Niet echt. Het is moeilijk. Daarom heb ik een boek geschreven.'

'Dus nadat je boek is uitgegeven ga je de wildernis weer in?'

Richard gedroeg zich iets te veel als een strenge maar rechtvaardige schoolmeester, vond Sian. En dat bij een gezellige lunch. Als Gus zich beledigd voelde, zou het wel eens vervelend kunnen worden. Al moest ze toegeven dat Richard vragen stelde waarop zij het antwoord graag wilde weten.

'Nee. Voorlopig blijf ik thuis. Ik heb een tijd geleden mijn been geblesseerd en het heeft lang nodig gehad om te genezen. Als je je eigen vorm van transport niet kunt vertrouwen, moet je niet ergens in de rimboe zitten.'

Sian werd overvallen door een golf van emotie – een mengeling van opluchting, verwarring en bezorgdheid. Ze kuchte en de twee mannen keken haar vragend aan.

'Eh, wil iemand nog wat? Er is meer dan genoeg. Ik heb zo ook nog een kruimeltaart met zwarte bessen, met de complimenten van Fiona, want de zwarte bessen komen uit haar vriezer.'

'Ik ga voor het dessert,' zei Richard gedecideerd. Hij glimlachte naar Sian. 'Heb je...'

Ze knikte. 'Ja, ik heb custard gemaakt. Maar ik heb ook ijs als iemand dat liever heeft.' Ze keek haar andere gasten vragend aan.

'Custard lijkt me heerlijk,' zei Fiona.

'Gebruik jij ook custardpoeder, Fiona?' vroeg Richard met een glimlach. 'De meeste mensen gebruiken het niet meer, maar Sian maakt het precies zoals ik het lekker vind.'

'Je kunt dus ook al goed koken Dat wist ik niet.' Gus glimlachte uitdagend en Sian hoopte vurig dat de anderen het niet zagen.

'Er zijn niet veel mensen meer die zelf custard kunnen maken,' zei Richard, 'al ben jij er vast heel goed in,' voegde hij er met een blik naar Fiona aan toe.

'Lief dat je dat zegt,' zei zij, 'maar ik krijg altijd klontjes. Dat was een van de redenen dat mijn tweede huwelijk kapot ging.'

'Nee toch zeker!' riep Sian uit. Ze stond op en begon af te ruimen.

'Ach, het zijn de kleine dingen, weet je,' zei Fiona.

'En die kleine dingen kunnen een relatie maken of breken,' vulde Richard aan. Hij keek Sian met onverholen genegenheid aan.

'Niet te geloven dat we zo sentimenteel doen over custard!' Sian had de borden opgestapeld en verdween ermee in de keuken.

Gus pakte de slakom en het restant van de macaroni en liep achter haar aan.

'Je moet wel houden van een meisje dat echte custard kan maken,' zei hij. Hij nam de houten lepel uit de pan en likte hem af.

Sian wendde zich af zodat hij niet zou zien dat ze moest lachen. 'Het is een verloren kunst. Echt iets voor jou.'

'Ik weet het,' zei Gus. 'Ik weet het.'

Sian was zó blij dat Richard ging, dat ze hem veel enthousiaster omhelsde dan haar bedoeling was. Hij trok haar dicht tegen zich aan en ze besefte dat ze hem de verkeerde indruk had gegeven.

Ze liep weer naar binnen, waar Fiona aan het afwassen was en Gus onrustig door de woonkamer drentelde, spulletjes oppakte en weer neerzette.

'Zijn Richard en jij goede vrienden?' vroeg hij, terwijl hij een pen pakte en hem opendraaide.

'O, ja. Hij is een fantastische hulp geweest. Hij heeft dit huis voor me gevonden en zijn zus runt de speelgroep waar Rory bij zit.'

'Alleen goede vrienden? Of is het meer?'

Voorzichtig pakte ze de pen uit zijn hand. 'Daar wil ik het niet over hebben.' Het was zo'n vraag waar je uren later pas een goed antwoord op wist, besefte ze. En ze wilde met Gus niet over Richard praten, het waren zijn zaken niet.

Gus pakte een foto. Hij was van Sian en Rory van ongeveer een jaar geleden. 'Dus dit is de beroemde Rory? Hij lijkt op jou, zeg!'

'Ja!' Misschien klonk ze iets te opgelucht, maar het viel hem schijnbaar niet op.

'Zie je zijn vader nog?'

'Nee. Nee, al jaren niet meer.' Ze glimlachte, probeerde aan te geven dat het geen probleem was. 'We kunnen goed met elkaar opschieten. Het is geen probleem.'

'Dus Richard is mijn enige rivaal?'

Hij had die scheve, plagerige glimlach rond zijn lippen waardoor Sian in paniek raakte. Ze wist niet zeker of hij haar op de hak nam. 'Doe niet zo dwaas!' Ze lachte zenuwachtig. 'Wat bedoel je trouwens met rivaal?'

'Ik had gehoopt dat we het konden oppakken waar we waren gebleven.' Hij trok komisch suggestief een wenkbrauw op.

'God, nee.' Sian huiverde. Dit werd allemaal véél te per-

89

soonlijk. Herinneringen aan die heerlijke nacht overspoelden haar. Hier, alleen met Gus. Ze kon hem niet laten zien wat voor effect hij op haar had.

'Rustig aan! Het was niet mijn idee om nu meteen naar boven te rennen.'

Sian vond het afschuwelijk om te merken dat ze bijna in tranen was. Aan de ene kant wílde ze met hem naar boven, maar de verstandige, praktische kant van haar wist dat ze nu aan Rory moest denken. Ze mocht Gus op geen enkele manier laten merken dat ze hem nog steeds waanzinnig aantrekkelijk vond. En trouwens, ze wist niet goed wat ze nu echt voor hem voelde, ze wist alleen dat zijn komst haar geordende wereld overhoop had gegooid. Haar emoties waren één grote warboel en dat beviel haar niets. Ze verbeet haar tranen. Ze was uitgeput en emotioneel door haar slapeloze nacht. 'Gus, zeg dat soort dingen alsjeblieft niet.'

Ze wendde zich van hem af zodat hij niet kon zien dat ze overstuur was, maar hij kwam achter haar staan, legde zijn hand op haar schouder en draaide haar om. 'Het spijt me, Sian, het was niet mijn bedoeling...'

Als een engel uit de hemel kwam Fiona onverwachts binnen. 'Zo, de afwas is gedaan. Kom Gus, dan laten we Sian met rust.'

Sian vermande zich, glimlachte naar Fiona en zei: 'Ja, Rory kan elk moment thuiskomen.'

'Ik wil hem wel eens ontmoeten,' zei Gus, die nog steeds een bezorgde blik op zijn gezicht had.

'Dat komt wel, lieverd,' zei Fiona, 'maar hij zal doodmoe en chagrijnig zijn, en Sian vindt het denk ik fijner als je hem een andere keer ontmoet.'

'Ja,' zei Sian. 'Inderdaad.'

Toen ze alleen was, besefte ze dat ze helemaal niet wilde dat Gus Rory leerde kennen, zelfs niet als hij op zijn best was. Ze wist ook wel dat dat onmogelijk was, en Gus moest Rory natuurlijk wel aardig vinden, ook als ze hem niet vertelde dat Rory zijn zoon was. Ze liet zich op de bank neerploffen. Waarom was het leven zo ingewikkeld? Misschien moest ze gewoon met Richard trouwen. Er was meer in het leven dan hartstochtelijke seks. Richard zou veel beter zijn in de belangrijke dingen, zoals zorgen voor, onderhouden, koesteren. Gus was daar vast hopeloos in. En Rory had een echte vader nodig, geen ontdekkingsreiziger die op elk moment weer kon verdwijnen. Ze leunde achterover en slaakte een zucht. Toen hoorde ze Jody's auto. Ze vermande zich en liep naar de voordeur om Rory op te vangen.

Fiona en Angus liepen samen naar huis, met hun capuchons op tegen de regen die nu neerkletterde. Het was goed voor de tuin, maar wel een beetje onverwachts na het heerlijke weer dat ze hadden gehad.

'Sian is een leuk meisje, hè?' zei Fiona, ook al wist ze dat ze beter haar mond kon houden. Intuïtief voelde ze aan dat Gus en Sian elkaar veel intiemer hadden gekend dan ze hadden laten merken. Maar ze moest voorzichtig zijn. Gus zou dichtklappen als hij het gevoel kreeg dat zijn moeder haar neus in zijn zaken stak.

'Ja.'

Uit de eenvoudige verklaring van haar zoon was niets op te maken. 'En Rory is zo'n schatje! Ik ben dol op hem.'

'Ik ben benieuwd naar hem.'

'En ze heeft me zo fantastisch geholpen met het etentje. Ik moet haar maar eens uitnodigen om te bedanken.'

Gus keek omlaag en Fiona zag de speelse glimlach rond zijn ogen. 'Dat lijkt me het begin van een merkwaardig ritueel. Jij geeft een etentje, Sian helpt je en om haar te bedanken moet je weer een etentje geven, zij helpt je...'

'Maar ze hoeft me niet meer te helpen,' zei Fiona plagerig. 'Ik heb jou nu.'

Angus schoot in de lach, en Fiona bedacht hoe heerlijk het was om die rijke klank weer in haar leven te hebben.

Misschien was dat een van de redenen dat ze internetdaten was gaan proberen; ze miste mannenstemmen. Robert had een prettige stem. Geen volmaakte stem, maar toch mooi. Die van James was nog fijner.

'Hoe kennen jij en Sian elkaar nu?' vroeg ze, en ze deed haar best om niet bemoeiziek te klinken.

'We hebben elkaar op een feest ontmoet. Zo gaat dat.'

'Alleen als je naar de juiste feestjes gaat,' zei Fiona, die bedacht dat zij dat kennelijk niet deed... Vandaar het internetdaten.

Ze liepen in aangename stilte verder totdat ze bijna thuis waren. Angus zei: 'Mam, ik wilde je nog zeggen dat mijn spullen over een paar dagen gebracht worden. Heb je daar genoeg ruimte voor?'

Dat was een verrassing. Angus had nooit veel spullen gehad. 'Hoeveel is het? Als het om een slaapzak gaat, geen probleem, maar als het een vracht meubels is, zou het wel eens lastig kunnen worden.' Ze was net bezig om op te ruimen, niet om nog meer rommel te vergaren!

'Het zijn geen meubels, maar het is wel redelijk wat.'

'Zoals?'

'Tenten, een joert, mijn uitrusting.'

Fiona dacht even na. 'Ik heb weer wat meer ruimte in de schuur. Zullen we nu even kijken, of wachten tot het droog is?' Ze had Sian beloofd dat ze haar meubels daar kon schilderen, maar goed, het was een grote schuur, er was ruimte genoeg.

Via het hek aan de achterkant liepen ze de binnenplaats op. 'Kijk eens. Het is hier al heel wat opgeruimder dan het was.' Ze was er trots op. Opruimen was meer dan alleen spullen verplaatsen. Er kwamen ook heel wat emotionele verschuivingen uit voort.

'Wat is dit, mam?'

'O, dat is iets wat Sian in de grondverf heeft gezet. We konden het niet versjouwen, dus gaat ze het beschilderen.'

'Als je het niet kunt tillen, dan beschilder je het?' Angus trok zijn wenkbrauwen op.

Fiona begon te lachen. 'Tja, dat leek gemakkelijker. En als het af is, helpen we haar. Om het naar binnen te krijgen, of te verkopen. Er staan nog meer spullen van haar.' Ze zweeg even. 'Is er genoeg ruimte voor je?'

Angus bekeek de paar vierkante meter die leeg was en lachte. 'Niet echt, mam.'

'O.' Hoeveel spullen hád hij dan, vroeg ze zich af.

'Alleen als we hier meer dingen weghalen.' Hij zwaaide met zijn arm.

'Dat kan, maar waar moet Sian haar meubels dan beschilderen?'

'Misschien kunnen we de ruimte delen,' zei hij na een ogenblik.

Fiona rilde. 'Zullen we naar binnen gaan?' zei ze. 'Het regent, mocht je het nog niet gemerkt hebben.'

'Dit is geen regen!' zei Angus met een weids gebaar. 'Dit zijn de zachte tranen van de goden die hun verdriet om de wereld tonen.'

Ze had haar oudste zoon dan wel een tijd niet gezien, ze wist heel goed wanneer hij haar plaagde. 'Kom, dan nemen we nog een kopje thee. En even voor de duidelijkheid, dit is wél regen. En daar moeten we blij mee zijn.'

Ondanks Sians harde werk stonden de schalen nog altijd op het aanrecht, evenals de rijen glazen, schoon maar nog niet opgeborgen, en een leger lege flessen.

'Volgens mij noem je dat "soldaten in gesloten lid",' zei Angus.

Omdat ze niet goed wist of dit berispend was bedoeld, zette Fiona theewater op.

Angus leunde tegen het aanrecht. 'Vanwaar dat grootse etentje, mama? Dat is toch niets voor jou?'

'Dat is wel iets voor mij, maar Jeff wilde nooit dat ik meer dan vier mensen uitnodigde. Ik hoef geen rekening meer te houden met wat hij wil, dus ben ik een beetje doorgeslagen.'

'Dat is het niet. Jeff is al vier jaar uit ons leven.'

'Ik was een paar mensen wat verschuldigd,' ging ze verder. 'Een van de redenen dat ik het etentje gaf, was zodat Sian Margaret kon ontmoeten. Ken je haar nog?'

Angus schudde zijn hoofd. 'Er waren mensen bij die ik helemaal niet kende. En een paar waren mannen.'

Fiona deed haar best om niet te reageren. Als ze niet schuldbewust keek, kon hij ook geen vragen stellen. Het leek mal om zich zorgen te maken. Ze was een volwassen vrouw en kon doen wat ze wilde, maar na Jeff wilde ze niets doen wat haar jongens van slag zou maken. 'O? Tja, ik wilde Sian welkom heten in de buurt en zocht een gelegenheid haar aan Margaret voor te stellen, die haar meubels misschien wel wil verkopen in haar winkel.'

'Aha.'

Fiona schoot in de lach. 'Sorry dat mijn gasten allemaal oude vlammen van jou bleken te zijn.'

Hij fronste zijn wenkbrauwen. Fiona begreep niet waarom hij zo gespannen was. Was hij moe van al het reizen?

'Het moet ook wel een schok zijn geweest zo'n vol huis aan te treffen,' ging Fiona verder. 'Ik begrijp nog steeds niet waarom je niet even hebt gebeld dat je zou komen.'

'Ik wilde niet dat je je dan druk ging maken, én ik wilde je gewoon verrassen.' Hij keek zijn moeder vragend aan.

'Dat is je gelukt. Maar je moet het mij niet kwalijk nemen dat je zelf ook een beetje verbaasd was.'

8

Toen Sian de volgende dag de deur voor Gus opendeed, was
ze opgelucht dat Rory niet thuis was. Vervolgens zag ze dat
hij een korte broek, oude gympen en een T-shirt droeg. Hij
was wezen joggen en haar lichaam reageerde op de zoete
energie die hij uitstraalde.

'O, hallo,' zei ze, zo nonchalant mogelijk. 'Is het te ver om
naar huis te rennen? Moet je even uitrusten?'

Hij glimlachte. 'Nee, ik zag je auto staan, dacht dat je thuis
was, dus klopte ik even aan op goed geluk. Gewoon, als
goeie buur,' zei hij met een grijns.

Blij maar bezorgd deed Sian de deur verder open om hem
binnen te laten. Ze rook de geur van vers zweet en aftershave toen hij langs haar liep en in een duizelingwekkende
flits dacht ze weer aan hun eerste ontmoeting en wat er
daarna was gebeurd. Geur was het zintuig dat herinneringen in vliegende vaart naar boven bracht, besefte ze, en ze
wilde dat hij niet altijd Geo F. Trumper West Indian Limes
Cologne op deed. Ze wist dat dat zijn aftershave was, omdat ze het in zijn badkamer had zien staan; hij had haar verteld dat hij het gebruikte, omdat het hem deed denken aan
zijn vader. Naderhand, voordat ze verstandig was geworden
en haar best had gedaan om hem te vergeten, had ze er in
warenhuizen wel eens aan geroken om herinneringen op
te halen.

Ze schraapte haar keel en ging hem voor naar de smalle keuken. 'Lust je een kop koffie? Of water? Iets anders?'

Hij liet zich op een stoel aan het kleine tafeltje vallen. 'Eerst water, dan thee, als je het goedvindt.'

Sian zette een glas water voor hem neer en deed daarna de waterkoker aan. Ze wilde dat ze iets wist te zeggen. Rory's treintjes stonden op tafel; ze ruimde ze op.

'Jouw kind speelt dus graag met treintjes. Die hebben we thuis ook.'

'Weet ik. Rory speelt er vaak mee. Ik hoop dat je dat niet erg vindt.' Ze schonk kokendheet water in bekers.

Gus lachte. 'Wat voor man zou ik zijn als ik het erg vond dat iemand met mijn speelgoedtreintjes speelde?'

Sian lachte ook en ontspande zich een beetje toen ze de melk uit de koelkast haalde. Dit kon ze wel. Ze kon best een ontspannen gesprek met hem voeren zonder in paniek te raken. 'Tja, weet je, sommige mannen zijn erg bezitterig als het om hun speelgoed gaat.'

'Over sommige dingen ben ik wel bezitterig, maar niet over speeltjes die ik jaren geleden al heb afgedankt.' Hij werd plotseling serieus. 'Ik hoop niet dat je denkt dat ik jou heb afgedankt. Dat zou ik nooit hebben gedaan.'

'Nee. O nee, ik wist dat je wegging. Ik kende de situatie. Hoor eens, zullen we even naar de woonkamer gaan? De keuken is niet de beste plek in huis. De woonkamer is heerlijk zonnig.'

'Je zou die muur moeten weghalen,' zei Gus, die achter haar aan liep.

'Vind ik ook, maar het is mijn huis niet. Ga zitten.' Ze wees naar de grote leunstoel en zette zijn thee op het tafeltje ernaast. Ze wilde niet naast hem zitten. Hij was veel te groot en hij bracht haar van haar stuk. Ze ging op de bank tegenover hem zitten, trok zonder erbij na te denken haar rok tot over haar knieën. Op de een of andere manier wist ze dat Gus niet zou opgeven. Hij wilde duidelijk over die bewuste nacht praten. Ze moest zich volwassen gedragen en hem laten weten dat het verleden verleden tijd was. Ze was verdergegaan met haar leven. Hij kon niet van haar verwachten dat ze ging doen alsof de zes jaar tussen hun ontmoeting en nu er niet waren geweest.

'Zo, Sian, ik ben heel benieuwd wat je allemaal hebt gedaan sinds mijn vertrek. We hebben elkaar al zo lang niet gezien.'

'Ja, hè? Tja, eens kijken.' Het leek allemaal zo lang geleden. 'Werkte ik niet in een café? Terwijl ik op zoek was naar iets wat met mijn opleiding te maken had?'

Hij knikte. 'Dat is waar ook. Ik weet nog dat je vertelde over een man die altijd bij jou in het café kwam, en dat je achteraf pas besefte dat hij een oogje op je had.'

'Dat was ik helemaal vergeten.'

'Ik heb een goed geheugen.' Aan zijn blik kon ze precies zien waar hij aan dacht. Hij glimlachte.

'Nou ja, ik heb natuurlijk een kind gekregen sindsdien,' zei ze, en ze legde haar hand tegen haar buik bij de herinnering.

'O, ja.' Zijn blik veranderde iets, maar de glimlach bleef.

'Ja, dat nam wel wat tijd in beslag.' Ze zei het kordaat en glimlachte toen om aan te geven dat ze gelukkig was met de situatie.

'Maar je bent nooit getrouwd?' Hij fronste zijn wenkbrauwen alsof hem dat verbaasde.

'O, nee. Het was een korte relatie.'

'Jammer.' Hij leunde naar voren alsof hij haar hand wilde pakken uit medeleven, maar ze leunde snel achterover. Hij glimlachte. 'Maar je bent dus niet met een gebroken hart achtergebleven?'

'O, nee,' loog ze met een glimlach. 'Helemaal niet. Ik was verbaasd dat ik zwanger was, maar toen ik eenmaal over de schok heen was, was ik dolblij.'

'Ik heb aan je gedacht, weet je. Zo vaak. Veel. Terwijl ik in sneeuwschoenen over bevroren vlaktes liep.'

'Echt waar? Wat merkwaardig. Ik kan me niet voorstellen dat er iemand in zulk ruig gebied aan mij zou denken.'

'Zou ik alleen maar aan je mogen denken als ik ergens veilig in Engeland was?'

'Nou, zoiets. Met een kopje thee erbij, of iets net zo huiselijks.'

Hij lachte. 'Nooit geweten dat er speciale plaatsen zijn waar er aan je gedacht moet worden, behalve een graf of een plek waar as is uitgestrooid. Maar eerlijk gezegd vond ik het moeilijk om niet aan je te denken.'

Sian voelde dat ze rood werd. Ze speelde met haar beker en stond op. Het begon ongemakkelijk te worden. Ze was niet klaar voor dit gesprek, zou het misschien wel nooit zijn. 'Nog wat thee?'

'Nee, dank je. Toe, Sian, ga zitten, ik wil met je praten.'

'Nou, we praten toch.' Ze wist dat ze nog roder werd en hoopte dat hij dacht dat het door de warmte kwam. Het was hier ook warm. Ze stond op en deed een raam open.

'Vertel eens, hoe komt een stadsmeisje als jij in een gehucht als dit terecht?'

'Ik zie mezelf niet als stadsmeisje. Niet meer, in elk geval. Ik kweek tegenwoordig mijn eigen groenten en alles.'

'Maar waarom hier? Ik weet dat het een prachtig dorpje is, maar het is wel toevallig dat je praktisch naast het huis woont waar ik ben opgegroeid.'

Sian was verontwaardigd. 'Wil je zeggen dat ik je stalk? Toen je tijdens het etentje aan kwam zetten, had ik geen idee dat je Fiona's zoon was.'

'Als je me niet stalkt, wat ik eigenlijk best jammer vind, waarom ben je dan hier?'

Sian nam de tijd om antwoord te geven. 'Vanwege Richard.'

'O, Richard.' Hij keek geïnteresseerd. 'Je leek het onderwerp gisteren nogal te ontwijken. Kom op, vertel eens, zijn jij en hij, nou, ja… samen?'

Ze zou direct ja moeten zeggen, zonder enige aarzeling.

Het zou per slot van rekening ooit waarheid kunnen worden. Maar ze aarzelde en merkte dat ze niet kon liegen. 'Nou, niet echt. Ik bedoel, min of meer. Hij is een oude vriend, natuurlijk, en hij is fantastisch, maar het was deels omdat zijn zus, die Rory heel goed kent, een speelgroep begon, dus als we hier zouden gaan wonen, zou hij een fijne opvang hebben en zou ik kunnen werken. En het is een mooie omgeving, het heeft een goede school, een winkel, een postagentschap, het is niet ver van Londen.' Ze besefte dat ze te veel praatte en wel een makelaar leek.

Maar het viel Gus kennelijk niet op. 'Weet je, volgens mij was het Richards feest waar we elkaar hebben ontmoet, of niet?'

'Dat is waar ook,' zei Sian, en ze vroeg zich af hoeveel interesse in hun verleden ze moest tonen.

'Maar dan heb je je leven na onze... uitspatting... wel snel opgepakt, als je al een zoon hebt die bijna naar school gaat.'

'Niet echt. Ach, misschien.' Sian pulkte aan een spatje verf op haar nagel, zich ervan bewust dat Gus haar nu wel een slet zou vinden. Als het om school ging, kon Rory een jaar jonger zijn dan hij eigenlijk was.

'Ik hoop niet dat ik klink alsof ik het afkeur, dat is niet mijn bedoeling. Het had per slot van rekening geen zin om op mij te wachten.'

'Nee.' Sian voelde zich iets beter. Hij vond haar geen slet en hij had gelijk: ze hadden afgesproken om elkaar na die nacht niet meer te bellen, zelfs geen telefoonnummers uit te wisselen.

'Hoe oud is hij? Rory heet hij toch?'

'Eh...' Ze raakte in paniek. Ze wist dat hij gewoon een beleefd praatje maakte, maar ze mocht hem absoluut niet op het idee brengen dat ze die nacht zwanger was geraakt. 'Ik weet het niet!' Ze voelde zich dom. 'Ik bedoel...' Wat ze bedoelde was dat ze niet zo snel kon bedenken wat een veilige leeftijd was.

Gus keek haar verbaasd aan.

'Ik ga nog wat thee zetten.' Sian stond op, griste hun bekers mee en stormde naar de keuken, terwijl ze in paniek aan het hoofdrekenen was. De kans bestond dat ze het alleen maar erger maakte.

'Hé, maak je niet dik, het was maar een vraag, hoor,' riep Gus vanuit de woonkamer, toen Sian met twee bekers verse thee terugkwam. Ze besefte heel goed dat hij zich behoorlijk bedonderd zou voelen als hij erachter kwam dat ze had gelogen. Rory was bijna jarig. Misschien kon ze een kaarsje minder op de taart zetten als Gus in de buurt was. Nee, ze gaf gewoon een feestje met alleen maar kinderen.

'Zo,' zei ze. De enige oplossing was om over iets anders te beginnen, besloot ze. 'Moet jij niet aan je boek werken?'

De scheve grijns die haar vanaf de andere kant van een overvolle keuken zo had aangetrokken had nu hetzelfde effect. 'Ik ben net terug. Ik heb even rust nodig, voordat ik weer aan het werk ga.'

'Wil je het dan niet afmaken?'

Hij haalde zijn schouders op. 'Ik moet op de een of andere manier aan de kost zien te komen, maar of ik dat met een boek red? Ik weet het niet. Daar maak ik me wel een beetje zorgen om, eerlijk gezegd. Ik heb een agent die beweert dat hij het voor me kan verkopen, als het goed is. Ik heb wel heel veel foto's. Misschien kan het een salontafelboek worden...'

Gus' onzekerheid verbaasde Sian. Hij leek altijd zo vrijmoedig en zelfverzekerd. Ondanks alle spanning van het moment had ze genoten van de verhalen die hij die avond tijdens het etentje had verteld. Ze was gewoon geïnteresseerd. De kunstenaar in haar vond foto's prachtig. 'Ik zou ze graag willen zien,' zei ze, voordat ze bedacht dat ze zo min mogelijk met Gus te maken wilde hebben.

'Echt? Ik kan mijn laptop wel een keer meebrengen. Of jij komt naar mij toe. Mam probeert wat ruimte in de schuur te maken. Ze vertelde dat ze jou de ruimte had beloofd om in te schilderen. Ik heb nogal wat spullen die binnenkort worden bezorgd, en die moet ik ergens kwijt. Ik vroeg me af of de zolder misschien een oplossing is.' Hij zweeg even. 'Mijn moeder heeft nogal wat spullen.'

'Ik kreeg de indruk dat dat komt doordat iedereen maar denkt dat ze hun spullen bij haar kwijt kunnen omdat ze zoveel ruimte heeft.'

'Je bedoelt dat ik dat ook denk? Hé, doe me een lol! Ze is mijn moeder. Het is ook mijn huis. Waar moet ik mijn bezittingen anders bewaren?'

Sian grinnikte. 'Thuis, natuurlijk, maar misschien... of liever gezegd, dat is wel zeker... heeft ze wat hulp nodig bij het uitzoeken van alles. We hebben een begin gemaakt in de schuur, maar de zolder en de slaapkamers boven staan vast ook vol.'

'Je bent een goede vriendin van haar, hè? Dat heeft ze me verteld.'

'Ik mag haar erg graag en ze is ontzettend lief voor ons geweest.'

'Terwijl ze niet eens wist dat wij elkaar kenden.' Gus keek naar Sian met een blik die ze niet kon plaatsen. 'Ook al was onze kennismaking maar kort, nietwaar?'

'Ja.'

'Maar wel erg heftig.'

Sian bloosde opnieuw. Hij moest het niet de hele tijd hebben over hun tijd samen, die ze vooral in bed hadden doorgebracht. Maar hij vond het kennelijk nodig er elke keer weer over te beginnen.

'Het was heel intens,' zei ze resoluut, alsof ze het naar het verleden wilde verbannen en wilde suggereren dat het geen invloed meer had op het heden. Hij mocht niet weten dat ze die uren nog vele, vele malen had herleefd, ondanks het feit dat haar gezond verstand haar had gezegd dat ze dat niet moest doen.

'Ik heb al die tijd aan je gedacht,' zei hij. 'Ik wou dat we niet zo verstandig hadden gedaan; dat we niet hadden besloten om geen contact met elkaar te hebben, omdat we wisten dat ik toch wegging.'

'Op dat moment leek het de juiste beslissing.'

'Dat weet ik, maar later voelde het helemaal verkeerd.'

Sian wist niet wat ze moest zeggen. In sommige opzichten was het wel handig geweest dat ze niet had geweten hoe ze hem moest bereiken; zo had ze hem ook niet over Rory kunnen vertellen. Haar moeder had gezegd dat dat een smoesje was; ze kende zijn naam, ze kon heus wel contact met hem zoeken. Waar was het internet anders goed voor? Sian had geantwoord dat het voor winkelen was, en haar moeder had uiteindelijk geaccepteerd dat Sian geen contact wilde met de vader van haar kind en was erover opgehouden. Ze had haar moeder nog niet verteld dat Gus weer in haar leven was. Ze had wel verteld dat Fiona's zoon tijdens het etentje was verschenen, maar niet wie hij was. Van alle dorpjes die er waren, en zij was uitgerekend hier gaan wonen... En waarom was hij eigenlijk thuis gekomen?

Ze haalde haar schouders op. 'Achteraf is het makkelijk praten.'

'Heb je ooit aan mij gedacht?'

Nog nooit was Sian zo blij geweest dat er iemand aanklopte. Ze rende naar de deur, zich ervan bewust dat ze zich volslagen absurd gedroeg.

'O, Melissa! Wat leuk!' zei ze, buitensporig blij om iemand te zien die ze helemaal niet mocht. 'Kom toch binnen.'

Melissa zag er beeldig uit in een chique, laag uitgesneden bloemetjesjurk, die beslist een japon genoemd zou kunnen worden. Sian had haar werkkleren aan en was opeens een stuk minder blij met Melissa's komst.

'Ik stoor toch niet?'

'Nee hoor, ik ben al gestoord. Gus is er.'

'Gus? O, ik ken hem alleen als Angus. Maar wat gezellig.'

De twee vrouwen liepen door de keuken naar de woonkamer. Gus stond op. 'Hé, Lissa. Leuk je weer te zien.'

'Ik was net bij je moeder om haar te bedanken voor het gezellige etentje,' zei Melissa. 'Ik dacht dat je aan het joggen was. Dat zei je moeder tenminste.'

'Was ik ook. Ik ben onderweg even hier gestopt om wat te drinken.'

Melissa fronste haar wenkbrauwen.

'Wil je ook een kopje thee, of iets anders?' vroeg Sian.

'O, graag,' zei Melissa, die kennelijk geen haast had. Ze was duidelijk van plan om te blijven. 'Heb je groene thee? Ik probeer wat te minderen met cafeïne.'

'Misschien,' zei Sian, en ze liep naar de keuken om te kijken.

'Ik vind dit toch zo'n leuk huis!' hoorde ze Melissa tegen Gus zeggen. 'Ik wil het kopen. Sian huurt het alleen.' Ze giechelde even. 'Zou het niet leuk zijn als we buren werden?'

'Vast,' zei Gus.

Vanuit de keuken kon Sian niet horen hoe enthousiast Gus reageerde. Vervolgens werd het akelig stil in de woonkamer. Lagen ze in een hartstochtelijke omhelzing verstrengeld? Of was Melissa de maten voor de gordijnen aan het opmeten? Haastig maakte ze thee.

Toen ze het naar de woonkamer bracht, er nog wat koekjes bij deed die ze eerder was vergeten, zag ze dat het stel dan wel niet schuldbewust uiteen sprong, maar wel erg ontspannen leek.

'Lissa vertelt net dat ze deze cottage graag wil kopen,' zei Gus.

Sian dwong zichzelf te glimlachen toen ze Melissa haar beker aangaf. 'En ik hoop dat Luella het niet wil verkopen. Ik vind het hier heerlijk.'

'Je kunt toch wel ergens anders een huurhuis vinden?' vroeg Melissa.

'Waarschijnlijk niet met een tuin die groot genoeg is om mijn eigen groente te verbouwen, en met een speelgroep en een basisschool in de buurt.'

103

'O,' zei Melissa. 'Ik wil graag dicht bij mijn ouders wonen.' Omdat ze geen zin had in een discussie of zelfs ruzie over wie de meeste aanspraak had op haar huis, bood Sian Gus een koekje aan.

'Ik wilde weten of ik een rondje door het huis kon maken,' ging Melissa verder, terwijl Gus op zijn havermoutkoekje kauwde. 'Als het uitkomt.' Ze glimlachte liefjes. 'Al heb je natuurlijk wel bezoek.'

'Ja,' zei Sian slap.

'Maar Angus vindt het vast niet erg, of wel? Je moeders etentje was trouwens geweldig! Zo verfijnd!'

Er klonk zoveel verbazing in haar stem door dat Sian namens Fiona beledigd was.

'Dat weet ik, ik was erbij,' zei Gus met een glimlach.

'Ach ja, natuurlijk. Dat was nog eens een binnenkomst!' Melissa staarde hem aan en Sian keek de andere kant op zodat ze niet kon zien hoe lang ze elkaar in de ogen keken.

'Nog wat thee?' zei ze na een paar seconden.

'Ik heb nog, dank je,' zei Melissa. 'Is het goed als ik een rondje maak? Angus wil het vast ook wel zien.'

'Vast niet! Waarom zou hij?' zei Sian. Ze keek Gus aan en hoopte dat hij dit zou beamen.

'Het lijkt me wel leuk,' zei hij. 'Ik heb altijd willen weten hoe het er hier vanbinnen uitziet.'

'Geweldig!' zei Melissa, en ze stond op. 'Zullen we?'

'Geef me even twee minuten,' zei Sian, die zich bij het onvermijdelijke neerlegde. 'Kijken jullie vast hier rond.'

Sian had amper tijd om het ondergoed van de vorige dag in de wasmand te gooien en haar dekbed recht te trekken voordat ze hen op de trap hoorde.

'Ik zou het huis natuurlijk wel helemaal strippen,' hoorde ze Melissa zeggen. 'Die keuken is vreselijk en ik zou achter waarschijnlijk een behoorlijke uitbouw willen. Maar met wat werk en geld zou het echt enig kunnen worden.'

'Ik vind het nu al enig,' zei Sian, die hen op de overloop

tegemoetkwam, al was ze het wel eens met Melissa's mening over de keuken.

'Natuurlijk,' zei Melissa. 'Het zou alleen zoveel mooier kunnen worden. Is dit de grote slaapkamer?' Ze liep Sians slaapkamer binnen. 'Geen eigen badkamer? Ach, je zou een muurtje kunnen doorbreken en van deze slaapkamer een behoorlijke badkamer maken, lijkt me.' Melissa wierp een blik van de ene kamer in de andere, en stelde zich kennelijk al voor hoe ze hier woonde.

'Dat is Rory's slaapkamer. Ik zal de vloer vrijmaken, zodat je naar binnen kunt. Wacht even.'

Ze pakte wat speelgoed van de grond en propte een stapel schone kleren achter het gordijn voor zijn klerenkast. Ze trok net zijn Thomas de Stoomlocomotief-dekbed recht, toen Melissa en Gus binnenkwamen.

'O, ja! Hier zou je heel goed een badkamer/kleedkamer van kunnen maken!' zei Melissa.

'Dan geef je wel een slaapkamer op,' vond Sian, die er niet aan wilde denken dat Rory's slaapkamer een badkamer zou worden. 'Altijd een slecht plan. Daardoor vermindert de waarde van het huis.'

'Maar je hebt nóg een slaapkamer,' zei Melissa vanuit het gangetje, en ze deed de deur open. 'O.'

'Wauw!' zei Gus, over haar schouder. 'Dat is schitterend!'

De kamer was leeg, op de ladekast na die ze van Fiona had gekregen. De kast stond op een krant te drogen. Sian kwam bij de twee anderen in haar werkkamer staan.

'Kom er alsjeblieft niet aan,' zei ze. Ze was erg zuinig op haar werk, maar was ook blij met hun enthousiaste reacties.

Ze had de kast geschuurd en wit geschilderd. Daarbovenop waren bloemen geschilderd die sterk deden denken aan Van Goghs *Irissen*. De bovenkant was effen, maar vormde op zich al iets kunstzinnigs, vond Sian. Ze was van plan om hem aan Fiona te geven als dank voor haar gastvrijheid.

'Is dit wat je doet?' vroeg Gus. 'Het is schitterend.'

'Ja, zeg!' zei Melissa. 'Ik ben zwaar onder de indruk. Dit gaat verder dan versieren, dit is kunst.'

'Ik doe mijn best,' zei Sian, die ook haar best deed om niet te glimlachen. 'Ik heb per slot van rekening op de Kunstacademie gezeten.'

'Zou je zoiets voor mij willen doen?' vroeg Melissa, en ze wendde zich met een enthousiaste blik tot Sian. 'Ik heb een paar afschuwelijke inbouwkasten. Die zou je voor me kunnen schilderen.'

'Niet als je van plan bent je huis te verkopen.'

'Dat geeft niet, ik woon bij mijn ouders!'

Sian glimlachte. 'Dan zou ik het eerst maar even met hen overleggen. Je zou nogal wat geld uitgeven aan een kamer waar je uit wilt verhuizen.' Sian wilde zichzelf geen opdracht door de neus boren, maar ze maakte dit voorbehoud altijd als het ging om het schilderen van inbouwmeubels.

'Natuurlijk zal ik het hun vragen, maar ik denk dat je er iets heel smaakvols van zou kunnen maken, met klimrozen of zo. Dat zou mammie geweldig vinden,' zei Melissa.

Sian keek op haar horloge. 'Eh, willen jullie verder nog iets zien? Ik moet Rory namelijk ophalen.'

Dat was een leugen, maar dan gingen ze tenminste weg.

'Ik heb voorlopig genoeg gezien,' zei Melissa. 'Het is boven ruimer dan ik me had voorgesteld. Het is een schattig huis.'

'Ja,' zei Sian, die er maar van afzag om eraan toe te voegen: *en het is van mij!*

'Weet je wat, kom straks even wat drinken,' zei Gus, die uit het raam had staan kijken. 'En neem Rory mee. Ik wil hem graag ontmoeten.'

'Ik weet niet...' zei Sian.

'Jij ook, Lissa,' zei hij met de lome glimlach die veel vrouwen maar moeilijk konden weerstaan.

'Dat lijkt me leuk,' zei Melissa met een zucht. Ze stak haar hand door Gus' arm. 'Hoe laat wil je ons hebben?'

'Een uur of zes?' stelde Gus voor. 'Sian? Kan dat, met Rory's bedtijd, en zo?'

'Eh, misschien. Is het goed als ik je dat nog laat weten?' Sian was absoluut niet van plan om Rory mee te nemen voor een borrel met Gus – en al helemaal niet als Melissa ook kwam. Aan de andere kant zouden Rory en Gus elkaar toch een keer moeten ontmoeten. Ze zou wel zien in wat voor bui haar zoon was als ze hem ophaalde. De eerste keer dat hij zijn vader zag, moest hij in een vrolijke bui zijn, ook al wist geen van beiden hoe het zat.

Later die dag, toen het echt tijd was om Rory op te halen, kwam hij de speelgroep uit met zijn arm om Annabelle heen geslagen. 'Mama!' riep hij. 'Mag Annabelle bij ons spelen?'

'Dat lijkt me wel, lieverd,' zei Sian, en ze wendde zich tot Jody. 'Komt het uit? Rory is al zo vaak bij jullie geweest.'

'O, daar moet je niet mee zitten,' zei Jody. 'Twee is vaak net zo makkelijk als een, vind ik.'

Nogmaals bedankte Sian in gedachten Fiona, die haar aan Jody had voorgesteld. Niet alleen omdat ze met Rory hielp, maar ook omdat ze een goede vriendin was. Het was een leuk mens, en het was fijn om een vriendin van haar eigen leeftijd te hebben.

De twee vrouwen liepen al kwebbelend naar de parkeerplaats. 'En, heb je nog spannende plannen voor straks?' vroeg Sian.

'Niet echt. Er is voetbal op tv, dus ben ik niet alleen de hele avond gedoemd in de eetkamer te zitten, maar moet ik al dat geschreeuw en gevloek ook nog eens aanhoren,' zei Jody. 'Mannen, hè? Je bent beter af alleen. En jij?'

Sian dacht opeens dat het haar best fijn leek om iemand om zich heen te hebben, zelfs al stoorde je je af en toe aan die persoon. 'O, we zijn uitgenodigd voor een borrel, maar ik heb eigenlijk geen zin,' zei ze. 'Dan wordt het ook zo laat voor Rory.'

'Weet je wat?' zei Jody. 'Dan kom ik oppassen.'

'Dat kan ik niet van je vragen!'

'Natuurlijk wel. Ik doe het graag. Helemaal alleen, met de afstandsbediening voor mij.'

'Maar het is al vroeg. Zes uur.'

'Nou, als jij Annabelle en Rory te eten geeft, en haar dan thuisbrengt om een uur of halfzes, dan maak ik eten voor de anderen klaar en kan ik om zes uur bij je zijn. John kan de kinderen wel in bed leggen voordat de wedstrijd begint.'

'Ik vind het nogal wat...'

'Welnee. Dan kan ik de deur even uit.'

'Goed dan,' zei Sian, toen ze er even over had nagedacht, 'maar alleen als ik een keer op jouw kinderen mag passen. Dan kan Rory wel op de bank slapen. We maken veel te vaak gebruik van jouw goedheid.'

'Afgesproken! Al zou ik al blij zijn als Annabelle bij jou mag logeren. De jongens kunnen altijd wel bij vriendjes terecht als we een keer een avondje uit willen.'

'Ik zou een weekend kunnen oppassen als je eens weg wilt.'

'Je bent een schat, dank je wel!'

Terwijl Sian de kinderen achter in de auto zette en hun riemen vastdeed, vroeg ze zich af of ze Jody in vertrouwen durfde te nemen over Gus. Misschien niet. Ze mocht haar heel graag, maar zo lang waren ze nog geen vriendinnen. Ze kon haar gedachten en zorgen beter voor zich houden. Dan kon het ook niet uitlekken. Ze had haar moeder niet eens alles verteld.

Terwijl Jody heel tevreden met de afstandsbediening, een kop thee en cakejes die de kinderen hadden gemaakt voor de televisie zat, deed Sian een paar uur later alsof ze alleen maar een glas wijn met Fiona ging drinken en niet met de vader van haar kind, die ze – als ze eerlijk was, maar dat was ze niet – ook nog eens waanzinnig aantrekkelijk vond. Ze deed ook haar best om niet toe te geven dat ze het leuk vond om Gus weer te zien, want dan voelde ze zich schuldig tegenover Richard. O, ze móést haar emoties in de hand zien te houden.

Fiona deed de deur voor haar open. 'Geen Rory?'

'Nee, Jody past op. Ze had geen zin in een avond voetbal. Erg lief van haar. Rory was moe, dus het kwam wel goed uit.'

'Jammer dat we hem moeten missen, maar kom verder. We zitten aan de champagne op het terras. Als je geen haast hebt, blijf dan lekker een hapje eten.'

Gus ontkurkte net een fles champagne met een veelbelovend gesis, toen Sian de serre binnenkwam. Ze maakte een gebaar bij wijze van begroeting.

'Hoi, Sian. Ga zitten, dan breng ik je iets te drinken. Heb je je zoon niet meegenomen?'

'Nee, die ligt in bed. Een vriendin past op.' Ze liet zich in een van de luie stoelen zakken die weer naar binnen waren gehaald. 'Heerlijk. Ik ben zelf ook best moe.'

'Hier, kijk eens.' Hij gaf haar een glas champagne en keek haar met een glimlach aan. Ze wendde haar blik af. Misschien was dit toch niet zo'n goed idee.

Fiona kwam binnen en deed haar schort af. 'Schenk ook eens een glaasje voor mij in, schat.' Ze ging naast Sian zitten. 'Druk geweest?'

'Mm, ik heb redelijk wat gedaan. Rory had Annabelle te spelen en we hebben cakejes gebakken. Daarna hebben ze samen zó leuk gespeeld dat ik nog echt iets heb kunnen doen, ook! Sterker nog...' Ze glimlachte en voelde zich heel zelfvoldaan. '... ik wil je iets laten zien wat je denk ik wel mooi vindt.'

'O, wat leuk! Hier, neem een olijfje.' Fiona gaf Sian het schaaltje aan en pakte toen een vol glas van haar zoon aan. Loom nam ze een slokje.

Ze zaten met zijn drieën genoeglijk in stilte bij elkaar

109

toen ze iemand hoorden roepen. 'Hallo! Iemand thuis? Ik heb aangebeld, maar er deed niemand open.' Met een brede glimlach kwam Melissa de serre binnen.

Fiona sprong overeind. 'Melissa! Wat leuk je weer te zien.'

Sian kon merken dat ze het helemaal niet meende, en ze vroeg zich af of Gus soms vergeten was te vertellen dat hij haar had uitgenodigd.

'Neem een glaasje.'

Gus stond op en schonk een glas champagne voor Melissa in. 'Hoi, zei ze tegen hem en ze gaf hem een zoen. Hij zoende terug.

Hij had haar niet gezoend, dacht Sian gekwetst. Het feit dat ze was gaan zitten en hij niet zo makkelijk bij haar kon, was geen excuus. Toen sprak ze zichzelf bestraffend toe. Hij mocht zoenen wie hij wilde.

'Hoi Lissa,' zei hij. 'Hoe gaat het?'

'Niemand noemt me tegenwoordig nog Lissa, ik vind het lief dat jij dat wel doet,' zei Melissa verrukt. Ze sloeg een arm om zijn middel.

'Zo, Melissa,' zei Fiona, 'hoe is het met je ouders?'

'O, goed! Mama wil weten of je haar wilt helpen bij het organiseren van een middeleeuws banket of iets dergelijks, ten bate van de kerk. Dat is vast niet moeilijk voor jou.' Ze lachte charmant. 'Na die heerlijke maaltijd van gisteren is wel duidelijk dat je ervaring hebt!'

Sian had zo'n gevoel dat ze niet de enige was die Melissa wel een schop kon geven. Ze hing aan Gus als een alcoholist aan een lantaarnpaal. Ze wilde Gus ook wel een trap verkopen.

'Dat is lief gezegd, Melissa. Maar je moeder kan veel beter koken dan ik.'

'Laten we daar geen ruzie over maken,' zei Melissa. 'Ik kom trouwens met mijn eigen uitnodiging. Ik voel me zo volwassen!'

Ze zou op en neer willen springen van pret, als ze Gus dan niet zou hoeven loslaten, dacht Sian.

'Vertel.' Gus maakte zich van Melissa los en duwde haar zachtjes in de richting van een stoel.

'Een picknick! Zó enig! Het is om geld in te zamelen voor het plaatselijke hospice. Een soort sportfeest voor volwassenen, maar ook met activiteiten voor de kleintjes, natuurlijk. Jullie moeten allemaal komen. Jij ook,' zei ze tegen Sian.

'O nee, dan is mijn moeder er misschien,' zei Sian, die te laat bedacht dat dit misschien geen goed excuus was omdat Melissa nog helemaal geen datum had genoemd. Al zou haar moeder wel binnenkort komen logeren.

'Dan neem je je moeder mee. Kunnen zij en Fiona met elkaar kletsen. Ik weet niet of mijn ouders daar tijd voor hebben, die zullen als bezetenen bezig zijn met de organisatie, denk ik. Er moeten natuurlijk wel veel mensen komen, dus leek het me leuk om een groepje bij elkaar te brengen.' Haar blik op Gus liet duidelijk merken dat ze de voorkeur gaf aan een groepje van twee.

'Het is misschien niet zo geschikt voor Rory,' zei Sian. Ze wist helemaal niet wat een sportfeest inhield, en hoefde het ook niet te weten.

'O nee, het is juist geweldig voor Rory,' zei Gus. 'Tenzij hij niet van paarden houdt.'

'Hij heeft nog nooit een paard van dichtbij gezien,' biechtte Sian op.

'Hij vindt het vast enig,' zei Fiona. 'Er is waarschijnlijk van alles te doen.'

'O, ja,' vulde Melissa aan. 'Mijn ouders zijn er al maanden mee bezig.'

'Het verbaast me dat ik er nog niets over heb gehoord,' zei Fiona, met een glimlach rond haar mondhoeken.

'Ik denk dat papa en mama dachten dat je niets kon doen. Maar we hebben natuurlijk niet alleen hulp nodig, maar ook klandizie!'

'Er komen vast ook allerlei kraampjes, of niet, Melissa?' vroeg Fiona.

'O, massa's! Kasjmier, handwerk, sieraden... van alles. Mama heeft aan alle kanten hulp ingeroepen. Het is bij het kasteel.'

'O,' zei Fiona, opeens een stuk geïnteresseerder. 'Wordt het opengesteld voor het publiek?'

'Helaas niet. We hebben het wel geprobeerd, maar dat wilden ze niet. Je kunt het ze ook niet kwalijk nemen. Ze willen geen pottenkijkers, ook al is het voor een goed doel.'

'Het lijkt me leuk,' zei Gus gedecideerd. 'We moeten allemaal gaan, vind ik.'

'Liefje!' zei Melissa. Ze sprong op en gaf hem weer een zoen. 'Je bent een schat.'

Met een verslagen gevoel nam Sian een slokje champagne.

Even later besloot ze dat het geen zin had om nog langer te blijven. Gus en Melissa zaten gezellig herinneringen op te halen aan hun gelukkige jeugd en Fiona was verdwenen om met het eten verder te gaan. Of het een diner voor twee – moeder en zoon – of voor drie – moeder, zoon en Melissa – zou worden, wist ze niet, en het interesseerde haar ook niet. Ze wist dat het niet eerlijk was om jaloers te zijn, maar daarmee verdween haar gevoel niet. Samen met Jody gezellig tv-kijken leek een veel betere optie.

9

Toen Sian naar huis was en Melissa eindelijk was vertrokken, liep Fiona naar boven. Ze liet Angus onderuit op de bank voor de tv achter en keek of ze e-mail had; alleen van Robert. Ze las hem uit beleefdheid, maar omdat het over een of ander meubelstuk ging waarin hij geïnteresseerd was, voelde ze zich niet verplicht om terug te schrijven. Als ze tijdens hun eerste afspraak niet al had besloten dat ze hem niet meer wilde zien, dan had het etentje het wel bevestigd. Hij was beslist aardig, maar Fiona had geen behoefte aan nog meer 'gewone vrienden', niet aan vrienden als hij in elk geval, en als de vonk niet oversprong dan kon je het ook niet forceren.

Ze betrapte zich erop dat ze weer naar de datingwebsite ging. Luella had haar per e-mail in ferme woorden gezegd dat ze knettergek was als ze nu ophield alleen omdat de eerste man geen succes was. Luella had gelijk, het was tijd om het weer te proberen.

Tot haar verrassing en blijdschap was er iemand anders die belangstelling toonde. Ze scrollde door zijn profiel en vond hem erg aantrekkelijk. Een stuk opvallender dan Robert.

Ze liet een berichtje achter om aan te geven dat ze geïnteresseerd was en liep naar beneden. Echt, het leven was een stuk leuker als je wat risico's nam! Had ze de eerste veertig jaar van haar leven verspild met voorzichtig zijn? Was het tijd om uit de band te springen?

De volgende dag bezocht Fiona de website opnieuw. Er was een bericht van haar nieuwe aanbidder:

Fiona, lieve dame, zou je zin hebben om met me mee te gaan naar een tuincentrum? Ik heb advies nodig en jij bent vast de juiste vrouw om me dat te geven. Zondag? Vol verwachting, Evan.

Zondag, dacht Fiona, dat lijkt me leuk. Iets om naar uit te kijken. En anderen helpen met geld uitgeven was altijd leuk!

Ze typte een enthousiast antwoord en de afspraak was gemaakt.

Fiona was verrukt over het vooruitzicht van een nieuwe afspraak. Het was goed dat ze zich op haar eigen leven kon concentreren. De laatste tijd had ze in gedachten Sian en haar zoon bij elkaar gebracht, ondanks de uitbundige Melissa die als een opdringerige puppy tegen mensen op sprong en hun gezicht aflebberde. En dan had je Richard nog, natuurlijk, al wist Fiona niet goed hoe die situatie in elkaar stak. Sian sprak niet over hem alsof hij haar vriend was, maar goed, elke relatie was anders en hij was overduidelijk erg op Sian gesteld.

Het was misschien wat onvoorzichtig, maar Fiona liet Sian dit keer niet weten van haar plannen zodat ze kon sms'en of alles wel goed was. Daar had ze verschillende redenen voor. Om te beginnen wist ze dat Sians moeder bij haar logeerde en dat ze zelf waarschijnlijk plannen hadden. Bovendien had ze met Evan bij het tuincentrum afgesproken. Wat kon er nu fout gaan in een tuincentrum? Ze had een iets aanlokkelijker gelegenheid verwacht, maar ze had verteld dat ze van planten hield, dus was het op zich een goede keus. Misschien wilde hij gewoon attent zijn.

Ze zocht het adres op. Het was een van die grote centra buiten de plaats, waar ze een heleboel andere dingen verkochten naast planten en tuinmeubelen. Fiona had meer op met zo'n ouderwetse kwekerij die alleen planten verkocht en niet ook nog eens kerstversieringen en cadeaus. Maar bij zo'n groot centrum zat wel vaak een goed café en een lekker stuk taart was natuurlijk een goede manier om een teleurstellende date te redden.

Evan zat zoals afgesproken aan een tafeltje bij de ingang van de coffeeshop en hij stond op toen ze dichterbij kwam. Hij had een zilvergrijs, driehoekig baardje, dat niet op de foto had gestaan.

'Fiona, lieve dame,' zei Evan. Hij nam haar hand en kuste hem. Ze wist niet of ze verrukt of ontzet moest zijn. Was hij kostelijk ouderwets of was hij een engerd? Ze zou er ongetwijfeld gauw genoeg achter komen.

'Zo, ga zitten, dan nemen we een kop koffie. Of heb je liever thee? Warme chocolademelk?'

Fiona ging zitten. Aan de ene kant was ze een beetje opgelucht – het was absoluut niet nodig geweest om aan iemand door te geven waar ze was – maar ze was ook teleurgesteld. Ze wist meteen dat ze zich kapot zou vervelen. Dit was zonde van haar tijd. Ze kon zich niet meer herinneren wat ze zo aantrekkelijk had gevonden aan Evan. Hij was zo bijzonder als een natte vaatdoek. Naast hem was Robert haast onstuimig!

'Zo, lieve dame, vertel me eens iets over je tuin. Mijn eigen stukje paradijs is niet echt groot, maar ook niet klein.' Hij lachte, een hoog, gekunsteld geluid waar Fiona van huiverde. Zijn 'lieve dame' begon ook een beetje irritant te worden. Vervolgens beschreef hij ieder bloembed, elke border en elk waterornament; hij had er verschillende, waaronder engelen, duiven en windmolens. Hij had bloembedden die waren begrensd met schelpen (kamschelpen om precies te zijn, 'gekregen van een vishandelaar, lieve dame'), hij had windorgels en een aandoenlijk 'arrangement' (op zijn Frans uitgesproken) dieren uit het bos die zo echt leken dat de plaatselijke eekhoorns ervan in de war raakten. De radiografisch bestuurbare elfjes gaven de doorslag.

In het begin was zijn verhaal nog wel boeiend, op een gruwelijke manier - ze had een heimelijke passie voor kitsch – maar uiteindelijk besloot ze dat het leven te kort was en dat ze hem beleefd gedag moest zeggen en naar haar eigen huis en eigen tuin moest. Haar eigen winde snoeien was veel leuker dan naar Evan luisteren die vertelde hoe hij plantje voor plantje het kroos uit zijn vijver haalde.

Plotseling merkte ze dat hij haar vragend aanstaarde. Hij had kennelijk iets gezegd waar ze aandacht aan had moeten besteden. Hier kon ze zich niet uit bluffen; ze moest eerlijk zijn.

'Sorry, ik was even afgeleid. Wat zei je?'

'Ik stelde voor,' zei Evan lichtelijk beledigd, 'dat we naar een kleine kwekerij gaan waar ze heel bijzondere planten hebben die je niet overal kunt krijgen.'

Fiona deed haar mond open om nee te zeggen. Een speciale kwekerij was voor haar als een uitverkoop in een designeroutlet voor veel anderen, maar de gedachte om nog meer tijd met hem door te moeten brengen was te veel van het goede. Maar voordat ze de juiste woorden had gevonden, legde hij zijn hand op de hare.

'Lieve, dame, zeg geen nee. Ik vind het afschuwelijk om in mijn eentje naar dit soort winkels te gaan. Dan voel ik me zo kwetsbaar. Ik beloof dat we na afloop wat gaan drinken. Ik weet een leuk plekje.'

Fiona ging door de knieën en ze vervloekte zichzelf erom. 'Goed dan.' Ze kwam overeind, om er maar zo snel mogelijk van af te zijn. 'Waar is het?'

'Het lijkt me wel zo gemakkelijk om in één auto te gaan, dan zet ik je op de terugweg weer af. Er is niet zoveel plek om te parkeren. Het is een beetje afgelegen.'

Fiona aarzelde. Ze was niet bang dat ze zich niet aan de regels van het internetdaten hield, die golden toch niet voor iemand die zo beleefd maar zo saai was, maar ze hield er niet van om van anderen afhankelijk te zijn voor haar vervoer. Ze wilde weg kunnen wanneer zij dat wilde. 'Ik ga liever in mijn eigen auto, als je het niet erg vindt.' Ze wilde aanbieden om Evan mee te nemen, maar bedacht zich. Dan kon ze nog niet gaan en staan waar ze wilde.

'Het is, denk ik, beter als je met mij mee gaat. Het is lastig te vinden en als we elkaar kwijtraken, vinden we elkaar nooit meer.' Evan glimlachte en Fiona vroeg zich af wat er zo vervelend aan was als ze hem nooit meer hoefde te zien. Ze kon niets bedenken.

'Toe, lieve dame,' ging hij verder. 'Anders ga ik nog denken dat je me niet vertrouwt.'

Fiona slaakte een zucht en gaf hem zijn zin. 'O, goed dan, maar ik wil niet zo laat terug. Mijn zoon woont sinds kort bij me en die is hopeloos in de keuken.' Het feit dat hij het gemakkelijker vond om in de openlucht te koken, betekende nog niet dat hij honger leed als zij er niet was, maar ze wilde een excuus hebben.

'Dat begrijp ik. Ik kan zelf heel aardig koken, maar de waarheid is dat niet iedereen van het sterke geslacht dat kan zeggen.'

'Zullen we gaan?' vroeg Fiona. Ze had totaal geen zin meer.

Ze ging voor in zijn Volvo zitten, en nadat Evan haar met haar gordel had geholpen en het portier stevig dicht had geslagen, kwam hij naast haar zitten.

'Is deze kwekerij gespecialiseerd in bepaalde planten?' vroeg ze. 'Ik woon op kalkgrond, dus rododendrons doen het bij mij niet goed.'

'Epimediums, Erythroniums en varens,' zei Evan.

Fiona was heel ervaren in tuinieren, maar ze herkende alleen varens. 'O, ik ben dol op varens,' zei ze, en ze hoopte maar dat hij niet doorhad dat ze de andere twee niet kende. Als ze hem erg aardig had gevonden, had ze het hem gewoon gevraagd. Maar als ze het hem nu vroeg, dan ging hij het uitleggen. Uitgebreid. Ze hoopte dat ze de planten zou herkennen als ze ze zag.

Het was een heel eind naar de kwekerij en de route was ingewikkeld. Ze begreep waarom het handiger was om met één auto te gaan, al begon ze steeds meer te wensen dat ze haar eigen auto had genomen en was verdwaald. Ze begon zich ongemakkelijk te voelen nu ze afhankelijk was van zijn vervoer. Ze bedacht hoe snel ze met goed fatsoen kon zeggen dat ze weer terug wilde. Hoe verder het was, hoe langer het zou duren voor ze weer terug waren.

'Ben je ergens in het bijzonder naar op zoek?' vroeg ze.

'Niet echt,' zei Evan. 'Ik vind het altijd beter om gewoon te kijken wat er is, al zijn in mijn zorgvuldig bewerkte tuintje alleen de sierlijkste exemplaren welkom.'

'Misschien moeten we niet zo'n eind rijden als we toch niet van plan zijn iets te kopen.' Fiona was nog nooit ergens geweest waar ze planten verkochten zonder iets te kopen. 'Mijn tuin is ook vol.' Al kon in haar bloembedden en borders altijd wel iets weggehaald worden als ze iets mooiers vond.

'Jij hebt waarschijnlijk het geluk dat je een veel grotere tuin hebt dan ik, maar ik vind het een oase van groen.'

'O.' Fiona was ervan uitgegaan dat hij net als zij op het platteland woonde. 'Woon je in een bebouwd gebied?'

'Ik woon te midden van weilanden,' zei Evan. 'Maar ik hou van orde. De natuur is prachtig, maar moet wel beheerst worden. En jij?'

'Ik hou wel van een beetje wildernis.'

Het was even stil. 'Dat merkte ik al aan je e-mails,' zei Evan.

Fiona begon zich steeds ongemakkelijker te voelen, al wist ze niet goed waarom. Het enige gevaar was een lange, saaie middag. Hij was een man die vervuld was van zijn tuin en een poging deed om via internet een date te vinden. Hij was niet gek, gewoon saai.

Eindelijk sloeg Evan een smal weggetje in met een verweerd bord waarop SQUIRRELS KWEKERIJ stond, en Fiona voelde zich direct een stuk beter. Haar hyperactieve fantasie had een sinister scenario in haar gedachten gecreëerd, en onwillekeurig was ze blijven denken dat deze vreemde – of misschien gewoon ouderwetse – man haar meenam naar een foute plek. Maar ze stonden voor een kwekerij. Ze zouden naar plantjes kijken, waarschijnlijk iets kopen en dan zou hij haar terugbrengen naar haar auto en ging ze naar huis. Daarna hoefde ze hem nooit meer te zien. Alles kwam goed.

Ze stapte uit, rekte zich uit en keek om zich heen. Voor een bedrijventerrein was het wel wat verlopen. Er stonden kassen achter een muur, en bij een vervallen hut hing een bord met AANBIEDINGEN, maar Fiona weigerde zich te laten ontmoedigen. Ze hadden hier vast prachtige planten, en de eigenaars hielden zich waarschijnlijk meer daarmee bezig dan met oppervlakkige dingen als borden en gebouwen.

'O, ik kan niet wachten om te zien wat ze hier hebben,' zei ze enthousiast. 'Jij bent hier eerder geweest, welke kant gaan we op?'

'Ik vind dat we eerst even een kopje thee moeten nemen,' antwoordde Evan.

'Maar we hebben net warme chocolademelk op! Laten we eerst kijken wat ze hebben en dan theedrinken.'

Evans reactie op Fiona's bezwaar was de gekwetste blik van iemand die zich afgewezen voelt, en haar opgeklopte enthousiasme verdween compleet. 'O, goed, wat je wilt,' zei ze, met een nauwelijks onderdrukte zucht.

Evan ging haar voor naar binnen. Er was zo te zien niemand, en toen hij 'hallo' riep, klonk de ruimte nog leger.

'Geeft niet,' zei hij. 'De tearoom is die kant op. Ze hebben heerlijke scones.'

'Echt? Het ziet eruit alsof er hier in geen jaren iemand is geweest. Die scones zullen inmiddels wel bakstenen zijn. Volgens mij is hier niemand om thee te zetten.' Ze deed haar best om resoluut te klinken. 'Zullen we gewoon de planten bekijken? Daar zijn we per slot van rekening voor gekomen.'

Er gleed een sinistere blik over Evans gezicht. 'Ik hou van een vrouw met pit, maar ik vind echt dat je nu even moet doen wat je gezegd wordt.'

Gehoorzaam zijn druiste tegen al haar gevoel in, maar ze bedacht dat het afspraakje sneller voorbij zou zijn als ze niet tegen hem inging. En ze wilde Evan al helemaal niet aanmoedigen met haar 'pit'.

Evan nam haar bij de arm en duwde haar zo ongeveer een kamer in waar zes tafels met stoelen stonden. Voor het raam hing een dun gordijn en er zaten vliegen op de vensterbank. Ze ging hier niets eten, zelfs niet als de scones vers uit de oven kwamen! Er kon hier onmogelijk iets schoon zijn.

'Ik ga mevrouw Tibbs halen,' zei Evan. 'Wees jij braaf, en blijf hier.'

Dat doet de deur dicht, dacht Fiona. Dit is geen saaie maar onschuldige middag met een saaie maar onschuldige man, dit is niet normaal! Zodra Evan weg was, ging ze ervandoor.

Maar hij was alweer terug eer ze kans had om haar stoel naar achteren te schuiven. Voor een wat oudere man was hij verrassend snel.

Om de een of andere reden zaten ze in een hoekje van de ruimte, zo ver mogelijk bij de deur vandaan. Aangezien ze hier als enigen waren, was er geen reden om dit tafeltje te kiezen. 'Zullen we bij het raam gaan zitten?' stelde Fiona voor. 'Als we het gordijn opendoen, kunnen we uitkijken op de tuin.'

'Dat vindt mevrouw Tibbs niet fijn,' zei Evan. 'Mevrouw Tibbs is nogal eigenzinnig.'

Dat kon ook haast niet anders, dacht Fiona, gezien de aanblik van de ruimte. Er zat vuil bij het raam en er lagen vogellijkjes achter het gordijn. 'Kweekt zij de planten, of doet meneer Tibbs dat?'

'Mevrouw Tibbs woont tegenwoordig bij haar zus. Ze kweken de planten samen.'

Het idee dat er twee vrouwen op het terrein waren, maakte Fiona iets rustiger. Dit was gewoon een slechte date, net als het uitje naar de antiekmarkt; ze was niet ontvoerd.

Korte tijd later kwam er een bejaarde vrouw in een bruine, nylon broek, een roze trui en slippers binnen gesloft. Ze zou ook wel eens een nieuwe beha mogen kopen, dacht Fiona, die haar gedachten met opzet een beetje luchtig hield. Anders had ze het gevoel dat ze in een aflevering van een of andere absurde comedyshow zat. Mevrouw Tibbs had een dienblad bij zich met kopjes, schoteltjes, een theepot, een kannetje melk en een bord scones, die er echt vers uitzagen.

'Die zien er heerlijk uit!' zei Fiona, in een poging mevrouw Tibbs te paaien. Misschien zou ze haar nog nodig hebben. 'Komen ze net uit de oven?'

'Ja. Meneer Lennox belt altijd even als hij komt. Dat maakt alles wat gemakkelijker.'

Fiona vroeg zich af wat 'alles' was, want dat kon toch niet alleen op de scones slaan, maar ze had geen zin om het te vragen.

'Ik haal nog wat heet water,' zei mevrouw Tibbs.

'Schenk jij in?' vroeg Evan.

Fiona schonk de thee in en gaf Evan de scones, de boter en de jam aan. Ze besloot een voedselvergiftiging te riskeren en er zelf ook een te nemen.

'Heerlijke scones, hè?' vroeg Evan.

'Nou. Maar ik kan niet wachten om de planten te zien,' zei Fiona. 'En als ze zo goed zijn als de scones, dan wordt het nog wat.'

'Nog tijd genoeg voor planten,' vond Evan. 'Ik heb andere plannen.'

Net toen ze zich afvroeg wat hij daar in vredesnaam mee bedoelde, of het was wat ze dacht dat hij bedoelde, en of flauwvallen zou helpen, ging de telefoon. Ze groef hem uit haar tas, als een terriër die achter een rat aan zit. 'Hallo?'

Ze was zich bewust van het ongenoegen aan de andere

kant van de tafel, maar dat kon haar niets schelen. 'James! Wat leuk!'

'Fiona?' James klonk een beetje verbaasd over dit enthousiasme.

'Ja! Ik ben zo blij dat je belt. Ik heb hulp nodig!' Ze probeerde zo veel mogelijk gevoel in het woord te leggen.

Evan fronste zijn wenkbrauwen en schoof zijn stoel dichter bij de hare om de uitweg te blokkeren. Ze moest voorzichtig zijn – en snel!

'Toen je me vroeg wat mijn lievelingsprogramma was en ik kon niet op de naam komen? Ik weet het weer! Het is *I'm a Celebrity... Get Me Out of Here!*'

'Fiona, is er iets aan de hand?' James klonk bezorgd.

'Nee. Ik bedoel, ja! Nogal!' zei Fiona, zich ervan bewust dat ze met de minuut gestoorder klonk. 'Soms raak ik gewoon in paniek. Ik ben bij een prachtige kwekerij met een heel aardige man. We zitten thee te drinken en daarna gaan we plantjes kijken en dan rijden we terug naar de plek waar mijn auto staat.'

James bleef even stil en leek het toen door te hebben. 'Je bent samen met iemand die je niet kent, en je hebt je auto niet?'

'Zoals gewoonlijk heb je het in één keer goed. Hij heet Squirrels en is gespecialiseerd in varens. Prachtig.'

'Wil je dat ik je kom halen?'

'Precies! Zeg, ik moet ophangen. Evan zal het wel heel onbeleefd van me vinden dat ik aan de telefoon zit. Dag. Tot binnenkort, hoop ik.'

Fiona merkte dat ze transpireerde. Ze hing op en liet de telefoon weer in haar tas glijden. Toen stond ze op. 'Neem me niet kwalijk, ik moet even naar het kleinste kamertje.' Ze had die uitdrukking nog nooit gebruikt, maar niets was hier normaal, en het leek toepasselijk.

'Volgens mij hebben ze dat hier niet, het is hier heel klein.'

'Natuurlijk hebben ze dat hier wel,' zei ze gedecideerd. 'Als ze thee serveren, hebben ze ook een toilet. Dat is wettelijk verplicht!' Ze wist niet of het zo was, maar het leek haar een goed idee.

'Het is hier klein. De wet geldt hier niet.'

'Dan ga ik naar buiten en doe ik het in de bosjes! Het is een kwekerij... Ze hebben vast wel bosjes.'

Ze beende de kamer uit naar buiten, blij dat ze niet echt naar het toilet moest, en ze liep zo ver mogelijk bij het huis vandaan. Ze wist dat ze niet veel tijd had voor ze werd gevonden en teruggebracht zou worden. Ze pakte haar telefoon en was dolblij dat ze bereik had. 'James? Kom me alsjeblieft redden! Deze mensen zijn gestoord. Denk je dat je me kunt vinden?'

'Ik heb op internet gekeken, maar ik heb niet veel informatie. Ben je onderweg plaatsnamen tegengekomen?'

'Etchingham, maar ik had het idee dat we daar een paar keer langs zijn gekomen. Ik weet het niet meer.'

'Geeft niets, ik vind je wel.'

Ze had net opgehangen, toen ze voetstappen hoorde. Ze draaide zich om. 'En nu wil ik ergens mijn handen wassen!'

Evan had de blik van een schoolmeester met een teleurstellende leerling. Voordat hij iets kon zeggen, zei ze: 'Ik wil de kwekerij nu zien.'

'Je hebt me nog niet zoveel over je eigen tuin verteld,' protesteerde Evan. 'Ik dacht dat je zin had in een pleziertje.'

Warm en koud tegelijk schudde Fiona haar hoofd. 'Nee, ik wil de planten zien. Allemaal.'

Met Evan achter zich aan beende ze langs de rijen plantenbakken. Ze bekeek met mos begroeide plantenpotten die ze van haar leven niet zou kopen. Maar ze weigerde naar huis te gaan. Geen haar op haar hoofd die er nog aan dacht om bij hem in de auto te stappen. Ze had hulp ingeroepen. James zou boos en misschien wel bezorgd zijn als hij de plek vond en zij er niet was. Ze zou nooit, nooit, nooit meer zo stom zijn om uit te gaan met iemand die ze niet heel goed had nagetrokken.

Net toen ze de hoop wilde opgeven, hoorde ze een auto naderen. Ze rende naar de parkeerplaats en was dolgelukkig toen ze James uit een oude Citroën zag stappen. Ze rende naar hem toe en rukte het portier open.

'Snel. Weg hier!' zei ze hijgend.

James zei niets, maar het grind spatte op toen hij bij de kwekerij weg scheurde.

10

Fiona kon niet ophouden met giechelen en praten toen James wegreed, alsof ze alle angst en paniek kwijt moest door in detail alles te vertellen over die enge Evan, de met mos begroeide plantenpotten en de verrassend lekkere scones.

En toen ze daarmee klaar was, vervloekte ze haar domheid, het feit dat ze de basisprincipes van het internetdaten had genegeerd, dat ze zich had laten overhalen haar auto achter te laten, dat ze niet genoeg met Evan had ge-e-maild om erachter te komen wat voor afschuwelijke kerel hij eigenlijk was. Met een droge mond van het praten, zweeg ze uiteindelijk.

'Internetdaten?' vroeg James, zonder een zweem van kritiek, maar alleen om te begrijpen hoe Fiona verzeild was geraakt in het gezelschap van die griezel.

Het was heerlijk dat hij zijn oordeel niet meteen klaar had. 'Ik weet het. Het is gestoord. Ik zou het ook nooit hebben gedaan als mijn vriendin Luella me niet had ingeschreven. Ik was alleen op zoek naar iemand om mee uit te gaan, niet om mee te trouwen of zo.' Ze slaakte een uitgeputte zucht.

'We naderen de bewoonde wereld,' zei hij na een paar minuten. 'Laten we teruggaan naar jouw auto, dan kun je naar huis. Ik kan je ook thuisbrengen en morgen regelen dat je je auto kunt ophalen, of ik neem je mee naar mijn huis, de flat boven de winkel, dan maak ik iets te eten klaar en breng ik je straks thuis.' Hij keek haar even aan. 'Denk er maar even over na.'

Fiona dacht na. Ze voelde er niets voor om terug te gaan naar het tuincentrum en in haar eentje naar huis te rijden. Morgen zou het wel weer gaan, maar nu voelde ze zich net de hoofdpersoon in een thriller; ze zou doodsbang zijn dat er iemand op de achterbank verstopt zat die haar wilde vermoorden. Of dat Evan haar daar opwachtte en naar huis zou volgen.

Toen dacht ze over thuisgebracht worden. Dat klonk goed. Dan kon ze een stevige borrel inschenken, lekker in bad gaan, nog even tv-kijken en dan naar bed. Maar Angus was thuis, en die zou willen weten waar ze was geweest en waarom ze zich zo merkwaardig gedroeg.

'Dan moet ik Angus even bellen om te zeggen dat ik later thuiskom.'

'Dus je blijft eten? Fijn. Je bent vast nog een beetje van slag, maar ik hoop dat je me goed genoeg kent om te weten dat ik geen moordenaar ben. Bovendien zijn we nu in de stad, dus als je wilt ontsnappen is dat gemakkelijk.' Hij zweeg even. 'Sterker nog, je zou het telefoonnummer van de taxi in je telefoon kunnen zetten, nog voordat je je eerste glas wijn hebt. Voor het geval dat.'

'Voor het geval je te veel hebt gedronken en me niet meer naar huis kunt brengen?' Ze grinnikte. 'Wat een idee.' Fiona besefte hoe veilig ze zich bij James voelde. Het kwam niet eens in haar op om zich af te vragen of hij net zo onbetrouwbaar zou kunnen zijn als Evan.

'Ik blijf met alle plezier nuchter. Ik was al van plan om je te eten te vragen sinds dat gezellige dinertje bij jou, maar ik wist niet zeker of je wel zou willen.'

'Waarom niet? Jemig, de enige reden dat ik aan die hele internettoestand heb meegedaan, was om een keertje te eten gevraagd te worden.'

'Ik geloof niet dat je beseft wat een aantrekkelijke vrouw je bent, Fiona. Je hebt veel vrienden. Mensen voelen zich tot je aangetrokken. Ik voel me tot je aangetrokken, maar ik had het idee dat ik je niet zoveel te bieden had.'

'Hoe bedoel je? Als het geen bonen in tomatensaus zijn vind ik het al geweldig.' Ze zweeg. 'Al lijkt me zelfs dat op het moment heerlijk. Alles lijkt me nu heerlijk. Misschien niet te veel koolhydraten. Ik heb pijn in mijn buik gekregen van die scone.'

'Daar heb ik van die muntsnoepjes voor. Ze liggen in het dashboardkastje,' zei James. 'Kijk maar even.'

Fiona vond ze. 'Wil jij er ook een? Nee?' Ze begon weer te giechelen, waarschijnlijk van de spanning van de middag. Ze probeerde het te onderdrukken.

'Waarom lach je?'

Ze begon nog harder te giechelen. 'Ik weet niet of ik je dat wel kan vertellen.'

'Vast wel. Je hebt me al heel veel verteld sinds we in de auto zitten.'

Fiona probeerde haar lachen in te houden. 'Het is niks, eigenlijk.' Een lachje ontsnapte haar. 'Je kent het wel… Je vertelt waarom je moet lachen en de ander vindt er niets aan.'

'Probeer het maar.'

'Goed, dan. Toen ik de Rennies vond, bedacht ik opeens dat dit misschien wel bij de standaard date-uitrusting van een ouder iemand hoort. Je weet wel, net als in van die oude films waarin de held altijd een aansteker bij zich heeft en waarschijnlijk een sigaret om op te steken. Als je een bepaalde leeftijd hebt bereikt, heb je tabletjes tegen brandend maagzuur nodig. Ben je nog ouder, dan wordt het een inklapbare wandelstok of een rollator in de achterbak.' Ze beet op haar lip. 'Niet echt grappig, hè?'

Hij glimlachte. 'Ik snap wel wat je bedoelt. En uitgaan als je ouder bent heeft veel voordelen. Ik kan je bijvoorbeeld een lekkere wijn aanbieden. Als ik nog jonger was geweest, had ik je waarschijnlijk supermarktwijn gegeven. Twee voor de prijs van een.'

Fiona verstijfde even. 'Ik drink nog steeds supermarktwijn.'

'Ik ook, maar ik maak tegenwoordig wel betere keuzes.'

'Zelfs in mijn kelder?' Ze moest opeens aan haar etentje denken. 'Robert had nogal wat aan te merken op mijn wijn.'

'Ik zeg niets.'

Ze kon horen dat hij glimlachte en besefte dat ze zich in jaren niet zo ontspannen had gevoeld in de aanwezigheid van een man, behalve Angus en Russell. 'Waarom belde je me trouwens?'

'Dat was ik bijna vergeten. Het ging over een van je boeken. Ik heb een koper. Hij biedt een heel aardige prijs.'

'O, wat fijn. En jouw provisie? Die reken je toch wel?'

'Tja, als je dat graag…'

'Heel graag.'

'Prima, dan houden we het strikt zakelijk.'

'Behalve als je me redt of me bonen in tomatensaus aanbiedt.'

'Ik heb wel iets beters voor je.'

'Dat hoeft echt niet. En ik kan ook met de taxi naar huis.' Ze stak haar hand op om zijn protest te smoren. 'Nee. Ik kan ook Angus even bellen en zeggen dat ik iemand ben tegengekomen, dat we ergens wat gaan eten, dat we een glaasje wijn willen en dat ik met de taxi naar huis ga. Hij weet dat ik nooit drink als ik moet rijden, dus dat zal hij niet vreemd vinden.' Ze zweeg even. 'Ik zou zelfs kunnen zeggen dat ik bij jou ben.' Ze zuchtte. 'Ik wil alleen niet dat hij van het internetdaten weet. Dan maakt hij zich alleen maar zorgen.'

'En terecht, als ik zo vrij mag zijn.'

'Nee, toe. Ik verwijt het mezelf al genoeg, en als jij er iets van zegt, dan ga ik mezelf alleen maar verdedigen.'

'Maar je zult voortaan wel voorzichtiger zijn?' vroeg James.

'Natuurlijk! Kunnen we het nu over wat anders hebben?

Ik ben ontzettend dom geweest en jij hebt me gered. Daar ben ik je eeuwig dankbaar voor…'

'Maar je houdt er niet van om bekritiseerd te worden en als ik nog meer zeg, dan knap je op me af?'

Ze keek hem verbaasd aan. 'Dat heb je heel goed in de gaten.'

Hij grinnikte. 'We zijn er bijna.'

Fiona bestelde een taxi voor tien uur. Als ze echt graag eerder naar huis wilde, kon ze altijd een nieuwe bestellen. Daarna maakte ze gebruik van James' badkamer om zichzelf een beetje te fatsoeneren.

Goddank had ze altijd een klein setje make-up in haar handtas. Zoals gebruikelijk keek ze pas in de spiegel nadat ze haar gezicht had gewassen, haar haar had gedaan en nieuwe make-up had opgedaan. Daarna zocht ze het flesje parfum onder in haar tas en spoot ze wat op. Niet dat ze op James viel of zo, hij was gewoon een vriend, maar ze had nog wel een beetje gevoel voor fatsoen. Als hij een maaltijd voor haar klaarmaakte, kon ze er op zijn minst een beetje verzorgd uitzien. En na haar akelige middag voelde ze zich verwilderd.

James had een klein keukentje, half verscholen achter een wand in zijn woonkamer. Het was een grote ruimte met een grote haard en muren vol met boekenplanken. De boekwinkel zat in een oud gebouw en deze kamer boven de winkel had balken tegen het plafond, brede houten vloerdelen bedekt met kleden en overal tekenen van ouderdom. De meubels waren ook oud: een gehavende bank, een paar luie stoelen die niet bij elkaar pasten, een antiek bureau en genoeg tafeltjes voor stapels kranten en tijdschriften.

'Sorry voor de rommel,' zei James, terwijl hij haar een groot glas koude, witte wijn gaf. 'Mijn werkster komt altijd op maandag, dus het stof heeft zich wat opgestapeld.'

'Stof doet me niks.' Ze nam het glas aan en glimlachte. 'Ik vind dit een prachtige kamer! Perfect, zelfs. Ik heb altijd boven een winkel willen wonen… of liever gezegd, ik ben altijd benieuwd hoe de ruimte boven een winkel eruitziet. Ik vind dit heel mooi.'

'Gelukkig maar. Denk je dat je jezelf even kunt vermaken, terwijl ik kijk of ik iets te eten in huis heb?'

'Natuurlijk! Ik ga de boeken bekijken. Er is niets leukers.' Ze huiverde even en hij zag het.

'Ik doe eerst de haard even aan. Dat is zo gebeurd en het is hier wat frisjes.'

'Het valt wel mee, ik voel me alleen een beetje… Misschien is het de schok. Maar met een wijntje en een haardvuur is het zo over.'

Fiona bekeek de boektitels een tijdje. Ze had wel eens gehoord dat je veel kon opmaken uit de boeken die mensen hadden, maar ze had zo'n vermoeden dat James' boeken meer te maken hadden met wat wel en niet verkocht in de winkel.

'En waar heb je je pulp staan?' riep ze.

'Op de slaapkamer,' antwoordde hij.

'Aha.' Ze pakte een oud boek over wilde bloemen uit de kast en ging bij de haard zitten.

James kwam de kamer in met de fles wijn. 'Ik was blij dat ik deze nog in de koelkast had staan, er zit alleen niet zoveel meer in, dus ik moet een andere fles opentrekken. Rood, of lauwe witte?'

'Wat eten we?'

'Iets met aardappels. Veel meer kan ik er op dit moment nog niet over zeggen. Misschien moet ik nog even iets halen.'

'O nee, doe geen moeite. Wat zou je hebben gegeten als ik er niet was geweest?'

'Dan zou ik even boodschappen zijn gaan doen. Ik vind een avondsuper in de buurt geweldig. Dan zou ik ook een fles gekoelde wijn kunnen halen.'

'Ik wil niet dat je zoveel moeite voor me doet.'

'Het is geen moeite. Wat dacht je van lamskoteletjes? Die zijn snel klaar.'

'Dan schil ik de aardappels vast...'

'Als ik die had. Ik koop wel kant-en-klare puree. Echt, je hoeft amper te koken met...'

'Dat is jammer.'

'Ja. Ik ga je nog eens een keer echt uitnodigen, maar nu...'

'Ik val je gewoon lastig. Het spijt me. Zullen we niet gewoon een boterhammetje eten?'

'Absoluut niet! Ik vind het veel te leuk dat je er bent. Hier.' Hij trok een kastje open dat Fiona nog niet had gezien en er kwam een televisie tevoorschijn. 'Ga jij lekker rustig kijken, dan wip ik even naar de winkel.'

Hij schonk haar bij en vertrok, terwijl zij naar een makelaarsprogramma keek, maar toen hij weg was, deed ze haar ogen dicht. Het was een lange dag geweest.

11

Sian had helemaal geen zin in het sportfeest. Melissa de hele dag met Gus te zien flirten was geen aanlokkelijk vooruitzicht. En nog zorgwekkender was dat dan precies datgene zou gebeuren waar ze al tegenop zag sinds Gus terug was: Rory en Gus zouden elkaar eindelijk ontmoeten. Wat zouden ze van elkaar vinden? Ook al wisten geen van beiden wat ze van elkaar waren, het was toch een belangrijk moment. Hoe zou het voor haar zijn om ze samen te zien? Het stond vast dat haar kleren niet geschikt waren. Ze had lang genoeg op het platteland gewoond om te weten dat stadse lui in de verkeerde kleren heel hard werden uitgelachen.

Maar het was een heerlijke dag en ze had evengoed een mooie jurk, dus dat was een probleem minder. Nu hoefde ze zich alleen nog maar zorgen te maken over haar schoenen, tenzij ze toch echt geacht werd tweed en een jachtpet te dragen.

Rory was makkelijk: korte broek, T-shirt, pet en een heleboel zonnebrandcrème. Hij kon zijn sandalen aan, die dikke, stevige zolen hadden. Sian bezat alleen een paar slippers waar nauwelijks een zool onder zat.

Maar dat was niet erg, want ze reden met Fiona mee.

'Ik heb een autostoeltje van de kleinkinderen, voor als ze uit Canada overkomen,' had Fiona gezegd. Op de een of andere manier was het een beladen woord, vond Sian, die het schuldgevoel voelde knagen. Gus was niet de enige die niet wist dat hij familie van Rory was. Ze had zich zo druk gemaakt over hoe ze het hem moest vertellen en of ze dat überhaupt wel wilde, dat ze nauwelijks aan Fiona had gedacht. Ze wist hoe haar eigen moeder het zou vinden als ze bij haar kleinkind weggehouden werd. Ze voelde zich ook erg schuldig tegenover Richard. Hij was weer op zakenreis en had laten doorschemeren dat hij een romantisch diner voor twee met haar wilde zodra hij terug was. Omdat ze de laatste tijd zo weinig samen waren geweest. En door alles wat er de laatste tijd was gebeurd, had ze weinig aan hem gedacht. Al die schuldgevoelens en nu nog een dag vol zorgen. Ze vroeg zich af hoe ze de dag door moest komen.

Rory huppelde met haar mee, toen ze naar het grote huis liepen. Hij keek uit naar de dag, ervan overtuigd dat hij mocht pony rijden. Sian had hem gewaarschuwd dat het misschien niet zou lukken, maar dat wilde hij niet horen.

Fiona gaf hun beiden een zoen toen ze aankwamen. 'Wat zie je er beeldig uit!' zei ze tegen Sian, toen Rory was gaan kijken of zijn treinen er nog waren. 'Angus is weg. We zien hem straks. Hij deed erg mysterieus. Ik wist vroeger ook precies wanneer hij iets van plan was, en dit lijkt er wel heel erg veel op.'

Sian slaakte een zucht door de merkwaardige mengeling van opluchting, teleurstelling en angst voor wat nog zou komen. Om die te verdoezelen, zei ze snel: 'Ik zit een beetje over mijn schoenen in. Het zijn deze, of anders hakken. Geen van beide echt geschikt voor modder, en misschien is het daar nat.'

'Ik heb wel iets voor je! Ik heb laatst van die laarzen met bloemetjes erop gekocht en merkte thuis pas dat ze niet om mijn kuiten pasten. Neem die maar. Dan stop je deze in je tas voor het geval het warm wordt.' Fiona vloog weg, blij om te helpen en tegelijkertijd verheugd om zich van een miskoop te ontdoen. Gelukkig hadden ze nagenoeg dezelfde maat.

'Hebben we alles wat we nodig hebben?' vroeg Fiona, en ze rinkelde met haar sleutelbos, terwijl ze de hal in tuurde.

'Ik heb mijn tas,' zei Rory. 'Daar zit drinken in en Baby-bel-kaasjes, boterhammen en een appel.'

'Heel verstandig. Melissa's ouders verzorgen de picknick, maar misschien komt het eten niet snel genoeg voor een jonge maag. Je weet hoe mannen zijn als ze honger krijgen. Dan worden ze humeurig. Kom, dan gaan we naar het sportfeest!'

Rory juichte en rende naar Fiona's auto. Zijn rugzak slingerde op zijn rug en Sian wenste dat ze half zo blij was.

'Nou, we zijn maar drie keer verdwaald,' zei Fiona vrolijk. Ze parkeerde de auto in het weiland, op de aanwijzingen van een blonde jongen die klonk alsof hij op een dure kost-school zat. 'Dat noem ik een succes.'

'Ik ook,' zei Sian, die had genoten van het ritje in de om-geving, door allerlei smalle laantjes die ze anders nooit zou nemen. Wat had ze sinds de verhuizing eigenlijk weinig on-dernomen! Ze was amper het dorp uit geweest. 'Het was een leuk ritje.'

'Nu moeten we alleen Melissa en haar ouders zien te vin-den. Wat een luxe om niet kilometers met een picknick-mand te hoeven sjouwen. Nou ja, Rory wel.'

'Ik heb een rugzak,' zei Rory. 'Het gaat best.'

'Zou het niet vreselijk zijn als we straks ruziemaken over Rory's eten omdat er verder niets is?' zei Sian, toen ze door het hek de weide in liepen. 'Had ik er nou maar meer in gestopt.'

'Maak je daar maar geen zorgen om. Je zult nog onder de indruk zijn van de familie Lewis-Jones. Ze is zo'n eerzuch-tig type. Reken maar dat er aan alles gedacht is en dat ze ge-noeg hebben voor vijfduizend mensen en hun vrienden.'

'Dat kunnen ze van jou ook zeggen,' zei Sian met een glimlach.

'Dat weet ik, maar met Veronica voel je je altijd schuldig dat je niet meer op kunt.'

'Jij voelt je geloof ik over van alles en nog wat schuldig,' zei Sian.

'O ja, dat zit in mijn genen.'

Hoewel ze het luchtig had gezegd, kreeg Sian het idee dat ze Fiona zag kleuren. Fiona was niet de enige die zich overal schuldig om voelde. Ze moest eens weten.

Mevrouw Lewis-Jones had inderdaad een grootse picknick georganiseerd. Er waren voor iedereen speciale picknickmanden, thermosflessen, zitgelegenheden en glashouders. Alles was netjes en schoon, geen muffe thermosflessen en kopjes met vlekken of kunststof borden of plastic glazen. De waterdichte kleden waren groot genoeg om een tent op te zetten en de borden waren van Royal Worcester.

'Werkelijk prachtig!' zei Fiona, die in een stoel met glashouder ging zitten. 'Veronica, wat heb je er een werk van gemaakt.'

'Ik maak er graag een feestmaal van. Als iedereen een goede lunch heeft gehad, geven ze straks meer geld uit en laten we niet vergeten dat het een geldinzamelingsactie ten bate van de hospice is.'

'En ik heb een verrassing voor jullie allemaal! Angus... Gus en ik hebben een plan.' Melissa zag er bijzonder schattig uit in haar chique jurk. Haar haar glansde alsof ze uit een shampooreclame kwam. Als Sian moeder en dochter zo naast elkaar zag, was wel duidelijk van wie Melissa haar schoonheid had. Veronica was een slanke, oudere versie van haar dochter. Tijdens de drukte van het etentje had ze niet iedereen goed in zich opgenomen.

Ze nam een slokje champagne uit de zilveren inschuifbare beker die ze had gekregen 'omdat het toch zo leuk is om die oude dingen te gebruiken'. Ik moet niet zo jaloers zijn op Melissa, zei ze tegen zichzelf. Zij en Gus kennen elkaar al heel lang. Natuurlijk hebben ze plannetjes die niemand anders kent.

'Rory, lieverd,' zei Fiona, 'denk je dat je je eigen lunch nog wilt? Er liggen hier heerlijke dingen.'

'Dát zijn kleine eitjes,' zei Rory, en hij wees naar mini-eitjes op een porseleinen schaaltje.

'Kwarteleitjes, schat. Net als gewone, maar dan kleiner,' zei Fiona.

'Hier, neem een worstenbroodje,' zei mevrouw Lewis-Jones, en ze hield een grote schaal voor Rory's neus. 'Pas op. Ze zijn heet. Nou ja, warm, in elk geval.'

'Laten we nog wat flessen opentrekken,' zei Harold Lewis-Jones. 'Toevallig weet ik wie de onbekende gast van Melissa is. We hebben veel bubbels nodig.'

Hij vulde hun glazen bij en zette de flessen in speciale wijnkoelers die in de grond waren gestoken. Rory kreeg een glas vlierbessensap. Sian was onder de indruk. Ze hadden werkelijk aan alles gedacht.

'Wat ontzettend lief dat u rekening hebt gehouden met Rory,' zei ze.

'Ik ga zo dadelijk ook over op het non-alcoholische vocht,' zei mevrouw Lewis-Jones, 'anders val ik na de lunch in slaap.'

'Ik vrees dat ik wel vaker na het eten in slaap val,' zei Fiona, 'met of zonder champagne.'

'Melly, wanneer komt jouw verrassingsgast? De wildpastei is klaar, die wil ik graag serveren.'

Melissa kwam overeind, hield haar hand boven haar ogen, toen ze over het weiland in de richting van het bos keek. 'Volgens mij komen ze eraan!'

Iedereen keek waar ze naar wees. 'O, het is Angus' landrover,' zei Fiona. 'Wie heeft hij bij zich?'

'Zo te zien is het een vrouw,' zei Sian, 'tenzij een van jullie een man kent die zo'n hoed draagt.'

'Je komt er snel genoeg achter,' zei Melissa zelfvoldaan. 'Geduld.'

Sian zag de hoed, maar kon niet zien wie eronder zat.

Maar Melissa zou toch zeker geen concurrentie binnenhalen en er dan zo'n show van maken?

'Mijn hemel!' zei Fiona, toen de landrover dichterbij kwam. 'Melissa? Wat heb je gedaan? En waarom al die geheimzinnigheid?' Het was wel duidelijk dat ze de persoon naast haar zoon in de auto had herkend en een beetje beledigd was dat ze van niets had geweten.

'Is het niet leuk?!' kraaide Melissa, zich niet bewust van, of immuun voor Fiona's ergernis.

'Wie is het, lieverd?' vroeg haar moeder. 'O! Lieve hemel. Wat een giller. Het is Luella!'

'Het is je huisbazin,' zei Fiona tegen Sian. 'Voor het geval je het was vergeten.'

Sian leek de enige die de nieuwe gast niet met vreugdekreten begroette. Hoewel ze haar graag wilde ontmoeten, kreeg ze onwillekeurig het idee dat Melissa iets van plan was. Zou ze in aanwezigheid van iedereen een bod op het huis doen waar Luella geen nee op kon zeggen, zodat Sian en Rory hun thuis kwijt zouden raken? Want zo zag ze de cottage nu, als hun thuis, met vocht en al.

'Wie is dat, mammie?' vroeg Rory.

'Dat is de vrouw van wie ons huis is,' zei Sian, die haar best deed om enthousiast te klinken. 'En wie is die man?' vroeg hij, toen Gus de auto had geparkeerd en uitstapte.

'Dat is Fiona's zoon.' Ze haalde diep adem om zichzelf tot rust te brengen. Luella's komst was niet het enige waar ze zenuwachtig door was.

'En hij moet zijn auto daar niet neerzetten,' zei Veronica Lewis-Jones. 'Ik ga hem vragen om die rammelkast te verplaatsen.'

'Laat hem maar niet horen dat je zijn auto zo noemt,' zei Fiona. 'Die landrover is zijn grote trots.'

'Vast, maar alle voertuigen moeten in het weiland worden geparkeerd,' zei Veronica beslist. 'Luella! Wat enig je te zien!

Ik dacht dat ze jou met geen mogelijkheid uit Frankrijk konden losweken?'

Luella was van top tot teen in wit linnen gekleed en droeg een strooien hoed met roze rozen. Ze was het toonbeeld van een excentrieke Engelse en speelde de rol dan ook volmaakt.

'Kijk eens, drink dit,' zei Harold Lewis-Jones, toen hij Luella een zoen op beide wangen had gegeven en haar een beker champagne aanreikte. 'Drink dit maar eens, om van de reis te bekomen.'

Veronica kwam jachtig naar voren en gaf haar ook een zoen. 'Ja, wat een afschuwelijke rit over dat weiland, zeg. Angus, ik hoop dat je hem ergens anders neerzet. Als je je landrover hier laat staan, denkt iedereen dat hij zijn terreinwagen kan halen en hem hier kan zetten.'

Het moment was daar. Gus was er, en hij stond op het punt om Rory te ontmoeten. Sians maag keerde zich om en ze hoopte maar dat de anderen niet in de gaten hadden hoe zenuwachtig ze was. Haar handpalmen waren klam. Ze haalde nog een keer diep adem.

'Maak je geen zorgen, ik zet hem zo weg,' zei Gus, waarna hij zich tot Sian wendde. 'Hoi!' Hij gaf haar een zoen op haar wang en keek toen naar Rory, die met grote ogen naar hem opkeek. 'En jij bent zeker Rory.' Gus schudde hem de hand. 'Ik ben Gus, een vriend van je moeder.'

'Dag,' zei Rory, die heel verlegen achter Sian ging staan. Sian trok hem dicht tegen zich aan, omdat ze zijn geruststellende aanwezigheid ook wilde voelen.

'Dit is mijn zoon,' zei Fiona. 'Niet te geloven dat hij vroeger net zo klein was als jij.'

'Angus, schat, ik wil niet zeuren, maar kun je hem even wegzetten?' begon Veronica. 'Ik krijg vuile blikken van mensen daarginds omdat ik ze heb gezegd dat ze hun auto fatsoenlijk moesten parkeren. We kunnen doen alsof Luella slecht ter been is en gebracht moest worden, maar nu moet je je auto echt op de goede plek zetten. We wachten wel met eten tot je terug bent.'

'Goed,' zei Gus. 'Hé Rory, wil je een ritje in een landrover maken? Mama mag ook mee!'

Rory keek verlangend naar Sian, niet langer verlegen.

Als moeder vond ze dat ze zoveel mogelijk ja moest zeggen tegen haar zoon, en er was absoluut geen goede reden om in dit geval nee te zeggen, zeker aangezien zij ook was uitgenodigd. Haar maag was nog steeds van streek, maar hoe graag ze ook nee wilde zeggen, dat zou iedereen raar vinden. 'Gordels?' Ze keek naar Gus en hoopte dat het antwoord nee zou zijn.

'Een volledig harnas achterin.'

'O, oké,' zei ze, en ze accepteerde het onvermijdelijke. Ze kon de tijd goed gebruiken om te bedenken wat ze tegen Luella moest zeggen als ze aan elkaar werden voorgesteld. Luella's komst was een goede afleiding van haar verwarrende gevoelens over Gus en Rory.

Het kostte Gus een paar minuten voor hij Rory achterin had gezet en goed had vastgegespt. 'Kijk eens, jongen. Zelfs een neushoorn in de aanval kan jou hier niet uit krijgen.'

Sian hees zichzelf in de auto. 'Heb je wel eens een neushoorn in de aanval gezien?' vroeg ze Gus, toen hij naast haar achter het stuur ging zitten.

'Ja. Nooit meer!'

'Dat zou ik wel eens willen zien,' zei Rory met een zucht achterin.

'Ik zal je een foto laten zien, dan denk je dat vast niet meer. Zitten we allemaal vast? Dan gaan we.'

Onderweg zagen ze een rij kraampjes waar van alles verkocht werd, van rijkleding en schilderijen tot mysterieuze voorwerpen bedoeld voor plattelandsactiviteiten waar Sian niet aan wilde denken. In de verte op de heuvel konden ze zien waar het crosscountry parcours liep.

'Kijk, Rory,' zei Sian. 'Zie je dat? Paarden! Die over heggen springen.'

Op dat moment werd de landrover ingehaald door een paar meisjes op pony's. Ze droegen roomkleurige rijbroeken, tweed rijjasjes, korte laarzen en zwartfluwelen caps.

'Zij zijn van de ponyclub,' zei Gus. 'Ze zijn vandaag de politie. Ze zorgen ervoor dat alles goed verloopt.'

'Ik wil een politieman op een paard worden,' zei Rory verlangend. Maar hij wilde altijd worden wat hij op dat moment zag, dus Sian besteedde er niet te veel aandacht aan.

'Je zou lid kunnen worden van de ponyclub, als je wilt,' zei Gus. 'Je hoeft geen meisje te zijn, al helpt het wel.'

'Ik wil geen meisje zijn,' zei Rory bezorgd.

'Jongens rijden ook pony,' legde Sian uit.

'Straks misschien,' zei Rory, en hij klonk beangstigend veel als zijzelf, vond Sian.

Op dat moment passeerde er een groot kastanjebruin paard in galop. De ruiter was een man in een zwarte jas, een witte rijbroek en een hoge hoed. Toen hij bij de landrover kwam, bleef de man staan.

Het paard snoof zacht en leek enorm groot. De man leunde naar voren. 'Je weet toch dat je hier niet mag rijden?'

'Ja, mijn excuses, maar ik heb een gehandicapt familielid afgezet bij de picknick,' legde Gus uit. 'Ik breng de auto nu terug.'

'Prima.' De man tikte even met zijn zweep tegen zijn hoed en reed in galop verder.

'Misschien wil ik niet paardrijden,' zei Rory, vanaf de achterbank.

'Lieverd, je begint op een kleine pony! We gaan straks wel kijken of we ze ergens zien.'

'Of we zoeken een vriend op die iets kindvriendelijkers heeft,' zei Gus. 'Eentje die je kunt aaien.'

Sian keek snel uit het raam. Gus leek de intuïtie van een goede vader te hebben.

Het weiland stond nu vol auto's, maar Rory genoot van elk hobbelend moment terwijl ze een plekje zochten. Het was een onwezenlijk ritje voor Sian. Bijna zes jaar lang was ze ervan overtuigd geweest dat Rory en zijn vader elkaar nooit zouden ontmoeten. De afgelopen twee weken had ze ertegenop gezien, en nu leek het bijna een anticlimax om zo vrolijk naast elkaar hobbelend in de landrover te zitten, maar ze besefte dat op dit moment de anticlimax wel goed was. En Rory's enthousiasme voor terrein rijden was zó aanstekelijk dat Sian er ook plezier in kreeg.

'Dank je wel!' riep Rory extatisch, toen Gus hem uit de auto hielp. Hij was verrukt. 'Dat was superleuk!'

Sian keek trots naar Rory. Ze deed haar best om hem goede manieren bij te brengen, maar soms had hij een zetje nodig. Deze oprechte dankbaarheid betekende dat ze het niet tevergeefs had gedaan. En Gus en Rory's ontmoeting was goed gegaan, al wilde ze nog niet denken aan de volgende stap.

'Ja, dank je wel, dat was leuk,' zei Sian, 'al wou ik dat ik nu die heuvel niet op hoefde in deze laarzen. Ze zien er leuk uit, maar ze zijn erg warm.'

'Doe ze gewoon lekker uit en ga dan op blote voeten. Ik draag ze wel.'

'Oké.' Blote voeten leek een prima idee en het gras was heerlijk koel.

Op een of andere manier liep Rory ineens handje in handje tussen hen in toen ze weer op de picknickplaats kwamen, en Gus droeg nog altijd Sians laarzen.

'Wat een plaatje zijn jullie!' zei Luella, vanuit een picknickstoel. 'Net een gezinnetje!'

Het was alsof iemand een emmer koud water over haar heen had gegooid. Ze wendde zich af, in de hoop dat niemand haar reactie had gezien. Even had ze zich in een gelukkige droom gewaand, maar Luella's opmerking bracht haar weer met beide benen op aarde. Rory merkte niets van haar verwarring. Hij had Gus' hand losgelaten en wees naar de picknick en trok Sian mee naar het kleed.

'Luella, laat me je voorstellen aan Sian,' zei Fiona. 'Jullie kennen elkaar natuurlijk per post en e-mail, maar niet in het echt.'

Sian deed een stap naar voren. 'Hallo. Wat leuk om je nu eindelijk eens te ontmoeten. Rory en ik hebben het ontzettend naar ons zin in jouw huisje.' Laten we maar zo snel mogelijk de kaarten op tafel leggen, dacht ze.

'O, ja! Ik vind het een fijne gedachte dat jullie er wonen! Ik hoop dat je er niet kapot van zult zijn als ik het verkoop?'

'Eh…'

'Ik moet iets opbiechten,' zei Melissa, die met een paar glazen champagne plotseling achter Sian kwam staan. 'Ik heb ervoor gezorgd dat Luella zou komen, zodat ik haar een bod kan doen. Een bod waar ze geen nee tegen kan zeggen, hoop ik! Omdat ik direct kan betalen, zou ik het natuurlijk voor iets minder dan de vraagprijs kunnen krijgen!'

Sian trok wit weg.

'Toe, laten we deze prachtige dag niet verpesten door over zaken te praten,' zei Veronica, die duidelijk merkte dat de timing van haar dochter beter had gekund. 'We gaan verder met de picknick.'

Sian was opgelucht. Luella zou in elk geval nog een uurtje afgeleid worden van het zakelijke voorstel.

De picknick was nog steeds fantastisch, ook al waren de anderen al begonnen. Behalve de worstenbroodjes en kwarteleitjes, die voor Rory en de anderen meer een voorafje waren, was er een compleet feestmaal: sandwiches met gerookte zalm, driehoekjes geroosterd brood met ingemaakte garnalen, mini-quiches en kleine brioches die waren uitgehold en gevuld met roerei en kaviaar. Gus nam van alles wat. Sian hoorde hem iets mompelen, maar kon niet goed horen wat. Iets met 'overdreven', maar ze dacht niet dat hij het over het eten had, want dat was verrukkelijk.

Na het voorgerecht was er keus uit een reusachtige moot gepocheerde zalm met komkommer of een enorme *beef Wellington*, koud geserveerd.

'Begrijp je nu wat ik bedoelde met "eerzuchtig"?' zei Fiona zachtjes tegen Sian.

'Zeg, Harold, het rundvlees was overheerlijk, ik wil dolgraag nog wat, maar graag met een lepeltje mosterd. Tewkesbury als je die hebt.'

Luella's verzoek veroorzaakte lichte paniek bij het echtpaar Lewis-Jones.

'Ik heb grove mosterd, augurk, mierikswortel, ketchup en piccalilly,' mopperde Harold Lewis-Jones. 'Echt iets voor jou om toch nog om iets anders te vragen, Lu.'

'Getver! Nou, doe dan maar mosterd en mierikswortel. Dan meng ik ze. Dat moet dan maar,' zei Luella. Ze leek het leuk te vinden dat ze haar gastheer en gastvrouw tuk had. 'En misschien nog wat sla. Dank je wel.'

Rory keek eerst naar Luella en toen naar zijn moeder. 'Mama,' fluisterde hij, 'ze zei "getver".'

'Ze is volwassen, zij mag dat,' fluisterde Sian terug.

'O, is het net als vloeken?'

Gus schoot in de lach. 'Nee, jongen, veel erger. Het is *slang*.'

'Mammie, wat is *slang*?'

'Dat zijn minder nette woorden die mensen soms gebruiken in plaats van de nette woorden,' zei Gus behoedzaam. 'Soms is het wel oké... zoals "oké". Dat is eigenlijk ook *slang*. Maar als je "plee" zegt in plaats van "wc" krijg je waarschijnlijk een standje van je moeder.'

'Van mij krijg je een standje als je "wc" gebruikt,' zei Luella. 'Het is "toilet".'

'Dat is niet eerlijk,' zei Gus. 'Jij zei net "getver".'

'Ik ben bekakt, ik mag zeggen wat ik wil,' zei Luella, en ze veegde haar handen aan haar jurk af.

'Wie wil er dessert?'

De manier waarop Veronica het zei, klonk alsof ze het over een kwak niervetpudding met custard had. Maar Sian liet zich niet voor de gek houden. Ze had zo'n vermoeden dat er iets voortreffelijks uit de koelboxen zou komen, en ze had gelijk. Er was een keur aan kleine bladerdeegbakjes met geglaceerde zomervruchten en slagroom, kleine glaasjes kruisbessenvla en brownies.

'Als je niet kunt kiezen, neem je gewoon van alles wat,' zei Veronica. 'Er is genoeg voor iedereen.'

Daarna begon ze dikke plakken vruchtencake te snijden. 'Zo, Harold en ik moeten nu onze plicht in de commissietent gaan doen. Mel, lieverd, geen zakelijke gesprekken tijdens de lunch, hoor! Dat is vreselijk onbeleefd.'

'Alsof ik dat zou doen, mam!' Melissa giechelde bij het idee.

'Ik zeg het maar even. Ach, help me eens overeind, Angus. Ik ben hier te oud voor.'

Toen haar ouders weg waren, nam Melissa de taak van gastvrouw keurig over. 'Luella, weet je zeker dat je niet nog iets wilt drinken? We hebben genoeg bubbels en het is zonde om het allemaal weer mee naar huis te nemen.'

'Ach, doe dan maar, als je zo aandringt.' Luella wachtte tot haar beker bijgevuld was en iedereen wat had. 'Zeg, die zaken waar we het dus niet over mogen hebben… Als je de cottage wilt kopen, kan ik zeggen dat ik absoluut geïnteresseerd ben.'

Sian verslikte zich in haar vlierbessensap, dat ze in plaats van champagne had genomen.

'Zeg, Melissa, je hebt zeker niet toevallig koffie?' vroeg Fiona, met een bezorgde blik op Sian.

'O, ja,' zei Luella, en ze zette haar lege beker neer. 'Al heb ik eigenlijk liever thee.'

'We hebben alles voor thee en koffie bij ons. Angus, lieverd, zou je me willen helpen? Als je het niet erg vindt, Luella, begin ik met de koffie.' Er verscheen een enorme thermoskan met een pomp en vervolgens een tweede waarop HEET WATER stond.

Luella keek er vol weerzin naar. 'In welke wereld wordt

thee gemaakt met heet water? We hebben kokend water nodig!'

'Ach toe, Lu,' zei Fiona. 'Doe nou niet zo moeilijk. Het kan best met water uit de thermos.'

'Nou,' zei Gus, 'als Luella kokend water voor haar thee wil, dan krijgt ze dat. Sterker nog, ik zal de thee zelf komen brengen.'

'En hoe wou je dat doen?' vroeg Melissa.

'Een vuurtje stoken en water koken,' zei Gus, en hij gaf Rory een knipoog, alsof hij wist dat hij elk moment van iedereen een uitbrander zou krijgen.

'Lieverd, het heeft helemaal geen zin om vuur te maken,' zei Fiona, alsof ze deze discussie al eens eerder had gevoerd en verloren. 'We hebben geen pan!'

'Ik heb een pannetje in de landrover. Kom op, Sian, dan kunnen jij en Rory me helpen.'

Aangezien Sian geen zin had om Luella en Melissa te horen praten over de verkoop van haar huis, stond ze op.

'Ik zou mijn laarzen maar weer aandoen,' zei Gus.

Hij hield haar bij de elleboog vast toen ze haar voeten in de laarzen stak, en ze voelde zich gesteund, alsof hij haar niet alleen in evenwicht hield. Maar toen ze haar laarzen goed en wel aan had, deed ze een stapje opzij omdat ze een beetje van haar stuk was van het feit dat Gus' hand zo heerlijk aanvoelde.

Toen ze een klein stukje bij de groep vandaan waren en het bos naderden, zei Gus: 'Ik kon aan je merken dat het als een donderslag bij heldere hemel kwam. Als ik had geweten dat ze echt van plan was...'

'Ja, het was nogal een schok. We hebben het hier zo naar ons zin. Het ging allemaal zo goed.' Ze hoorde haar stem overslaan en merkte dat ze bijna in tranen was. 'Sorry, let maar niet op mij. Het komt door de champagne. Daar word ik een beetje emotioneel van. Het gaat wel. Het is niet zo dat ik niet wist dat dit kon gebeuren.'

145

'Het gaat helemaal niet best,' zei Gus. 'Kom, Rory, dan gaan we hout sprokkelen, jongen. Je moeder heeft dringend een kopje thee nodig.'

'Wat je moet weten,' zei Gus, toen ze een geschikte plek hadden gevonden, 'dat je omhoog moet kijken. Kijk naar dode takken die nog aan de boom zitten.'

'Oké,' zeiden Sian en Rory in koor.

'En als je wilt weten of een stuk hout vochtig is of niet, dan leg je het tegen je lip.' Hij zei dit met een uitdagende grijns, alsof hij dacht dat Sian nog liever doodging dan een tak tegen haar mond leggen.

'Prima,' zei ze, blij dat ze zich een beetje aan Gus stoorde, in plaats van dat ze overstuur was door Luella.

'Goed, jullie weten wat je moet doen?' vroeg Gus. 'Dan ren ik even naar de landrover om de spullen te pakken. Ben zo terug.'

Sian keek hem na en zag dat hij een beetje vreemd rende. Hij had verteld dat hij zijn been had geblesseerd. Dat was zeker wel ernstig geweest.

Gus was vrij snel weer terug en begon de berg takken die Sian en Rory hadden verzameld nogal rigoureus te sorteren.

'Als een tak niet gemakkelijk breekt, is hij meestal te vochtig. Het is belangrijk om alles goed voor te bereiden, anders krijg je alleen maar rook en lacht iedereen je uit. En we willen je moeder toch een kopje thee aanbieden, nietwaar, Rory?'

'Vrouwen houden van thee,' zei Rory. 'Al mama's vriendinnen drinken thee. Als ze geen wijn drinken.'

'Rory!' riep Sian geschokt. 'Zo erg is het niet. We drinken alleen wijn als we gasten hebben die blijven slapen of met de taxi naar huis gaan. En het was Luella die zo nodig kokend water wilde.'

Gus bleef takjes in tweeën breken; hij negeerde haar protest. De goede takken stopte hij in een plastic tas die hij uit de landrover had gehaald. De rest van de spullen zaten in een groene tas.

'Ik hoop dat je lucifers en aanmaakblokjes bij je hebt,' zei Sian bedachtzaam. 'Ik vraag me af of je vuur kunt maken door met takken tegen elkaar te wrijven...'

'Natuurlijk kan ik zo vuur maken... min of meer. Maar dat is vandaag niet nodig.'

Rory kwam met nog een armvol takken aan zetten. 'Kun je echt vuur maken door takken tegen elkaar te wrijven?'

'Het is iets ingewikkelder, maar in feite wel, ja.'

'Dat wil ik zien,' zei Rory opgewonden.

'Dat gaan we een keer doen,' beloofde Gus, en zijn gezicht weerspiegelde Rory's enthousiasme. 'We gaan nog wel eens een keer een schuilhut bouwen, erin slapen en dan de volgende ochtend ons eigen potje koken op een vuur. Als mama het goedvindt.'

Miljoenen gedachten schoten door Sians hoofd. 'Misschien vind je het wel helemaal niet leuk om in een schuilhut te slapen, Rory,' zei ze voorzichtig. 'Maar als Gus er een voor je wil bouwen, kun je er wel in spelen.'

Gus deed laatdunkend. 'Madam, ik kan u wel vertellen dat schuilhutten niet zijn om in te spelen!'

'O, nee?' zei Sian met een grijns. Ze merkte dat ze genoot, ondanks de spanningen van de dag. 'Ik denk het wel.' Rory had geen zin in hun volwassen plagerijtjes en rende weg om nog meer takken te zoeken. 'En hoewel het een heel lief aanbod is, weet ik niet of Rory echt in een hut zou willen slapen. Waarschijnlijk zou hij zijn bed en zijn teddybeer missen en naar binnen willen. Je weet hoe kinderen zijn. Nou ja... ik bedoel...'

'Ik kan me nog wel herinneren dat we een keer in de tuin mochten kamperen en dat ik midden in de nacht bang werd en naar binnen rende,' zei Gus.

'Dus je begrijpt het wel.'

'Ik denk dat Rory het best zou willen als jij erbij was. Dan maak ik een tweepersoonshut en kan Rory tussen ons in slapen. Uit fatsoen.'

Goddank scheen er niet veel licht onder de bomen: misschien zag hij niet dat ze bloosde. Ze moest beter haar best doen om niet voortdurend terug te denken aan hun tijd samen; het was te verwarrend. Maar ze moest toegeven dat hij goed gezelschap was. Ze kon zich niet voorstellen dat Richard ooit in een bos zijn kostje bij elkaar zou scharrelen. Maar dat was niet eerlijk. Richard had heel veel andere talenten; ze kon ze alleen even niet bedenken op het moment.

'Klaar, jongens? Genoeg brandstof om de dames van thee te voorzien?'

'Volgens mij wel,' zei Sian. 'Het lijkt een heleboel.'

'Dan gaan we.'

Ze liepen met hun vracht terug naar de picknickplaats, waar Gus een rugzak op de grond liet zakken. 'Zo, eens kijken wat we hier hebben.'

Rory keek erin. 'Een heleboel.'

'Wil jij hem voor me uitpakken, jongen?'

Rory stak zijn hand in de tas en haalde er een pannetje uit. En daarna een strak opgevouwen stuk waterdichte stof.

'Dat is mijn tarp,' zei Gus. 'Mijn kompas,' ging hij verder, toen Rory verder ging met uitpakken. 'Verbanddoos. Hoofdlamp. Fluitje. Wil je die voor ons testen? Blaas er maar eens op.' Rory deed het.

'Heb je hier alles wat je nodig hebt om te trekken?' vroeg Luella, die ineenkromp bij het horen van het schelle fluitje.

Gus schudde zijn hoofd. 'Niet echt. Ik heb mijn slaapzak en mijn tent niet bij me.'

'Geen messen?' vroeg Fiona, die misschien wel namens alle vrouwen sprak.

Gus schudde zijn hoofd opnieuw. 'Nee, die zitten aan mijn riem.' Hij grijnsde. 'Ik heb ook geen bijl bij me. Was misschien wel handig geweest nu.'

Hoewel hij mopperde over het feit dat hij geen bijl bij

zich had, leek Gus zich prima zonder zulk gereedschap te redden. Met de groep mensen om zich heen begon hij droge takjes en aanmaakhoutjes overdwars op elkaar te leggen.

'Zo, geef me de thermoskan met heet water maar, dan zullen we die eens echt aan de kook brengen. We hadden het pannetje ook kunnen vullen met gefilterd water uit de rivier, maar ik denk dat de dames dan hun geduld zouden verliezen,' zei Gus, toen hij het vuur had aangestoken.

'Ik zou er gewoon een prop kranten onder doen en die aansteken,' zei Sian. Het verbaasde haar hoeveel moeite Gus deed. Hij was zo'n beweeglijke man; dat hij hier zoveel tijd en aandacht voor had, leek niet bij hem te passen. Maar hij was ook een geboren leraar. Rory was geboeid. Eigenlijk keek iedereen geboeid toe alsof ze alles dadelijk zelf zouden moeten nadoen.

'Met een krant lukt het ook, maar het is leuker om het echt te doen. Ik wil Rory graag laten zien hoe je een vuur maakt zonder lucifers.'

Hij haalde een zakje tevoorschijn dat om zijn nek hing. Daaruit haalde hij een klein katoenen lapje. 'Brandbaar materiaal,' legde hij uit, en hij pakte iets wat wit en pluizig was. 'Eigenlijk is dit vals spelen.'

'Hoe bedoel je?' vroeg Rory, en hij klonk teleurgesteld.

'Als we gaan kamperen, doen we het met wilde planten, maar dit is een snelle manier voor als je moeder graag een kopje thee wil.'

Gus en Rory gingen op hun buik liggen. Gus pakte een handje hooi uit zijn tas. 'Dit is kurkdroog, Rory. Nu doen we dit handje losgetrokken katoen erbij… Ik heb een wattenschijfje van mijn moeder gejat. Niet zeggen, hoor.'

'Volgens mij weet ze het al,' zei Rory, die achterom keek.

'En nu ga ik hiermee heel hete vonken maken.' Hij schraapte met een stuk metaal tegen een blokje dat hij om zijn nek had hangen. Een vonkenregen schoot op, zette eerst het katoen in brand en daarna het hooi. Algauw ontstond er een knapperend vuur.

'Niet helemaal de ouderwetse manier,' zei Gus, terwijl hij iets grotere takjes op het vuur legde, 'maar je pannetje water gaat er wel van koken.'

'O,' zei Veronica Lewis-Jones, toen ze even later terug kwam. 'Was er iets mis met het water uit de thermosflessen?'

Iedereen behalve Gus en Rory voelde zich erg schuldig. 'Gus wilde opscheppen, ben ik bang,' zei Fiona. 'Hij wilde Rory laten zien hoe je een kampvuur maakt. Neem ook een kopje thee. Hij smaakt heerlijk.'

'Ook al moesten we de theezakjes stuk scheuren om de blaadjes in de pan te doen,' zei Sian.

'Kon je niet gewoon het zakje in de pan hangen?' vroeg Veronica verbaasd.

'Dan is het niet echt,' zei Gus. 'Dat gevoel dat je je lippen verbrandt hoort erbij. Bovendien waren er vroeger geen theezakjes.'

'Nou, als je maar geen sporen van een vuur achterlaat,' ging Veronica misprijzend verder. 'We mogen hier geen vuur stoken.'

'Dat beloof ik; niemand zal weten wat wij hier gedaan hebben,' antwoordde Gus met een innemende grijns.

Gus liet Rory zien hoe je al het niet verbrande hout moest opruimen, water over de plek van het vuur moest gieten tot de grond was afgekoeld, ook onder het oppervlak, en hij wilde hem net laten zien hoe je de brandplek met aarde bedekt, toen Luella vroeg: 'Wie heeft er zin in ijs?'

De man en de jongen keken tegelijkertijd haar kant op en het was alsof Sian een stomp in haar maag kreeg. Hoewel de een blond en de ander donker was, was hun gezichtsuitdrukking identiek. Op hetzelfde moment zag ze Fiona, en Sian kreeg het warm en koud tegelijk; Fiona had het ook gezien. Het stond op haar gezicht geschreven. Fiona wist dat haar zoon Angus de vader van Rory was.

Sian kwam snel overeind, stootte een kopje thee om en struikelde. 'O, neem me niet kwalijk, Veronica, ik…' Ze besefte dat ze aan het bazelen was, en ze deed haar best om maar niet naar Fiona te kijken. 'Het is tijd om naar huis te gaan, Rory,' slaagde ze erin te zeggen. Ze voelde zich slap en in paniek.

'Vind ik ook,' beaamde Fiona resoluut, en ze stond op. 'Rory, als je ijs wilt hebben, bij mij thuis is dat er ook.'

'Nee, echt, Fiona,' zei Sian beschaamd. Ze wilde de hele situatie wanhopig graag ontvluchten. 'Je hoeft om ons niet weg. We kunnen vast wel een lift van iemand krijgen…'

'Welnee. Het is geen enkel probleem.' Fiona glimlachte, maar onder haar glimlach lag een vastberaden trekje dat Sian deed huiveren. 'Ik zou niet anders willen.'

12

Fiona keek in de achteruitkijkspiegel om te zien of Rory misschien in slaap viel. Ze wilde met Sian praten, nagaan of haar vermoedens klopten, maar Rory was klaarwakker en er was geen gelegenheid om te praten. Sian zat naast haar. Ze zag er moe en bleek uit.

'Heb je het naar je zin gehad, Rory?' vroeg Fiona opgewekt.

'Ik vond het vuur mooi, maar ik heb geen pony gereden,' antwoordde hij, toen hij er goed over had nagedacht.

'O, maar dan regelen we dat toch voor een ander keertje?' zei Fiona. 'Dat is geen probleem.'

'Echt?' vroeg Sian. 'Ik ben nog steeds van plan om een rijschool te bellen en een proefles voor hem af te spreken.'

'Melissa weet ongetwijfeld iemand van de ponyclub die Rory met plezier een keer lesgeeft,' zei Fiona, die het gesprek met opzet luchtig hield. Ze was er redelijk zeker van dat Sian doorhad dat ze vermoedde dat Gus Rory's vader was, maar tot ze een moment alleen hadden wilde ze geen onaangename sfeer creëren, niet waar Rory bij was. 'Ze is je per slot van rekening wel wat verschuldigd,' ging ze verder. 'Om Luella zomaar naar de picknick mee te nemen en haar te laten zeggen dat ze het huis wel wil verkopen! En niet te geloven dat Luella me helemaal niet heeft verteld dat ze zou komen!'

Sian slaakte een diepe zucht. 'Het kwam wel als een donderslag bij heldere hemel.'

'Wat is een donderslag?' wilde Rory vanaf de achterbank weten.

'Dat is als je een heel grote verrassing krijgt,' zei Sian.

Ontdekken dat je een kleinzoon hebt, bijvoorbeeld, dacht Fiona. 'Niets waar jij je zorgen om hoeft te maken,' zei ze hardop.

'O. Oké,' zei Rory, en hij keek uit het raam.

Fiona werd overspoeld door vragen, door haar eigen donderslag bij heldere hemel. Hou ik meer van Rory nu ik weet dat hij een bloedverwant is? Hoe denk ik nu over Sian? Ze is een lieve vrouw, maar ze heeft bijna vijf jaar lang mijn kleinkind bij me weggehouden. Hoewel, redeneerde Fiona even later, ze wist toen helemaal niets van mij. Daar kwam ze pas achter toen Angus tijdens het etentje opeens voor hun neus stond. Wat een schok moest dat zijn geweest! Geen wonder dat ze de laatste tijd wat afwezig leek. Voed je een kind al die tijd in je eentje op en dan blijkt de vader, van wie je dacht dat je hem nooit meer zou zien, opeens de zoon van je vriendin van een paar huizen verderop te zijn; een vader en een oma in één keer. Wat een merkwaardig toeval.

Maar was het echt toeval? Ze was hier komen wonen via Richard, en Richard en Angus kenden elkaar al jaren. Misschien had ze gehoopt dat ze Angus weer zou ontmoeten via Richard. Misschien was het opzet geweest?

Fiona was blij toen ze de grote weg op reed. Ze waren bijna thuis en dan kwam ze er wel achter of Sian de boel had gemanipuleerd of dat het een merkwaardig geluk was... of ongeluk. Ze keek weer opzij naar haar vriendin. Nee, ze was geen manipulator. Het was niet in haar opgekomen dat ze Angus weer zou tegenkomen, dat was wel duidelijk te merken geweest aan haar reactie tijdens het etentje, en ze had duidelijk geen enkel idee gehad dat haar nieuwe vriendin en buurtgenoot de moeder van haar ex-minnaar was.

Dat was een opluchting. Fiona was erg gesteld geraakt op Sian, je zou zelfs kunnen zeggen dat ze van haar hield. Ze wilde niet het idee hebben dat hun vriendschap gespeeld was en Sian bijbedoelingen had. Maar Sian zou het nu wel aan Angus moeten vertellen. Het zou niet goed zijn om dat voor hem verborgen te houden.

'Fiona.' Sian onderbrak haar gemijmer. 'Ik weet dat we hadden afgesproken om naar jou te gaan, maar zou je het erg vinden om naar mijn huis te gaan? Als Rory moe wordt, kan ik hem in bed stoppen.' Een moeilijk gesprek voerde ze liever op vertrouwd terrein.

'Prima,' zei Fiona, 'maar heb je ijs?'

'Ja. En wijn en knabbeltjes. Ik zou zelfs een snel pastagerecht en een salade in elkaar kunnen flansen als we zouden willen.'

'Ik geloof niet dat ik ooit nog iets ga eten!' antwoordde Fiona met een zucht.

Toen Rory een tijdje later aan tafel aan een kommetje ijs met twee wafeltjes zat, vroeg Sian: 'Waar is Gus? Eet hij thuis in zijn eentje?'

'Ik heb hem net even mobiel gebeld. Hij moet Luella naar haar hotel brengen en hij mompelde dat hij daarna iets met Melissa ging drinken.' Fiona keek naar Sian, vond het sneu voor haar, maar werd toen boos op zichzelf. Haar zoon had het goed recht om iets te drinken met wie hij maar wilde. 'Ze kunnen doen wat ze willen.'

'Natuurlijk,' zei Sian met een gekwetste blik. 'Afijn, wat willen wij hebben, behalve een fikse borrel?'

'Dat zouden we eigenlijk niet moeten doen.'

'Nou, ík zou het eigenlijk niet moeten doen, want ik heb al veel gedronken, maar jij hebt één glaasje bubbels gehad en je had niet eens zo'n grote beker als wij.'

'Nee. Echt iets voor Veronica om met van die antieke inschuifbare bekers te komen.'

'Ze zijn erg voornaam, hè, het echtpaar Lewis-Jones?'

'Maar wel aardig.' Fiona vond het plotseling vervelend om over hen te praten omdat ze zo hartelijk door hen was ontvangen. En het was nog erger dat ze op het punt had gestaan om te zeggen dat ze eigenlijk niet voornaam, maar alleen rijk waren. 'Erg aardig,' voegde ze eraan toe.

'Absoluut. En fantastische organisatoren. Als je bedenkt hoeveel werk er in de planning van zo'n picknick gaat zitten, zelfs als je de catering aan iemand anders overlaat!'

'Nou!' Fiona was het er helemaal mee eens. 'De laatste picknick waar ik iets mee te maken had, bestond uit een fles fris voor de kinderen en wat broodjes.'

Sian knikte; zulke picknicks kwamen haar bekend voor. 'Een glaasje Pinot dan maar?' vroeg ze.

'Graag! Lekker! En als ik te veel op heb, kan ik altijd nog lopen.'

Fiona was vastbesloten om het Sian zo makkelijk mogelijk te maken. Ze zag er ontzettend gespannen uit.

Rory had zijn ijs op en vroeg of hij in de tuin mocht spelen. 'Ik ga doen alsof ik een vuur maak en erop kook.'

'Als het maar blijft bij doen alsof,' zei Sian, en ze trok de koelkast open.

Fiona keek hoe Sian in de koelkast naar olijven en wijn zocht. Het is mijn schuld dat ze zo gestresst is. Ze weet dat ik haar ernaar ga vragen en ze wil er niet over praten. Maar ze moet. Deze situatie kon niet zo blijven voortduren.

Sian haalde een fles wijn, wat olijven en een half zakje chips tevoorschijn die ze in een kommetje deed.

'Laten we in de woonkamer gaan zitten. Dan kunnen we Rory horen en het ons meteen gemakkelijk maken.' Ze zweeg even. 'Laten we er maar het beste van maken, nu het huis nog van mij is.'

De vrouwen gingen met een glas en wat lekkers in hun hand zitten. Sian vulde de glazen. 'Proost,' zei ze. Allebei namen ze een flinke slok.

'Oké,' zei Fiona. 'Laten we niet om de hete brij heen draaien. Hoe is het gebeurd?'

Sian slaakte een zucht. Ze was niet van plan om te doen alsof ze niet wist waar Fiona het over had. Ze leunde achterover in haar stoel en verschoof het kussen in haar rug. 'Tja, we hebben elkaar dus op een feest leren kennen… een feest van Richard. Ik kan me niet meer herinneren of je dat al wist.' Ze zweeg even.

'Niet belangrijk. Ga verder.' Fiona wilde niet afgeleid worden.

'Ik was naar de keuken gegaan om een glas water te pakken en daar stond Gus. Vind je het vervelend dat ik hem zo noem?'

'Helemaal niet. Ga door.'

Sian voelde zich in zekere zin opgelucht dat ze met iemand kon praten over die nacht, zelfs al was die iemand de moeder van Gus. Misschien had haar poging om het te vergeten wel net zoveel pijn gedaan als de herinneringen. En ze leek te beseffen dat het geen zin had om iets voor Fiona te verzwijgen; ze zou het toch wel op de een of andere manier uit haar weten te krijgen.

'Echt, Fiona, het was alsof we magneten waren. We vlogen gewoon naar elkaar toe. Hij gaf me een glas water en toen was het al gebeurd. We hebben urenlang gepraat. En daarna vroeg hij of ik met hem mee wilde naar zijn flat. Ik ben meegegaan. Ik wist wat er ging gebeuren en ik ben gegaan.'

'Ik begrijp het.' Fiona merkte dat ze bijna jaloers was. Zo'n relatie was bijna magisch. Ze kon het Sian niet kwalijk nemen dat ze haar gevoel had gevolgd. En natuurlijk nam ze het Angus niet kwalijk. Mannen zaten nu eenmaal zo in elkaar.

'En als ik had geweten dat ik zwanger zou raken, zou ik het evengoed hebben gedaan, denk ik.' Sian bloosde, alsof ze net bedacht dat ze het tegen de moeder van haar ex-minnaar had.

'Ik neem het je helemaal niet kwalijk. Je zou Rory niet willen missen.'

'Tja, nu niet meer, natuurlijk, maar toen ik het net wist, was ik wel in paniek.'

'Begrijpelijk.'

'Ik kon het woord niet eens zeggen.'

'Welk woord?'

'Zwanger. Ik word nog steeds rood als ik het zeg.'

Fiona nam een slokje wijn, toen ze de spanning waar ze zich niet eens bewust van was geweest voelde wegebben. Het gesprek was veel minder moeilijk dan ze had verwacht. Sian was open en dapper. 'Wat heb je tegen je ouders gezegd?'

Sian trok een gezicht. 'Ik zei dat ik een test had gedaan en dat die positief was.'

'Hoe reageerden ze?'

'Nou, mama omhelsde me en deed alsof ze dolgelukkig was, maar ik wist dat ze heel bezorgd was.'

'En je vader?'

'O, ik zag er zo tegenop om het hem te vertellen. Ik wilde niet dat hij wist dat ik aan seks deed. Al was het maar een paar keer geweest. Ik was zijn kleine meisje, geen volwassen vrouw.'

'Maar je hebt het hem wel verteld? Of heeft je moeder het voor je gedaan?'

'Ik heb het hem verteld. Hij reageerde heel goed… ogenschijnlijk in elk geval. Bezorgd, natuurlijk. Maar ze hebben me nooit iets verweten.'

'Had ook niet zoveel zin.'

'Nee, dat zeiden zij ook. En ze hebben altijd voor me klaargestaan. Papa is geweldig met Rory.'

'Angus ook!' Fiona vond dat ze haar zoon moest verdedigen, al wist ze niet goed waarom.

'Dat is ook zo. En dat hoeft niet eens. Ik bedoel, hij weet niet wie Rory is.'

'Hij moet het wel weten, Sian. Ik snap dat het niet gemakkelijk zal zijn om het hem te vertellen.' Fiona was resoluut. Ze schonk hun glazen bij en wachtte tot Sian iets zei.

'Is het echt nodig?' Sian klonk bijna smekend. 'Ik bedoel, ik heb Rory in mijn eentje opgevoed... met hulp van mijn ouders en heel veel anderen. Ik wil niet dat iemand zich ermee bemoeit en...'

'Het betekent niet dat hij zich ermee gaat bemoeien, maar hij heeft het recht om het te weten. Hij is Rory's vlees en bloed. En trouwens, Rory zou graag een vader willen, of niet? Alle jongetjes hebben een man in hun leven nodig.'

'Daar heeft hij Richard en mijn vader voor,' zei Sian.

'Dat is niet hetzelfde.'

Sian nam een slokje wijn, alsof ze dit beaamde, maar het niet wilde toegeven.

'En je zult het hem snel moeten vertellen.'

'O?'

'Ja. Hij verdient het om het te weten. Hij is ook niet gek. Straks ziet hij de gelijkenis, net als ik. Net als jij.'

'Niet waarschijnlijk,' zei Sian snel, alsof ze zichzelf hiervan wilde overtuigen. 'Jij zag het alleen doordat ze samen waren. Zo zal hij zichzelf en Rory niet zien.'

Fiona drong verder aan. 'Er zijn spiegels, oude foto's. Je kunt er niet van uitgaan dat hij zijn eigen uiterlijke trekjes en eigenaardigheden niet zal herkennen. Ik vraag me achteraf af of ik Rory daarom direct zo leuk vond... omdat hij vertrouwd was.'

Sian schudde haar hoofd en beet op haar lip. 'Het zou kunnen. Maar ik wil het hem niet vertellen. Het leven is op het moment al moeilijk genoeg met werken, en nu misschien weer verhuizen... al die dingen.'

Fiona begreep dat wel, maar toch was ze vastbesloten. 'Zeg, Rory is bijna jarig, toch?'

Sian knikte.

'Dan heb je nog wat tijd om ernaar toe te werken, maar je moet het hem vóór die tijd vertellen.' Ze zag dat Sian tegen haar in wilde gaan en zei snel: 'Lieverd, hij kan het gemakkelijk zelf bedenken. Hij kan ook rekenen. Het zou echt veel, veel beter zijn als jij het hem vertelde, dan dat hij er zelf achter komt. Ik weet dat het moeilijk is, maar je moet, en hoe langer je het uitstelt, des te moeilijker het wordt.'

'Goed,' zei Sian stilletjes, na een paar tellen.

Blij dat Sian verstandig was geworden, vroeg Fiona: 'Wanneer wist je dat Angus zo lang weg zou gaan?' Fiona kon zich nog herinneren wanneer zij het had gehoord. Als goede moeder had ze gedaan alsof ze blij was, zoals Sians moeder waarschijnlijk blij had gedaan over Sians zwangerschap. Maar diep vanbinnen had ze zich afgevraagd wat ze zonder hem moest. Je kon elkaar kaarten sturen, zo nu en dan bellen en e-mailen, maar dat was niet hetzelfde. Toch was ze eraan gewend geraakt. En liever een gelukkige zoon aan de andere kant van de wereld dan een verveelde, gestresste zoon dichtbij.

'Hij vertelde het me in de loop van de avond. Ik weet niet meer precies wanneer.'

Fiona knikte. 'Even zodat ik weet hoe efficiënt mijn zoon is, mag ik weten hoe je…'

'… zwanger bent geraakt?' Sian fronste haar wenkbrauwen toen ze bedacht hoe ze dit het beste onder woorden kon brengen. 'Ik kan niet echt zeggen dat het een "kledingdefect" was, maar…'

'Het condoom scheurde?'

'Het condoom scheurde.'

Fiona schoot in de lach, blij dat de spanning was doorbroken.

'Dag, mama, dag, Fona,' zei Rory, die net binnenkwam en zich leek af te vragen waarom zijn moeder en haar vriendin aan het lachen waren. 'Deze bloemen zijn voor jou.' Hij gaf Fiona een bosje bloemen, met twee paardenbloemen en een takje lathyrus, waarop hij weer naar de tuin rende om nog meer takken op zijn nepvuur te leggen.

Fiona zei:'Als Rory voor de hele wereld mijn kleinkind is en iedereen weet het... en ik sta erop dat dat binnenkort is... mag hij me alleen nog maar Fona noemen.'

Sian kwam overeind en gaf haar vriendin een zoen op haar wang.

13

De week daarop was Sian net 's morgens vroeg aan het werk toen de telefoon ging. Ze was niet blij om de stem van Melissa te horen.

'Sian, met mij, Melissa.'

'O, hallo. Ik wilde net je moeder een briefje schrijven om haar te bedanken voor die heerlijke dag.' Terwijl ze het zei, maakte ze een aantekening op een vodje papier dat ze dit moest doen.

'Ja, het was leuk, hè?' Melissa zweeg even. 'Al heb ik wel een standje gekregen van Angus.'

'O. Waarom?'

'Hij zei dat het niet eerlijk van me was om Luella mee te nemen en jou te overvallen met het nieuws dat ze me jouw huis gaat verkopen. Het spijt me. Ik heb er gewoon niet bij stilgestaan.'

'Het was een schok, dat moet ik toegeven, maar het kwam niet geheel onverwacht.' Wat een verrassing dat Melissa belde om haar excuses aan te bieden.

'Angus was erg boos.' Melissa giechelde. 'Hij kan behoorlijk… bazig zijn, als hij wil. Geen slechte eigenschap in een man.'

Sian voelde zich niet in staat hierop te reageren. 'Ik hoop dat jullie er geen ruzie om hebben gekregen.'

'Welnee, het is erg leuk om op je kop te krijgen van die

lieve Angus. Maar om het goed te maken, vroeg ik me af of je zin hebt om langs te komen om mijn moeders inbouwkasten te zien. Ik ga verhuizen, maar ze zei dat ze het wel een leuk idee vond om ze een nieuw leven te geven. Wat vind je?'

Sian kon geen nee zeggen. Veronica Lewis-Jones kende veel belangrijke mensen. Ze wilde haar absoluut niet beledigen; Veronica was tenslotte ook niet verantwoordelijk voor het gedrag van haar dochter. 'Goed. Wanneer zal ik langskomen? De ochtenden zijn het beste, want 's middags heb ik Rory thuis.'

'O, nu je het zegt. Angus – ik zie hem toch niet echt als Gus – zei nog dat hij Rory zo'n leuk jongetje vond. En dat is ook zo! Hij wil vast wel een middagje op hem passen als jij hier bent. Mama heeft 's morgens meestal van alles te doen.'

'O.' Sian was even van slag door het idee dat Gus op Rory zou passen. 'Nou, ik weet niet of dat nodig is. Heb je nog een voorkeur voor een dag?'

'Eigenlijk graag zo snel mogelijk.'

'Morgen?' Het beschilderen van inbouwkasten was bij de meeste mensen niet zo dringend, maar goed, als ze vandaag flink doorwerkte terwijl Rory in bed lag, kon ze het stuk waar ze mee bezig was afmaken en had ze morgenmiddag vrij. Fiona kon wel op Rory passen als het nodig was.

'Fantastisch. Een uur of twee?'

'Prima.' Kon ze Jody vragen? Of had ze al te veel gebruik gemaakt van haar goedheid?

'Goed dan, het adres. Heb je een navigatiesysteem?'

'Ik heb een kaart.'

'O, mooi. Het huis van mijn ouders is namelijk absoluut niet te vinden met een navigatiesysteem. Heb je pen en papier?'

Uiteindelijk had Sian de informatie die ze nodig had en beschikte ze ook over de belangrijkste telefoonnummers, voor het geval ze zou verdwalen. Werken op het platteland was in sommige opzichten lastiger dan in het grote Londen, dat wel erg groot was, maar waar je altijd wist te vinden waar je moest zijn. Nu moest ze mossige weggetjes over die zo smal waren dat de haag aan weerszijden langs de auto schuurde.

Maar goed, het zou fijn zijn als ze weer een opdracht had. Als ze eenmaal klaar was met de kinderkast waar ze mee bezig was, had ze niets anders op stapel staan dan de gigantische kast in Fiona's schuur, en de kleine schommelstoel. Ze had dringend betaald werk nodig. Ze zou bij de winkel van de vriendin van Fiona langsgaan, om te zien of zij misschien interesse had, maar Margaret Tomlin was op dit moment op vakantie. Ze was ook van plan om bij andere, soortgelijke winkels langs te gaan om te zien of ze werk kon krijgen, maar privéopdrachten waren het beste. Ze had zin in een stevige klus. Het was altijd spannend om aan een nieuw project te beginnen. Ze genoot van alle aspecten van haar werk, zelfs de lastige, kleine details, maar de eerste fase was het spannendst. Het plannen, de tekeningen, kleuren kiezen. Met een beetje geluk zou Veronica haar volledig de vrije hand geven – tot op zekere hoogte, natuurlijk – en haar aan al haar vriendinnen aanbevelen. Ze glimlachte. Het zou haar ook iets geven waar ze haar aandacht op kon richten – iets wat ze dringend nodig had!

Ze hield Jody staande, toen ze Rory ophaalde. 'Ik zou je het niet vragen, maar om de een of andere reden is er alleen maar 's middags gelegenheid.'

'Nee joh, dat is prima, maar je kunt wel iets terugdoen voor mij.'

'Zeg het maar! Je hebt al zo vaak op Rory gepast. Zal ik het weekend op Annabelle passen? Dat doe ik met alle plezier. Of ik kom hierheen en dan pas ik op al je kinderen.'

Jody schoot in de lach. 'Nee, al is het een aantrekkelijk aanbod. Ik kan je hulp wel goed gebruiken bij een boerenmarkt … nou ja, een ambachtsmarkt.'

163

'Waarom?'

'Ik heb een lading kussens gemaakt en ik heb tijden geleden samen met iemand anders een kraam gehuurd, maar zij moest afzeggen. Het lijkt me zo leuk om het met zijn tweeën te doen. Je zou voorbeelden van je werk kunnen meenemen en folders uitdelen. Misschien is het wel een heel goede manier om wat reclame voor jezelf te maken.'

Sian dacht er even over na. 'Het is niet iets wat ik meestal doe. Ik bedoel, mensen verkopen geen meubels op boerenmarkten, of wel?'

'Nou ja, zoals ik al zei is het meer een ambachtsmarkt. Hij wordt gehouden als de boerenmarkt er niet is. Hè, toe! Het is geweldige reclame voor je en nog veel leuker voor mij. John past op de kinderen.'

'Het klinkt wel leuk, moet ik zeggen. En het is weer eens iets heel anders. Goed dan, ik doe het.'

Sian reed naar huis terwijl er allerlei ideeën door haar hoofd raasden. Zouden folders en foto's genoeg zijn? Mensen keken graag naar anderen die aan het werk waren. Zou ze een meubelstuk mee moeten nemen? Misschien was daar geen ruimte voor met al Jody's kussens. En het was misschien ook wat saai als ze maar aan één stuk werkte. Wat kon ze doen zodat mensen direct resultaat zagen en iets mee konden nemen? Er begon zich een plan te vormen in haar hoofd.

'Rory, ik weet het!' riep ze, toen ze voor hun huis stopte. 'Ik schilder kindernamen voor mensen terwijl ze wachten. Er zijn altijd een heleboel namen waar je niets speciaals voor kunt kopen.'

Rory zuchtte. 'Wat bedoel je, mama?'

'Ach, niks eigenlijk. Ik denk hardop.' Ze zou een heleboel plankjes moeten prepareren, in de grondverf moeten zetten en deels moeten versieren. De ene helft voor jongens, de andere helft voor meisjes... of misschien meer voor meisjes? Een aantal waar je beide kanten mee op kon, besloot ze, terwijl ze Rory uit zijn zitje haalde. Ze kreeg zin in de ambachtsmarkt en zag er niet meer tegenop. Jody had gelijk, het was leuk, vooral nu ze een plan had. Twee nieuwe projecten op één dag: het ging goed. Wat werk betreft, in elk geval. Richard zou heel blij zijn voor haar. Ze moest het hem vertellen als hij weer belde.

Toen Rory de middag daarop heel tevreden bij Jody aan het spelen was, ging Sian op weg naar de familie Lewis-Jones. Ze wist het huis van Melissa's ouders uiteindelijk te vinden, maar was wel laat. 'Het spijt me!' zei ze, toen Veronica haar een zoen gaf en haar het enorme huis binnenliet dat was gemaakt van Cotswold-gesteente. Sian had nog net tijd om in zich op te nemen hoe groot en indrukwekkend het huis was, voor ze naar binnen werd getrokken. En ze had nog wel gedacht dat Fiona's huis groot was!

'Geeft niets,' zei Veronica. 'Ik verdwaal zo vaak als ik naar een onbekende plek moet. Zeg, lust je een kopje koffie? Harold heeft een fantastisch apparaat dat binnen enkele seconden cappuccino produceert.'

Sian moest lachen. 'Nee, dank je, laat ik maar direct naar de kasten kijken. Ik heb al genoeg van je tijd verspild.'

Ze liepen naar boven over een trap met dik, blauwgroen tapijt dat in haar huis binnen vijf minuten vies zou zijn. Misschien verving het echtpaar Lewis-Jones het tapijt om de vijf jaar, alleen vanwege de lelijke vlekken. Ach, had zij maar zoveel geld!

Melissa's kamer was volmaakt: heel groot, met aan beide kanten ramen. Het had een aangrenzende badkamer die twee keer zo groot was als de badkamer in de cottage, en een rij kasten waar een complete voorjaarscollectie van een klein modehuis in zou passen.

'Wat schitterend! Niet te geloven dat je dit wilt veranderen,' zei ze, en ze keek vol bewondering naar de kamer.

'Ach, het vertrek moet wat gemoderniseerd worden. Ik ben

er een beetje op uitgekeken. Volgens Lissa maak je prachtige dingen. Ik wil hier graag een unieke plek van maken.'

'Dat is toch al zo? Een aangrenzende badkamer, inbouwkasten: de droom van elke makelaar! De droom van iedereen! Als je gaat schilderen, verminder je de waarde misschien.'

'Maar we willen helemaal niet verhuizen.' Veronica glimlachte. 'Laat me je portfolio eens zien, ik ben reuze benieuwd wat je allemaal kan.'

Sian glimlachte ook. Haar waarschuwingen waren niet bedoeld om Veronica om te praten, maar dat was wel gebeurd. 'Prima.'

'Kom, dan nemen we een kopje thee als je geen zin hebt in schuimige koffie. Ik kan niet wachten om die boeken in te kijken!'

Een uur later reed Sian opgewekt weg. Veronica en zij hadden een concept bedacht dat mooi en anders was, maar tegelijkertijd niet zo apart dat het mensen zou afschrikken. Ze hadden gespeeld met de gedachte om een eenhoorn uit een besneeuwd berkenbos te laten komen, maar hadden uiteindelijk besloten dat een beschildering van wilde rozen die langs de kasten omhoog groeien beter was dan een volledige trompe-l'oeil, maar toen het idee eenmaal was geboren, leek het Veronica wel iets voor de eetkamer. 'Ik heb een beetje genoeg van dat William Morris-behang. Het is zo somber.'

Sian had plezier gehad. Ze mocht Veronica, ook al was ze nogal dwingend. En ze had misschien wel genoeg werk tot het einde van het jaar!

Toen Rory die avond in de tuin aan het spelen was (dankzij Jody had hij ook al gegeten) en de plantjes water hadden gehad, liep Sian naar haar houtschuur (voorheen een tuinschuurtje) en vond wat geschikte plankjes. Ze had ze zien staan toen ze net in de cottage was komen wonen en had toen al gedacht dat die haar nog wel eens van pas zouden komen. Het waren restjes van een houtvloer, maar nieuw en splintervrij. Haar vader had haar zijn zaagtafel gegeven toen ze was verhuisd. Ze zaagde zoveel mogelijk bordjes uit. Toen ze er twintig had vroeg ze zich af of ze nog meer hout moest halen. Moeilijk te zeggen, maar ze had de indruk dat het genoeg was.

Ze had de meeste plankjes in de grondverf gezet, toen de telefoon ging. Het was Fiona.

'Hebben jij en Rory zin om iets te komen drinken? Ik heb dringend wat rust nodig, maar Angus is zo druk bezig, en ik voel me verplicht hem te helpen. Als jij en Rory komen kan ik met goed fatsoen stoppen.'

Het zou zo gemakkelijk zijn om te zeggen dat het een lange dag voor Rory was geweest, wat nog niet eens een smoesje was. Maar Sian zei: 'Dat lijkt me gezellig.'

Toen Rory en zij die kant op liepen, moest ze toegeven dat ze ernaar uitkeek om Gus weer te zien. En het was nu veilig. Hij had Rory ontmoet, en hoewel ze wist dat ze het hem moest vertellen, hoefde het niet vanavond. En Fiona was erbij, dus kon hij haar niet zo erg plagen en uit haar evenwicht brengen.

Het was een georganiseerde bende bij Fiona thuis. De schuur, die deels dankzij Sian behoorlijk opgeruimd was geweest, stond nu vol met keurige stapels, die volgens Fiona onderdelen van een joert waren.

Fiona gaf Sian een gin-tonic. 'Ik had behoefte aan een borrel. Nu zal ik Angus zeggen dat je er bent. Hij is als een bezetene de zolder aan het opruimen. God weet waarom. Als hij mijn kasten wil opruimen, dan zijn er beneden nog genoeg.'

Sian schoot in de lach, terwijl ze het huis binnen liepen. Rory rende voor hen uit; Fiona had hem verteld dat de treintjes in de serre lagen.

'Ja. Melissa heeft hem het grootste deel van de dag geholpen. Zij is nu weg.'

Sian voelde een steek van jaloezie en verslikte zich bijna in

167

haar drankje. Ze wist zich te vermannen. 'Ik ben vanmiddag bij Veronica geweest,' zei ze. 'Die heeft een aantal inbouwkasten waar ze rozen op wil en ze overweegt een complete wandschildering in de eetkamer.' Ze nam nog een slokje en had het gevoel dat ze zich weer op veilig terrein bevond. 'Zoiets heb ik nog nooit gedaan.'

Fiona riep naar boven dat Sian er was, voordat ze antwoordde: 'Maar het is toch net als het beschilderen van meubels? Alleen dan groter?'

Ze liepen de serre binnen en Sian ging op haar lievelingsplekje zitten. 'Dat hoop ik maar.'

'Hallo!'

Gus verscheen in de deuropening en zat onder het stof. Hij dook op Sian af en gaf haar een zoen.

'Jij ook hallo!' zei Sian, die een beetje overdonderd was door deze uitbundige ontvangst. 'Waar ben jij mee bezig?'

'Nou, mijn spullen zijn er, dus ik heb opgeruimd. En dan nog de zolder. Niet te geloven hoeveel rotzooi mijn moeder daar heeft staan. Ik vind dat we een grote uitverkoop in de tuin moeten houden.'

'Er zitten dingen bij die ik wil houden!' protesteerde Fiona.

'Werkelijk waar, de ruimte is veel waardevoller dan de spullen, zelfs al zijn ze voor een deel antiek.'

'Nou... Als jij het zegt, lieverd.'

'Ik zeg het. Willen jullie nog iets drinken voor ik onder de douche spring? Ik ben zo terug.'

Een verontrustend beeld van hem onder de douche flitste door Sians gedachten. Ze probeerde gauw aan iets anders te denken.

Fiona zei: 'Waarom zeggen mensen altijd "onder de douche springen"? Dat zou ik nooit doen! Ik ben veel te bang om uit te glijden en te vallen.'

Toen Gus terug was en Rory tevreden in een hoekje met oud speelgoed van Gus aan het spelen was, spraken Sian en Fiona over haar nieuwe opdrachten. Ze wogen de voordelen van het leven in een dorp ten opzichte van de stad. Gus was ervan overtuigd dat de wildernis de beste leefomgeving was, waar je alleen je eigen verstand nodig had om te overleven. Het idee dat hij binnenkort misschien wel weer op reis ging, deed Sian pijn.

Na een uur droeg Sian de slaperige Rory naar huis. Het was allang zijn bedtijd, maar ze was trots op hem omdat hij het gesprek tussen de volwassenen niet had verstoord en niet om de vijf minuten om drinken had gezeurd. Hij was echt een heel lieve jongen.

Toen Rory eenmaal diep in slaap was – hij had maar één verhaaltje nodig – zette ze de laatste plankjes in de grondverf. Ze zette ze tegen de zijkant van de cottage om te drogen. Ze hoopte maar dat de weermannen gelijk hadden en dat het vannacht droog zou blijven.

Toen ze zich klaarmaakte om naar bed te gaan, besefte ze dat ze vanavond had genoten: een plezierig gesprek met Angus en Fiona, gezellig met zijn drieën, een ontspannen samenzijn, geen behoedzame blikken. Het was zo'n zeldzaam moment van stilte voor de storm, dacht ze. Want de storm was onvermijdelijk, wist ze, en er was niets wat ze kon doen om zichzelf te beschermen tegen het geweld. Maar nu was ze dankbaar voor de stilte.

14

Op de ochtend van de ambachtsmarkt bracht Sian Rory bij het krieken van de dag naar Jody's huis. Jody kwam naar buiten met een stuk geroosterd brood met pindakaas in haar hand. Ze had gedoucht en zag er ontspannen uit. Rory rende onder haar arm door naar de keuken, zonder nog een blik op zijn moeder te werpen.

'Thee?' vroeg Jody. 'Of zullen we daar iets nemen? Er is een café.'

'Laten we maar gaan. Rory heeft het naar zijn zin, zo te zien, en ik moet nog het een en ander klaarzetten. Is het goed als ik achter jou aan rijd? Jij bent er eerder geweest.'

'Prima. Even mijn sleutels pakken. Jammer dat we niet samen kunnen.'

Sian grijnsde. 'Het is maar goed dat we twee auto's vol met spullen hebben, anders zou onze kraam er kaal bij staan.'

De ambachtsmarkt was deels overdekt en de kraampjes stonden al klaar. Jody reed regelrecht naar de ingang en kreeg van een vrouw in een spijkerbroek en een sjofel topje te horen welke kraam van hen was. Ze liep naar Sians raampje.

'We kunnen onze spullen hier uitladen en dan de auto's wegzetten. Annie houdt het voor je in de gaten voor het geval er kostbare spullen bij zitten.'

Sian had heel wat dingen meegenomen: voetenbankjes, tafeltjes en kastjes, en een grotere toilettafel – ook van Fiona gekregen en nogal haastig beschilderd. Omdat het al behoorlijk druk was met mensen die hun kraampjes aan het inrichten waren, vastbesloten om alles er zo aantrekkelijk mogelijk uit te laten zien, laadde Sian snel de auto uit. Ze nam aan dat alles er nog zou staan als ze terugkwam.

'Wauw, dat ziet er waanzinnig uit!' zei Jody, toen ze haar helft van de kraam had gevuld met dikke, uitnodigende, weelderige kussens.

'Jouw kussen zijn schitterend. Misschien kunnen we samen iets doen. Dan kies jij bijvoorbeeld een mooie stof voor beddengoed en beschilder ik het hoofdeinde van het bed in een bijpassende kleur en stijl.' Sian paste voor de tiende keer de plek aan waar ze de naambordjes ging schilderen. 'Ik hoop maar dat ik wat klanten krijg. Anders is het zo gênant.'

Jody moest lachen. 'Heb je je eigen spullen dan nog nooit aan de man gebracht?'

'Ik krijg opdrachten, maar dat is niet hetzelfde. Mensen nodigen me thuis uit omdat ze erover denken mijn werk te kopen. Ik heb nooit "komt dat zien, komt dat zien" hoeven roepen.' Een ijskoud gevoel van twijfel bekroop Sian.

'Wat is er?'

'Ik kan dit niet. Ik geloof niet dat ik mijn eigen werk zo kan verkopen.'

Aan dit aspect van een ambachtsmarkt had ze helemaal niet gedacht. Ze had bedacht wat ze wilde verkopen en hoe ze het leuk kon maken, zoals de naambordjes. Ze had er niet aan gedacht dat ze met mensen zou moeten praten, ze zou moeten overhalen om iets te kopen. 'Ik wil geloof ik liever naar huis.'

'Nou, dat gaat mooi niet door,' zei Jody streng. 'Ga jij maar eens een kopje thee en een broodje bacon halen, dan voel je je een stuk beter.'

'Denk je?'

'Ja. En als je dan nog steeds bang bent, ruilen we.'

'Hoe bedoel je?'

'Dan verkoop ik jouw werk en verkoop jij de kussens.'

Dat klonk goed. 'Dus dan zeg ik tegen een voorbijganger dat ze absoluut nieuwe kussens nodig heeft om haar woonkamer nieuw leven in te blazen en dat jij die toevallig hebt?'

'Precies! Nou, wegwezen. Ga een kopje thee voor me halen. Heb je geld nodig?'

Sian liep al weg. 'Nee, hoor. Wil je ketchup op je broodje?' riep ze over haar schouder.

Jody was een geboren verkoopster. Ze sprak een vrouw van middelbare leeftijd aan die zo dom was om even in de buurt van de kraam te blijven dralen.

'U hebt vast wel een kind waar u een cadeautje voor zoekt.'

De vrouw bleef staan en knikte behoedzaam.

'En ik durf te wedden dat hij of zij alles al heeft… meer speelgoed dan goed voor een kind is.'

De vrouw haalde diep adem, blij dat ze een spreekgestoelte kreeg voor de gevoelens die ze meestal voor zich hield. 'Nou, dat denk ik inderdaad! Kinderen hebben al dat dure speelgoed niet nodig om gelukkig te zijn. Een paar goede, stevige stukken speelgoed gaan hun hele jeugd mee.'

'Zoekt u iets voor een kleinkind of voor iemand anders?' Jody was schaamteloos. Sian hield zich achter een berg kussens schuil.

'Het dochtertje van mijn petekind. Ze heeft echt alles, zelfs een pony. Er is echt niets wat ik nog voor haar kan kopen.'

'Wat dacht u van haar naam op de deur?'

Sian wachtte gespannen op het antwoord, stond in de startblokken om te gaan schilderen en probeerde te bedenken hoe ze bijvoorbeeld een naam als 'Mellasina' op een van de bordjes kon krijgen.

'Dat heeft ze al,' zei de vrouw.

'Ah, maar mijn collega zou haar naam ook op een van deze dozen kunnen schilderen. Wat vindt u daarvan?'

O, goeie genade, dacht Sian, ik hoop maar dat het kind een korte naam heeft.

'Ach, dat is leuk idee. Zoiets gaat een leven lang mee, nietwaar? Maar deze dozen zijn allemaal al beschilderd. Er is geen ruimte meer voor een naam.'

'Sian!' beval Jody. 'Kom tevoorschijn en help deze dame.'

Blozend en bezweet kwam Sian naar voren. 'Neem me niet kwalijk, ik was even bezig. Wat kan ik voor u doen? U wilt graag een naam op een van deze dozen? Dat kan ik voor u doen. Welke doos en welke naam wilt u? Ik kan een deel van de versiering overschilderen en de naam die u wilt toevoegen. Al kunt u hem dan straks pas ophalen.'

De vrouw schudde haar hoofd, maar zag toen een grotere doos achter in de kraam. 'Daar zitten niet zoveel versieringen op. Misschien past de naam daarop zonder dat u iets weg hoeft te halen.'

'Welke naam wilt u erop?'

'Zoë. Denkt u dat dat zou lukken terwijl ik wacht?'

Sian haalde diep adem. Het was op zich geen enkel probleem, maar om de naam te schilderen terwijl de klant toekeek was erg intimiderend. 'Als ik nu eerst eentje uitprobeer op een van deze kale plankjes, zodat u kunt zeggen wat u van de letters vindt, en dan kunt u daarna de rest van de markt bekijken terwijl ik de doos beschilder.'

Gelukkig had Sian een vaste hand en slaagde ze erin een mooie 'z' te schilderen. Er was ook nog ruimte over om wat papavers op de doos te schilderen, wat Zoë's lievelingsbloemen waren. Zelfs het trema op de 'e' ging goed. Enige tijd later liep de vrouw weg met de doos onder haar arm en een tevreden glimlach op haar gezicht.

'Je had extra moeten rekenen voor het beschilderen van de doos,' zei Jody, praktisch als altijd.

'Weet ik, maar dat wilde ik niet.'

Maar het beschilderde plankje bleek een prima lokkertje te zijn. Verschillende mensen hadden Sian in actie gezien en wilden ook een naambordje. Ze begon zich te ontspannen en algauw schilderde ze zonder enige aarzeling en zonder proeftekenen eenhoorns, zeepaardjes en libelles. Ze had ook al veel kussens verkocht en had ontdekt dat ze een waanzinnige verkoopster was, zolang het niet om haar eigen werk ging.

Rond lunchtijd trok het ochtendpubliek weg en waren Jody en Sian moe en hongerig. 'Ik vind het wel genoeg geweest,' zei Jody.

'Hoeveel mensen zouden er nog komen?' Sian legde de voorraad die ze nog over had opnieuw neer en klopte Jody's voorraad kussens op die al twee keer was aangevuld met de voorraad in de auto.

'Niet veel. Milly is al aan het inpakken.' Milly verkocht zeep en badolie. Ze had goede zaken gedaan met haar cadeauverpakkingen.

Ze wilden elkaar net toestemming geven om hetzelfde te doen, toen Fiona en Gus aan kwamen slenteren.

'O, kijk eens naar die oude toilettafel! Wat een verbetering!' zei Fiona. Ze gaf Sian een zoen en stelde Gus aan Jody voor.

'Prachtige kussens, daar moet ik er eentje van hebben. Maar Gus, kijk nu toch eens naar die toilettafel!'

'Moet dat? Het is erg mooi en zo, maar toilettafels zijn niet zo mijn ding.' Hij gaf Sian een zoen en kuste Jody ook.

'Maar hij was van ons! Ik heb hem aan Sian gegeven. Hij was oranje en foeilelijk.'

'Fiona, ik was van plan je deze terug te geven. Als je hem mooi vindt, zou ik dat geweldig vinden.'

'Nee,' zei Gus resoluut. 'Tenzij je hem in je eigen slaapkamer wilt zetten. We zijn rommel aan het wegdoen, niet nog meer in huis aan het halen.' Hij knipoogde in een poging te doen alsof het een grapje was, maar het kwam niet helemaal over.

Fiona schudde licht geërgerd haar hoofd. 'Gus, werkelijk!' Ze keek naar de twee jongere vrouwen. 'Hij heeft last van opruimwoede en gooit alles weg wat al jarenlang niemand in de weg staat.'

Omdat Sian wist dat Fiona alle overbodige meubels weg wilde doen, had ze het vermoeden dat het enige probleem was dat het tempo van Gus hoger lag dan Fiona aankon.

'Gus, kan ik jou soms interesseren voor een naambordje?' zei ze, omdat ze vond dat zijn arrogante opmerking over het toilettafeltje afgestraft moest worden. 'Ik zou er Gus op kunnen schilderen, of Angus. Ik ben echt op dreef.'

Gus keek op haar neer, wreef met zijn vingers over zijn kin en deed alsof hij nadacht.

'Of misschien een kussen, Fiona? Dat is toch geen rommel?' ging Sian verder. 'Dit zou prachtig staan in de serre.'

'Je hebt gelijk. Ik neem het!'

Terwijl Fiona betaalde, bestudeerde Gus Sians overgebleven voorraad. Een voor een pakte hij de stukken op en bekeek hij ze. 'Ja,' zei hij opeens. 'Ik wil graag een naambordje.'

'O,' zei Sian. Dit had ze niet verwacht. 'Wat zal ik erop zetten? Gus of Angus?'

'Melissa,' zei hij. 'Het is een leuk cadeautje.'

'O,' zei Sian weer. Het had een paar seconden geduurd voor ze weer in staat was iets uit te brengen. 'Is ze binnenkort jarig?'

'Ja, en ze heeft me erg geholpen de laatste tijd. Ik wil haar graag iets moois geven.'

'Nou, ik voel me gevleid en een beetje verbaasd dat je mijn bescheiden bijdrage mooi vindt,' zei Sian, die niet langer stekelig kon zijn. 'Na de manier waarop je op het toilettafeltje reageerde,' voegde ze eraan toe, zodat hij niet zou denken dat ze jaloers was op Melissa.

'Ik vind gewoon niet dat we het nodig hebben,' zei hij stellig. 'Maar goed, zou je bij Lissa's naam ook iets van pony's kunnen schilderen? Ik zie haar altijd op een pony als ik aan haar denk.'

'Weet je wat, het wordt veel mooier als ik er thuis rustig de tijd voor neem,' zei ze. Haar trots eiste dat Melissa's bordje perfect zou worden en dat de pony's heuse Thelwells zouden worden met dikke, rechte staarten. 'Dan kom ik het je wel brengen als het af is. Wanneer heb je het nodig?'

'Vrijdag, als het kan. Dan neem ik haar mee uit.'

'Prima! Geen probleem.' Ze glimlachte opgewekt, alsof hij een gewone klant was.

'Fijn. Sian, ik vroeg me af…'

'O, kijk,' zei Sian blij. 'Daar is Richard!'

Ze had verwacht dat hij op tijd terug zou zijn voor Rory's verjaardag, zoals hij had beloofd, maar kennelijk was hij erin geslaagd om nog wat eerder weg te kunnen. En hij was precies op tijd!

'Dag dames,' zei Richard. 'Heeft iemand er bezwaar tegen als Sian en ik gaan lunchen?'

Lunch met Richard was niet heel bijzonder, al was hij plezierig gezelschap. Ze hadden wel vaker geluncht, maar zelfs al was het doodsaai geweest, was het de blik op Gus' gezicht waard geweest. Met een grijns slenterde ze opgewekt naast Richard in de richting van de dichtstbijzijnde pub.

Fiona had aangeboden om Rory's verjaardag bij haar in de tuin te houden, en hoewel dat veel voordelen bood, had Sian het aanbod niet geaccepteerd. Ze sprak er met haar moeder over.

'Het is zo'n gedoe voor haar. Ik zeg gewoon dat we het hier vieren.'

'Nee, dat moet je niet doen. Straks is ze beledigd. Trouwens, ik wil haar dolgraag ontmoeten. Waarom wil je het niet bij haar thuis vieren?'

Sian kon haar moeder niet vertellen waarom niet. Dat moest vroeg of laat toch, en waarschijnlijk als ze kwam logeren met Rory's verjaardag, maar ze kon het niet telefonisch doen. 'Ik weet het niet goed. Ik vind het zoveel werk voor haar.'

'Ze heeft geen enkele reden om het niet aan te bieden als ze het niet wil,' zei Sians moeder resoluut.

Sian beet op haar lip om niet te zeggen: *o, jawel!*

'Afijn, ik wil haar huis graag zien,' zei haar moeder. 'En dat van jou is te klein als het regent. O, en ik neem aan dat Richard ook komt? Dat vind ik toch zo'n aardige man.'

Dat was hij ook, beaamde Sian. Alleen moest ze tegenwoordig zó veel aan Gus denken dat er nauwelijks ruimte overbleef voor Richard. Richard zou een volmaakte echtgenoot zijn: betrouwbaar, een rots in de branding, lief; alles wat Gus niet zou zijn. Ze wist dat Rory Gus aardig vond, maar zelfs als ze vond dat hij een goede vader zou zijn, dan wist ze niet of 'betrouwbaar' en 'rots in de branding', of zelfs 'trouw', de juiste woorden waren om hem te omschrijven.

Rory en zij waren aan het bakken toen Gus op de achterdeur klopte en binnenkwam.

Ze schrok toen ze hem zag. Op enkele korte momenten hier en daar na, had ze hem redelijk goed weten te mijden sinds ze het naambordje voor Melissa had gebracht. En die keer was ze bij de deur blijven staan, had ze niet binnen willen komen en had ze het alleen afgegeven. Nu stond hij in haar keuken, vulde de ruimte met zijn energie, en ze was zich er gruwelijk van bewust dat Fiona's deadline om hem over Rory te vertellen met rasse schreden dichterbij kwam. Morgen.

'Dag, jongens,' zei hij. 'Kom mee. Ik heb jullie nodig.'

'Eh, we zijn bezig,' zei Sian. 'We zijn aan het bakken voor Rory's verjaardag.'

'We gaan zo meteen de koekjes glazuren,' zei Rory. Hij had de kom mogen uitlikken; zijn gezicht zat onder de chocolade en zijn mouwen zaten vol met bloem.

'Bakken is voor meisjes!' zei Gus. Hij keek Sian aan en verwachtte een reactie. 'Ik heb hulp nodig bij mannenzaken.'

'Dan heb je mij dus niet nodig,' zei Sian scherp. 'En Rory is wel een grote jongen...' Ze keek hem bemoedigend aan. '... maar hij is nauwelijks een man te noemen.'

'Jullie zijn geen van beiden mannen, maar nood breekt wet. Kom op!' Hij was niet van plan om nee te accepteren.

'Wat moeten we doen?' vroeg Rory, die graag een man wilde zijn, al was het maar voor even.

'Ik heb hulp nodig om een hut te bouwen voor je feest! Mama en ik dachten dat het leuk zou zijn om eens iets anders te doen. Kinderen hebben altijd een clown of een entertainer of iets dergelijks en wij – nou ja, het was eigenlijk mijn idee – dachten dat een hut veel leuker zou zijn.'

'O,' zei Sian. 'Tja, we hebben hier nog wel het een en ander te doen. Red je het niet in je eentje?'

'Nee! Dat kost te veel tijd en bovendien, waarom zou de jarige Job de bouw van zijn eigen hut moeten mislopen?'

De jarige Job keek zijn moeder aan en wilde Gus dolgraag helpen. Gus keek haar ook aan en Sian was niet in staat om de twee smekende blikken te weerstaan, vooral omdat ze zo op elkaar leken. Het was al moeilijk om nee tegen Rory te zeggen. Gus was het reusachtige evenbeeld van haar zoon, met een andere kleur haar, maar al net zo schattig – alleen dan op een zorgwekkende andere manier.

'Tja, nou ja.' Ze trok haar schort los, deed alsof ze er geen zin in had. 'Dan moet ik deze maar glazuren als jij in bed ligt, Rory. Weet je zeker dat je ze niet liever nu doet?'

'Mam!' Het was wel duidelijk wat Rory wilde. Over een tijdje, waarschijnlijk vanaf het moment dat hij op school zat, zou hij er 'duh!' aan toevoegen, om aan te geven hoe belachelijk die vraag was.

Terwijl ze Rory en zichzelf opfriste en Rory's laarzen opzocht, plus de laarzen die ze van Fiona had gekregen, evenals een paar tuinhandschoenen (een idee van Gus) besefte ze hoe blij ze was om hem weer te zien. Was dat een goed teken of niet, vroeg ze zich af.

'Je zult blij zijn dat ik een fatsoenlijk kinderzitje in de landrover heb gezet,' zei Gus. 'Volgens de man in de winkel kunnen kinderen daar tot hun elfde in.' Hij zette Rory in het zitje vast.

'O, wat attent van je,' zei Sian.

'Nou ja, het is beter dan dat raceharnas. Veel praktischer.'

Dat was een opluchting. Hoewel Sian Fiona volkomen vertrouwde, was ze bang dat haar vriendin per ongeluk iets zou ontvallen. Sian wilde niet dat hij een kinderzitje in zijn auto had gezet omdat hij Rory's vader was, maar Fiona had duidelijk niets laten doorschemeren. Gus zou niet zo ontspannen praten als hij net van Fiona had gehoord dat Rory zijn zoon was. Sian kon zich niet voorstellen hoeveel opschudding er zou ontstaan als Gus hierachter kwam, maar ze wist dat ze het gauw genoeg zou merken. Als ze het hem morgen nog niet had verteld, zou Fiona het vast en zeker doen. Met een zucht stapte ze in.

'Waar gaan we naartoe?' vroeg ze na een ogenblik.

'Naar een bos dat ik al mijn hele leven ken. We hebben de juiste houtsoort nodig. Uit mama's tuin kan ik wel wat takjes halen, maar we hebben goeie takken en bladeren nodig. Veel bladeren vooral.'

Sian wilde vragen of je in elk willekeurig bos zomaar takken en bladeren mocht meenemen. Gus dreef ongetwijfeld de spot met zoiets als toestemming vragen.

Na een paar kilometer reden ze hobbelend over een pad en bij een bos kwamen ze tot stilstand.

'Daar zijn we, op de mooiste plek in de hele wereld,' zei Gus. Hij sprong uit de auto en liep eromheen om Sian uit de landrover te helpen.

'Echt? Je hebt nota bene de hele wereld gezien. En dit is het mooiste?'

'Ja. Oost, west, thuis, best. Mijn broer en ik kwamen hier

wel met de scouting en daarna sleepten we onze ouders hier zo vaak mogelijk mee naartoe. Toen we oud genoeg waren, gingen we hier zelf op de fiets naartoe. Het was de enige plek waar we ooit naartoe gingen, eigenlijk.'

'Ik kan me niet voorstellen dat Rory hier in zijn eentje naartoe zou fietsen,' zei Sian. 'Maar ik kom uit Londen. Op het platteland gaan dingen vast anders.' Ging het echt zo anders? Ze hoopte het maar.

'Nou, mijn ouders wisten waar we waren. Dit was vóór de tijd dat elk kind een mobieltje had, maar ze wisten dat het veilig was.' Hij grinnikte. 'Al ben ik wel een keer gevallen en heb ik mijn been opengehaald. Mijn broer moest me het bos uit helpen. We hebben een heel eind langs de weg gestrompeld, tot we bij een huis kwamen, waar we aangeklopt hebben. Die mensen waren geweldig. Ze belden mijn ouders, gaven ons vruchtensap en koekjes, maakten de wond schoon.' Hij keek plotseling heel streng naar Sian. 'Echt, de meeste mensen zijn goed en aardig en doen wat goed is. De idioten waarover je in de krant leest, dat zijn de uitzonderingen.'

'Dat weet ik,' zei Sian luchtig.

'Mooi!' zei Gus, toen ze in het deel van het bos kwamen dat hij het beste vond. 'We zoeken twee lange stokken met een vertakking aan het uiteinde. Als het nodig is, kan ik wel een beetje bijsnijden. Ah! Ik heb er al eentje. Zie je die, Rory? We zoeken er nog zo eentje. Geef maar een gil als ik je moet helpen sjouwen. En vergeet niet, altijd slepen als het kan. Het heeft geen zin om meer te tillen dan nodig is. Alles wat we vinden, leggen we hier neer en dan halen we straks de landrover.'

Sian was blij verrast dat Rory zo enthousiast stokken begon te zoeken en zijn best deed om nog grotere te pakken. Zelf kreeg ze ook de smaak te pakken en het gaf haar onverwachts voldoening.

'Nou, ik denk dat dat wel genoeg is. Bijna, in elk geval. Sian, vind jij het eng om alleen in het bos te zijn? Want dan

gaan Rory en ik de auto halen en kunnen we inladen. Hier.'
Hij stak zijn hand in zijn achterzak en gaf haar een paar vuil-
niszakken. 'Vul jij deze met bladeren. We hebben veel nodig.
Ik zal nog meer zakken meenemen.'

Rory was verrukt dat hij met Gus op stap mocht. Hij nam
extra grote stappen om zijn nieuwe vriend bij te houden.

Terwijl ze hen zo met zijn tweeën in de verte zag verdwijnen, vroeg ze zich niet voor het eerst af hoe het zou
gaan als ze Gus over Rory vertelde. Het zou toch allemaal
wel goed gaan? Hij was op Rory gesteld. Hij kon er toch
geen bezwaar tegen hebben te ontdekken dat hij zijn zoon
was? Het kwam wel goed. Ze maakte zich meer zorgen om
het feit dat ze het hem niet eerder had verteld. Zou hij begrijpen waarom, of zou hij het haar nooit vergeven? Ze wist
niet of hij erg vergevingsgezind was. Maar Fiona was geweldig geweest; dat zou hij toch vast ook zijn?

Sian was in elk geval eventjes gerustgesteld en begon opgewekt bladeren te rapen. Ze probeerde niet aan alle enge
beestjes te denken. Ze was blij dat ze handschoenen aan had.
Ze propte de zakken vol en duwde de bladeren goed aan om
er nog wat bij te stoppen. Ze was trots op zichzelf. Ze werd
nog wel eens een plattelandsmeisje.

Rory had zich nog nooit zo vermaakt. Toen de landrover
aangereden kwam, zat Rory voorin – goed ingesnoerd, zag
Sian tevreden – met pure blijdschap op zijn gezicht. Hier
kon geen enkel ander verjaarscadeau tegenop.

'Goed, jongens, dan gaan we het allemaal achterin gooien.'

Het was vermoeiend werk, zeker omdat Gus nog meer
vuilniszakken tevoorschijn haalde die Sian moest vullen.
Zowel Gus als Rory vond bladeren rapen niet zijn taak . Zijzelf moest steeds verder het bos in om de bladeren te rapen.
Ze hoorde Rory lachen, waarschijnlijk omdat Gus iets
ondeugends had gezegd, en ze troostte zichzelf met de
gedachte dat Rory binnenkort alle voordelen van een vader
zou hebben zonder dat zij een echtgenoot had. Misschien

was het wel de ideale oplossing. Ze had zich al zolang alleen gered, dat ze wist dat ze het kon, maar Rory had zoveel plezier met Gus dat ze hem het contact met zijn vader niet kon ontzeggen. Het leek erop dat Gus zou blijven, in de nabije toekomst in elk geval – daar zorgden zijn been en zijn boek wel voor. Misschien kon ze het risico dat Rory aan hem gehecht zou raken wel nemen. Zij en Richard… dat was weer een ander probleem voor een andere dag.

Ze reden terug naar Fiona's huis. Gus stuurde de landrover door een ingang die Sian nog niet eerder had gezien, helemaal aan het eind van de tuin.

'Hier laden we alles uit en dan moeten we maar eens kijken of we nog meer nodig hebben,' zei Gus.

'Ik heb honger,' zei Rory.

Sian keek op haar horloge. 'Het is ook bijna etenstijd,' zei ze. 'Ik doe een moord voor een kopje thee. Dat betekent dat ik héél graag een kopje thee wil,' legde ze aan Rory uit, die haar vragend aankeek.

'Goed, dan nemen we een kopje thee en gaan we verder,' zei Gus. Hij haalde een rugzak achter uit de landrover en pakte een pannetje.

Sian overwoog om erop te staan naar binnen te gaan in plaats van zich te onderwerpen aan het wildernisgebeuren, maar ze hield haar mond. Rory was zo blij en ze kon wel even wachten op haar thee. Het was leuk om te doen alsof ze aan het kamperen waren. Ze wist dat het voor Gus kinderspel was, maar voor Rory was het een groot avontuur: hout sprokkelen, bladeren verzamelen, buiten thee zetten bij dit mooie weer. Sian vond het zelf ook leuk, vooral in de wetenschap dat ze straks weer naar haar eigen huisje kon. Ze ging in het gras zitten. Het liefst wilde ze liggen, maar het was vochtig.

Gus had al wat dunne takjes en aanmaakhoutjes zo dik als zijn duim op een stapeltje gelegd en trok nu wat katoen uit een wattenschijfje. Hij was er bedreven in, en het duurde niet lang. Hij keek op en glimlachte naar Sian. Daarna legde hij zijn spullen neer, rechtte zijn rug, liep naar de landrover, en kwam terug met een kleed; waterafstotend aan de ene kant, wol aan de andere kant.

'Kijk eens, hier kun je op zitten.'

'Ik had verwacht dat je met een tarp en een berg kapok zou komen,' zei ze, terwijl ze het kleed op de grond legde en erop ging zitten.

'We hoeven niet altijd zo primitief te doen. Rory? Zou jij binnen wat melk willen halen? Verder hebben we alles. En als mama ook een kopje wildernisthee wil, is ze welkom.'

'Oké!' zei Rory.

'O, en neem wat koekjes mee,' voegde Gus eraan toe.

'Oké!' zei Rory weer, en hij vloog weg.

'Wat een leuk joch. Je hebt het geweldig gedaan met hem.'

'Dank je,' zei Sian, die zich afvroeg of ze het hem nu misschien moest vertellen. Ze besloot van niet. Stel dat Rory terugkwam en zij het nog niet allemaal had uitgelegd. En ze was bang dat Gus misschien niet zo positief zou reageren. Ze wilde dit blije moment niet verpesten voor Rory. En eigenlijk moest ze het haar zoon eerst vertellen. Vandaag niet. Voorlopig niet. Ook al wist ze dat ze het niet veel langer kon uitstellen.

Rory kwam terug met melk, koekjes, een fles wijn en Fiona.

'Ik vond niet dat jullie in je eentje alle pret mochten hebben,' legde Fiona uit. 'En aangezien het borreltijd is, hebben we het een en ander meegebracht.'

Sian sprong op en gaf haar een zoen. 'Wat lief van je. Al weet ik niet hoe ik die koekjes nog moet glazuren na een glas wijn. Na al die frisse lucht val ik, denk ik, direct in slaap.'

'Dat lukt heus wel. Het is per slot van rekening niet de verjaarstaart.'

'Nee, die brengt mijn moeder morgen mee.'

'Jammer dat je vader niet kan komen.' Fiona draaide de dop van de fles wijn en haalde drie bekers uit haar zak.

'Ja, hij gaat elk jaar met zijn vriendenclub op stap. Hij heeft het in al die jaren maar één keer gemist.'

'Wanneer was dat?' Fiona gaf Sian een behoorlijk volle beker.

'Toen Rory werd geboren. Maar sindsdien hebben we hem verjaarsfeestjes bespaard. Hij is er niet dol op. En feestjes zijn ook het leukst voor kleine jongens.'

'Inderdaad,' stemde Fiona in, en ze keek naar haar eigen 'kleine jongen'.

Rory had een zakje chips naar binnen gewerkt, en Sian had een kopje thee en een glas wijn op. Ze vond het tijd om te gaan. Ze stond op en strekte haar benen. 'Kom, Rory, we moeten gaan. Het wordt een grote dag, morgen.'

'Hé! We moeten nog een hut bouwen. Jullie kunnen nog niet weg!'

'Maar Gus, Rory is moe,' protesteerde Fiona.

'Rory is geëxcuseerd, hij is per slot van rekening bijna jarig, maar iemand moet me toch helpen om die hut te bouwen.'

'Hoe lang duurt dat?' vroeg Sian, met de ongeglazuurde koekjes en alle andere dingen die nog moesten gebeuren in gedachten.

'Het geeft niet,' zei Gus. 'Ik haal de jongens uit de pub wel. Dan hebben we hem zo gebouwd.'

'Gus, lieverd, kén jij de jongens uit de pub?' vroeg Fiona.

'Nog niet, maar daar brengen we gauw genoeg verandering in.' Hij legde een hand op zijn moeders schouder. 'Maak je geen zorgen, mama! Ik weet precies hoe ik lokale bevolkingsgroepen zover kan krijgen dat ze me helpen. Het is mijn talent.'

De twee vrouwen wisselden een geërgerde blik, maar omdat Sian blij was dat ze niet hoefde te blijven om hem te helpen met het bouwen van de hut en ze haar vermoeide lichaam veel liever in een warm bad en daarna in bed liet glijden, glimlachte ze vriendelijk naar Gus. 'Wat lief dat je dit voor Rory doet. Vind je ook niet, Rory?'

Rory knikte. 'Ja, dank je wel.'

'Graag gedaan, jongen, het is wel het minste wat ik kan doen.' Hij zei het tegen Rory, maar vervolgens keek hij naar Sian met een blik waar ze een hartverzakking van kreeg. Opeens voelde het als een vreselijke last dat hij de waarheid niet wist.

15

'Kom maar gauw, lieverd,' zei Sian de volgende dag. 'We brengen eerst deze spullen naar Fiona en dan gaan we naar huis en wachten tot oma belt. Zij heeft de taart.'

'Is het een drakentaart?'

'Dat zullen we wel zien.'

Sian en Rory liepen naar Fiona's huis. Het was de dag van Rory's verjaarsfeestje. Sian had een mand met plastic doosjes bij zich. In de doosjes zaten koekjes in de vorm van Peter Rabbit, allemaal in blauwe jasjes; geroosterde boterhammen die ze in verschillende vormen had uitgestoken – ze had een grote verzameling koekjesuitstekers – en uitgeholde tomaatjes die ze had gevuld met geraspte kaas. Haar moeder had gezegd dat in haar tijd niemand moeilijk deed over ongezond eten op verjaarsfeestjes, maar Sian wilde het risico niet nemen. Er zouden moeders komen die ze nog niet kende. Jody had gezegd dat ze de uitnodigingen voor de speelgroep zou uitdelen omdat zij iedereen kende. En Fiona had ook een paar jonge vriendinnen uitgenodigd.

'Fona heeft een taart gebakken, maar ik mag hem niet zien,' mopperde Rory goedmoedig.

'Dat weet ik. Het is erg lief van haar.'

'Ze zei dat Gus geen speciale taarten meer hoeft. Ik vind Gus aardig. Het was leuk om stokken voor de hut te zoeken, hè?'

'Ja, lieverd.'

'Komt Annabelle ook? En haar grote broers?' Sinds hij die dag bij hen was geweest toen Sian op de ambachtsmarkt was, was hij geobsedeerd door haar broers.

'Dat weet ik eigenlijk niet zeker. Ik weet wel dat Fiona nog wat mensen heeft uitgenodigd die we nog niet kennen, om het leuk te maken.'

Eerlijk gezegd vond Sian het wel spannend om de zoons en dochters van Fiona's vriendinnen te ontmoeten. Het waren vast en zeker van die beeldschone, slanke, gebruinde moeders die haar maar niks zouden vinden.

'Zijn ze groter dan ik? De kinderen?'

'Ik weet het niet zeker. Maar ze zijn vast heel aardig, en een heleboel kindjes ken je al van de speelgroep. En trouwens, Fiona nodigt alleen maar leuke mensen uit.' Hoewel Fiona wel de neiging had om in iedereen het goede te zien, bedacht Sian. Dat zou nog wel eens een probleem kunnen zijn. Ze kon merken dat Rory ook een beetje zenuwachtig was.

Toen ze eenmaal bij Fiona waren, ging het beter. Fiona sloeg haar armen om Rory heen en gaf hem een dikke zoen. 'Van harte gefeliciteerd, lieverd!'

Gus wierp hem in de lucht. 'Hé, jongen! Hoe is het nou om vijf te zijn? Net zoiets als vier en driekwart, denk ik!' Hij zette Rory neer en woelde door zijn haar. 'Dag, Sian.'

'Hallo! Hallo, allemaal!' Sian vond dat ze indrukwekkend zorgeloos klonk. Ze was blij dat ze niet had geprobeerd om Rory's leeftijd te verdoezelen. In de eerste plaats zou Fiona dat niet hebben geaccepteerd en haar moeder zou gezegd hebben dat ze niet zo mal moest doen.

'Is het goed als ik Rory even de hut laat zien die ik heb gebouwd? Ik wil graag dat hij hem ziet voordat de andere kinderen komen.'

Eén blik op Rory was genoeg om te zien hoe dolgraag hij dat wilde, en een seconde later besefte ze dat Gus waarschijnlijk niet van Rory te weten zou komen dat hij zijn vader was, aangezien Rory het zelf niet wist. Bovendien, als het feest allemaal wat te veel voor hem was, had hij het nu in elk geval naar zijn zin.

'Dat mag,' zei ze.

'Fijn dat ze wat tijd samen hebben,' zei Fiona, toen hun zoons waren verdwenen. 'Je gaat het hem toch wel vertellen, hè?'

'Ja! Dat heb ik toch gezegd.'

Als Sian midden in de nacht wakker werd, en dat leek elk uur, dan oefende ze wat ze zou zeggen. Helaas was geen enkele versie goed genoeg om hardop te herhalen. *Gus, je vroeg je toch af wie Rory's vader was? Nou, dat ben jij! Wat vind je daarvan?* Of: *Rory vroeg laatst naar zijn vader, dus toen heb ik hem maar gezegd dat jij dat bent. Hij was zo blij! En weet je wat nou het mooiste is? Het was niet eens een leugen!* Of: *Kun je je nog herinneren dat het condoom toen scheurde? Ik ben dus zwanger geworden en dat is Rory geworden!* Niets was goed, al had ze de redenen waarom ze hem niets had verteld wel klaar: ze had hem niet kunnen bereiken. Er had zoveel tijd tussen gezeten, dat het nu extra moeilijk was.

'Je lijkt een beetje gespannen. Komt dat omdat je het Gus moet vertellen of door het verjaarspartijtje?'

'Omdat ik het Gus moet vertellen, omdat ik niet weet hoe hij zal reageren. Dat lijkt me logisch. En kinderpartijtjes zijn altijd lastig. Al heb jij het wel heel makkelijk gemaakt…' Ze haperde en beet op haar lip.

'Zit je nog iets anders dwars?'

Sian slaakte een zucht. 'De gedachte dat we misschien weer moeten verhuizen, terwijl we het hier net naar onze zin hebben. Ik begin een vriendenkring op te bouwen, ik heb zo genoten van de ambachtsmarkt, jij bent er en…'

'Rory's vader,' vulde Fiona aan.

'Ja.' Dat was niet een van de redenen dat Sian niet wilde verhuizen; niet officieel, in elk geval, maar zo zou Fiona het niet zien. Diep vanbinnen wist ze dat het gesprek met Gus haar vandaag het meeste dwarszat, maar het was makkelijker om het over het huis te hebben. Het was ook tijd dat ze eens serieus over het onderwerp ging nadenken. Het was wel duidelijk dat Luella de cottage wilde verkopen, en vóór ze het wist was het september en ging Rory voor het eerst naar school. Tegen die tijd mochten ze niet dakloos zijn. Ze huiverde. Ze wilde niet alleen blijven omdat het veel praktischer was, ze had het hier fijn. Dat besefte ze nu heel goed en ze kon zich niet voorstellen dat ze ergens anders zouden gaan wonen... nog niet, in elk geval. Rory en zij hadden vrienden gemaakt, zich aangepast aan het dorpsleven. De gedachte om dat ergens anders overnieuw te moeten doen, leek echt te veel.

'Nou, volgens mij moet je je daar maar niet te veel zorgen om maken.' Fiona pakte Sians hand vast en gaf haar even een kneepje.

'Waarom niet? Zelfs als ik me er geen zorgen om maak, wordt het tijd om iets anders te zoeken. Ik wil niet dat Rory na het eerste trimester alweer naar een andere school moet. Ik moet op huizenjacht.'

'Geloof me. Ga nou geen overhaaste dingen doen, zoals Rory aanmelden bij een andere school. Ik voel in mijn botten dat het allemaal goedkomt.'

Omdat Sian al genoeg aan haar hoofd had, besloot ze haar naderende dakloosheid even te vergeten en op Fiona's botten te vertrouwen. 'Goed.'

'Zullen we een glaasje wijn nemen om alvast in de feeststemming te komen?' stelde Fiona voor, misschien omdat ze zich schuldig voelde dat ze zo gezeurd had.

'Beter van niet.' Sian glimlachte, om te laten zien dat ze het haar vergaf. 'Wil jij even op Rory letten, zodat ik naar huis kan om mama op te vangen?'

'Heus, Angus is heel verantwoordelijk. Rory heeft me niet nodig.'

189

'Dat weet ik, maar misschien weet Rory niet meer dat ik had gezegd dat ik nog even terug moest.'

'Het komt wel goed. Ga maar gauw.'

Een kwartiertje later kwam Sian haar huis uit gerend, dolgelukkig dat haar moeder er was. 'Dag, mama!'

Ze omhelsden elkaar hartelijk en keken toen snel of de taart nog heel was. Ze besloten om met de auto naar Fiona te gaan, dat ging sneller dan lopen. Het was zo'n schitterende taart dat Sian ook doodsbang was dat er iets mee zou gebeuren als ze die te voet zouden proberen te vervoeren.

Ze had haar moeder net de achterdeur uit gelaten zodat ze de deur op slot kon doen toen er een afschuwelijke gedachte door haar heen ging. Ze bleef staan. 'Mam!'

'Wat is er?' Haar moeder draaide zich om, verrast door de dringende toon in Sians stem.

'Mama, ik moet je iets vertellen.'

'Wat dan? Heb ik een stukje spinazie tussen mijn tanden? Roos op mijn schouders? Wat is er zo dringend?'

Sian stond nog steeds met haar hand op de deurkruk. 'Het is Rory.' Ze zag dat haar moeder wit wegtrok. 'Alles is goed met hem! Nee, het gaat over zijn vader.'

Penny keek niet veel gelukkiger toen ze dit hoorde. 'Heb je iets van hem gehoord?'

Sian besefte dat ze haar moeder niet naar het partijtje kon laten gaan zonder het haar eerst te vertellen. Fiona zou ervan uitgaan dat Penny al op de hoogte was en ze zou er misschien een opmerking over maken. Haar moeder zou erg gekwetst zijn als ze het van een vreemde hoorde, ook al was die vreemde zijn andere oma.

'Min of meer,' zei ze. 'Hij woont hiernaast. Het is de zoon van Fiona, Gus.'

Penny sloeg haar hand voor haar mond, hoestte en wreef toen over haar voorhoofd. 'Aha. En dat is puur toeval?'

'Min of meer. Ik heb Gus ontmoet op een feest van Richard.'

'Ah.'

'Maar Gus weet het niet. Fiona wel, die zag de gelijkenis en ik heb haar moeten beloven dat ik het Gus binnenkort vertel. Vandaag is de deadline. Ze vindt dat hij het moet weten, dat het niet eerlijk is om het voor hem te verzwijgen.'

Penny beet op haar lip. 'Daar heeft ze wel gelijk in.'

'Maar je moet niks zeggen, hoor! Ik bedoel, ik moet het hem vertellen, dat weet ik, maar…'

'Natuurlijk zal ik niets zeggen, maar lieverd, je kiest wel een moment om het me te vertellen!' Penny had een verbijsterde blik op haar gezicht.

'Ik weet het. Als ik niet vond dat ik het Gus vandaag moest vertellen, had ik wel een beter moment uitgekozen. Maar ik vond dat jij het eerst moest weten. En ik wilde het je niet door de telefoon zeggen.'

Ze voelde zich vreselijk schuldig dat ze het haar moeder niet eerder had verteld, zeker aangezien zij en haar vader haar de afgelopen jaren zo fantastisch hadden gesteund. Ze had moeten weten dat haar moeder haar niet zou veroordelen.

Penny liep op haar dochter af en sloeg haar armen om haar heen. 'Kom, laten we gaan. Ze zitten op ons te wachten.'

Fiona was net zo hartelijk tegen Sians moeder als tegen Sian, en Sian was trots dat haar moeder niet liet merken dat ze zojuist zulk schokkend nieuws had gehoord.

'Waar is ons feestvarken?' vroeg Penny, toen ze eenmaal een glas wijn had.

'Die is in zijn hutje aan het spelen met mijn zoon, Angus,' zei Fiona. 'Ze komen zo terug. Ik heb ze net een sms'je gestuurd dat ze moeten komen.'

'Ik dacht dat Sian zei dat je zoon Gus heet,' zei Penny.

'Veel mensen noemen hem zo, maar ik noem hem liever Angus. Hij luistert naar allebei, gelukkig.'

De deurbel ging voordat Penny kon laten merken dat ze wist dat Gus Rory's vader was. 'Ah, de eerste gasten!' zei

Fiona. 'Die zal ik maar gauw binnenlaten. Waar blijven die jongens toch?' Fiona liep naar de deur.

Penny seinde naar Sian dat ze Fiona aardig vond. Sian merkte dat haar moeder steeds gelukkiger werd met het nieuws. Als zijn moeder zo aardig was, zou Gus dat vast ook zijn.

Fiona kwam terug, op de voet gevolgd door Richard. 'Neem een glas wijn en ga lekker naar de serre. Het is zo'n prachtige dag en we gaan straks buiten eten.' De bel klingelde opnieuw. 'Waarom komt iedereen tegelijkertijd, en waar blijven Angus en Rory toch?'

Richard kuste Sian. 'Dag Penny,' zei hij tegen Sians moeder, en hij gaf haar ook een zoen.

Sian kon merken dat hij in de ideale schoonzoon veranderde waar ze bij stond. Ze wist niet of zijn aanwezigheid vandaag haar zou helpen of juist niet. Zou ze gelegenheid krijgen om met Gus te praten, en wat zou Richard zeggen wanneer hij het te weten kwam? Ze zou het ook hem op een gegeven moment moeten vertellen.

Angus en Rory arriveerden, van top tot teen onder het vuil, en werden door hun moeders weggestuurd om zich op te frissen. Ze waren er nog steeds niet toen Jody en Annabelle arriveerden – zonder de grote broers. Rory zou wel teleurgesteld zijn, maar de jongens hadden een mannendag met hun vader.

'Ik ben best zenuwachtig met al die mensen die ik niet ken,' zei Sian eerlijk tegen Jody en Fiona. Penny en Annabelle waren naar binnen gegaan om naar boven te roepen dat Gus en Rory moesten opschieten.

'O, dat hoeft toch helemaal niet!' Fiona gaf Jody een glas wijn. 'Ze zijn allemaal heel aardig en... Groot nieuws! Ik heb het hoofd van de school waar Rory straks naartoe gaat ook uitgenodigd! Ze heeft zelf geen kinderen, maar ze wilde graag komen.'

'Waarom zou je naar een kinderfeestje willen als je zelf

geen kinderen hebt?' vroeg Sian. 'Ik heb Emily ook uitgenodigd. Van de speelgroep, weet je wel? Maar die had al een
andere afspraak… zei ze. Ik neem het haar niet kwalijk!'

'Het zal je nog verbazen wie er allemaal komen. Melissa
kon ook niet wegblijven.'

'Je hebt Melissa uitgenodigd?' Sian kon de afschuw niet
uit haar stem houden.

'Nou, niet echt, maar ik had het over het feestje toen ik
spulletjes voor Rory's taart kocht. Ze nodigde zichzelf uit. Ik
heb er nog speciaal bij gezegd dat het een buitenfeestje was
en dat Angus allemaal vieze dingen met de kinderen ging
doen. Ze begon te lachen en zei dat ze niet buitengesloten
wilde worden als Angus vieze dingen ging doen.'

'Een leuk mens, zo te horen,' zei Jody.

Sian fronste haar wenkbrauwen. Ze wilde niet toegeven
dat Melissa leuk kon zijn, want ze was nog steeds boos dat
die vrouw haar huis wilde afpakken zonder zelfs maar te
bedenken dat Sian dat misschien een probleem zou vinden.
Maar ze had via Melissa wel een mooie opdracht gekregen.
Ze vroeg zich af hoe Gus en Melissa het hadden gehad tijdens Melissa's verjaardag en wuifde die gedachte toen snel
weg. Het waren haar zaken niet. 'Haar ken ik tenminste,'
zei ze.

'Het hoofd van de school?' vroeg Jody. 'Je bedoelt van de
Fillhollow School? Mevrouw Andrews? Ze is een erg goed
hoofd. De jongens zijn dol op haar.'

'Felicity, dat klopt,' zei Fiona. 'En er komen nog twee
andere gezinnen. Tom en Meg, met Cassandra die straks
bij Rory in de klas komt, en Immi en Peter. Hun oudste
zit al op school en hun jongste begint volgend jaar. Leuke
mensen.'

'Verder niemand?' Sian was opgelucht. Dan zouden er niet
al te veel onbekenden komen. En hoewel ze sommige moeders van het kleuterklasje nog niet goed kende, kende ze ze
allemaal van gezicht, en volgens Jody waren ze allemaal heel

aardig. Het was dwaas dat ze het na al die jaren nog moeilijk vond om uit te leggen dat ze een alleenstaande moeder was, maar als ze nieuwe mensen ontmoette, was ze altijd een beetje zenuwachtig.

'Het komt wel goed, lieverd,' zei Penny. Ze had gehoord dat haar kleinzoon 'elk moment' kon komen, en ze verheugde zich erop om hem te zien. Ze wist hoe Sian zich voelde, maar ze wist ook dat Sians zorgen niet nodig waren. 'Wees gewoon jezelf. Ze zullen dol op je zijn.'

De serre was de perfecte plek voor het feest. Mensen konden zo de tuin in, en de kinderen renden naar buiten om met allerlei speelgoed te spelen en in het pierenbadje te spetteren dat Fiona voor het feest had geleend. Sian was onder de indruk en ze was Fiona dankbaar. Zelf zou ze zoiets niet hebben kunnen organiseren. Ze had er de ruimte en de connecties niet voor.

Eindelijk kwamen Rory en Gus naar buiten, schoon en met natte haren.

'Sorry dat we een beetje laat zijn,' zei Gus.

'We zijn onder de douche geweest,' vulde Rory aan. 'We waren zó vies!'

'Beter laat dan nooit,' vond Penny. 'Jij bent zeker Gus.' Ze schudden elkaar de hand, voordat Penny zich tot Rory wendde. 'En hallo, jarige Job!'

'Dag, oma!' riep Rory. 'Is opa er ook?'

'Nee, lieverd, hij kon niet komen. Maar ik heb straks een heel speciale verrassing, als je je presentjes openmaakt.'

'O, cadeautjes!' zei Rory, die van de opwinding over de hut helemaal niet meer aan cadeautjes had gedacht.

De kinderen waren buiten en Gus riep ze bijeen, liet ze wachten totdat iedereen er was voordat hij ze naar de hut bracht. Sian had zich over haar verlegenheid heen gezet en iedereen was gezellig aan het praten onder het genot van een wijntje en een knabbeltje. Zelfs Richard, die niet gewend was aan zoveel kinderen en ouders, leek het naar zijn zin te hebben.

'Jij en Richard moeten een keertje komen eten,' stelde Immi voor. 'Niet dat ik nou zo goed kan koken, maar als we genoeg drinken, maakt het vast niemand iets uit.'

'Niet dat we alcoholisten zijn, hoor,' zei Peter snel. 'Als de kinderen goed met elkaar kunnen opschieten, kan Rory in het onderste stapelbed van Hamish slapen, dan hoef je ook geen oppas te regelen.'

'Dat klinkt goed,' zei Richard. 'Dat zouden Sian, Rory en ik heel leuk vinden.'

Sian probeerde zich niet te storen aan zijn bezitterige toon.

'Kijk, daar heb je Melissa,' zei Immi zacht. 'Ik voel me altijd zo dik en slonzig als ik bij haar in de buurt ben. Dat bén ik ook, maar ik vind het niet fijn als iemand me dat gevoel geeft.'

'Je bent niet dik én niet slonzig!' zei Sian, die haar nieuwe vriendin steeds aardiger begon te vinden.

'Hallo!' riep Melissa, die er in haar stoere outfit nog mooier uitzag dan Sian zich in haar mooiste jurk voelde. 'Ik heb voor de gelegenheid mijn benen maar eens tevoorschijn gehaald.' Ze stak er een omhoog.

'Het probleem met korte broeken,' merkte Immi op, 'is dat je met bruiningscrème of iets dergelijks in de weer moet, al ziet het er wel mooi uit als je de benen ervoor hebt.'

Iets in de manier waarop ze het zei, suggereerde dat Melissa er de benen niet voor had, ook al was er in Sians ogen niets mis met ze.

'Ik heb laatst een bruiningsdagje gehad,' vertelde Melissa, en ze keek met een kritische blik naar haar benen.

'Ze zien er fantastisch uit!' zei Sian, en ze probeerde haar tanden niet op elkaar te klemmen.

'Geen strepen? Mooi zo.' Melissa keek of alle aanwezige mannen wel naar haar keken en zei toen: 'O! Sian! Angus

195

heeft me het naambordje gegeven dat jij voor me hebt geschilderd! Zo mooi! Wat liééééf!' Ze wendde zich tot de anderen en begon te giechelen. 'Met van die schattige pony's, net als van Thelwell. Ik was vroeger dol op die strips; ik was gek op alles wat met pony's te maken had, nog steeds. Mammie werd er helemaal gek van.'

'Klinkt interessant,' zei Felicity Andrews, het hoofd van de school. 'Zou je misschien bereid zijn wat naambordjes te maken voor onze eerste klas? We gebruiken meestal kartonnen bordjes, maar het zou leuk zijn om mooie houten bordjes te hebben. We hebben een potje spaargeld van de ouders voor dit soort doeleinden. De kinderen zouden het geweldig vinden om iets anders te hebben dan de standaard boten en treinen. Ik moet je telefoonnummer opschrijven, Sian, dan kunnen we een afspraak maken om te kijken wat je voor ze zou kunnen maken.'

Het gesprek over naambordjes en ontwerpen was Melissa te saai, nu ze niet langer in het middelpunt van de belangstelling stond.

'Heb je gehoord van die hut?' zei ze. 'Angus heeft me er alles over verteld en ik kan niet wachten om hem te zien!'

'Kom op, dan,' zei Gus. 'Wie mee wil, mag mee.'

'Die douche had ook niet veel zin,' zei Penny, toen zij en Fiona toekeken hoe Angus samen met Peter en Melissa voor de groep kinderen uit liep. 'Ze worden straks toch weer vies.'

Sian keek toe. Richard stond naast haar en had zijn arm om haar middel geslagen. Ze vond het iets te bezitterig, maar ze wist niet hoe ze zijn arm weg kon krijgen zonder onbeleefd te zijn.

Toen ze de hut zag, was ze stomverbaasd. Het leek net een heuvel die was bedekt met bladeren. Hij had een donkere ingang. Het gebladerte was zo dik dat Gus of iemand anders nog veel meer gehaald moest hebben. Je moest kruipend naar binnen, al was de ruimte vanbinnen groot genoeg voor twee personen. Ze was diep onder de indruk, maar zei het niet tegen Gus. Er waren genoeg anderen die dat voor haar deden.

Gus en de anderen kropen de hut in en uit, en zaten direct onder de modder, zoals Penny al had voorspeld. Het was maar goed dat iedereen zich speciaal voor de gelegenheid had gekleed. Nou ja, de meesten. Toen Melissa de hut in en uit ging was er iets te veel been en achterwerk te zien, vond Sian.

Gus droeg Rory op zijn schouders. Toen hij hem neerzette, liet Rory zich op het kleed vallen en giechelde zo hard dat het bijna hysterisch klonk. Allebei rolden ze over de grond.

'O, jullie!' riep Melissa uit. 'Jullie lijken precies op elkaar. Allebei even smerig.' Toen zweeg ze opeens en ze staarde hen aan. 'Jullie lijken écht op elkaar. Hoe komt dat?'

'Ze lijken helemaal niet op elkaar,' zei Penny snel, terwijl Sian haar adem inhield en Fiona bezorgd naar haar zoon keek. 'Rory is zo blond!'

'Nee, echt, Angus, wat deed jij vijf jaar en negen maanden geleden?' Melissa keek Gus ingespannen aan.

De anderen keken naar het tafereel op het kleed.

Sian kon het niet meer aan. Ze schudde Richards arm van zich af en rende naar het huis, maar niet voordat ze zag hoe Gus naar zijn zoon keek en hem herkende.

Sian rende naar het toilet, deed de deur achter zich dicht, waste haar handen en spetterde koud water in haar gezicht. Moest ze Gus apart nemen en het hem vertellen, zoals ze Fiona had beloofd? Of kon ze het gewoon zo laten? Hij wist het nu, per slot van rekening. Ze hoefde het hem niet meer te vertellen. Ze kon zich niet langer verstoppen. Ze moest hem onder ogen komen. Ze maakte zich klaar en deed de deur open.

Ze had kunnen weten dat hij daar zou staan. 'Nou? Zou je het me verteld hebben? Ooit?'

Hij was woest. Echt furieus. En Sian vond opeens dat deze reactie volkomen onlogisch was. Het gaf haar moed.

'Rustig nou. Ik zou het je wel verteld hebben, wanneer de tijd rijp was. En ik kon er nu niet over praten. Dit is een verjaarspartijtje.'

'O? En wanneer zou de tijd dan rijp zijn? Als hij ging studeren?'

'Vandaag, toevallig. Ik zou het je vandaag verteld hebben,' zei ze afwerend.

'O, wat typisch. Dit is toch een verjaarspartijtje?'

'Ik had Fiona beloofd...'

'O, dus mijn moeder weet het ook al? En jóúw moeder weet het, aan die schuldbewuste blik net te zien. De hele wereld wist verdomme al dat ik Rory's vader ben, behalve ik!'

Hij torende boven haar uit terwijl zij met de rug tegen de toiletdeur stond. Sian voelde zich opeens heel dom en kwetsbaar. De anderen waren zo verstandig geweest om buiten te blijven. Er was helaas niemand die hen zou storen.

'Ik heb het Fiona niet verteld, echt niet,' zei ze zacht. 'Ze zag het zelf. En ik heb het mijn moeder net pas verteld, vlak voordat we hier kwamen.'

'Ik ben nog altijd de laatste. Terwijl ik de eerste had moeten zijn. Je had het me jaren geleden al moeten vertellen. Vijf jaar geleden, om precies te zijn!'

'Ik kon je niet bereiken. Dat weet je. Je doet echt onredelijk.' Ze voelde zich weer iets zekerder.

'Ik doe helemaal niet onredelijk! Ik kom erachter dat ik de vader ben van een kind dat je vijf jaar bij me weg hebt gehouden! Ik ben boos. En ik heb alle recht om boos te zijn.'

'Nee! Gus, ik kon je niet bereiken. Ik dacht dat ik je nooit meer zou zien. We hadden besloten dat dat het beste was. Daar was je het mee eens.'

'Maar je hebt me wel weer gezien. En op dát moment had je het me moeten vertellen.'

'O, echt? *Hallo Gus, wat leuk om je na al die jaren weer te zien. O trouwens, ik heb een zoontje en jij bent de vader.* Was dat beter geweest?'

'Dat was prima geweest, en aangezien je het me niet direct hebt verteld, was er ook geen reden om het me nu te vertellen. Probeerde je ons met opzet bij elkaar vandaan te houden? Dit duurt al weken!'

'Nee!' Het was de eerste keer dat ze tegen hem loog, en op hetzelfde moment besefte ze dat ze hem de waarheid verschuldigd was. Ze blies haar adem uit en probeerde zijn indringende blik te ontwijken. 'Gus, ik kende je niet. Ik wist niet hoe je zou reageren, wat voor vader je zou zijn. Ik wilde niet dat Rory gehecht zou raken aan iemand die waarschijnlijk weer weg zou gaan.'

Hij keek haar met een smeulende blik aan, en ze deed een stapje opzij.

'Je bent een ontdekkingsreiziger,' zei ze voorzichtig. 'Dat is wat je doet.'

'Ik ben geen ontdekkingsreiziger meer,' zei hij nog altijd boos.

Sian wilde net haar redenen opnieuw opsommen, toen Richard in de deuropening verscheen.

'Wat is er aan de hand?' vroeg hij. 'Ik hoorde jullie schreeuwen.'

Sian wist niet of ze blij was of niet. Ze wist ook niet wat ze tegen hem moest zeggen.

'Sian had een nieuwtje voor me,' zei Gus. 'Informatie die ik heel lang geleden al had moeten hebben.'

'Gus, toe nou...'

'Ik geloof niet dat een kinderpartijtje het moment is om serieuze aangelegenheden te bespreken,' zei Richard. 'Sian, lieverd, Rory wil zijn cadeautjes uitpakken. Ik vind dat jij erbij moet zijn.'

Gus struinde langs hen heen en sloeg de achterdeur achter zich dicht.

'Wat is er met hém aan de hand?' vroeg Richard. 'Waar hadden jullie het in vredesnaam over?'

Sian wendde zich tot Richard. 'Niet nu, Richard. Ik kan er niet over praten.'

Hij fronste zijn wenkbrauwen. 'Dat klinkt belangrijk. Waarom kun je het me niet vertellen?'

'Het is ingewikkeld,' snauwde ze. Ze vond het bijna net zo erg dat ze Richard had gekwetst als dat ze Gus had gekwetst. Ze liep langs hem heen naar de gasten die rond de cadeautafel stonden.

'En dit is van opa en mij. Kaartjes voor Disneyland, Parijs,' hoorde ze haar moeder zeggen.

Richard kwam achter haar staan en had haar kennelijk vergeven voor de uitbarsting van zojuist. Hij legde een hand op haar schouder.

Op de een of andere manier slaagde Sian erin de juiste dingen te zeggen en Rory aan te moedigen iedereen te bedanken voor zijn cadeautjes. Ze zag dat haar moeder inventariseerde wie wat had gegeven, zodat er later bedankjes verstuurd konden worden. Ze was blij dat haar moeder en Fiona de leiding hadden genomen. Ze wist niet of de anderen de waarheid kenden, maar ze was blij dat niemand haar raar aankeek of zich ongemakkelijk gedroeg.

Haar hersens en haar emoties kolkten, en ze was niet in staat helder na te denken. Richards hand op haar schouder was een troost. Het feit dat Gus ontbrak, hielp. Toen zag ze dat Melissa ook weg was. Dat betekende dat die in elk geval geen lastige vragen zou stellen, al was Sian ervan overtuigd dat Melissa op dit moment alle details uit Gus probeerde los te krijgen en hem maar al te graag wilde troosten.

'Tijd voor de taarten!' kondigde Fiona aan, toen het laatste inpakpapier was opgevouwen en Rory zijn ademloze blijdschap voldoende had geuit. 'We hebben het geluk dat er twee zijn!'

Gelukkig zei niemand: *Van elke oma een*, dacht Sian. En dat zou maar zó hebben kunnen gebeuren als Melissa er was geweest. Verder leek iedereen bereid om geen aandacht te schenken aan wat er was gebeurd.

'Wat een fantastische taarten!' riep Jody uit. 'Kijk eens, Annabelle! Een draak! En een hut, net als Gus heeft gebouwd, waar jullie net in gespeeld hebben! Wat zijn ze prachtig!'

'Ja, mama,' zei Sian, die zichzelf een beetje vermande en bij de tafel ging staan, zodat ze haar moeder een knuffel kon geven. 'Echt briljant! En Fiona, die hut is schitterend! Je hebt zelfs een vuurtje bij de ingang en een pannetje erboven.'

'Ik heb toch zo'n lol gehad! Die lange, dunne mintstaafjes waren goed als takken, samen met wat gehakte Curly Wurly's.'

'Geen chocoladestaafjes? Daar maak ik altijd mijn taarten mee,' zei Immi.

Fiona schudde haar hoofd. 'Daar was ik mee begonnen, maar ze waren te recht. Helaas, toen moest ik ze wel opeten.'

Er werd alom gegrinnikt. 'Wat je al niet moet doen als oma... veredelde oma,' zei Fiona snel. 'Een en al zelfopoffering.'

'Hoe heb je de bladeren gedaan?' vroeg Peter. 'Alleen chocoladeschaafsel?'

'Alléén chocoladeschaafsel? Hah!' zei Fiona. 'Ik heb uren staan schaven en hakken en toen werden de stukjes te klein en toen moest ik ze wel opeten. Puur liefdewerk.' Ze knuffelde Rory. 'En laten we nu die draak eens goed bekijken. Hij is prachtig. Een soort Fabergé-draak.'

Penny keek trots naar haar taart. 'Tja, zoals je kunt zien heb ik veel van die glimmende, ruitvormige snoepjes gebruikt. Ideaal voor de ruggengraat.'

'Het is een dinosaurus,' zei Annabelle.

'Nee, maar daar lijkt hij wel een beetje op,' zei Sian.

'Ik heb de draak inderdaad gebaseerd op een dinosaurus,' zei Penny met een glimlach. 'En ik heb waarschijnlijk een beetje overdreven met de snoepjes.'

'Waar zijn de kaarsjes?' vroeg Rory, die bang was dat een van de belangrijkste onderdelen van zijn beide verjaarstaarten er niet was.

'Hier,' zei Fiona. Ze haalde twee borden tevoorschijn. Op het ene stonden vijf gestreepte kaarsen die met glazuur vastgezet waren. En op het andere stond een grote '5' van cake met daarop vijf sterretjes.

'Wat is dat allemaal?' vroeg een van de vaders. 'Dat is vals spelen!'

'Toen ik een klein meisje was, hadden we alleen kaarsjes op de taart zelf,' zei Felicity Andrews. 'Maar op school doen we dat niet. We moeten zo ongeveer een brandblusser in de aanslag hebben, als we al kaarsjes mogen aansteken.'

'Penny en ik hebben allebei, los van elkaar, besloten dat we onze kunstwerken niet wilden verpesten met kaarsvet,' legde Fiona uit.

'Zo Rory, blaas jij de kaarsjes uit, dan snijden we de taarten aan,' zei Penny. Ze pakte hem bij de hand, leidde hem naar de tafel die nu vol lag met servetjes, bordjes en de twee schitterende taarten.

'Jaaa!' riepen de andere kinderen, die eromheen dromden.

'Ik heb het nooit een prettig idee gevonden dat de jarige Job de taart met spuug en bacillen besproeit als hij de kaarsjes uitblaast,' mompelde Penny tegen niemand in het bijzonder.

Terwijl de mannen stonden te kletsen, sneden de vrouwen de taart aan en deelden ze die uit. De meeste mensen wilden hun taart mee naar huis nemen en Sian was alle stukken aan het inpakken. Helaas was ze niet erg goed in het inpakken van geometrische vormen, daarvoor was ze te emotioneel.

'Zeg, Jessica,' zei Immi een tijdje later, 'ik vind dat we maar eens naar huis moeten. Je broertje slaapt al.' Ze wendde zich tot Fiona. 'Mijn man moet vanavond op zakenreis, en dan duiken we meestal met z'n allen in mijn bed om naar een film te kijken. Als de kinderen geen zin hebben, blaas ik het af. Met die popcorn erbij krijg je alleen maar kruimels in bed.'

'Goh, dat klinkt leuk!' zei Fiona. 'Ik moet ook eens een tv op de slaapkamer zetten.'

Toen alle mannen, vrouwen en kinderen een stuk van een of zelfs beide taarten hadden meegenomen, zei Richard tegen Fiona: 'Vind je het goed als ik Sian en Rory nu naar huis breng? Sian lijkt uitgeput en Rory is het waarschijnlijk ook.'

'O, maar niet zonder eerst te helpen met opruimen,' zei Sian, die nog niet weg wilde. 'Ik voel me prima en Rory kan altijd even voor de televisie gaan hangen.'

'Absoluut,' zei Fiona.

'Ja, Richard,' beaamde Penny. 'Ik help Fiona en dan kom ik straks wel. Breng jij Sian maar naar bed.'

'Ja, Richard,' herhaalde Gus, die uit het niets verscheen. 'Breng jij Sian maar naar bed, *Richard*.'

16

Toen de klok eindelijk halfzes aangaf, kon Sian eindelijk met goed fatsoen opstaan. Ze hoefde niet langer te worstelen tegen haar slapeloosheid; het was per slot van rekening al bijna zes uur – een redelijke tijd om op te staan.

Ze zette een kop thee voor zichzelf en ging in de tuin zitten. Ze had een oud kasjmier vest over haar nachtjapon aangetrokken. Het was pluizig van al het wassen. Het beloofde een prachtige dag te worden, maar ze rilde een beetje. Van de kou of van de spanning, ze wist het niet.

De dauw in de tuin gaf alles, zelfs het onkruid, een zachte gloed als fluweel met hier en daar een glinstering. Alles, van de rozen tegen de pergola tot aan de bonenstaak waarvan Rory de eerste bonen een paar dagen geleden had geoogst en de compostbak, zag er mooi en nieuw en veelbelovend uit.

Sian moest er bijna van huilen, terwijl ze haar tranen de hele nacht had weten te bedwingen.

Ze hield haar beker tegen zich aan voor de warmte, trok haar voeten op en trok haar nachtjapon over haar knieën. Zou het leven ooit weer normaal, vredig worden?

Vanuit haar ooghoek zag ze iets aan de andere kant van het muurtje bewegen: een donker hoofd bewoog op en neer; ze besefte dat ze naar een hardloper keek. Zelfs zonder zijn gezicht te zien, wist ze wie het was: Gus. Zodra hij de heuvel op kwam, zou hij op gelijke hoogte met haar zijn en als hij opkeek zou hij haar zien.

Ze stond op het punt naar binnen te gaan om hem te vermijden, toen ze zich afvroeg waarom. Ze zat in haar tuin te genieten van de vroege ochtend. Ze liet zich niet wegjagen door iemand die waarschijnlijk geen idee had dat zij hier zat. Het was nog niet eens zes uur. Als ze heel stil bleef zitten, zag hij haar misschien niet.

Het hoofd stopte. Twee seconden later kwam Gus de tuin in. Hij droeg een korte broek, gympen en een T-shirt met een scheur erin.

'Hallo,' zei hij.

Ze deinsde terug. Hier was ze niet op gekleed, ze voelde zich kwetsbaar, en hij was zo te zien nog net zo razend als de vorige dag. Hij zweette, en in combinatie met het zweet straalde hij iets uit wat ze interpreteerde als intense haat en woede.

'Hallo,' zei ze behoedzaam.

'Is Richard er ook?'

Ze fronste haar wenkbrauwen. 'Nee. Waarom zou hij hier zijn? Heb je hem ergens voor nodig?'

Hij zette zijn voet op de rand van een bloembak en leek zich een beetje te ontspannen. 'Ik dacht dat hij misschien wel was gebleven toen hij je "in bed had gestopt".'

'Zo is het niet gegaan. En dat weet je heel goed. Trouwens, mijn moeder logeert hier.' Waarom moest hij nu steeds de verkeerde conclusies trekken?

Hij haalde zijn schouders op. 'Ik besef dat ik niet zoveel van je weet, dat ik niet weet wat jij al dan niet fatsoenlijk gedrag vindt. Alles wat ik dacht te weten blijkt niet meer te kloppen. Gisteren is mijn leven compleet op zijn kop gezet.'

Zij had hetzelfde gevoel, maar zei niets. Hoe verwarrend dit voor haar ook was, voor hem was het ongetwijfeld erger. 'Het spijt me.'

Zo gemakkelijk kwam ze er niet vanaf. 'En terecht! Terecht dat je spijt hebt! We moeten nodig praten.'

Ze zuchtte. Ze wist zeker dat ze net zoveel spijt had als hij van haar verwachtte, maar hoe moest ze hem dat duidelijk maken? 'We praten nu toch?'

'Ik bedoel dat we moeten praten, zonder dat we hoeven te fluisteren.'

Hij had gelijk. Hij kon zijn verontwaardiging niet uiten en zij kon alle beslissingen die ze had genomen sinds ze zwanger was geraakt niet uitleggen als ze de hele tijd moesten fluisteren. Ze dacht na. Ze voelde er niets voor om een afspraak met hem te maken. Ze kon het maar beter achter de rug hebben.

'Goed. Ik kleed me even om en ik zal mijn moeder wakker maken om te vragen of ze op Rory wil passen voor het geval hij wakker wordt. Dan kunnen we een stukje wandelen.'

'Blijf niet te lang weg.'

Als een boze beer ijsbeerde hij door de tuin, terwijl zij haar moeder wakker maakte.

'Mama?' fluisterde ze. 'Gus is er.'

Haar moeder mompelde iets onverstaanbaars.

'Hij wil met me praten. Dat ben ik hem wel verschuldigd. Wil jij op Rory passen zolang ik weg ben?'

'Natuurlijk, lieverd.' Haar moeder ging rechtop zitten en schudde zich wakker. 'Succes.'

Snel trok Sian haar kleren aan: een spijkerbroek, een T-shirt, gympen en haar vest daaroverheen. Dat was misschien wat warm, maar de zachte stof voelde troostend en dat had ze nodig.

Ze haalde haar handen door haar haar in plaats van een borstel, poetste haar tanden, deed wat crème op haar wangen en ze was klaar. Make-up zou haar nu niet helpen. Ze kon Gus maar beter onder ogen komen zoals ze was.

'Waar gaan we naartoe?' vroeg ze, toen ze de tuin weer in liep.

'Doet er niet toe. We lopen niet om van de omgeving te genieten.'

Sian maakte zich op voor een moeilijk uur. Ze wist niet of ze het langer dan dat zou volhouden, maar ze vond ook dat ze het niet korter kon maken.

Ze liepen door het hek over de weg in de richting van het dorp. Ze waren nog maar een paar meter onderweg, toen Gus begon.

'Oké, ik wil weten waarom je het me niet hebt verteld, zodra het redelijkerwijs kon.' Gus klonk alsof hij erg zijn best deed om rustig te blijven en dat niet gemakkelijk vond.

Sian dacht dat hij het nooit zou begrijpen, hoe lang en hoe hard ze ook haar best deed. 'Er speelde veel mee. Ik had niet gedacht dat ik je ooit nog zou zien. Ik ben er altijd van uitgegaan dat ik Rory in mijn eentje zou opvoeden, zonder vader.'

'En Richard dan? Ik denk niet dat hij daar ook van uitgaat.'

'Richard heeft hier niets mee te maken!' Sian gleed met haar hand langs de wederik die langs de weg bloeide, zodat ze iets te doen had.

'Nee? Volgens mij wel. Volgens mij ziet hij zichzelf anders als jouw toekomstige man en Rory's stiefvader.'

Sian gaf niet direct antwoord. Ze wist dat hij gelijk had, en ze wist dat ze niet goed over Richards rol had nagedacht. Omdat ze niet van hem hield, niet op die manier, had ze zijn gevoelens terzijde geschoven. Maar was dat verstandig? Ze kon zich de gekwetste en verwarde blik op Richards gezicht herinneren toen ze het hem de vorige avond had verteld, toen hij haar thuis had gebracht. Gekwetst omdat ze hem dit niet eerder had toevertrouwd en verward omdat hij niet goed wist wat dit betekende voor zijn relatie met Sian en Rory. Ze was opgelucht geweest dat hij niet had aange-drongen en vrij snel was vertrokken.

'En waarom ook niet? Jongens hebben een man in hun leven nodig,' ging Gus verder.

'O, begin jij niet ook nog eens! Iedereen roept maar dat jongens een man in hun leven nodig hebben. Dat betekent nog niet dat ik moet trouwen. En Richard zou niet met mij willen trouwen alleen om een goed voorbeeld in Rory's leven te zijn.' Ze had er genoeg van dat anderen haar vertelden wat wel en niet goed was voor haar zoon. De zoon die ze in haar eentje de afgelopen vijf jaar had opgevoed… nou ja, met hulp van haar ouders, natuurlijk.

'O nee, hij wil jou,' gromde Gus. 'Hij neemt Rory op de koop toe, omdat het de enige manier is om jou te krijgen.'

'Dat maakt hem nog geen slecht mens!'

'O, ik weet precies hoe braaf Richard is, verdomme! Maar wat voor deugden hij ook heeft, hij is Rory's vader niet!'

'Dat weet ik,' zei ze zacht, in de hoop dat hij ook wat zachter ging praten.

'Maar ik was wel de laatste die daarachter kwam, of niet?'

'Rory weet het ook niet.'

'Maar je zult het hem moeten vertellen. En gauw ook. Ik heb vijf jaar van zijn leven gemist, ik wil niet nog meer missen en ik ben niet van plan om afgescheept te worden als "een vriend van de familie".'

'Ik heb je niet met opzet weggehouden! Ik kon je niet bereiken… en dat wist ik van tevoren. We hebben het daar al over gehad. Sterker nog, we hebben zes jaar geleden een soortgelijk gesprek gehad.'

Ze raakte buiten adem, maar wilde Gus niet vragen om wat langzamer te lopen. Dan ging hij misschien echt over de rooie. Ze rende met hem mee en deed haar best om zijn lange, boze passen bij te houden.

'Ik snap ook wel dat je me niet te pakken kon krijgen. Echt. Maar ik weet niet wat me overkomt. Ik heb een zoon van vijf! En dat zou ik misschien nooit hebben geweten als jij niet toevallig terecht was gekomen vlak bij het huis waar ik ben opgegroeid!'

'Ik weet het. Het was voor mij ook schrikken om tijdens

een gezellig etentje een man te zien die ik dacht nooit meer te zullen ontmoeten. Ik bedoel, ik was... ik ben Fiona's vriendin! Ik had geen idee wie haar zoon was. Waarom geloof je me nou niet?' Ze streek weer met haar hand langs de heg en raakte per ongeluk een brandnetel aan. Even later voelde ze het prikken en ze was blij met de afleiding.

Hij was niet bereid om begrip te tonen. 'Ja, maar je hebt toch echt ruim de tijd gehad om dat te verwerken. Als mijn moeder je geen ultimatum had gesteld, zou je het me nooit hebben verteld.'

Ze gaf geen antwoord.

'Sterker nog, je hébt het me niet eens verteld! Ik moest er zelf achter komen!'

'Ik zou het je verteld hebben. Als Melissa de gelijkenis niet had gezien en die stomme opmerking niet had gemaakt...'

'Ga nou niet Melissa de schuld geven. Ze is een ongelooflijke steun voor me geweest.'

'O, fijn voor je.' Sian versnelde haar pas, alsof ze hem eruit zou kunnen lopen. Ze voelde haar eigen woede aanwakkeren.

Hij maakte een paar grotere stappen en was alweer naast haar. 'Waarom mocht ik het niet weten?'

'Het is niet dat je het niet mocht weten, ik zocht alleen het goede moment. Maar dat zou nooit zijn gekomen, dat zie ik nu ook wel.'

'Neem je het me kwalijk dat ik boos ben?'

'Nee! Maar ik zou willen dat je kon begrijpen hoe moeilijk het voor mij is geweest om het juiste moment te vinden.'

Hij gaf niet direct antwoord. 'Het was de schok van alles.'

Hij leek wat te kalmeren. Misschien konden ze er toch rustig over praten. 'Voor mij was het ook zoiets.'

Hij werd nog steeds gedreven door zijn boosheid. 'Dat kun je niet vergelijken! Jij wist dat ik Rory's vader was. Ik had geen idee dat ik een zoon had.'

Sian bleef staan en keek naar hem. 'Wat wil je nou horen? Ik kan geen sorry blijven zeggen, het betekent niets meer, maar het spijt me wel echt: dat het zo'n schok was, dat ik niet het moment heb gevonden om het je te vertellen voordat je erachter kwam. Maar ik kan niet nog meer mijn excuses aanbieden!'

Ze liepen in stilte verder. Sian vroeg zich af wanneer hij zich niet meer zo gekwetst zou voelen en ze konden omkeren zodat ze naar huis kon.

'We moeten afspraken maken zodat ik Rory regelmatig kan zien.'

Sian keek omlaag en voor het eerst zag ze het litteken op zijn been.

'Een omgangsregeling, bedoel je?'

'Nee, ik bedoel verdomme geen omgangsregeling! Dan lijkt het alsof we gescheiden zijn en ik om het andere weekend met hem naar een pretpark of McDonald's moet! Ik wil mijn zoon zien. Ik wil dat hij weet dat ik zijn vader ben.'

'Ik ga het hem ook...'

'Wanneer? Als hij achttien is? Als hij ernaar vraagt? Ik wil dat hij het nú weet!'

'Hij is nog maar vijf.'

'Alsof ik zou kunnen vergeten hoe oud hij is.' Hij zweeg even. 'Hoor eens, Rory is een leuk ventje, maar ik wil hem graag leren kennen als mijn zoon.'

'Dat komt ook wel. Als we maar niet heel ver weg hoeven te gaan wonen, want dan wordt het lastiger.'

'Zit over verhuizen maar niet in, dat komt wel goed.'

Hij deed zo luchtig over deze serieuze dreiging dat haar woede weer opvlamde. 'Dat weten we niet. Tenzij Melissa jou heeft verteld dat ze de cottage niet meer wil.'

'Nee, ze wil hem nog steeds.'

'Nou, dan moeten we dus verhuizen. En ik weet niet of we hier in de buurt iets betaalbaars kunnen vinden. Ik wil naar huis,' voegde ze eraan toe, en ze draaide zich om. 'Straks vraagt Rory zich af waar ik ben.'

'Ik kan met je meegaan…'

'Hoor eens, ik heb je al gezegd dat ik je niet bij Rory weg zal houden, maar Rory is waarschijnlijk nog moe van zijn feestje. We moeten hier allebei goed over nadenken.'

'Ik heb erover nagedacht.'

'Moet je luisteren, ik trek het niet meer. Even niet. Ik heb tijd nodig om na te denken. Ga naar huis, neem een douche, ga ontbijten. Dat ga ik ook doen. We regelen wel wat.'

Gus was er duidelijk niet blij mee, maar besefte dat hij op dit moment niet meer zou bereiken. Zijn blik verzachtte en hij stemde in. Ze liepen zwijgend terug, en hoewel de stilte niet vriendschappelijk was, was hij niet meer zo vijandig. Totdat Gus in de richting van zijn moeders huis verdween zonder nog zelfs maar even te knikken.

Goh, dat ging goed, dacht Sian, toen ze in elkaar gedoken naar de cottage liep.

'Hoi, mam! Heb je gewandeld?'

Sian deed haar vest uit; het had haar geen enkele troost geboden! Ze hing het over de rugleuning van een keukenstoel en gaf Rory een zoen op zijn wang. 'Ja, lieverd. En wat heb jij gegeten?'

'Brood met ei en stroop.'

'Lekker kleverig allemaal,' zei Sians moeder. 'En wat kan ik voor jou klaarmaken?'

'O, gewoon een geroosterde boterham met Marmite, hoor. En thee.' Ze ging aan tafel zitten en keek haar moeder met een dankbare glimlach aan. 'Fijn om bediend te worden.' Wat ze bedoelde was: fijn om bemoederd te worden.

Ze zat net aan haar tweede kopje thee toen de telefoon ging. Het was Richard.

'Het spijt me dat ik zo vroeg bel, maar ik moet over een uur op het vliegveld zijn. We moeten praten.'

Niet hij ook!

'We praten toch.' Ze lachte zacht in de hoop dat ze niet

had gesnauwd. Het was niet eerlijk om haar gevoelens over Gus op Richard af te reageren.

'Ja, dat weet ik, maar ik wil het serieus met je hebben over de toekomst. Nu ik weet dat Gus Rory's vader is, is alles veranderd.'

'O? Ik bedoel... tussen ons?'

Het bleef even stil. Sian kon bijna horen hoe Richard over de volgende zin nadacht. 'Ik vind dat we de situatie officieel moeten maken. Omwille van Rory.'

'Wat bedoel je?'

'Ik bedoel, als je moet verhuizen... Als we het samen doen, dan hoef je misschien niet weg. Dan kan Rory naar dezelfde school en alles.'

Was dit een huwelijksaanzoek of een aanbod om zijn huis met haar te delen? 'Het spijt me dat ik zo traag van begrip ben, Richard, maar...'

Hij onderbrak haar snel en zenuwachtig. Sian had zo'n vermoeden dat hij had geweten dat dit niet de manier was om zoiets te bespreken, maar de gedachte niet aankon dat hij weer naar het buitenland moest, zonder eerst te zeggen wat hij wilde zeggen – of zonder eerst zijn territorium af te bakenen. 'We hebben het er wel over als ik terug ben. Ik moet ophangen. Pas goed op jezelf!'

Sian liep moe en verward terug naar de keuken. Het leek erop alsof ze twee mannen in haar leven had, die allebei de vader van haar kind wilden zijn, als ze Richard goed had begrepen. Ze wist dat hij hun relatie erg graag wilde bestendigen en ze wist ook dat hij op Rory gesteld was, maar hij had haar nooit onder druk gezet, en zij had het prima gevonden om de situatie te laten voor wat die was. Wilde hij het nu dan toch doen? Haar dwingen nóg een beslissing te nemen waar ze niet klaar voor was? Waarom kon ze Rory niet gewoon in haar eentje grootbrengen? Maar ze wist dat dit onmogelijk was; wat Gus betreft, in elk geval. Hij zou nu een rol in Rory's leven spelen, of ze dat wilde of niet. En ze wilde dat wel. Voor Rory. Al deed Gus' aanwezigheid in haar leven haar gemoedstoestand geen goed.

Voordat ze kon gaan zitten, hoorde ze de brievenbus. Ze haalde de post op, in de hoop dat er een bevestiging van haar opdracht bij zat, een cheque of zelfs een vrolijke catalogus die ze onder het genot van een kopje thee kon lezen.

Er lag een dikke, roomkleurige envelop met haar naam op de voorkant getypt. Nog voordat ze hem van de mat had gepakt, wist ze dat het slecht nieuws was.

'Wat is het? Iets leuks?' vroeg haar moeder, die met een vochtige doek Rory's vingers schoon boende.

'Ik vermoed van niet.' Sian scheurde de envelop open en las de inhoud. 'Nee, het is de bevestiging dat Luella het huis gaat verkopen en dat ik er vóór 1 oktober uit moet.' Ze liet zich op de keukenstoel ploffen. Kon deze dag nog erger worden?

'Dat is al snel!' zei haar moeder, en ze keek bezorgd naar haar dochter. Toen ze had gekeken of haar kleinzoon helemaal schoon was, woelde ze even door zijn haar en tilde hem toen uit zijn stoel. 'Rory, als jij nou eens een tekening voor me maakt voordat je naar de speelgroep gaat?'

Rory keek de vrouwen aan. 'Jullie gaan praten, hè?'

'Ja, heel saai praten,' zei Sian. 'Maak maar een mooie tekening, lieverd. Ik weet wat, maak een tekening van je verjaarstaarten! Dan kun je er een aan Fiona geven als bedankje.'

Geïnspireerd door dit idee liep Rory naar de woonkamer om zijn potloden te zoeken.

Even later zette Penny een verse beker thee voor Sian neer, die er een slokje van nam zodat ze even niet hoefde te praten, even geen beslissing hoefde te nemen. Ze had haar moeder in grote lijnen verteld over haar gesprekken met Gus en Richard.

'Zeg,' zei Penny, 'als jij en Rory nu een paar dagen bij ons komen logeren? Je vader zou het fijn vinden om je weer te zien en dan heb jij rustig de tijd om alles op een rijtje te zetten.'

Sian snakte er opeens naar om naar huis te gaan – thuis, het huis waar ze was opgegroeid. 'Ik heb nog werk te doen en ik moet Fiona helpen met opruimen na gisteren,' zei ze halfslachtig, in de hoop dat haar moeder dit als smoesje af zou doen.

'Dat kan ik wel doen. Dan kan Rory naar zijn speelgroep, doe jij je werk en ga ik naar Fiona. Ik mag haar graag en ze vindt het vast niet erg als ik haar help. En dan rijden we vanmiddag naar huis. We gaan in één auto. Dan kun je terug met de trein terug, of anders breng ik jullie.'

Sian kon wel janken. Ze was zó blij dat haar moeder er was. Die wist precies wat ze nodig had. 'Het lijkt toch niet alsof ik weg vlucht?'

'Waarvan? Welnee, het is heel normaal dat je bij je ouders op bezoek gaat. En dan kun je bij ons thuis op internet kijken of je in de buurt een huis kunt vinden. Volgens mij wilde mevrouw Florence ook nog dat je de tafel die je voor haar hebt beschilderd bijwerkt. Ik geloof dat een van de poten beschadigd is.'

'Dus is het nog werk ook! O, mama, dank je wel!' Ze liep rond de tafel en sloeg haar armen om haar moeder heen.

'Je hebt geen uitnodiging nodig om te komen logeren, dat weet je toch?' Penny gaf haar dochter een klopje op haar rug.

'Dat weet ik, maar jij kwam met het idee en daardoor leek het mogelijk.'

Ze haalde Rory om hem naar de speelgroep te brengen, en voor het eerst sinds Gus de waarheid over Rory te weten was gekomen, had ze weer een sprankje hoop. Misschien kwam alles toch nog goed. En er even tussenuit zijn, zou haar helpen om haar gedachten te ordenen... hoopte ze.

Rory lag achter in de auto te slapen. Sian maakte van de gelegenheid gebruik om na te denken. Haar moeder wist hoe ze zich voelde en hield zich stil. Ze vroeg alleen zo nu en dan om een pepermuntje.

Wat kon ze het beste doen? Moest ze haar problemen door Richard laten oplossen, hem een goede stiefvader voor Rory en een steun voor haar laten zijn? Hij zou het geweldig doen. Hij zou nooit een trouwdag vergeten, zou haar meenemen op heerlijke vakanties in mooie landen en luxe hotels, en ze zouden nooit een vliegtuig missen.

Als ze zich met Gus zou inlaten, zou ze besneeuwde bergen op moeten klauteren, met een halfbevroren Rory kreunend in haar kielzog, zou ze maaltijden op een klein kampvuur in een enkel pannetje moeten klaarmaken en haar water door een sok moeten filteren om de korstmos eruit te halen.

En het was niet alleen het uiterlijk vertoon, het was de verbintenis. Richard zou haar toegewijd zijn; haar, Rory, hun gezinsleven.

Maar Gus? Hoe zou hij zijn? Hoe was zijn concentratievermogen als het om vrouwen ging? Moeilijk te zeggen, maar ze had zo'n vermoeden dat het niet geweldig was. Hij was in het begin erg in haar geïnteresseerd geweest, maar nu was Melissa zo'n 'ongelooflijke steun'.

En het werkte twee kanten op. Zij had hem ook niet gesteund, ze had alleen zijn zoon vijf jaar lang bij hem weg gehouden. En als hij haar al voor de eerste vier en driekwart jaar vergaf omdat ze hem toen niet had kunnen bereiken, zou het feit dat ze het hem niet had verteld op de dag van zijn terugkeer altijd tussen hen in blijven staan.

Dat ze voor Richard nooit had gevoeld wat ze voor Gus had gevoeld, was niet echt een probleem. Dat was toch maar een kwestie van feromonen en verstandsverbijstering. Dat ze die gevoelens nog steeds voor hem had, deed er ook niet toe. Dat zou wel slijten. Het moest.

Dan was er nog de kwestie van het huis. 'Hoe groot is de kans dat ik in dezelfde buurt iets leuks vind dat ook nog betaalbaar is?' vroeg ze hardop, blij dat Rory nog sliep, jaloers dat hij als kind in staat was overal doorheen te slapen.

Penny gaf niet direct antwoord; ze wekte de indruk dat dit kwam doordat ze een grote vrachtwagen aan het inhalen was, maar Sian wist dat ze probeerde een optimistische manier te vinden om haar te vertellen dat die kans niet zo groot was.

'Het wordt een uitdaging,' gaf Penny toe. 'Maar je kent me, ik kan alles vinden op het internet.'

'Maar Luella's cottage was zo goedkoop. Ik besefte pas hoe goedkoop, toen ik er een tijdje had gewoond.'

'Je zult moeten schikken. Misschien heb je in het volgende huis niet zo'n grote tuin, maar wel een mooiere keuken.'

'Ik vind de omgeving het belangrijkst. Rory heeft hier vriendjes, ik ook, en zijn school is hier. Het hoofd was geweldig. Hij zou het er geweldig naar zijn zin hebben.'

'Je zou kunnen forenzen. Dat is toch niet het eind van de wereld.'

Ze reden een tijdje in stilte verder. Toen zei Penny wat ze ook had gezegd toen ze hoorde dat Sian zwanger was: 'En de grote onbesprokene is natuurlijk Gus. Een spetter van een vent, maar is hij de man voor jou?' Zo! Haar moeder had gezegd wat Sian dacht. Nu was het echt.

'Ik weet niet eens of hij de man voor mij zou willen zijn. Hij wil Rory's vader zijn. Ik weet niet of ik bij de deal hoor.' Alles was zo verward. Ze kon nergens helder over nadenken en het was niet langer eenvoudigweg een kwestie van: *hou ik van hem en houdt hij van mij?* Wat ze die nacht had gevoeld was waanzinnig geweest, maar ze wist ook dat seksueel verlangen zichzelf als ware liefde kon voordoen. Ze moest al die hartstocht achter zich laten omwille van Rory en ze moest doen wat voor hem het beste was.

'Wat vind je daarvan? Dat Rory's vader een plek in zijn leven wil hebben?' vroeg haar moeder behoedzaam.

'Ik vind het natuurlijk prima dat ze elkaar zien.' Dat meende ze uit de grond van haar hart. 'Waarom ook niet? Maar…'

Penny wierp een blik op zij. 'Maar?'

'Er is nog iemand over wie we het niet gehad hebben: Richard is er ook nog. Hij wil mij én Rory, en hij zou geweldig voor ons zijn. Betrouwbaar, toegewijd, zorgzaam. Als ik met hem ging samenwonen... misschien zelfs trouwen... zou ik hier kunnen blijven. Hij is vaak weg, dus ik zou meer dan genoeg tijd voor mezelf hebben, en dat vind ik belangrijk. Hij zou het prima vinden als ik wil gaan werken. Hij zou perfect zijn!'

'Je weet me niet te overtuigen.'

'Wat bedoel je?'

'Ik bedoel, dat je me een lijst van al zijn kwaliteiten geeft, maar dat je het belangrijkste achterwege laat... Hou je van hem?'

'Ik mag hem graag! Ik heb respect voor hem. Hij is een vriend; hij zou mijn beste vriend kunnen worden. Op den duur zou ik van hem kunnen houden. Dat kan.'

'Je weet wat je vader en ik van Richard vinden, we zijn erg op hem gesteld, maar waarom zou jij daar genoegen mee nemen? Waarom zou je willen samenleven met iemand van wie je niet houdt? Zelfs al houdt hij wel van jou... en ik denk dat dat zo is. Hij kon tijdens het feest zijn ogen niet van je af houden. Het is een goede man.'

'Dat weet ik.'

'Dat wil niet zeggen dat Gus slecht is. Maar zou hij een goede echtgenoot zijn?'

Sian gaf geen antwoord. Dat was de grote vraag.

17

Toen Sian en Rory een paar dagen later met de trein teruggingen, voelde Sian zich sterker en beter in staat haar problemen het hoofd te bieden. Er ging niets boven een paar
dagen verwend en verzorgd worden om weer een beetje optimistisch gestemd te raken.

Ze had de beschadigde tafelpoot van mevrouw Florence
hersteld door een engeltje toe te voegen op de reparatieplek,
en ze had nog een paar opdrachten in de wacht gesleept.
Een van de opdrachten, een klimplant op een raam schilderen, was zo goed gelukt dat ze er foto's van had genomen
om die aan haar portfolio toe te voegen. De andere opdracht, die nog uitgewerkt moest worden, kwam ongeveer
op hetzelfde neer, maar dan op een ouderwetse stortbak, en
met een slang erbij. Dat leek Sian ook leuk, al betwijfelde ze
of het ontwerp populair zou zijn bij anderen.

Penny had enkele huizen in de buurt gevonden. Dicht bij
school en nog net betaalbaar. Sian keek ernaar uit om ze te
bekijken.

En Rory had het geweldig gehad bij zijn grootouders; hij
was straalverwend en terwijl zijn moeder had gewerkt, was
hij dagjes uit geweest met zijn opa, die gek op hem was. Ze
hadden beiden genoten van het bezoek.

Fiona haalde hen op van het station, maar weigerde om
nog even binnen te komen voor een kopje thee.

'Nee, lieverds,' zei ze. 'Jullie willen vast even tot rust komen.' Toen Rory de tuin in rende om te kijken hoe de bonen, die Fiona in hun afwezigheid water had gegeven, erbij stonden, zei ze voorzichtig: 'Sian, als Gus langskomt, wil je hem dan aanhoren? Hij is over de ergste schrik heen en heeft beloofd niet tegen je te schreeuwen. Hij wil Rory graag beter leren kennen, zodat het geen al te grote schok voor hem is als je het hem vertelt.'

Sian rechtte haar rug. Ze was nu sterker dan toen zij en Gus na hun gesprek uit elkaar waren gegaan. Ze was volwassen; ze kon dit aan. Er waren zoveel mensen die dit deden. Ze had bij haar ouders in de krant een verhaal gelezen over een vrouw die zoiets had meegemaakt.

'Prima! Dat klinkt heel verstandig. Maar Rory mag Gus al erg graag.'

'Dat weet ik, maar Gus wil hem leren kennen als zijn zoon, niet alleen maar als een leuk jongetje.'

Sian glimlachte. 'Zolang hij hem maar een leuk jongetje blijft vinden.'

En dus stond Gus een paar dagen later voor de deur. Rory was aan het spelen bij Annabelle.

'Hoi! Is Rory thuis?'

'Nee, hij is ergens aan het spelen.' Onwillekeurig moest Sian glimlachen. Het was alsof Gus had gevraagd of Rory buiten mocht komen spelen.

Gus glimlachte meewarig. Hij dacht waarschijnlijk hetzelfde. 'Heb je tijd voor een kopje thee? Ik beloof je dat ik niet ga schreeuwen.'

Sian deed de deur wat verder open en besefte plotseling hoe fijn ze het vond hem weer te zien, ondanks de spanning die er tussen hen hing. 'Je hebt geluk. Ik wilde net even pauze nemen. Ik was aan het schilderen.'

'Mag ik het zien?'

Ze liep voor hem uit naar boven waar ze een kleine ladekast aan het beschilderen was met allemaal kleine pony's met kleine berijders die op Melissa leken. 'Ik kreeg het idee toen ik Melissa's naambord had gedaan. Sinds ik naar het platteland ben verhuisd, ben ik me bewust van meisjes die ponygek zijn. Daar wil ik op inspelen.'

'Je bent hier echt goed in, hè? Zou je geen schilderijen willen maken?'

Sian schudde haar hoofd. 'Nee, ik ben juist dol op dit soort illustraties. Ik geloof niet dat ik mijn verwarde gevoelsleven zou kunnen uiten op een doek.' Ze glimlachte snel en wilde dat ze het niet over haar warrige gevoelsleven had gehad. 'Maar het was heerlijk in Londen.'

'Ja?'

Ze knikte. 'Het was gezellig om bij papa en mama te zijn, maar ik heb er ook nog een opdracht aan overgehouden.' Ze beschreef de klimplant en de slang. 'En ik heb een paar huizen op internet gevonden.' Ze zweeg even. 'Ze zijn niet zo mooi als deze cottage, maar misschien zit er een betere keuken in. Laten we maar eens naar mijn keuken gaan, dan zet ik thee.'

'Je hebt natuurlijk ook een werkruimte nodig in een nieuw huis.'

'Natuurlijk, maar dankzij jou en Fiona heb ik de schuur voor grotere stukken.' Ze zweeg plotseling. 'Tenzij je die ruimte voor iets anders nodig hebt.'

Hij schudde zijn hoofd. 'Op het moment niet. Je kunt je er helemaal te buiten gaan.'

Sian zette thee, die ze meenamen naar de tuin. Het was een opluchting dat alles wat gemoedelijker tussen hen ging. Het was niet goed voor Rory als er te veel spanning in de lucht hing.

'Ik zal dit missen,' zei ze, en ze keek naar de plek waar ze bonen en aardbeien had geplant en onlangs geplukt.

'Deze tuin in het bijzonder, of gewoon een tuin?'

'Deze tuin. Ik heb er zoveel werk in gestoken. Maar ach,

als ik een klein stukje grond heb... ergens waar Rory kan spelen en ik wat rond kan darren... dan is het ook goed.'

'Zeg,' zei hij, toen ze een tijdje stilletjes bij elkaar hadden gezeten, 'de reden dat ik hier ben. Denk je dat Rory het leuk lijkt om vannacht met mij in de hut te slapen? Ik had hem met zijn verjaardag beloofd dat we dat een keertje zouden doen, en ik heb de weersvoorspelling bekeken en het weer wordt de komende dagen alleen maar slechter. Dus is het eigenlijk vannacht of voorlopig niet.'

Sian werd overvallen door paniek. Ze zou redelijk moeten zijn, hem tijd met zijn zoon moeten gunnen, maar dit leek te veel, te snel. 'Dat zou jammer zijn,' zei ze behoedzaam. 'Wat gebeurt er met de hut als het regent?'

'Die hut blijft wel staan, maar het wordt een modderboel. Dat maakt het voor onervaren hutslapers wat moeilijker.'

'Dat zal best!' Sian worstelde in stilte en wendde zich van Gus af zodat hij haar gezicht niet kon zien. Wat een kwelling. Ze zag een excuus en greep het aan. 'Weet je, ik weet gewoon niet of Rory het een hele nacht volhoudt in een hut. Ook niet als jij erbij bent,' voegde ze eraan toe.

Gus had hierover nagedacht. 'Dan moet jij ook mee. We spreken het met mama zo af dat we in huis kunnen komen slapen als het niet gaat.'

Dat was nog erger! Met Gus en Rory in een erg kleine ruimte de nacht doorbrengen was niet wat ze in gedachten had toen ze zo makkelijk had gezegd dat Gus zijn zoon kon zien, voordat ze naar Londen was gegaan.

'O, toe,' drong Gus aan. 'Dan koop ik worstjes en zo en roosteren we ze op een kampvuur.' Hij zweeg even. 'Ik heb het Rory beloofd. Ik wil niet dat hij denkt dat ik het ben vergeten. Het is belangrijk dat hij beseft dat hij me kan vertrouwen.'

Daar kon ze niets tegen inbrengen. 'Goed, dan. Dan neem ik wel iets mee als dessert. Eet Fiona ook mee?'

Gus schudde zijn hoofd. 'Die gaat uit. We zijn met zijn drietjes, zonder chaperonne.'

'Ja, maak er maar een grapje over. Wat zullen de mensen wel niet denken als ze erachter komen dat we de nacht samen hebben doorgebracht?'

'In een hut, samen met Rory? Niet veel, denk ik. Welke mensen, trouwens?'

Sian ontspande zich, verrast over de luchtige toon van het gesprek. Londen was echt precies geweest wat ze nodig had gehad, besefte ze. 'Je hebt gelijk,' zei ze.

'En misschien is het een goede gelegenheid om Rory te vertellen dat ik zijn vader ben,' ging Gus aarzelend verder.

Sian gaf geen antwoord. Ze voelde zich absoluut sterker en was bereid om samen met Rory en Gus in een hut te overnachten, maar ze was er nog niet aan toe om dit onderwerp te bespreken. Ze keek op haar horloge en kwam overeind. 'Nou, dat zien we nog wel. Ik moet Rory halen. Wat kan ik meenemen?'

'Een slaapzak voor Rory. Verder heb ik alles, inclusief een peperdure slaapzak voor jou die mijn moeder ooit één keer heeft gebruikt.'

'Prima, dat klinkt goed. Om een uur of zeven? Of is dat te vroeg? Rory moet wel vrij snel gaan slapen.'

'Ik zorg dat ik klaar ben.'

Rory was dolenthousiast dat hij in de hut mocht overnachten, zeker toen hij hoorde dat zijn moeder meeging. 'Mag ik mijn zaklamp meenemen?'

'Absoluut. We doen je rugzak vol met allemaal nuttige dingen.'

'En Teddy?'

'Tuurlijk. Die kunnen we niet achterlaten.'

'En mijn leesboek?'

'Misschien wil Gus je wel voorlezen. Stop het er maar in.'

Uiteindelijk zat de rugzak propvol met dingen die Rory onontbeerlijk vond voor een nachtje weg. Sian nam heel weinig mee. Ze was niet van plan iets anders aan te trekken dan haar oude kloffie waar hier en daar verfspetters op zaten. In haar tas zaten een zaklamp, wat nachtcrème voor haar gezicht en een pakje babydoekjes. Ze ging ervan uit dat ze niet daadwerkelijk in de hut zou moeten slapen. Ze was er bijna zeker van dat Rory er genoeg van zou krijgen en óf naar huis zou willen, óf in Fiona's logeerkamer zou willen slapen. Sian kon vast wel een nachtjapon en wat andere spulletjes van Fiona lenen als ze niet teruggingen naar de cottage.

Ze nam wel een kruimeltaart met zwarte bessen mee. Die had ze gebakken toen Rory zich aan het klaarmaken was. Hij kwam net uit de oven en was nog warm. Rory had al gegeten bij Annabelle, maar Sian vermoedde dat hij vast nog wel een paar worstjes zou lusten als hij de kans kreeg.

Gus had een pad van waxinelichtjes tot achter in de tuin aangelegd – Fiona's idee? – waar een kampvuur brandde. Sian moest toegeven dat het er sprookjesachtig uitzag.

'Hé, Rory!' Gus pakte hem op en gooide hem in de lucht. 'Sian!' Toen hij Rory op de grond had gezet, gaf hij haar een zoen op haar wang. 'Leuk om jullie te zien. Rory, ik heb het vuur zonder jou moeten aansteken, anders was het niet klaar om er vlees op te roosteren, voordat we allemaal in slaap vallen.'

'Het is heet!' zei Rory, die opgewonden van zijn ene been op zijn andere been wipte.

'Daar houden we van. Sian, ga zitten en neem een glas wijn. Wil je een stoel of zit je liever op de grond?'

'Op de grond,' zei Sian, en ze ging direct op het kussen zitten dat hij haar zo attent had aangegeven.

Gus had veel moeite gedaan om het allemaal comfortabel te maken. Er was niet alleen een vuur dat groot genoeg was om een os op te roosteren, maar er lagen slaapzakken en kussens omheen om op te liggen en er lag een blok hout dat als tafel fungeerde. In de bomen om hen heen hingen lantaarns met kaarsen en Sian zag een paar flessen wijn en frisdrank voor Rory staan.

'Wauw!' zei ze. 'Alleen nog wat zachte muziek op de achtergrond en we zijn klaar voor een nacht vol…' Ze had bijna 'passie' gezegd, maar wist zichzelf in te houden. 'Nou ja, voor een feestje.'

'Muziek is slechts een kwestie van een druk op de knop. Ik heb mijn iPod altijd bij me als ik op reis ben.'

'O nee, geen muziek, dat vind ik niet passen, tenzij je gitaar kunt spelen.' Sian lachte om zichzelf en begon zich te ontspannen. 'Volgens mij zijn mijn ideeën over een kampvuur gebaseerd op van die oude wildwestfilms.'

'Dan moet je ook maar geen wijn drinken,' zei Gus, en hij trok het glas weg dat hij haar had willen aanreiken.

'Nee, koffie,' beaamde Sian, die het glas toch aannam.

'En sterkedrank rechtstreeks uit de fles,' zei Gus. 'Rory? Wil jij limonadesiroop of iets anders?'

'In *Het onbewoonde eiland* noemen ze het grog,' zei Rory.

Sian leunde ontspannen achterover en nam een slokje wijn. Had ze zich maar iets netter gekleed; haar oude spijkerbroek en sweatshirt waren iets te sjofel voor zo'n prachtige omgeving. 'Dat is de schuld van mijn vader,' zei ze. 'Hij wil Rory geen verhalen voorlezen die hij zelf niet leuk vindt, dus leest hij Rory veel dingen voor waar hij eigenlijk nog een beetje te jong voor is.'

'Ik ben dol op *Het onbewoonde eiland*,' zei Gus. 'En nu opa niet echt in de buurt is, kan ik je die boeken misschien voorlezen.'

'Cool,' zei Rory, en hij nam een slokje van zijn grog.

'Zo, eten.' Gus leunde achterover, stak zijn hand achter het houtblok en kwam met een grote, rechthoekige metalen bak met deksel weer tevoorschijn. 'We hebben koteletjes, worstjes, steak en zelfgemaakte burgers. Die heeft mijn moeder gemaakt. En de salade.'

'O, en ik heb taart in mijn tas,' zei Sian.

'Ik dacht dat we dingen gingen roosteren,' zei Rory.

'Ja, dat is ook zo, maar het is laat, al bijna bedtijd… voor mij in elk geval. En ik was bang dat het anders wat lang zou duren. Ik heb nog wel iets wat we zouden kunnen roosteren, maar ik dacht dat je moeder misschien wel honger zou hebben en snel wilde eten.'

'Ik heb best trek, eigenlijk. Maar jij hebt bij Annabelle gegeten, Rory, jij kunt nog wel even wachten.'

'Oké, mama, mag ik nu vast wat hebben? Ik wil wel mijn eigen worstje bakken.'

'Dat is goed.' Gus gaf Sian een broodje. 'En wat wil jij hierop? Een koteletje? Worst?'

'O, een worstje graag, maar zonder ketchup.' Even later zette ze haar tanden erin. 'Mmm, dit smaakt verrukkelijk!'

'Eten dat in de openlucht is klaargemaakt is wel zo lekker. Het smaakt natuurlijk nog beter als je eerst een stevige wandeling hebt gemaakt. Zo Rory, ga jij deze maar eens roosteren.' Hij haalde een schoongemaakte tak tevoorschijn waar hij een worstje aan had geprikt. 'Dan hou je het boven het deel zonder vlammen, boven de gloeiende delen. Als je arm moe wordt, zeg je het maar, dan bouwen we iets anders op.'

'Mijn arm is moe,' zei Rory na enkele seconden.

'Oké.' Als een tovenaar stak Gus zijn arm achter het blok hout en pakte twee stokken die aan het uiteinde vertakt waren. Voorzichtig stak hij ze in de grond. Vervolgens duwde hij Rory's worstje wat verder op de stok, spiesde er nog een paar aan en legde de stok toen op de vertakte uiteinden. 'Kijk eens! Een draaigrill die niet draait.'

Rory keek hem vragend aan.

Sian legde uit: 'Een draaigrill draait in het rond zodat de worstjes, of wat er dan ook aan het spit zit, aan alle kanten gaar wordt. Gus moet de worstjes straks omdraaien als ze aan één kant gaar zijn. Maar dat is geen probleem. Hij is het wel gewend.'

'Heb je de koteletjes ook op het vuur geroosterd?' vroeg Rory. 'Heb je ze ook op de draaigil gedaan?'

'Nee, ik heb ze hierop gedaan.' Hij haalde een grillrooster tevoorschijn.

'Dat lijkt me niet iets wat je in je standaarduitrusting hebt, als je aan het trekken bent,' zei Sian.

'Nee, maar probeer jij maar eens koteletjes op een open vuur te grillen zonder een rooster, of iets wat daarop lijkt.' Hij keerde de worstjes. 'Ik zou best een hele hertendij kunnen roosteren, geen probleem. Het zijn die kleine rottige lapjes vlees die lastig zijn. Nog wat wijn?'

'Ik moet zeggen, dit is wel een heel luxe kamp,' zei Sian, die zich nog eens liet bijschenken. Ze hoefden hooguit naar het huis te lopen als ze iets nodig hadden, en dat vond ze heerlijk. Een van de nadelen als alleenstaande ouder was dat je altijd de beslissingen moest nemen, altijd verantwoordelijk moest zijn, altijd moest rijden. Ze genoot van de momenten waarop ze zich een beetje kon laten gaan. Al was het maar voor één avond, het was een opluchting om hier met Gus te zitten en zo ontspannen te praten zonder spanning die de sfeer kon verpesten. Rory's aanwezigheid was als een verzachtende balsem. Ze zouden een heel gewoon gezinnetje kunnen zijn, zou Melissa zeggen.

Nee. Stop. Ze wilde niet aan Melissa denken en ook niet aan de toekomst en aan wat die wel of niet zou brengen. Ze wilde alleen maar genieten van dit mooie moment.

'Ik dacht dat Rory misschien wel iets realistisch en stoers zou waarderen, maar dat jij naar meer comfort zou verlangen,' zei Gus. 'Rory en ik gaan morgen samen een stuk wandelen. Als mama dat goedvindt, natuurlijk.'

'Mama?' Rory begon slaperig te worden en was al bijna in slaap nog voor zijn worstje gaar was. Maar nu ging hij rechtop zitten. 'Mag ik met Gus mee?'

'Natuurlijk,' zei Sian. Toen ze het gezegd had, besefte ze dat ze het gevoel had dat Rory volkomen veilig zou zijn bij Gus. Misschien was een vader voor Rory toch niet zo moeilijk als ze altijd had gedacht. Zolang het niet de hele tijd was, natuurlijk.

Het was bijna donker en het was niet makkelijk om Gus'

blik te zien, maar Sian was zich bewust van de warmte die hij uitstraalde.

'Dank je, Sian,' zei hij. 'Ik ben blij dat je het vertrouwt om ons samen op pad te laten gaan.'

'Tja, Rory is een verstandig jongetje en Fiona kennende, zul jij dat ook wel zijn. Het gaat vast wel goed.' Ze grinnikte. 'Lieverd,' zei ze tegen Rory. 'Volgens mij wordt het tijd dat je in je slaapzak gaat liggen. Dan mag je je worstje nog op-eten en ga je daarna slapen.'

'Ik ben moe,' verklaarde hij. 'Mag ik ketchup en een brood-je?'

'Natuurlijk.'

Terwijl Gus het worstje van het vuur haalde, legde Sian Rory in zijn slaapzak. 'Je kunt rechtop zitten eten en dan de hut in kruipen. Gus helpt je wel.'

Er werd flink gegiecheld en gewriemeld, en ze deden alsof ze rupsen waren, maar toen ze eenmaal in de hut waren, waar al een grondzeil lag, vond Rory het wel erg donker. 'Je gaat toch niet weg, hè?' vroeg hij zenuwachtig, nog altijd haar kleine jongetje.

'Nee. We zijn allebei hier,' stelde Gus hem gerust. 'Je kunt ons hier bij het vuur zien zitten. En straks slapen we naast je in de hut. Je bent niet alleen.'

'Ik wil een verhaaltje!'

'Lieverd, het is een beetje moeilijk lezen bij dit licht,' zei Sian.

'Heb je een boek in je tas gedaan?' vroeg Gus.

'O, ja,' zei Rory. Hij groef in zijn rugzak en haalde het te-voorschijn. 'Mama zei dat ik er een moest meenemen en dat jij misschien wel wilde voorlezen,' voegde hij er hoopvol aan toe.

'Kom dan maar weer uit de hut.' Gus groef zelf in de tas. 'Welk boek is het?'

'*Broer Konijn*,' zei Rory, die in zijn slaapzak de hut uit kwam. 'Dat is een van opa's boeken.'

'Hij bedoelt dat het een van de boeken is die opa bereid is voor te lezen,' zei Sian.

'Hier.' Gus gaf Rory iets wat op een stuk elastiek leek. Toen hij iets soortgelijks opdeed, zag Sian dat het een hoofdlamp was. 'Hoofdlampen zijn heel belangrijk in het donker als je onderweg bent. Je moet zien waar je je voeten neerzet en je moet je handen vrijhouden. Deze is voor jou,' zei Gus, terwijl hij Rory hielp om het elastiek te verstellen zodat de lamp op zijn kleine hoofd bleef zitten.

'O, Gus, wat lief van je!'

'Dank je wel, Gus, dat is heel lief van je,' echode Rory, waarop zijn moeders hart zwol van trots en opluchting dat hij Gus spontaan had bedankt zonder dat ze iets had hoeven zeggen.

'Ik zal hem voor je aanzetten. Het gaat wat lastig.'

Sian leunde achterover en keek toe. Ze nam een hap van haar burger, terwijl vader en zoon dicht tegen elkaar aan waren gekropen, allebei met hun hoofdlamp op. Wie zou er niet smelten bij dat tafereel? Sian merkte dat ze erg emotioneel werd en ze nam nog een hap van haar burger. Niet aan toegeven.

Gus kon goed voorlezen en deed alle stemmen na. Rory giechelde, werd toen slaperig, liet zijn hoofd zakken en schoot weer overeind toen hij wakker werd. Het verhaal was afgelopen en Gus deed zachtjes Rory's hoofdlamp af. 'Kom, jongen.' Daarna pakte hij Rory op en samen met hem kroop hij de hut weer in.

Hoewel het leek alsof hij vast sliep, mompelde hij: 'Mag de lamp aan blijven?'

'Ja hoor, als je dat wilt,' zei Gus. 'Maar je kunt het vuur ook zien en dat geeft veel mooier licht. Mama en ik zijn gewoon hier, en als je straks wakker wordt, liggen we naast je.'

'Oké.' Rory zuchtte. Toen sliep hij in.

'Je gaat echt geweldig met hem om,' zei Sian, toen Rory in dromenland wegzakte.

Gus reageerde op deze lof met een grijns.

'En dat heeft niets te maken met het feit dat je zijn vader bent,' ging Sian verder. 'Je bent heel goed met kinderen. Dat zag ik al op Rory's verjaarsfeestje. Het zit gewoon in je.'

'Ik voel een diepe band met Rory, maar ik hou van kinderen.' Hij slaakte een zucht. 'Mijn droom…'

Sian had het gevoel dat ze de stemming wat luchtiger moest maken. 'Wat, een zwik kinderen grootbrengen in de rimboe?'

Gus grinnikte spottend. 'Ja, dat ook, maar mijn directe droom is om survivalcursussen voor kinderen te organiseren. Ik vind het geweldig om ze te laten zien hoe het moet, maar dan op een leuke manier. Veel kinderen, vooral stadskinderen, weten niet dat je met een mes veel meer kunt dan iemand neersteken.'

'Zijn kinderen van Rory's leeftijd daar niet een beetje te jong voor?'

'Waarschijnlijk. Een op een kun je veel meer doen, maar ik wil cursussen geven aan kinderen van een jaar of negen, tien… voordat ze zichzelf te groot vinden voor spelen in het bos.'

'Dat lijkt me een superplan. Jij gebruikt jouw talenten en doet nog iets goeds voor de wereld ook.' Ze haalde haar schouders op. 'Nou ja, je begrijpt wel wat ik bedoel. Kinderen respect voor de natuur bijbrengen, geen afval laten slingeren… Dat is belangrijk.'

'Ik vind van wel.'

'Wat houdt je tegen?' vroeg ze. Er had zo'n passie in zijn stem doorgeklonken toen hij het over zijn plannen had. Ze voelde zich gevleid dat hij erover vertelde en wist zeker dat hij alles kon wat hij wilde. Plotseling dacht ze aan de schuur vol spullen en ze glimlachte. 'Je hebt in elk geval genoeg tentdoek om ze allemaal onder dak te brengen.'

'Dat is waar.' Gus rekte zich uit en verschoof iets. 'Helaas heb je meer nodig dan een joert alleen. Om te beginnen, een stukje land. In eerste instantie zou ik het kunnen huren, maar je kunt geen bedrijf beginnen zonder kapitaal. Daardoor gaan zoveel bedrijven ten onder.'

Sian dacht hier even over na. 'Felicity, van de lagere school, zou je vast kunnen helpen. Misschien kun je haar hoogste klas mee op stap nemen. Als oefening. Dan zou je kunnen zien of het iets voor ze is, wat ze allemaal kunnen en niet kunnen. Zij zou het weer aan andere schoolhoofden kunnen doorgeven, zodat je meer kinderen krijgt.'

'Dat is een fantastisch idee! Er zouden wel ouders moeten meehelpen, maar dat is vast geen probleem.'

'Waar zou je de cursus willen geven? Als je kon kiezen.'

'In de bossen waar ik jou en Rory ook mee naartoe heb genomen. Ik heb alleen geen idee van wie die grond is.'

Sian grinnikte. 'Vraag mijn moeder om dat uit te zoeken. Die is een kei op het internet. Geef haar een adres, of het dichtstbijzijnde dat je kunt bedenken, en zij komt erachter, dat weet ik zeker.'

'Hoe is zij zo'n goede internetspeurneus geworden?'

Sian haalde haar schouders op en legde haar arm op een kussen. 'Oefening. En ze zegt zelf dat ze nieuwsgierig van aard is. Als de informatie bestaat, wil ze die hebben.'

'Goh,' zei Gus, 'het zou een geweldig begin zijn. Als ik die bossen een weekend zou kunnen afhuren, kunnen we het wel uitproberen. Maar ik zou nog steeds een startkapitaal moeten hebben.'

'Zou Fiona niet willen helpen?'

'Absoluut, maar ik ben te oud om een aalmoes van mijn moeder aan te nemen.'

Sian zuchtte. 'Maar het zou toch geen aalmoes zijn? Je zou haar terugbetalen. Ik zou het niet hebben gered zonder mijn ouders toen ik Rory kreeg. Ze hebben me op alle mogelijke manieren gesteund.'

'Dat is iets anders,' zei Gus, die kennelijk nog altijd wat gevoelig was als het om Sians alleenstaande moederschap ging.

'Je was nog een meisje en je was zwanger. Ik heb die tijds-druk niet en wil zelf aan het geld zien te komen.'

'Ah,' zei Sian na een ogenblik. Ze begreep wel wat hij be-doelde. 'Eens denken. Kun je niets verkopen? De kano, spul-len van je reizen? Heb je het allemaal nodig?'

'Niet echt, maar ze zouden niet veel opleveren, en die kano heb ik zelf gemaakt! Duurde een eeuwigheid. Die ga ik niet verkopen.'

'Snap ik. En het boek dat je zou schrijven?'

'Ik denk niet dat het genoeg oplevert om een bedrijf mee te beginnen.' Hij pakte iets op. Het bleek een lepel te zijn die hij aan het uitsnijden was. Hij haalde zijn mes van zijn riem en be-gon schilfers weg te snijden. Hij was net als Rory, die kon ook niet stilzitten, moest altijd ergens mee bezig zijn. Ze begon te zien hoezeer ze op elkaar leken, ook al wist ze niet goed wat ze daarvan vond. 'Uiteindelijk zal het wel iets opleveren, maar in het begin word ik er niet rijk van,' ging Gus verder.

'Heb je de bank om een lening gevraagd?'

'Grapje, zeker! Geen enkele bank zou mij een lening ver-strekken, niet in dit economische klimaat... waarschijnlijk nog niet eens als ik mama's huis als onderpand zou geven. Dat was haar voorstel, maar ik weiger het absoluut.'

'Een rijke weldoener?'

'Waar zou ik die kunnen vinden?'

Ze grinnikte.

'Ik zal vast wel ergens geld vinden, uiteindelijk. Ik moet positief blijven, mijn oor te luisteren leggen.'

'Dat klinkt ongemakkelijk!'

Hij lachte. 'Tja, ik ben ontdekkingsreiziger. Ik ben wel ge-wend aan een beetje ongemak. Zeg, je hebt amper wat ge-geten. Neem een koteletje.'

'Misschien is het tijd voor een toetje? Rory moet het zijne maar voor zijn ontbijt nemen.'

'Niks ervan. Ik heb iets veel beters in gedachten als ont-bijt. Een soort brood.'

'Mmm, doe mij maar kruimeltaart. Zullen we hem opwarmen, of zo eten?'

'Zo eten.'

'Kijk eens. Richard zou er custard bij willen. Ik heb slagroom meegenomen.'

'Ik ben dol op slagroom,' zei Gus, en hij keek haar een beetje scheef aan.

'Tja, ik loop natuurlijk het risico dat dit verkeerd begrepen wordt,' zei Gus een tijdje later, toen de wijn en het meeste eten op was, 'maar ik denk dat het tijd is om naar bed te gaan.'

Sian slaakte een zucht. Ze wist niet of het aan de wijn, of aan het flakkerende kampvuur en de romantische sfeer lag, maar deels – de vrouw in haar, niet de moeder – zou ze zonder meer met hem naar bed willen, net als al die jaren geleden. Het was zalig geweest. En Gus was hier in zijn element, op zijn best. Zijn stoere, aantrekkelijke gelaatstrekken waren des te verleidelijker in het vage schijnsel. Maar ze was nu moeder; ze kon niet meer spontaan zijn, niet als het nadelige gevolgen voor Rory kon hebben. En het zou helemaal mis kunnen lopen. Stel dat Gus genoeg van haar kreeg en ervandoor ging. Haar misschien wel in de steek liet voor Melissa Lewis-Jones. Ze zou het heel moeilijk vinden om Gus bij Rory te laten als ze weer voor hem viel en hij haar vervolgens dumpte. Toegegeven, hij had haar de eerste keer niet gedumpt, maar kon ze hem vertrouwen? Echt vertrouwen? Ze kon niet echt helder nadenken, want ze hadden samen de hele fles leeggedronken, maar ze wist dat ze niet met Gus naar bed kon, al zag ze in dat ze het wel graag wilde. Ze hadden een vijfjarige bij zich als chaperonne, dus wat ze wel of niet wilde was ook eigenlijk niet relevant.

'Ik ga even naar binnen om me op te frissen en zo,' zei ze. Gus hielp haar overeind; ze stond een beetje wankel op haar benen.

'Dat komt doordat je een tijd in dezelfde houding hebt gezeten,' zei hij. 'Daar ben je een beetje wankel van geworden.'

Sian glimlachte in de duisternis. 'Het heeft dus niks met de
wijn te maken?'

'Welnee! Zal ik met je mee lopen?'

'Absoluut niet. Ik red me wel!' Ze liep over het pad dat
nog altijd werd verlicht met waxinelichtjes. 'Ik ben zo terug.'

Ze spetterde flink wat koud water in haar gezicht, en niet
alleen omdat ze wat roet op haar wangen had. Ze wilde
zeker weten dat ze zichzelf volkomen in de hand had als ze
terugging. Na deze ceremoniële reiniging deed ze wel een
lekker geurtje op. Was dat voor haar of voor Gus? Ze wist
het niet – en wilde het ook niet weten.

Ze kroop de hut in en duwde haar voeten in de slaapzak
die Gus haar had gegeven. Ze schoof tot ze lekker lag, blij
dat hij echte kussens had meegenomen. Ze kon Rory's ademhaling horen en wist dat hij diep in slaap was.

'Alles goed? Lig je lekker? Is er nog ruimte voor mij?'
vroeg Gus.

'Er is ruimte. Rory en ik nemen niet zoveel in beslag.'

Maar Gus nam behoorlijk wat ruimte in beslag en niet
alleen letterlijk. Sian hoorde hoe hij ging liggen en daarna
werd het stil.

Toen ze in bed kroop, was ze best moe en misschien wel
een beetje aangeschoten, maar nu was ze klaarwakker en
zich bewust van haar omgeving: bladeren, plus datgene wat
tussen al die bladeren zat… beestjes. Niet te geloven, dacht
ze. Ik ben hier om Rory te beschermen tegen kwade gees-
ten, en hij ligt lekker te pitten, terwijl ik klaarwakker ben en
me druk maak om oorwurmen.

Hoewel ze zich zo stil mogelijk hield en haar best deed
zich te ontspannen, merkte Gus dat ze nog wakker was.

'Gaat het?' vroeg hij, alsof hij aanvoelde dat ze steeds ge-
stresster werd.

'Jawel, maar ik ben bang dat er dingen op me vallen.'

233

'Wat voor dingen?'

'Kruipers en zo.'

'Volgens mij zijn die er niet, anders zouden we ze wel horen vallen.'

Dat klonk heel logisch en Sian probeerde zich hierdoor gerust te laten stellen. 'Oké. Ik stop mijn hoofd gewoon in de slaapzak,' zei ze. Waarom had ze daar niet eerder aan gedacht?

'Is dat niet te warm?'

Daarom had ze waarschijnlijk niet eerder overwogen om op een hete zomeravond in een donzen slaapzak weg te kruipen. Aan de andere kant... 'Ik kan niet tegen die kruipers. O god, er viel iets op me! Ik weet het zeker!'

'Wacht even. Rustig maar. Ik kijk wel even.'

'Ik ben rustig!' fluisterde ze, hoewel ze niemand voor de gek hield.

'Oké, kruip even weg in je slaapzak, dan kijk ik wat ik kan doen.'

Sian had het gevoel dat ze er uren lag, maar ze wist dat het in werkelijkheid maar een paar minuten duurde voordat Gus terugkwam. Heel voorzichtig keek ze even buiten de slaapzak. Hij droeg zijn hoofdlamp en had iets in zijn handen.

'Ik heb de tarp hier. Daar maak ik een binnenbekleding van tegen het dak. Het zou wel fijn zijn geweest als je wat eerder iets had gezegd over je angst voor beestjes die op je vallen. Het zou een stuk makkelijker zijn geweest om dit vast te zetten zonder over Rory te struikelen. Ongelooflijk dat die jongen hierdoorheen slaapt.'

'Ik ga wel even naar buiten,' zei Sian. 'Dan heb je meer ruimte.'

Tien minuten later kroop Sian de hut weer in, waar ze beschermd was tegen bladeren, takjes en duizendpoten.

'Ik dacht dat Rory misschien bang zou zijn, ik had niet verwacht dat ik het zelf eng zou vinden,' zei ze verontschuldigend.

'Je hoeft niet bang te zijn, ik bescherm je wel.'

'En de tarp.'

Gus grinnikte diep. 'Ja, en de tarp.'

'Laten we maar stil zijn, anders maken we Rory wakker.'

'Goed. Welterusten, John-Boy.'

Sian schoot in de lach. 'Ik zou jou niet voor een fan van *The Waltons* hebben gehouden.'

'O, ja. Ik heb alle herhalingen gezien.' Hij zweeg even. 'Afijn, welterusten en laat je niet bijten door de oorwurmen.'

'O, hou op!' fluisterde ze.

Hij lachte.

Halverwege de nacht merkte Sian dat er in de hut bewogen werd. Gus en zij hadden hun slaapzakken aan weerszijden van Rory gelegd. Het had lang geduurd voor ze in slaap was gevallen en Gus was zachtjes gaan snurken ver voordat zij sliep. Nu was ze zo slaperig dat ze niet wakker wilde worden. Ze liet het geschuifel voor wat het was. Een tijdje later schrok ze wakker. Rory was weg en Gus lag tegen haar slaapzak aan.

'Waar is Rory?' vroeg ze. Ze voelde zich opeens schuldig dat ze had geslapen terwijl haar kind haar nodig had gehad.

'Rustig maar! Hij werd wakker en wilde naar binnen. Ik heb hem in de logeerkamer ingestopt. Daar ligt hij prima.'

'Ja, maar...'

'Hij heeft mijn mobieltje en kan bellen als hij het eng vindt. Maar hij viel direct weer in slaap. Ik heb gewacht tot ik het helemaal zeker wist.'

Sians hersenen accepteerden dat alles goed was en ze wachtte tot haar lichaam ook zover was en haar ademhaling tot rust kwam.

'Maar ik vind niet dat we hem alleen in het huis moeten laten.'

'Hij is niet alleen. Mama is thuis en ik heb haar gezegd dat ze een gast heeft.'

'O.' Haar zoon was dus veilig. Sian kon geen andere reden

bedenken waarom ze naar binnen moest, in elk geval geen reden die ze hardop durfde te zeggen. Ze was nog steeds van slag, en ook al wist ze dat Rory niet de oorzaak was, ze klampte zich aan haar moederschap vast als aan een reddingsboei. 'Ik vind dat ik…'

'Dat is nergens voor nodig. Hij ligt daar prima.'

Ze kon moeilijk zeggen dat het met haar niet goed ging, of dat ze zélf naar binnen wilde; dan zou ze net zo goed kunnen zeggen dat ze het te… erotisch vond om samen met Gus in het donker te liggen Ze was zich sterk bewust van zijn lichaam, dat slechts enkele ogenblikken eerder tegen het hare had gelegen.

Ze probeerde iets te zeggen en merkte dat haar stem hees was. Ze schraapte haar keel en probeerde het nog een keer. 'Het is heel lief van je dat je zo voor Rory zorgt. Dank je wel.'

Ze voelde dat hij huiverde. 'Hij is mijn zoon. Het is helemaal niet aardig.'

'Het is wél aardig! Er zijn genoeg andere vaders die het 's nachts aan de moeder over zouden laten.'

'Ik ben dus niet zoals genoeg andere vaders.'

'Nee.' Het woord 'vader' was zo huiselijk dat Sian zich hierop probeerde te concentreren. Ze probeerde hem voor zich te zien in een gestreepte pyjama en slippers, een geruite badjas eroverheen. Zo zagen vaders eruit… Niet zoals Gus.

Sian deed haar best om zich te ontspannen, haar ademhaling te kalmeren, maar het maakte het alleen maar erger.

Uiteindelijk verschoof Gus en zei: 'Wat ben je gespannen. Zit er een oorwurm in je slaapzak, of zo?'

Ze slaakte een kreetje dat ook een half lachje was. 'Dan zou ik niet gespannen zijn, dan zou ik krijsend op en neer springen.'

Hij gaf een klopje op haar slaapzak. 'Dat zou ik wel eens willen zien.'

'Je krijgt er echt de kans niet voor. Ik ga naar binnen. Dan kruip ik naast Rory in bed.'

'Waarom krijgt Rory alle pret?'

'Er is geen pret! We gaan slapen! Het is absurd om hier te blijven, terwijl...' Ze zweeg. Ze wist niet meer precies wat ze had willen zeggen, maar ze was zich er pijnlijk van bewust dat ze het niet kon zeggen.

'Terwijl wat?' Zijn stem was niet meer dan een gefluister.

'Terwijl Rory er niet is.' Het klonk niet erg overtuigend.

'Maar dat is het niet, hè?'

'Wat bedoel je?'

'Doe niet zo geheimzinnig. Je vindt het niet fijn om hier alleen met mij te zijn.'

'Nee...'

'Omdat je niet weet wat er zou kunnen gebeuren. Omdat je niet kunt garanderen dat niet hetzelfde zal gebeuren als vijf jaar geleden.'

Het feit dat hij gelijk had, maakte haar geen spat minder verontwaardigd. 'Doe niet zo onnozel! Ik ben heus niet bang dat je me zult bespringen, Gus! Allemachtig...'

'Je bent niet bang voor mij. Je bent bang voor jezelf.'

'Ik heb nog nooit zoiets belachelijks gehoord. Ik ga slapen. Welterusten.'

De waarheid is geen goed slaapmiddel, ontdekte Sian. Ze lag gespannen, in elkaar gedoken in haar slaapzak, en luisterde of ze oorwurmen op de tarp hoorde vallen.

18

Te oordelen aan het ontbijt, moest Fiona eerlijk toegeven dat Angus goed voor zijn logees had gezorgd. Hoewel het mes beter gebruikt had kunnen worden om de spanning te snijden dan het brood. Konden ze al die obstakels die hen uiteen hielden uit de weg ruimen, dan zouden ze perfect bij elkaar passen, dat wist ze gewoon zeker! Jonge mensen waren soms zo dwaas. Maar goed, Gus wist nu tenminste dat Rory zijn zoon was.

Ze reed met haar auto naar de boekhandel in de stad. Het was haar beurt om iets terug te doen voor James' goedheid en ze had er zin in.

Maar ze was wel zenuwachtig. Ze deed de deur van de winkel open alsof het haar eerste werkdag was en in zekere zin was dat natuurlijk ook zo, al deed het er niet toe of ze het goed deed of niet. Maar ze wilde het goed doen voor James. Hij was zo lief voor haar geweest. Hij verdiende het dat ze haar beste beentje voorzette.

'Goeiemorgen!' zei James. 'Je bent keurig op tijd. Vroeg zelfs.'

'Ja, ik had kampeergasten te logeren. Angus had een hut gebouwd voor Rory's verjaarsfeestje en gisteravond hebben ze er met zijn drieën in geslapen. Het was geen succes, geloof ik, gezien de tijd waarop ze opstonden.'

'Kamperen is een kunst die ik nooit onder de knie heb

gekregen, moet ik bekennen,' zei James, die wat papieren op zijn bureau recht legde en controleerde of de potloden scherp waren.

'Ik ook niet, maar Angus is er dol op. Het betekende veel voor hem dat Sian en Rory in de hut bleven slapen... Een deel van de nacht, in Rory's geval.'

'Rory en hij kunnen het dus goed met elkaar vinden?' Ze had hem verteld dat Gus Rory's vader was, toen hij had gevraagd of ze voor hem in de winkel wilde staan. Het was een opluchting geweest dat ze er met hem over kon praten, want Gus had verdraaid weinig te zeggen over het onderwerp, en hoewel ze Penny graag mocht, had ze nog niet het gevoel dat ze haar in vertrouwen kon nemen.

'O, ja. Ik geloof niet dat Rory iets heeft gemerkt, maar Angus is vastbesloten om een geweldige vader te zijn.' Ze zette haar tas op een stoel. 'Ik ben zo blij dat hij het nu weet, dat kan ik je wel vertellen.'

'Ik kon merken dat je je er zorgen over maakte, toen we elkaar laatst spraken.'

'Ik voelde me schuldig, alsof het míjn geheim was. Afijn, zullen we aan de slag gaan? Ik wil je niet ophouden, maar ik wil ook niet dat je weggaat voordat je me het een en ander hebt uitgelegd over de kassa en zo.'

'Het zal niet druk worden. De meeste verkopen gaan via internet. Ik hou de winkel eigenlijk alleen aan voor de buurt, en omdat ik het me kan veroorloven.' Hij glimlachte. 'Ik ben nogal ouderwets.'

'Gelukkig maar,' zei Fiona. 'Ik ook een beetje, geloof ik. Maar niet op een slechte manier,' voegde ze er snel aan toe.

'Nou, ik zal je eerst laten zien waar je je spullen kunt opbergen. Ik heb een kantoortje. Propvol en erg rommelig. Mijn excuses.'

'Alsof mijn huis zo keurig is. Ik schrik er altijd van als er ineens spullen wél op hun plek staan,' zei ze.

Hij schoot in de lach. 'Tja, sommige vrouwen zouden het

afschuwelijk vinden. Ik heb een schoonmaakbedrijf voor de winkel, maar hier laat ik nooit iemand komen. Zo,' ging hij vlot verder. 'Hang je jas daar maar, tenzij je hem wilt aanhouden. Als de zon de hoek om komt, wordt het wel warmer in de winkel, maar 's morgens vroeg is het vaak fris.'

'Ja, ik hou hem nog wel even aan. Hoort ook bij mijn outfit. Ik weet niet of het er nog uitziet als ik hem uittrek.'

Hij bekeek haar even. 'Het staat je erg goed. Maar als je het warm krijgt, staat die outfit je vast ook nog prima.'

'Dank je. Ik weet eigenlijk niet waarom ik erover begon. Je hebt iets waardoor ik dingen zeg die ik normaal niet zou zeggen.'

'Ik hoop dat het iets positiefs is.'

'Dat weet ik niet, maar het betekent vast dat ik je vertrouw. En ik hoop dat je mij ook vertrouwt!' Wat stond ze toch te bazelen? Blijf bij het onderwerp, Fiona, zei ze streng tegen zichzelf.

'Natuurlijk vertrouw ik je, Fiona. Anders zou ik mijn winkel niet aan jouw goede zorgen overlaten.'

Fiona vond dat ze eerlijk moest zijn. 'Ik ben absoluut te vertrouwen, maar ik ben niet zo goed in rekenen en de kassa vind ik doodeng.'

'Daar komen we zo wel aan toe. Hier staat de waterkoker, ik heb allerlei soorten thee, koffie, instantchocolademelk… heel belangrijk in de winter… en koekjes. Ik heb heel lekkere voor je gekocht, dus daar moet je van snoepen. En een kleine koelkast voor de melk.'

'Wat lief. Ik kan hier de hele dag zitten lezen en koekjes eten!'

'Dat kan. En als de koekjes op zijn en je sluit de winkel tussen de middag, dan kun je geld uit de kleine kas halen om nieuwe te kopen. Hier.' Hij wees naar een prachtig, ouderwets, zwart blikje dat al oud moest zijn geweest toen Fiona nog een klein meisje was.

'O, wat schitterend!' zei ze, en ze gleed er met haar vinger over. 'Is het veilig?'

'Niet echt, maar er zit niet veel in en als ik wegga, leg ik het in de kluis en die gaat dicht.'

'Dat zal ik maar niet doen. Als ik even wegga, neem ik het wel mee, denk ik.'

'Is dat niet onhandig?'

'Heus, dat doe ik liever.'

Hij drong niet aan. 'Zo, dan nu de kassa.'

De kassa leek echt afschrikwekkend, maar James gaf haar pen en papier zodat ze alle aankopen kon opschrijven voor het geval ze ergens niet uitkwam.

'En moet ik ook weten hoe ik met het pinapparaat om moet gaan?' Fiona durfde het bijna niet te vragen.

'Nee, ik denk dat we voor één dagje gewoon geen elektronische betalingen accepteren. Als er vaste klanten komen, kun je hun gegevens noteren; dan regelen we het achteraf. Vreemden moeten maar later terugkomen.'

'Maar dan kost ik je misschien geld!'

'Welnee. Echte verzamelaars komen wel terug. Heus, maak je geen zorgen.' Hij glimlachte vriendelijk naar haar. 'Ik kan de winkel ook sluiten, maar je wilde zo graag iets voor me terugdoen... En ik sluit de winkel ook liever niet. Als mensen voor een dichte deur staan, komen ze meestal niet terug.'

'Ik weet het. Ik was een keer bij een tearoom die net dicht ging. En het was pas halfvijf geweest. Toen dacht ik niet: laten we nog een keertje terugkomen als ze wel open zijn. We vroegen of we nog een kopje thee konden krijgen, maar de vrouw zei dat ze de winkel net wilde sluiten en ze weigerde ons binnen te laten.' Fiona zuchtte bij de herinnering. 'Ik zou het niet zo erg hebben gevonden, maar het was nog middag!'

'Slechte service is altijd teleurstellend, vooral omdat goede service zo gemakkelijk is.' Hij glimlachte opnieuw. Hij had een bescheiden charme, besefte ze. Er waren vast mensen die liever naar de tweedehands boekwinkel kwamen dan op het internet te zoeken, gewoon omdat James zo'n vriendelijke man was.

Uiteindelijk moest James weg en bleef Fiona alleen achter. Ze liep door de winkel, langs de rijen boekenplanken en probeerde te onthouden waar alles stond.

Ze vond de afdeling Kookboeken, die groter leek dan de andere. Hier was hij zeker in gespecialiseerd. Ze dacht met plezier terug aan het boekje dat hij haar had gestuurd na het etentje. Boeken waren prachtige cadeaus. Ze pakte een vroege editie van *Mediterrane gerechten* van Elizabeth David en bedacht dat je in de tijd dat haar moeder die kookboeken had, nog helemaal geen olijfolie kon krijgen; alleen bij de drogist. En knoflook was een seizoensgebonden product. Nu kon je zelfs in de kleinste buurtsuper alle mogelijke soorten olie krijgen.

Even verderop stonden de tuinboeken, waar ze een tijd naar keek. Er was een boek over wilde bloemen met niet alleen de Latijnse namen, maar ook de oude gebruiksnamen: wilde bertram, ganzenvoet en harig knopkruid.

Langzaam liep ze langs alle afdelingen. Deels was ze gefascineerd en deels hoopte ze zo de mensen naar de juiste plank te kunnen leiden. Daar hadden de meeste mensen behoefte aan, had James haar verteld, om te weten waar alles over hun passie te vinden was.

Uiteindelijk pakte ze het boek *Mrs Beeton's All About Cookery*. Er stond geen datum op, maar aan de advertenties in het boek te zien, dacht ze dat het uit de jaren dertig kwam. Ze sloeg het open en vond een recept voor ossenverhemelte en drie manieren om pens te bereiden. Snel bladerde ze naar het hoofdstuk 'Soufflés': er waren acht recepten.

Ze had met opzet geen roman gepakt. Ze wilde zich niet laten meeslepen in een verhaal, terwijl ze op de winkel hoorde te passen, hoewel ze een reeks Ethel M. Dells had gezien die moeilijk was te weerstaan. Ze waren oud, zelfs al van vóór haar moeders generatie, maar ze had ze altijd leuk gevonden. Misschien kon ze ze zelf kopen.

Haar eerste twee klanten slenterden rond, kochten niets en leverden geen problemen op. De volgende zocht een cadeautje voor een tante, en Fiona kon haar de boeken over tuinieren en koken laten zien. De vrouw was vriendelijk, betaalde contant en Fiona slaagde erin met de kassa te werken. Ze kreeg wat meer zelfvertrouwen. Toen ze op haar horloge keek, zag ze dat ze over twee uurtjes lunchpauze had.

Hoewel ze het afsluiten van de winkel een beetje een eng idee vond, vroeg ze zich net af of ze ergens zou gaan lunchen, toen er een vrouw de winkel binnen kwam.

Ze was ongeveer van haar leeftijd, aantrekkelijk en goedgekleed. In haar handen had ze een ovenschaal die met folie was afgedekt.

'O,' zei ze toen ze Fiona zag. 'Waar is James?' Ze klonk erg verongelijkt dat hij niet was waar ze hem had verwacht. 'Hij is er altijd.'

Fiona glimlachte verontschuldigend. 'Hij is naar een veiling. Ik sta vandaag in de winkel. Kan ik u ergens mee helpen?' Ze zag er een beetje vreemd uit met een schaal in haar handen, die kennelijk nog warm was.

'O,' zei de vrouw opnieuw. 'Ik heb een taart voor hem meegenomen. Kip met champignon. Voor zijn lunch. Hij is dol op mijn hartige taarten. Hij zegt dat ik zulk luchtig deeg maak.'

Dit leek aandoenlijk ouderwets en typisch James. 'Tja, ik zou hem in de koelkast kunnen zetten. Dan kan hij hem opeten als hij terug is.'

De vrouw dacht even na. 'Dat is lang niet zo lekker als wanneer hij vers uit de oven komt.'

Fiona zei maar niet dat de vrouw naar de veiling zou moeten als ze per se wilde dat James verse taart at. De taart rook verrukkelijk en herinnerde Fiona eraan dat het lunchtijd was. 'Maar hij smaakt nog altijd veel lekkerder dan een gekochte. Maakt u uw bladerdeeg echt zelf?'

'O, ja. De meeste mensen kopen het tegenwoordig kant-en-klaar.'

Door de hooghartige manier waarop de vrouw dit zei, reageerde Fiona onmiddellijk met: 'Ik ook. Ik koop het zelfs voorgerold.' Ze zweeg even. 'Nou ja, ik maak wel mijn eigen kruimeldeeg,' zei ze toen.

'Ik weet niet wat ik er nu mee moet,' zei de vrouw. James' afwezigheid had schijnbaar haar hele dag vergald.

Hoewel Fiona de vrouw erg irritant vond, wilde ze haar ook niet nog meer overstuur maken, en dus deed ze haar best om aardig te doen. 'Nou, ik zou een kopje koffie of thee kunnen zetten en dan eten we hem samen op?'

De vrouw was ontsteld. Alsof Fiona had voorgesteld om er met de inhoud van de kassa vandoor te gaan. 'Nee! Het was een cadeautje voor James!' De vrouw fronste boos haar wenkbrauwen. 'Neem me niet kwalijk, maar wie bent u eigenlijk? Ik heb u nooit eerder in de winkel gezien.'

Fiona voelde zich vreselijk schuldig, ook al wist ze dat dit dwaas was. 'Ik ben een vriendin van James,' zei ze verontschuldigend. 'Hij vroeg of ik vandaag in de winkel wilde staan.'

'Nou ja, waarom heeft hij míj niet gevraagd?'

Aangezien Fiona geen idee had wie deze vrouw was, niet wist wat James voor relatie met haar had, helemaal níéts wist van haar, behalve dat ze bladerdeeg kon maken, kon ze haar niet echt helpen. Misschien had hij haar niet gevraagd omdat ze nogal bezitterig en eigenaardig was? 'Hij heeft het mij gevraagd omdat ik hem nog iets verschuldigd was.'

'O? Waarvoor?'

Fiona was niet van plan om deze vrouw alle details te vertellen, maar ze kon zo snel ook niets anders bedenken. 'Hij heeft iets voor me gedaan.'

'Nou, het spijt me, hoor,' ging de taartendame verder, alsof

ze helemaal geen spijt had en eigenlijk zelfs een beetje nij-
dig was. 'Ik dacht dat ik al James' vrienden kende.'

'Ik ben Fiona,' zei Fiona, in de hoop dat dat voldoende
was. Ze besefte opeens hoe weinig ze eigenlijk over James
wist. Ze hoopte maar dat deze vrouw niet zijn vriendin was,
of zo, deels omdat het mens stapelgek leek, maar ook omdat
ze liever niet wilde dat James een vriendin had.

'Maar hoe kent u hem?' Ze vroeg het alsof James onmogelijk vrienden kon hebben die hij niet op een correcte
wijze had leren kennen.

'Hij heeft mijn bibliotheek gereorganiseerd. Ik ken hem
beroepsmatig.' Dat klonk goed, net alsof ze hier alleen werkte
vanwege de bibliotheek, niet om een andere reden. Ze was
zich ervan bewust dat de taartendame alle vragen stelde. Ze
besloot op haar beurt ook eens wat vragen te stellen. 'En hoe
kent u James eigenlijk?'

'O, ik ken hem al vanaf het moment dat hij hier kwam
wonen.'

Tja, dan ben jij duidelijk in het voordeel, dacht Fiona.
Hardop zei ze: 'Wilt u even zitten? En toe, zet de taart toch
neer. Hij smaakt vast heerlijk als hij is opgewarmd. Echt iets
waar James van kan genieten na een lange dag op de veiling.
Ik zal hem in de koelkast zetten.'

'Ik wist niet dat hij hier een koelkast had.' De vrouw
klonk verontwaardigd, alsof ze het recht had alles over James'
inboedel te weten.

'Een kleintje. In het kantoor. Om de melk voor koffie en
thee in te bewaren. Weet u zeker dat u niets wilt?' Fiona zou
de taart nu het liefst helemaal willen opeten.

'Wanneer is hij terug?' De vrouw hield de taart nog steeds
vast. Ze was niet van plan zich te laten verleiden door het
aanbod van warme dranken.

'Dat weet ik niet. Hij wist het niet zeker. Ik denk dat het
ervan afhangt of hij nog iets wil kopen.'

'Dus hij is er alleen om te verkopen?'

'En te kopen. Als hij alleen boeken wilde verkopen, hoefde hij er niet bij te zijn, nietwaar?'

De taartendame fronste haar wenkbrauwen. 'Nee, dat zal wel niet.'

'Zeg, het is lunchtijd. Ik wilde net theewater opzetten. Neemt u ook wat.'

'Lunchtijd. Wilt u weg? Ik zou best een uurtje op de winkel willen passen.' Ze leek gretig.

Hoewel ze geen enkel recht had om bezitterig te doen als het om James ging, kon Fiona James' winkel niet aan de taartendame overlaten, zelfs niet voor een uur. Als James haar echt zo goed kende, zou hij háár toch gevraagd hebben om op de winkel te passen? Het was wel duidelijk dat hij dat nooit had gedaan. En waarschijnlijk met een goede reden. 'Dat is erg aardig van u, maar het alarmsysteem is nogal ingewikkeld. Dat kan ik u onmogelijk uitleggen. Ik blijf gewoon netjes hier.'

De taartendame zag de fout in deze redenatie op hetzelfde moment als Fiona. 'Maar als ik hier was, zou de winkel niet dicht hoeven. Dan zou ik op alles passen.'

Fiona begon door te krijgen waarom James deze vrouw niet had gevraagd en hield voet bij stuk. 'Dat begrijp ik, maar dat kan ik niet doen.'

'Ik zie niet in waarom niet. Ik ken James al veel langer dan u!'

'Hoe weet u dat zo zeker?' Het feit dat het waarschijnlijk waar was, maakte de vraag niet minder vrijpostig. 'Waar kent u hem van? Dat hebt u nog helemaal niet verteld.' Fiona was nu zelf ook een beetje vrijpostig, maar ze begon wanhopig te worden. Als deze vrouw niet snel de taart neerzette of de winkel verliet, bij voorkeur allebei, dan stond ze niet voor zichzelf in.

Haar redding kwam in onverwachte hoedanigheid. De bel van de winkeldeur rinkelde en Robert Warren kwam binnen.

Fiona en Robert keken elkaar aan; zij opgelucht, hij verrast.

'O, Fiona. Eh, hallo!'

'Hallo, Robert!' Fiona was blijer hem te zien dan zou moeten. 'Wat enig om je weer te zien!'

De taartendame keek naar Robert met dezelfde beschuldigende blik die ze voor Fiona had gebruikt. 'Bent u ook een vriend van James?'

'Eh, nee. Ik zoek een boek over antiek,' zei Robert.

Fiona overwoog of ze hem moest attenderen op het feit dat hij James wel kende, of dat ze het moest laten zitten. Eén blik van de taartendame hielp haar over de streep. 'Je kent hem wel, Robert. Hij was bij mijn dinertje.'

'O! Ja, nu weet ik het weer. Hij hielp met de wijn. Ik was vergeten dat hij had verteld dat hij een boekwinkel had.'

'Klopt,' zei Fiona, en ze kreeg een boze blik van de vrouw.

'Dan ken je James wel erg goed, als hij bij u thuis heeft gegeten en met de wijn heeft geholpen,' zei de taartendame. Ze voegde er niet aan toe dat hij kennelijk net zo goed zijn laarzen onder haar bed had kunnen neerzetten, maar zo dacht ze er duidelijk wel over.

'Hij was bezig in mijn bibliotheek,' zei Fiona pinnig, die geen moeite had om tussen de regels door te lezen.

'Ik weet het weer,' zei Robert. 'Hij was geïnteresseerd in oude gebouwen.'

'Wij kennen elkaar van het Historisch Genootschap. Hij gaf een lezing over oude boeken,' zei de taartendame iets milder.

'U bent een vriendin van Fiona?' Robert kon erg charmant zijn en hij leek oprecht geïnteresseerd in de taartendame.

'O, nee,' zei Fiona snel. 'Ik weet niet eens hoe u heet!' Ze glimlachte bemoedigend. 'Ik ben Fiona Matcham.'

'Miriam Holmes,' zei de taartendame schoorvoetend, alsof ze geheime informatie prijsgaf.

'En dit is Robert Warren,' zei Fiona. 'Miriam… mag ik je Miriam noemen? Ze kan heel goed bladerdeeg maken. Dat vertelde ze net.'

'Wat knap,' zei Robert, en hij wierp haar zijn smeulende, vleiende glimlach toe.

'En,' vroeg Miriam nog milder, 'hoe kennen jullie elkaar?'

'Via internet,' zei Robert, voordat Fiona iets minder bezwarends kon bedenken.

Miriam verbleekte. 'Je bedoelt toch niet... dat je James via internet kent? Toch? Dat is walgelijk!'

'Het is helemaal niet walgelijk!' protesteerde Fiona. 'Zo heb ik Robert ontmoet.' Met moeite dwong ze het beeld uit haar gedachten te zetten van de gruwelijke Evan, die ze op dezelfde manier had ontmoet. 'En zoals ik al heb gezegd... en zal blijven zeggen: James brengt mijn bibliotheek voor me op orde.'

'Je denkt toch niet dat James op internet vrouwen zoekt?' Miriam leek er niet gerust op.

'Vast niet,' zei Fiona stellig. 'Hij heeft genoeg andere manieren om vrouwen te ontmoeten, dat weten we allebei. Afijn, zal ik de taart in de koelkast zetten voor straks, of wil je hem mee naar huis nemen?'

Met tegenzin liet Miriam de taart los. 'Nee. Ik heb hem voor James gemaakt. Hij moet hem krijgen. Heb je pen en papier voor me? Dan kan ik er een briefje bij doen.'

Snel gaf Fiona haar het gevraagde artikel, waarna ze zich tot Robert wendde. 'Kan ik je ergens mee helpen? Ik sta vandaag in de winkel.'

'Eh, ja. Heb je ook een antiekafdeling?'

'Jazeker. Loop maar even mee,' zei Fiona, die blij was dat ze nog wist waar het was.

'Ik wist niet dat jij en James zulke goede vrienden waren,' zei hij, een beetje afkeurend toen hij haar tussen de boekenplanken door volgde.

'Dat zijn we ook niet,' zei ze gladjes. 'Ik was hem wat verschuldigd en kon hem hiermee helpen.'

'Waarom was je hem iets verschuldigd?'

'Werkelijk, Robert, dat zijn jouw zaken niet.' Ze glimlachte, maar probeerde tegelijkertijd iets fatsoenlijks te bedenken als reden dat ze James iets verschuldigd was. Ze had niet zo onbeleefd moeten zijn. Dat was niets voor haar.

Toen ze Robert eenmaal bij de boeken over antiek had neergezet, liep ze terug naar het bureau, waar Miriam net uitgeschreven was. Het was een lange brief geworden. Ze besloot om zelf aan de taart te beginnen zodra Miriam en Robert weg waren.

'Ik heb hem niet helemaal opgegeten,' zei ze een paar uur later verontschuldigend tegen James, 'maar ik verging van de honger.'

James vond het reuze grappig. 'Kom mee naar boven voor een borreltje. Ik gooi de winkel dicht en dan kun je me alles vertellen, tot het laatste detail.'

Toen ze eenmaal een groot glas witte wijn in haar hand had en de rest van de taart veilig in de keuken had gezet, begon Fiona er ook de humor van in te zien. 'Ik heb je bijna alles al verteld. Ze was zo boos dat ze mij in de winkel aantrof! Als ze wist dat ik van haar taart had gesnoept, zou ze me de nek omdraaien. Wie is ze?'

James leidde haar naar de bank. 'Miriam? Zo'n eng mens, een vrouw van een bepaalde leeftijd op zoek naar een echtgenoot.'

Fiona was op de bank af gelopen, maar nu verstijfde ze. 'Zo zou je mij ook kunnen omschrijven!'

'Ach, welnee. Volgens mij ben jij niet op zoek naar een echtgenoot, en er is niemand die jou eng vindt.'

'Ik vind dat niet bepaald vleiend!' Ze was verontwaardigd. 'Ik kan behoorlijk intimiderend zijn als ik wil!'

'En als je dat niet wilt, ben je behoorlijk lief.' Razendsnel en zonder enige waarschuwing, nam James het glas wijn uit haar hand, zette het op een bijzettafeltje en kuste haar.

Het kostte Fiona een paar seconden om te beseffen dat hij haar kuste en niet zomaar een zoentje op haar wang gaf.

Nee, zijn mond bevond zich op de hare en zijn armen lagen stevig om haar heen.

Ze had tijd om zich af te vragen wanneer ze voor het laatst zo was gekust en of ze nog wist wat ze moest doen, maar ze liet al haar gedachten varen.

'O, hemel,' zei ze, toen hij haar losliet. 'Dat was onverwachts.'

'Maar niet onwelkom?'

Fiona schudde haar hoofd even en liet zich achterover op de bank zakken. Ze pakte haar glas en nam een slokje.

'Het was niet mijn bedoeling om je te overvallen,' zei James. 'Ik wilde het al lange tijd doen.'

'O?' Haar tweede slok was bijna het halve glas, zo verrast was ze. 'Ik had geen idee.'

James kon dit maar moeilijk geloven. 'O toe, je hebt de signalen toch wel gezien. Dit zal jou wel vaker overkomen.'

'Nee. Echt niet. Ik dacht dat we gewoon vrienden waren. Ik had geen idee dat je me wilde kussen.'

James pakte zijn eigen glas en ging naast haar zitten. 'En nog veel meer…'

Fiona bloosde, en dwaas genoeg probeerde ze te bedenken wat voor ondergoed ze eigenlijk aan had.

'Vanaf het moment dat je mijn winkel binnenliep, verlang ik al naar je. Het was een van de redenen dat ik er zo lang over heb gedaan om je boeken te bekijken. O trouwens, ik heb nog een leuke cheque voor je. Die kleine collectie boeken heeft het goed gedaan.'

Fiona klapte in haar handen. 'Goed zo. Daar ben ik blij mee. En heb je je commissie eraf gehaald en zo?'

'Alle onkosten, ja.'

'Dank je wel. Ik ben je dankbaar.' Ze had haar glas bijna leeg.

'Fiona, ik krijg het idee dat ik je erg heb overvallen. Dat spijt me, ik kon je gewoon niet weerstaan.'

'Nee, het geeft niet. Ik vind het helemaal niet erg als je me kust.'

Hij zette haar lege glas op een veilige plek. 'Dus je vindt het niet erg als ik het nog een keer doe?'

Ze gaf geen antwoord.

'Zoenen op de bank wordt erg ondergewaardeerd,' zei Fiona een tijdje later.

'Mmm,' zei James, die niet helemaal overtuigd was. 'Nu zou ik willen dat ik een chaise longue had.'

'Waarom?'

'Tja, *na het rumoer van de chaise longue…*'

'Je bedoelt *de intense, diepe rust van een tweepersoonsbed*?'

'Geen wonder dat ik je zo geweldig vind. Je begrijpt mijn literaire verwijzingen.'

Fiona grinnikte. 'Je bedoelt Mrs Patrick Campbell? Dat is het voordeel van een vrouw van een bepaalde leeftijd.'

'Maar je pakte de hint niet op?' James streek Fiona's haar teder uit haar gezicht.

Fiona slikte. 'Je hebt me erg verrast, James.'

'Dat weet ik. Ik heb je overvallen.'

'Een beetje.'

'Eten dan maar? Kan ik je verleiden met een hartige taart met kip en champignons?'

Door de wijn, de ontlading en het feit dat de situatie bijzonder grappig was, begon Fiona lichtelijk hysterisch te giechelen.

'Ik heb je toch niet helemaal afgeschrikt?' James schonk haar bij.

'Nee. Helemaal niet. Ik moet gewoon even aan het idee wennen, meer niet.'

'Laten we maar eens in de koelkast kijken of ik iets heb wat we bij het restant van de taart kunnen eten.'

'Erwtjes misschien?' opperde Fiona, die het kleine vriesvakje in de koelkast openmaakte. 'Wat?' Hij keek haar op een merkwaardige manier aan, alsof hij wilde lachen, maar toch ook weer niet.

'Sorry, maar dit moet gewoon.' Hij nam haar in zijn armen en kuste haar intens.

Dat betekende die blik dus, besefte ze terwijl ze hem terug zoende.

Na het eten bracht James Fiona in zijn auto naar huis. Ze vroeg hem niet binnen, maar kuste hem teder en uitgebreid en zei daarna gedag. Ze voelde zich giechelig en blij, en zodra ze het huis binnenliep en de situatie achter haar lag, wilde ze dat ze met James naar bed was gegaan, wát de toestand van haar ondergoed ook was. Die kans kwam waarschijnlijk nooit weer; ze zou niet meer durven. Ze zette een kopje thee voor zichzelf met het gevoel dat haar avond een stuk spannender had kunnen eindigen als ze iets dapperder was geweest.

19

Sian zat in de tuin labeltjes in Rory's kleren te naaien. Het begon te schemeren en de grote citronellakaars die ze op tafel had gezet gaf niet veel licht. Hoewel ze een vest en een spijkerbroek aan had, kreeg ze het ook een beetje koud. Het was eerder op de avond warm geweest, en ze klampte zich koppig aan het staartje van de zomer vast in de wetenschap dat die al te snel voorbij zou zijn.

'Hoi!' zei Gus, die de tuin in kwam lopen.

'Hoi.' Ze bleef naaien, in de hoop dat hij niet zou merken dat haar hart een sprongetje maakte toen ze hem zag.

'Wat doe je buiten? Zo warm is het niet meer.'

'Je ziet wat ik doe. Het was daarstraks wel warm en om de een of andere reden wilde ik nog niet naar binnen. Het is zo'n heerlijke avond. Wat doe jij hier?'

'Ik dacht dat je misschien een beetje eenzaam zou zijn zonder Rory.'

Ze beet haar draadje door. 'Ik mis hem, maar hij heeft het fantastisch naar zijn zin. Mama belde straks en ik heb hem even gesproken.'

'Hoe vindt je vader Disneyland?'

'Hij laat het over zich heen komen. Maar hij doet alles voor Rory, dus het zal wel goed gaan. In Parijs heb je in elk geval uitstekende wijn.'

'O, nu we het daar toch over hebben.' Gus haalde een fles

wijn achter zijn rug vandaan. 'Zin om deze met me te delen?'

'Ik moet deze afmaken.' Ze wees naar een grote stapel truien, sokken en T-shirts en een kleinere stapel labeltjes. 'Maar ik kan in elk geval niet bekeurd worden voor dronken achter een naald zitten.'

Hij lachte. 'Laten we naar binnen gaan. Je kunt hier niet meer zien wat je doet, en deze stoelen zijn ook niet echt comfortabel.'

'Oké, ik geef het op. De zomer is bijna voorbij, hè? Als Rory eenmaal op school zit...'

'Dat is een van de dingen waar ik het met je over wilde hebben.'

Hoewel hij het zei op een toon die suggereerde dat het misschien geen goed nieuws zou zijn, bleef Sian rustig. 'Ik kan wel raden wat je wilt zeggen en ik ben het met je eens.'

'Ja?' Gus was duidelijk verrast.

'Ja. Neem jij de wijn mee, dan pak ik de glazen.'

'Als je het niet vervelend vindt, steek ik de haard aan. Het is nog maar augustus, maar het voelt hier een beetje vochtig.'

Even later kwam ze de woonkamer binnen met twee glazen, een zakje chips en Rory's schoolkleren. Ze had het garen in haar zak gestopt en de naald in haar kraag gestoken. Het vuur knapte en ze zag dat Gus de kaarsen op de schoorsteenmantel had aangestoken en de lamp op de tafel naast de bank had aangedaan.

'Het is hier in huis inderdaad een beetje vochtig,' gaf ze toe, toen ze op de bank ging zitten en haar naaigerei pakte. 'Iedereen zei het, maar ik merk het nu pas. Misschien is dit meer een zomerhuis.'

'Misschien.'

'Het doet er trouwens niet toe. Schenk jij de wijn in?'

'Heb je al iets gegeten?' vroeg hij.

Ze haalde haar schouders op. 'Geroosterd brood met Marmite. Mijn standaardmaaltijd als Rory er niet is.'

'Ik maak wel wat klaar.'

'Nee, dat hoeft niet. We moeten maar eens bespreken hoe we het Rory gaan vertellen. Vind je dat we het samen moeten doen, of is het mijn taak?'

'Vertellen dat ik zijn vader ben? Bedoel je dat?' Hij leek verbaasd.

Nu was zíj in de war. Waar hadden ze het anders over gehad? 'Ja, was dat niet waar jij het over wilde hebben? Ik heb voor mezelf besloten dat hij het moet weten voordat hij naar school gaat.' Ze fronste haar wenkbrauwen. 'Wat bedoelde jij dan?'

'Laten we geen ruziemaken voordat we ten minste een glas wijn hebben gehad.'

'We gaan dus ruzie krijgen? Dan kan ik maar beter mijn munitie verzamelen.' Ze glimlachte even uitdagend en pakte een trui.

'Dat kan niet,' zei Sian, toen Gus had verteld wat hij van plan was. 'Dan denkt iedereen dat je zijn vader bent...'

'Dat bén ik!' hield Gus vol. 'Wat is het probleem?'

'Ik weet dat je zijn vader bent en het halve graafschap weet inmiddels dat je zijn vader bent, maar toen ik Rory inschreef, heb ik jouw naam niet opgegeven.'

'Dat slaat nergens op. Het maakt echt niemand uit wat je op dat formulier hebt gezet. Je zoekt problemen waar ze niet zijn.'

Sian was vastbesloten om kalm te blijven. 'Nee, dat is niet waar. De school laat niet zomaar iedereen toe. De eerste schooldag is vast een ramp!'

Gus stond op, speelde wat met het vuur en verschoof de houtblokken zodat ook de uiteinden vlamvatten. 'Rory wil dat ik meega. Dat heeft hij me gevraagd.'

Rory had dit aan Sian verteld en ze had uitgelegd dat dat niet mogelijk was. Rory was niet overtuigd, maar had uiteindelijk geaccepteerd dat als zijn moeder nee zei, het nee betekende. 'Hij kan niet alles krijgen wat hij wil. Dat is de eerste les in het leven.'

'Misschien, maar het is niet onredelijk dat hij op zijn eerste schooldag zijn vader erbij wil hebben.'

'Dat slaat nergens op. Hij weet niet eens dat je zijn vader bent!' Ze fronste haar wenkbrauwen. 'En we moeten het hem vertellen voordat iemand anders dat per ongeluk doet.'

'Ik weet het.' Gus zuchtte.

'En ik weet dat ik het hem moet vertellen. Ik weet alleen nog niet wanneer.'

'Dus het is weer jíj, niet wíj?'

Zij was altijd degene geweest die Rory belangrijke dingen vertelde. 'Ik weet dat hij verrukt zal zijn, maar je moet mij laten beslissen wat het beste moment is. Ik ben zijn moeder.'

'Wacht eens even. Heb ik hier niets over te zeggen? Ik ben zijn vader!'

'Dat ben ik niet vergeten!'

'Goed dan, dan vertellen we Rory samen dat ik zijn vader ben en brengen we hem samen naar school.'

'Ik heb Rory al gezegd dat we met zijn tweeën gaan.' Maar ze klonk nu minder zeker van zichzelf.

'Dan zeg je hem dat de situatie veranderd is. Dat gebeurt soms!'

'Maar wij zijn niet bij elkaar. Als we die eerste ochtend samen met Rory op het schoolplein verschijnen, gaan mensen ons als een stel zien. En dat zijn we niet.'

'Je maakt je druk om niks.'

Zijn onverwachte glimlach trok aan haar hart. En misschien máákte ze zich ook wel zorgen om niets. Het idee dat Gus erbij zou zijn, was best prettig; Rory's eerste schooldag was bijzonder, maar voor haar ook wel vreemd, en ze wist zeker dat Gus er een feestje van zou weten te maken en ze zich niet eenzaam hoefde te voelen. Ze wendde haar gezicht af en pakte de volgende trui. 'Weet je wat, je mag mee, als je ook een labeltje in een van zijn kleren naait. Hier. Doe jij deze trui, dat is niet zo'n gepriegel als een sok.'

Gus kneep zijn ogen samen, zag er dreigend uit, maar pakte toen de trui met naald en draad die Sian hem overhandigde. Hij draaide zich half om en leunde voorover zodat ze niet kon zien wat hij deed.

'Ik ga nog wat hout halen,' zei ze, zodat ze niet hoefde toe te kijken terwijl hij worstelde met naald en draad.

Toen ze in de houtschuur de mand met houtblokken vulde die er al sinds de vorige winter lagen en kurkdroog waren, vroeg ze zich af of het onaardig was geweest om hem voor die uitdaging te zetten. Mannen konden toch niet naaien.

Ze was net weer binnen, toen de telefoon ging. Het was Melissa.

'Hoi Sian, hoe gaat het?'

'Goed. Met jou?' Uit beleefdheid probeerde Sian enthousiasme voor te wenden.

'Vreselijk opgewonden, eerlijk gezegd. De koop van het huis gaat gesmeerd, waarschijnlijk omdat mijn financiering niet afhangt van een huis dat ik nog moet verkopen.'

'O.'

'Sorry! Dat was een beetje tactloos. Voor jou is dit natuurlijk geen goed nieuws, maar je vindt vast iets anders. Er zijn veel huurhuizen op het moment, omdat niemand wil kopen. Ik heb gekeken of de markt voor huurhuizen nog steeds goed is, voor het geval ik de cottage wil verhuren.'

Het mes dat Melissa al in haar rug had gestoken, werd nog eens omgedraaid. 'Ik dacht dat je hier zelf wilde wonen. Maar als je dat niet wilt, kan ik het misschien van je huren, dan hoef ik niet te verhuizen.' Het zou een oplossing kunnen zijn, al dacht ze niet dat het echt zou gebeuren.

'O nee, dat gaat echt niet. Ik wil het hele huis strippen. Er moet zoveel aan gebeuren. Als ik er daarna niet wil wonen, zou je het natuurlijk kunnen huren.' Ze voegde er haastig aan toe: 'Al ben ik bang dat je dan wel wat meer zou moeten betalen.'

'Ah, dus dat is geen oplossing.' Sian zweeg even. 'Waarom belde je ook al weer?' Ze wist heel goed dat Melissa haar dat helemaal niet had verteld en ze wilde het gesprek zo snel mogelijk afkappen.

'O sorry, had ik dat nog niet gezegd? Ik wil met de aannemer en de interieurontwerper en misschien nog een architect langskomen. Mijn vader kent iemand die het gratis voor me wil doen.'

'Bof jij even.'

'Nou, hè?' Melissa had niet door dat Sian het sarcastisch bedoelde. 'Maar goed, ik kan ze alleen maandag over een week allemaal bij elkaar brengen. Komt jou dat uit?'

Sian wilde het liefst zeggen dat het niet uitkwam. Ze zuchtte. Het was Rory's eerste schooldag. Maar goed, ze zou zich toch raar en ellendig voelen, dus kon ze net zo goed Melissa en haar gretige hulptroepen haar huis binnen laten. Ze hoefde er zelf niet bij te zijn. Ze kon een kopje koffie gaan drinken bij Fiona, terwijl zij haar huis afkraakten, misschien wel letterlijk. 'Goed dan. Maar pas vanaf halftien.'

'Niet eerder? Aannemers beginnen altijd gruwelijk vroeg, hoor. Halfnegen?'

'Absoluut niet. Het is de eerste schooldag van mijn zoon, dus hebben we het om halfnegen erg druk. Ik moet ophangen. Ik zie je maandag over een week.' Ze legde de hoorn iets harder op de haak dan haar bedoeling was. Die rottige Melissa ook!

Ze liep met het hout terug naar de woonkamer. De trui lag op haar stoel met een keurig merkje erin genaaid. Daarbovenop lag een T-shirt… ook gemerkt. Gus had net een gymbroek gepakt en had een merkje afgeknipt van de rol die op tafel lag.

'Goh, dus je kunt naaien,' zei Sian, die deed alsof ze niet onder de indruk was, waarmee ze hen geen van beiden voor de gek hield.

'Wat betekent dat ik met jullie mee kan als Rory naar school gaat,' antwoordde Gus resoluut.

'O, oké.' Ze slaakte een verslagen zucht. 'Al zou ik gezegd hebben dat je ze allemaal moest doen, als ik had geweten dat je zo handig was met naald en draad'.

Hij fronste zijn wenkbrauwen. 'Je bent toch niet boos omdat ik kan naaien? Wat is er?'

'Je grote vriendin Melissa. Ze belde net.' Ze vertelde hem over het gesprek.

'Tja, het is vervelend, maar niet echt een verrassing, of wel?'

'Nee, dat zal wel niet. Ik wist dat ze de keuken wilde opknappen.'

'Volgens mij heb jij honger,' zei Gus, en hij kwam overeind. 'Toptip: ga nooit in discussie met een vrouw die honger heeft. Ik ga iets lekkers voor je maken.'

Ze deed haar best om niet te lachen voor hij de kamer uit was.

Tegen de tijd dat hij terugkwam met twee overvolle borden, was ze klaar met naaien. Ze had zich afgevraagd wat hij in haar karig gevulde koelkast had kunnen vinden, want kennelijk was het hem wel gelukt iets te maken.

'Geen wonder dat je in een slechte bui bent. Je hebt helemaal geen eten in huis!'

'Wat is dat dan? Is dat geen eten?'

'Geroosterd brood met bonen en gesmolten kaas, en het brood is niet meer dan een stuk korst.'

'Je hebt het heel knap gedaan.' Het rook erg lekker en ze merkte ineens dat ze razende honger had.

'Tast toe.' Hij schonk nog wat wijn in haar glas.

Toen hij de tweede boterham met bonen opat, zei ze: 'Jij had ook honger'.

'Ik heb altijd honger.'

'Net als Rory.' Ze had direct spijt van haar opmerking, en ze kwam overeind. 'Ik ga kijken of ik nog een dessert heb.'

'Ha! Wedden dat je dat niet lukt?'

Gelukkig had ze nog wel wat ijs en genoeg ingrediënten om een chocoladesaus te maken. Ze roosterde wat amandelschaafsel en deed alles in hoge glazen.

'Tada! Een ijscoupe met chocola en noten,' verkondigde ze trots, toen ze het bouwsel de kamer binnenbracht.

'O, wauw! Daar ben ik dol op.' Gus pakte een glas en lepel en bekeek de inhoud. 'Geen gelatinepudding?'

'Nee. Het duurt uren voor dat is opgesteven. Wees blij met wat je hebt. En eet gauw voordat alles is gesmolten.' Het was alsof ze een oudere versie van Rory in huis had. Vader en zoon leken beangstigend veel op elkaar.

Toen ze haar lepel voorzichtig langs de zijkant van het glas omlaag duwde zodat er maar een klein beetje over de rand liep, zag ze dat haar schetsboek op tafel lag. 'Hé, je hebt rondgesnuffeld.'

'Ja,' antwoordde hij schaamteloos. 'Je bent echt goed! Ik bedoel, je kunt tekenen, niet alleen schilderen.'

Ze dacht even na over een antwoord. 'Nou, ja. Die twee gaan meestal hand in hand. Niet altijd, niet bij iedereen,' voegde ze eraan toe omdat ze een pietje-precies was.

'Tekenen heb ik altijd net zwarte kunst gevonden. Ik kan het gewoon niet. En wie het wel kan, lijkt voor mij op een tovenaar.'

'Ach, we hebben allemaal onze eigen talenten. Zo denk ik over wiskunde.' Ze pakte haar schetsboek en bladerde erdoorheen. 'Jij kunt bijvoorbeeld schrijven.'

'Is dat zo? Mijn agent was wel erg enthousiast, maar ik twijfel. Ik bedoel, schrijven over overleven in de wildernis is iets heel anders dan het daadwerkelijk doen.'

'Maar er komen toch ook foto's in. Je zei dat je er een heleboel had.'

'O, ja. Het boek wordt heel mooi, met veel kleurenfoto's van prachtige zonsondergangen en zo, maar de technische kant… wat ik juist het liefst aan de lezer wil overbrengen… raakt verloren in mijn gebrekkige proza.'

'Nou, dan heb je veel tekeningen nodig!'

Hij keek haar aan. 'Dat is zo.'

Te laat besefte ze dat ze haar diensten misschien had aangeboden. 'En je wilt dat ik ze voor je doe?' Ze probeerde haar enthousiasme bij dit vooruitzicht te verbergen.

'Nou ja, als je er tijd voor hebt. Ik weet dat het allemaal wat saai lijkt.'

'Helemaal niet! Ik denk dat het fantastisch wordt en ik maak die tekeningen heel graag voor je.' Opeens leek het dwaas om niet te laten merken hoe enthousiast ze was.

'Ik kan je niet betalen…'

'O, werkelijk, Gus! Daar moet je je nou echt geen zorgen om maken. Pas als je het boek hebt verkocht en er zelf wat aan hebt verdiend.'

'Ik zal proberen je in natura terug te betalen.'

'Je bent raar!'

Gus was beledigd. Hij stond op, ging op de armleuning van haar stoel zitten en keek haar met een vreselijk vertrouwde blik aan. 'Dus jij vindt mij raar?'

Sian stond op. Hij was te dichtbij. Ze wilde niet dat hij zag dat ze sneller ademhaalde. Maar dat was een vergissing. Hij stond ook op en pakte haar vast. Ze merkte dat ze nauwelijks iets kon zeggen. 'Ja,' zei ze ademloos.

'Nou, ik vind jou ook raar.' Daarna sloeg hij zijn armen om haar heen en kuste haar lang en hard en met veel oog voor detail.

Sians weerstand smolt weg. Ze was niet langer een alleenstaande moeder die vocht voor haar onafhankelijkheid, ze was een vrouw die in de armen van een man lag naar wie ze niet alleen verlangde, maar van wie ze hield. Ze kon eindelijk toegeven dat ze altijd van Gus was blijven houden, al die jaren, zelfs al had ze geprobeerd die gevoelens weg te stoppen. Een tijd later vroeg hij: 'Wil je…' En zonder enige aarzeling zei ze: 'Ja.' En ze liep voor hem uit naar boven.

Alle seksuele spanning die ze vijf jaar eerder ook hadden

gevoeld, was er nog steeds, voor Sian nog intenser omdat er in die vijf jaar niemand anders was geweest.

De eerste keer was snel en heet, vol hartstocht en iets minder finesse, maar daarna namen ze de tijd, ontdekten en herontdekten ze elkaars lichaam.

'Ik voel me voor het eerst in tijden weer een vrouw en niet alleen een moeder.'

'Hoe lang?'

'Bijna zes jaar.'

Hij kuste haar naakte schouder. 'Dat is erg ontroerend.'

'Dat weet ik.' Ze vertelde hem maar niet dat hij haar voor andere mannen had verpest. Sommige dingen kon je beter voor je houden.

Ze werden langzaam en laat wakker, allebei hongerig. 'Ik heb niets te eten in huis,' zei Sian. 'In elk geval geen brood.'

'Wat heb je wel?'

Sian leunde achterover en probeerde haar aandacht op eten te richten. 'Er is melk in de koelkast. Bloem en suiker. Jam, marmite, pindakaas. Alles wat lekker is op geroosterd brood.'

'Eieren?'

Ze knikte. 'Maar geen spek. Of tomaten, champignons of iets anders waar je een warm ontbijtje mee zou kunnen maken.'

'Dat is niet waar. Ik ga pannenkoeken maken, van die luchtige,' zei hij. 'Ga jij maar weer slapen.'

Ze dacht niet dat ze zou kunnen slapen, maar ze liet zich in de kussens zakken met het gevoel dat ze wilde baden in de herinnering van de afgelopen uren. En voor ze het wist werd ze wakker toen Gus een dienblad op het bed zette. Er lag een stapel pannenkoeken op, een kannetje goudbruine stroop, het botervlootje, en een paar borden en messen.

'Nog even de thee halen,' zei hij, en hij verdween weer naar beneden. Hij had zo te zien geen last van de kou en vond het prima om in zijn boxershort door het huis te lopen. Ze bekeek het feestmaal dat voor haar stond. Hier zou ze aan kunnen wennen.

Nadat ze samen hadden gedoucht, besloten ze om ergens te gaan lunchen. Samen bespraken ze waar ze naartoe konden gaan; hij in een handdoek gewikkeld en zij in haar badjas.

'Niet hier in de buurt,' zei Gus. 'Laten we genieten van het mooie weer. Het is misschien wel de laatste echte zomerdag.'

'En we hebben al het grootste deel ervan in bed gelegen,' verzuchtte Sian gelukzalig.

'Je moet niet zo naar me kijken, anders neem ik je zo weer mee naar boven,' zei Gus, met een blik waardoor Sian het idee kreeg dat dat helemaal geen gek idee was.

'Als er in huis ook nog maar íéts te eten was, zou ik je daaraan houden, maar je moet wel op krachten blijven.'

Toen hij haar had laten zien dat er helemaal niets mis was met zijn krachten, liet hij haar gaan en kon Sian zich aankleden. Terwijl Gus naar huis ging om schone kleren aan te trekken, trok zij haar spijkerbroek en een gestreept topje aan. Het was een makkelijke outfit, maar ze wist dat hij haar goed stond. Daarna deed ze met zorg wat make-up op: iets wat Gus niet zou zien, maar wat toch haar ogen en lippen mooi deed uitkomen. Haar huid had niets nodig behalve een likje crème. Ze was blij dat ze zo snel klaar was, want voordat ze haar gympen aan had, was Gus alweer terug.

'Waar wil je naartoe?' vroeg hij. 'Een landhuis, een pretpark, het tuincentrum?'

'Niet ergens waar veel mensen zijn. Gewoon een mooi plekje.'

'Dat kan geregeld worden. En wil je ergens iets voor een picknick kopen? Een vuurtje stoken, water op het kampvuur? Of zullen we in een pub lunchen?'

'In een pub,' zei Sian, in de hoop dat hij niet op haar zou afknappen bij dit antwoord.

Hij lachte. 'Ik weet zelfs een goeie. Kom op!'

'Waar gaan we nu naartoe?' vroeg ze, toen ze enkele minuten reden.

'Naar mijn favoriete plekje. Weet je nog de bossen waar ik met jou en Rory ben geweest? Daar, maar dan nog wat dieper het bos in. Ik wil je iets laten zien.'

'O, leuk! Misschien hadden we toch een picknick mee moeten nemen.'

'Nee, zonde van de tijd. We gaan een stukje wandelen, daarna naar de pub om iets te eten, een paar biertjes en dan naar huis voor een... siësta.'

'Ah, ja. Een siësta. Goed idee!'

De rest van de rit keek ze om beurten naar buiten en naar Gus. Het was heerlijk.

'We zijn er,' zei Gus, toen hij een stukje het bos in was gereden en de auto stilzette. Ze stapten de landrover uit en Gus sloeg zijn arm stevig om Sians middel. Ze probeerde hem bij te houden, maar na een paar meter moest ze stoppen.

'Het gaat niet, mijn benen zijn niet lang genoeg.'

'Er is niets mis met jouw benen. Ik zal me aanpassen.'

Ze liepen door het bos een heuvel op naar een kale plek. 'Hier zou ik mijn survivalschool willen opzetten, waar ik je over vertelde. Het is hier groot genoeg voor een paar tenten of joerten met een kampgedeelte in het midden.'

'Het is een prachtige plek.' Ze keek om zich heen. Het was er sprookjesachtig, alsof het in eeuwen niet was beroerd, behalve om deze open ruimte te maken.

'Ja. Het zou helemaal perfect zijn als er ook nog een riviertje stroomde, maar er loopt er eentje hier in de buurt,' zei Gus.

'Wat wil je het liefst? Een boek schrijven of een eigen bedrijf beginnen?'

'Weet je? Als je me dat een paar maanden geleden had gevraagd, zou ik "een eigen bedrijf" hebben gezegd, geen enkele twijfel. Maar ik ben hard aan de slag met mijn boek en hoe meer ik me erin verdiep, des te leuker het wordt. Ik ben bijna klaar. Sterker nog, ik heb een deel naar mijn agent gestuurd en hij vindt het geweldig. Hij heeft zelfs al een uitgever geregeld.'

'Wat goed! Het wordt vast fantastisch. Ik wil het heel graag lezen… of een deel, als je het niet helemaal wil laten zien,' voegde ze er snel aan toe. 'Ik weet dat sommige schrijvers hun werk niet graag laten zien, zelfs niet aan familie of vrienden, zolang het niet uitgegeven is.'

'Je zult het wel moeten zien, als je illustraties voor me gaat maken.'

Ze liepen in stilte een stukje verder. Opeens bleef Gus staan. 'Zou jij… zou jij met me mee willen naar de vergadering? Met de uitgever?'

'Waarom zou je mij erbij willen hebben? Dat lijkt me niet gebruikelijk. Het is per slot van rekening geen plaatjesboek voor kinderen.'

'Dat weet ik, maar…' stamelde hij.

'Wat? Zeg het!' Ze draaide zich om zodat hij haar echt aankeek.

'Ik weet dat het dwaas is, je bent maar een meisje…' Hij grijnsde snel om aan te geven dat het een grapje was. '… maar ik zou me een stuk zekerder voelen als jij erbij was. Ik kan van alles, maar een van de dingen die ik niet kan, behalve tekenen, is mezelf verkopen. Als jij erbij bent, denk ik dat het me beter afgaat.'

Sian voelde zich gevleid, maar was er nog niet van overtuigd dat hij haar er echt bij wilde. 'Je agent is er toch ook? Dat doet hij wel,' zei ze.

'Ja, maar als de uitgevers niet in me geloven, zullen ze mijn boek ook niet willen.'

'Nee, dat zal wel niet. En als je wilt dat ik meega, dan ga ik natuurlijk mee.' Ze had alles voor Gus over. En ze wist hoeveel moeilijker het was om je eigen werk te verkopen dan het werk van een ander. Als ze Jody's kussens kon verkopen, kon ze vast ook helpen om Gus' boek te verkopen.

Terwijl ze verder liepen en Gus haar vertelde over wat hij en zijn broer vroeger uitspookten, bedacht Sian dat het erg idyllisch klonk. Was Rory's jeugd ook zo volmaakt?

'Een stuiver voor je gedachten,' zei Gus, toen ze een tijdje niets had gezegd.

'Ik zat te denken dat je hier samen met je broer een fijne jeugd hebt gehad, struinend door de bossen en velden.'

'Het was niet allemaal perfect, hoor. Toen mama met de verkeerde man trouwde was dat een afschuwelijke tijd voor ons. Nog erger voor haar, denk ik. Ze was ervan overtuigd dat ze het beste voor ons had gedaan, maar het bleek het erg-ste te zijn. Hij was een bullebak. Maar dit allemaal...' Hij ge-baarde naar de bossen om hen heen. '... maakte veel goed.'

'Ik wil dat Rory ook zo'n jeugd heeft. Dat hij niet de hele dag achter een computer zit of op straat hangt. Dat is een van de redenen dat we zijn verhuisd. Hij heeft in Londen een heel slechte tijd gehad op school. Ik moest hem na het eerste trimester van school halen. Hij was helemaal in zijn schulp weggekropen.'

'Dat zal hier niet gebeuren!'

'Dat weet ik, en daarom wil ik hier ook niet weg. De school lijkt me hier zo fijn. Jody, de moeder van Annabelle, zegt dat hij echt heel goed is.'

'Nou ja, je hoeft niet ver weg te verhuizen,' zei Gus. 'Dan kan hij toch naar deze school.'

Sian slaakte een zucht. 'Zelfs als dat lukt, zelfs als een van de huizen die mama voor me heeft gevonden geschikt is...' Ze zweeg.

'Wat?' Hij klonk dwingend maar niet ongeduldig. Het was echt alsof hij wilde weten wat haar dwarszat.

'Ik heb het gevoel dat de afgelopen zomer een idylle is ge-weest en dat het allemaal gaat veranderen zodra Rory naar school gaat. We hebben het zo heerlijk gehad. Het weer is perfect geweest, je moeder is zo hartelijk. Ik voel me hier thuis. Ik heb hier vrienden, mijn werk, ik woon in een cottage waar ik dol op ben. En op Rory's eerste schooldag beginnen de sloopplannen. Het is het eind van alles, eigenlijk.'

Gus sloeg zijn arm om haar schouders. Zijn stem klonk zwaar en geruststellend. 'Nee, dat is het niet. Rory zal jou nog jaren en jaren nodig hebben. Het zal nog steeds idyllisch zijn.'

Hij klonk zo zelfverzekerd.

20

'Mama,' zei Rory op een ochtend. Het was de week voor het begin van het nieuwe schooljaar en Sian had hem thuisgehouden van zijn speelgroep, zodat ze samen konden zijn. Ze wilde ook naar de huizen gaan kijken die haar moeder op internet had gevonden.

'Ja, lieverd?' Ze zaten ontspannen te ontbijten, en Sian was zich er scherp van bewust dat dit soort ontbijtjes in de toekomst tot het weekend beperkt zouden zijn.

'School is toch niet zoals in Londen, hè?'

Rory's eerste poging op school in Londen was voor iedereen traumatisch geweest. Ze wist niet wie er het meeste onder had geleden; Rory, die daadwerkelijk de hele dag op die grote school had moeten zitten met een niet zo aardige leraar – een van vele – of Sian en haar ouders, die zich de hele dag zorgen om hem maakten en zich afvroegen hoe het met hem ging, hopend dat ze geen stil of juist hard huilend kind hoefden op te halen.

'Absoluut niet. Annabelles broers vinden het hartstikke leuk, of niet? De school is een stuk kleiner. En je nieuwe juf ken je al.'

De hoofdonderwijzer, Felicity, had tijdens de vakantie een kleine bijeenkomst georganiseerd voor de kinderen die nieuw in de buurt waren en die hun juf of meester nog niet kenden, en dus waren de juf noch de kinderen vreemden voor

Rory. Sian was erg blij geweest met de warme uitstraling van het lokaal, de interessante en gevarieerde lesmaterialen aan de muur en de hartelijke, koesterende houding van het personeel. Ze zou zich een andere keer wel zorgen maken om het gebrek aan variatie in ras en cultuur.

'En ik ken de kinderen, hè? Van de speelgroep?'

'Dat klopt. Annabelle is je vriendin.' Sian zei het niet hardop, maar ze zag in Annabelle een pittig meisje dat het voor Rory zou opnemen als dat nodig was.

'En ik ben goed in lessen. Ik kan al bijna lezen!'

'Dus hoef je je nergens zorgen om te maken. Zie je wel?' Ze gaf hem een geruststellende knuffel.

Na hun gesprekje had Rory het idee dat school geweldig zou worden. Ze was blij dat Rory er zin in had, maar zelf was ze een beetje verdrietig. Ze zou straks meer tijd hebben voor haar werk en daar keek ze naar uit, maar ze zou hem ook heel erg missen. De rekening van de speelgroep zou ze niet missen. En nu Rory gelukkiger was, kon ze zich zorgen maken om Gus... alweer.

Ze had sinds het weekend niets meer van hem gehoord en dat baarde haar zorgen. Ze had eigenlijk gehoopt dat hij samen met haar naar huizen wilde kijken, bovendien moesten ze Rory nog vertellen dat Gus zijn vader was. Ze waren het weekend zo in elkaar opgegaan dat ze het niet meer over serieuze zaken hadden gehad. Ze hadden afgesproken dat ze het Rory samen zouden vertellen, maar volgende week ging hij al naar school... Waar wás Gus?

Uiteindelijk had Sian geen zin gehad om nog langer te wachten, en ze had gebeld. Fiona had opgenomen en gezegd dat hij er niet was en dat hij het de laatste tijd zo druk had. Sian had nog een dag gewacht, had toen haar trots opzij gezet en nog een keer gebeld. Dit keer had Fiona verteld dat hij niet aan de telefoon kon komen; ze had bijna schuldig geklonken. Sian had niet aangedrongen en ook geen berichtje achtergelaten. Wat had het voor zin?

Ze deed haar best zichzelf ervan te overtuigen dat het goed was. Natuurlijk had hij het druk! Hij moest het boek afmaken, en god wist waar hij nog meer mee bezig was. Ze moest niet zo moeilijk doen. Waarom zou ze hem niet gewoon vertrouwen?

Maar op de een of andere manier begon de twijfel in haar te etteren als een kleine splinter, nauwelijks zichtbaar voor het blote oog.

Ze zou zich niet zo'n zorgen hebben gemaakt, als ze Melissa niet op de achtergrond had horen lachen, toen ze Fiona aan de telefoon had. Opeens kon ze de gedachte niet van zich afschudden dat de geschiedenis zich zou herhalen. Met Fiona kon ze het er niet over hebben, want ze wist niet of Gus haar over het weekend had verteld. Mannen waren niet zo open met hun moeders over zulke dingen. Ze probeerde zich ervan te overtuigen dat ze zich aanstelde. Dat er een volkomen logische verklaring was. Ze had zelf genoeg te doen: die middag zou ze aan Veronica's kasten beginnen. Rory was dan bij Annabelle.

Sian had nóg iets bedacht. Richard. Wat moest ze met hem? Ze voelde zich opeens erg schuldig. Hij zou nog twee weken weg blijven, maar daarna zou hij met haar willen praten, haar misschien wel ten huwelijk vragen. Hoe kon ze hem uitleggen dat ze niet van hem hield en dus niet bij hem kon zijn? Ze kon hem niet vertellen dat ze verliefd was op Gus. Ze had dat nog niet eens aan Gus zelf verteld, en hij had het woord ook nog niet in de mond genomen. Kon ze er wel zo zeker van zijn dat ze een toekomst met Gus had? En wat was het beste voor Rory? Net toen ze dacht dat het leven wat eenvoudiger zou worden, werd ze overvallen door zorgen en vragen die een antwoord eisten.

Terwijl ze met Rory in de tuin zat, werd ze opnieuw overvallen door twijfels. Het was een zalig weekend met Gus geweest, maar waar was hij nu en waarom kon hij niet aan de telefoon komen? Had hij haar soms alleen verleid om te bewijzen dat hij dat kon? Dat had ze absoluut niet zo gevoeld, maar waarschijnlijk waren mannen die zo met vrouwen omgingen zodanig geoefend in hun verleidingstechnieken dat het oprecht aanvoelde.

Sian werd teruggebracht naar het heden toen Rory aan haar mouw trok en haar vroeg of hij Annabelle zijn nieuwe naamlabeltjes mocht laten zien en of hij zijn uniform nog een keertje mocht passen. Goddank was Rory er en kon ze iets praktisch doen – ook al zou ze zich niet in deze hachelijke situatie bevinden als hij er niet was geweest.

Uiteindelijk was het Fiona die Sian belde.

'Ik dacht, misschien is het wel leuk als jij en Rory zondag hier een kopje thee komen drinken. Een klein feestje voordat school begint?'

'Is dat zoiets als iemands leven vieren in plaats van het een begrafenis te noemen?' Sian wist niet goed waarom het zo somber aanvoelde dat Rory naar school ging.

Fiona leefde met haar mee. 'Nou ja, het is het einde van een tijdperk, hè? En van taart wordt iedereen vrolijker.'

'Komt Gus ook?' Sian deed haar best om nonchalant te klinken, alsof ze niet twee dagen bij elkaar in bed hadden gelegen en daarna helemaal geen contact meer hadden gehad.

'Ja.'

'Mooi. We hebben besloten om Rory te vertellen dat Gus zijn vader is voordat hij met school begint. Zondag is de laatste kans om dat te doen.'

'Natuurlijk. Ik vind het heel vervelend dat hij zo…'

'O, je hoeft je niet te verontschuldigen. Het is niet erg.'

'Het is wel erg, en ik vind het niet netjes dat hij er zo lang mee wacht, maar goed, hij heeft het wel…'

'Erg druk, ik weet het. Het is al goed.'

Kennelijk had ze zonnig genoeg geklonken, want ze hoorde

Fiona opgelucht zuchten. 'Tot zondag dan,' zei Fiona. 'Om een uur of halfvier? Als Angus dan nog een vuurtje wil maken is er genoeg tijd voor.'

Die zondag daverde Gus de trap af en stormde hij de keuken in waar Fiona, Sian en Rory aan hun taart zaten. Hij is er tenminste, dacht Sian. Voor zijn zoon komt hij tevoorschijn, ook al had hij voor haar niet aan de telefoon willen komen.

Met een grote zwaai tilde hij Rory op, smeet hem in de lucht en dolde met hem tot de jongen het uitgilde. 'Wie is hier de grote man? Wie gaat hier naar school?'

'Ik!' giechelde Rory hysterisch.

Dat past niet bij een vader, dacht Sian, dat is iets voor een wilde, jonge oom. Richard zou nooit zo wild zijn met Rory. Maar onmiddellijk voelde ze zich schuldig, waardoor haar twijfels alleen maar groter werden.

'Ga zitten,' zei Fiona, die er misschien net zo over dacht als Sian. 'Als je niet uitkijkt, komt Rory's eten zo boven.'

'Zo dadelijk. Eerst mijn mooiste meisje gedag zeggen.' Gus kuste Sian vol op de mond en wierp haar een blik toe waardoor hij helemaal op een vieze oom leek in plaats van een verantwoordelijke vader. Sian trok zich terug. Hoeveel wist Fiona eigenlijk? Waarschijnlijk alles, als ze op het gedrag van Gus afging. Maar Sian was niet van plan om hem te laten denken dat hij kon doen alsof er niets was gebeurd en hij haar niet de hele week had genegeerd.

Terwijl Fiona haar zoon en kleinzoon verzorgde, vroeg Sian zich af: met wie ga ik liever naar bed, met de verderfelijke oom of met de vader? Ze slaakte een zucht bij het antwoord.

'Gus, we moeten even onder vier ogen praten,' zei Sian, terwijl Rory en Fiona zich over de taart hadden gebogen die een kleine uitvoering was van de draak die Penny voor zijn verjaardag had gemaakt. Fiona had hem nagemaakt omdat ze het leuk vond om lekker bezig te zijn met al dat suikergoed.

'O? Nou, laten we eerst thee drinken. Hé, Rory? Ik heb iets voor je.' Hij gaf Rory een in vloeipapier verpakt cadeautje.

'Een draak!' riep Rory, toen hij het had uitgepakt.

'Heb jij die gemaakt?' vroeg Fiona ongelovig. 'Wat mooi!'

'Prachtig,' zei Sian zacht, terwijl ze de volmaakt uitgesneden schubben, klauwen en neusvleugels van het houten wezen bewonderde, dat haar zoon van alle kanten bekeek. 'Als jij zo goed bent in houtsnijwerk, snap ik niet dat je niet kunt tekenen.'

'Ik heb zomaar wat gedaan, en bij draken hoeft de afwerking niet zo heel erg fijn te zijn. Over snijwerk gesproken, gaan we die taart nog te lijf of kijken we er alleen maar naar? Hier, neem dit.' Hij haalde een mes van zijn riem dat geen vrouw ooit aan een kind zou geven. Sian en Fiona hielden allebei hun mond.

Rory deed het heel goed. Hij was voorzichtig met het mes en liet zich door Gus helpen. Iedereen kreeg een stuk taart.

'En, ga je je draak nog een naam geven?' vroeg Gus, net toen Sian de aandacht van Gus probeerde te trekken zodat ze konden bespreken wanneer ze Rory zouden inlichten over zijn afkomst.

'Ja, dat is een goed idee,' zei Sian. 'Je zou hem in je tas kunnen stoppen en meenemen naar school.'

'Dan heb je altijd een vriendje bij je,' zei Fiona.

'Ik heb al veel vriendjes op school,' zei Rory trots. 'Maar mijn draak gaat ook mee,' voegde hij er snel aan toe om Gus niet te beledigen.

'Je kunt hem meenemen of thuis laten, wat je maar wilt,' zei Gus. 'Dat mag je helemaal zelf weten.'

'En, ga je hem een naam geven?' vroeg Fiona.

'Ik weet het niet,' zei Rory, die met zijn vingers over zijn nieuwe speelgoed gleed. 'Hoe zal ik hem noemen?'

'Dat moet je zelf weten, jongen,' zei Gus. 'Je kunt hem Bill noemen, of zoiets. Of iets drakerigs.'

'Wat is drakerig? Ik bedoel, wat is een drakerige naam?' vroeg Rory.

'Voel je alsjeblieft niet verplicht om hem Puff te noemen,' zei Fiona. 'Anders zitten we de hele avond met dat deuntje in ons hoofd.'

'Niet Puff,' zei Rory, die begreep dat dit geen populaire keus was. 'Bill, denk ik. Bill de Draak.'

'Dat is mooi!' zei Sian. 'Niet van die aanstellerige alliteratie.'

Rory keek haar aan. 'Is dat een van opa's grote woorden?'

'Ja,' zei Sian. 'Het betekent dat woorden met dezelfde letter beginnen, maar dat mag je weer vergeten. Dat hoef je pas te weten als je veel groter bent.'

'Ik ben al groter.'

Sian had de hoop Gus alleen te spreken opgegeven en besloot in het diepe te springen en te zeggen waar het op stond. Waarom zou ze het nog langer uitstellen? Ze haalde diep adem en begon voordat ze van gedachten kon veranderen. 'Dat is ook zo! En omdat je al zo groot bent, Rory, hebben Gus en ik besloten dat we je wat willen vertellen.'

Fiona wilde opstaan, maar Sian legde haar hand op haar arm. Ze keek naar Gus en zag dat hij aarzelend knikte.

'Je weet toch dat heel veel kindjes een papa en een mama hebben, maar dat jij alleen een mama had?'

'En een opa en een oma,' voegde Fiona eraan toe.

'Ja?' Rory was met zijn draak aan het spelen en leek niet echt geïnteresseerd.

'Nou, je hebt eigenlijk wél een papa…'

'En dat ben ik!' kwam Gus ertussendoor, omdat hij, heel begrijpelijk, ook deel wilde uitmaken van de aankondiging. 'Wat zeg je daarvan?'

'Cool,' zei Rory, die nog steeds aan het spelen was. 'Mag ik dan een mes hebben?'

Sian wist niet of ze moest lachen of huilen. Ze wist niet

wat ze precies had verwacht van Rory, maar dit was niet een van de scenario's geweest.

'Volgende verjaardag, jongen, als je heel, heel voorzichtig bent.'

Fiona en Sian keken elkaar aan en lachten.

'Volgens mij is het tijd voor een glas wijn,' zei Fiona.

Gus bracht Sian en Rory een tijdje later thuis. Terwijl Rory het huis binnen rende, gaf Gus haar een zoen. Toen hij haar losliet, zei hij: 'Tot morgen. Halfnegen?'

Sian knikte en keek hoe hij zich omdraaide en naar huis ging. Wat was er met hem aan de hand? Ze was nu helemáál in de war. Hij had haar een week lang min of meer genegeerd en had vervolgens gedaan alsof er niets was veranderd. Had hij haar tijdens hun weekend samen alleen maar gebruikt? Of was hij echt de aardige attente man die hij soms leek? Het was zo lief van hem om Rory die draak te geven en hij had het zoveel gemakkelijker gemaakt om het Rory te vertellen. Hij leek serieus een goede vader te willen zijn, maar hoe zat het dan met hun tweeën? Wat voelde hij voor haar?

Toen ze haar opgewonden zoon eten had gegeven, in bad had gestopt en daarna had ingestopt en ze nog eens hadden doorgenomen hoe leuk school zou zijn, besloot ze om verder te gaan met het beschilderen van een speelgoedkist die een bedankje voor Jody moest worden. Dat was precies wat ze nodig had om zichzelf af te leiden.

Gus stond de volgende ochtend precies om halfnegen voor de deur, en met zijn drieën gingen ze op pad. Het was een prachtige dag. Rory leek het prima naar zijn zin te hebben in zijn schooluniform: een grijze korte broek en een blauwe trui. Die ochtend had hij een nieuwe rugzak gekregen die Penny voor hem had gekocht, en onderin, onder zijn lunchdoosje lag Bill de Draak.

Sian droeg zijn gymtas met zijn naam erop geborduurd. Ze had overwogen om er net zo'n draak op te borduren als ze op zijn naambordje had geschilderd, maar had besloten dat het een priegelwerkje was en dat hij misschien wel op draken uitgekeken zou raken. Ze hoopte van niet, voor Bill.

'Het probleem met school is,' zei Gus, 'dat er meisjes zijn.'

'Dat weet ik. Annabelle is een meisje. Ze is mijn vriendin.'

'Mijn broer en ik vonden meisjes maar raar,' ging Gus onverstoorbaar verder. 'We wisten pas wat meisjes waren toen we naar de lagere school gingen en daarna moesten we naar kostschool en daar had je geen meisjes. Dat verklaart veel.' Hij keek betekenisvol naar Sian.

Ze glimlachte, zoals van haar werd verwacht, blij dat Gus er was om te voorkomen dat zij of Rory te serieus zouden worden over de eerste schooldag.

Rory zag zijn klassenlerares met wat andere kinderen uit zijn klas staan. Hij rende op haar af en wuifde nog even snel naar zijn ouders. 'Doei!'

Gus en Sian keken elkaar aan. 'Van wie heeft hij dat nou weer geleerd?'

'Niet van mij.' Hij pakte haar hand vast. 'Wil je dat ik met je meega als Melissa en haar sloopploeg langskomen?'

Sian had moeite met zijn openlijke genegenheid. De moeders die ze kende wisten dat ze een alleenstaande moeder was; en nu stond ze opeens hand in hand met een aantrekkelijke man. Ze wilde niet doorgaan voor het soort vrouw dat niets zonder haar vriendje kon. Goddank was Jody er!

'Hé, hoi! Gus, wat lief van je dat je Sian komt steunen. Is het niet typerend voor die monstertjes dat ze gewoon weglopen en geen aandacht meer voor ons hebben! Hebben jullie zin om bij mij een kopje koffie te drinken?'

'Ik kan helaas niet,' zei Sian. 'Melissa komt langs om maten op te nemen van het huis.'

'Gus, jij bent anders ook welkom,' zei Jody.

Hij schudde zijn hoofd. 'Ik moet aan het werk. Dank je wel voor het aanbod.' Hij wendde zich tot Sian. 'Zou je heel even bij mama langs willen gaan? Ze wil graag uit jouw mond horen hoe het is gegaan.'

Sian wierp een blik op haar horloge. 'Goed, maar geen thee of koffie. Ik heb maar een halfuurtje.'

'Hoe ging het?' vroeg Fiona meteen, toen ze de keuken binnenliepen.

'Prima! Hij liep direct weg. Het hielp dat Annabelle er was en dat hij zijn juf en de hoofdonderwijzeres al kende.' Sian was een beetje emotioneel, maar wilde het niet laten merken. Rory's eerste schooldag was niet alleen voor hem een hele stap, maar ook voor haar. Die eerste nare ervaring in Londen telde ze maar niet mee.

'Wil je een stukje taart?' bood Fiona aan. 'Iets om je op te vrolijken? Je zult je wel een beetje vreemd voelen.'

'Ik heb geen tijd voor taart, helaas. Melissa komt zo langs met aannemers en interieurontwerpers en zo.' Ze probeerde positief te kijken. 'Ze zet er echt vaart achter.'

'Ach, arme jij!' zei Fiona. 'Wat afschuwelijk dat een stel vreemden door je huis komt banjeren om te kijken hoe ze het gaan verbouwen. Kom terug zodra ze klaar zijn. Dan lunchen we samen.'

Sian liep snel naar huis en bedacht dat ze Fiona ontzettend zou missen. Ze stond altijd klaar met thee en taart, wijn of eten.

Ze had net tijd om de ontbijtboel op te ruimen en de bedden op te maken voordat ze werd overvallen.

Melissa kuste haar alsof ze hartsvriendinnen in plaats van aartsrivalen waren. 'Schat! Wat lief dat je ons op de maandagochtend over de vloer wilt hebben!'

'Dat is prima.' Sian zei maar niet dat ze niet veel keus had gehad en dat ze maar net zo goed een lading vreemden over de vloer kon hebben zodat ze Rory niet zo zou missen.

'Even voorstellen. Dit is Philip, de architect.' Sian knikte naar een vriendelijke man met een bril. 'Bob... de Bouwer, uiteraard! Als je Bob heet, dan ben je natuurlijk aannemer.' Sian glimlachte om het grapje. 'En dit is Wendy, zij is interieurontwerpster.' Melissa kondigde dit aan alsof het een heerlijke verrassing was. Sian glimlachte weer, maar een beetje slapjes dit keer. 'Nou, ik ga niet aanbieden om koffie voor jullie te zetten,' zei ze. 'En ik ga jullie ook niet rondleiden. De cottage is veel te klein voor ons allemaal, dus als je me nodig hebt... ik zit in de tuin.'

'O, nu je het zegt! Er komt zo ook nog een tuinontwerper langs. Ik wil een groot houten terras en een bubbelbad.'

'Maar geen groenten?'

'Schat, laten we wel wezen, alleen moeders die niet werken zijn in staat groenten te verbouwen. En gepensioneerde opa's, natuurlijk.'

En daar kon ze het mee doen. 'O, nou ja. Het lijkt me zo zonde, maar goed. Ik ben buiten.' Sian deed echt haar best om te glimlachen, maar het was niet meer dan een flauwe grimas.

Ze sloeg aan het schoffelen rond de laatste sla, die op het punt van doorschieten stond en vroeg zich net af of ze misschien alles in een keer zou plukken om er soep van te maken, toen Wendy, de interieurontwerpster, naar buiten kwam.

'Hoi!' zei ze. 'Vind je het vervelend als ik even bij je kom staan? De aannemer en de architect zijn aan het ruziën over een draagmuur die er volgens hen uit moet, en ik ben het niet met ze eens.'

'O.' Sian keek op. 'Tja, ik vind dat er helemaal niets moet gebeuren. Ik wil hier gewoon wonen.'

'Jij zou de keuken in de winter toch ook wel somber, vochtig en klein vinden, lijkt me, maar daar wilde ik je niet over spreken.'

'O? Wat is er?' Sian merkte dat de vrouw haar best deed

om vriendelijk te zijn, maar het kostte moeite om even vriendelijk terug te doen.

'Ik zag die waanzinnige meubeltjes van je!'

Sian dacht aan de spulletjes die ze door de jaren heen bijeen had gesprokkeld via familie, veilinghuizen en Ikea, in combinatie met de spullen van Luella die in het huis stonden. 'Echt?'

Wendy schoot in de lach. 'Niet díé meubels. Ik bedoel de stukken die je beschilderd hebt!'

'O!' Sian ontspande zich. 'Die was ik even vergeten. Ik heb hier alleen maar kleine dingen staan. Grotere stukken schilder ik in de schuur van een bevriende buurvrouw. Dat is een van de redenen dat ik niet weg wil.'

'Melissa zei al dat je het liefst blijft.'

'Tja, als Luella, mijn huisbazin, het wil verkopen, dan kan ik haar niet tegenhouden.'

Wendy zweeg tactvol en vroeg toen: 'Werk je ook op commissie?'

'Natuurlijk.' Ze klaarde op. 'Ik doe dingen op de bonnefooi omdat mijn moeder steeds van alles koopt op veilingen die ik niet kan weerstaan. Maar opdrachten zijn veel beter. Ik ben op het moment bezig met een opdracht voor Melissa's moeder.'

'Fantastisch! Ik heb namelijk een cliënt met een gigantische slaapkamer vol meubels. De meubels kun je natuurlijk wegdoen, maar de inbouwkast wil ze niet kwijt. Die heeft ook wel veel opbergruimte, maar ik dacht net dat je daar misschien een schildering op zou kunnen maken die dan overgaat in de muur. Ze zei dat ze van muurschilderingen hield, maar ik kende niemand die dat zou kunnen.'

'Fantastisch. Dat zou een leuke klus zijn.' Veronica was verrukt over haar kasten en kon niet wachten tot ze aan de muurschildering in de eetkamer zou beginnen. Sian kon met vol vertrouwen zeggen dat ze zoiets nog wel een keer wilde doen. Ze aarzelde vanwege haar burgerlijke weerzin om over geld te beginnen. 'Betaalt ze goed? Deze dame?'

'Absoluut. Ik zal ervoor zorgen dat ze je heel goed betaalt. Als je me jouw telefoonnummer geeft, kunnen we een afspraak maken zodat je mevrouw Wilkinson kunt ontmoeten. Ze woont hier in de buurt.'

Met een goede opdracht om over na te denken, voelde ze zich een stuk minder somber toen ze naar Fiona's huis liep.

'Ik was van plan om met de kinderen naar de pizzeria te gaan,' zei Jody, toen ze hun kinderen hadden opgehaald en de eerste schooldag een succes was gebleken. 'Anders vallen ze straks voor de buis in slaap, terwijl ik aan het koken ben, dan willen ze niet meer eten en ook niet naar bed. Hebben jullie zin om mee te gaan?'

Rory sprong van enthousiasme samen met Annabelle als een stuiterbal op en neer.

'O, oké,' zei Sian. 'Ik kwam niet verder dan vissticks en ovenfrites, maar het ligt allemaal nog in de vriezer. Pizza is waarschijnlijk nog gezonder ook.'

'En veel leuker,' zei Jody. 'School is heel mooi en zo, maar Annabelle is wel mijn kleine meisje. Ik weet niet hoe het met jou zit, maar ík vind dit nogal een overgang!'

'Anders ik wel! Al is dit natuurlijk niet echt Rory's eerste schooldag, maar wel zijn eerste succesvolle schooldag, dus ik heb de stap gezet en ik vind dat we het moeten vieren.'

'Kom op dan. Met zijn allen in de auto,' zei Jody. 'Je mag zelfs een glaasje wijn hebben.'

'Wat een goed idee van je,' zei Sian. Onderweg zaten Annabelle en Rory achterin te kibbelen over wie het beste in rekenen was en Annabelles broers hadden het over voetbal. 'Ik zou er zelf niet aan gedacht hebben. In Londen gingen we wel eens ergens eten, maar op de een of andere manier vergeet je de Pizza Express als je hem niet kunt zien.'

'Die vergeet ik niet,' zei Jody.

Terwijl ze verder reden, vertelde Sian in geuren en kleuren over haar ochtend met de werklieden. Nu ze Jody over Melissa kon vertellen, die muren wilde doorbreken en bubbelbaden wilde installeren, leek het allemaal wat minder erg. Maar ze kon haar natuurlijk niet vertellen wat er ondanks alle afleiding die ze vandaag had gehad echt aan haar vrat. De kwestie-Gus, die haar gedachten meer dan ooit in beslag nam. Goed, ze was gistermiddag en vanmorgen vriendelijk tegen hem geweest, maar hij had zich eerder als een uit de kluiten gewassen puppy gedragen dan als iemand die serieus over de toekomst was. Ze wist niet wat ze ervan moest maken en ze durfde niet om zelf serieus te worden en hem te vragen wat hij nou eigenlijk wilde.

Ze huiverde bij de gedachte; dat was iets wat een vader uit een Jane Austen-roman zou eisen. Ze onderdrukte een zucht. Misschien had ze het hem gewoon moeten vragen: *heb je morgenochtend nog respect voor me?* Misschien was ze gewoon zijn zoveelste overwinning geweest, een lolletje, en wilde hij haar te vriend houden omdat ze hem anders niet in Rory's leven zou willen. Ze vroeg zich nu af of hij überhaupt iets met haar te maken zou willen hebben als Rory er niet was.

Ze slaakte een zucht. In sommige opzichten was het erg verleidelijk om in het hier en nu te leven, zoals Gus leek te doen, maar dat kon zij niet. Ze had te veel verantwoordelijkheden en ze kon niet riskeren dat ze weer gekwetst werd. Ze moest aan Rory denken. Een diepbedroefde moeder was het laatste wat een jongetje kon gebruiken. Gus had haar dat zelf verteld toen hij over het rampzalige tweede huwelijk van zijn moeder had gesproken.

De kinderen begonnen te zingen en onderbraken haar grillige gedachten. Ze zag dat ze bij de pizzeria waren. Jody parkeerde de auto, hoewel Sian het eerder een kleine bus vond, en de kinderen werden uit hun zitjes gehaald. Als ervaren moeder loodste Jody hen veilig het restaurant binnen.

'O, kijk,' zei ze. De kinderen liepen een voor een onder haar arm door, terwijl ze de deur openhield. 'Ze hebben een cocktailbar in het oude County Hotel. Hoe heet het daar ook alweer?'

'De Boca Loca.' Sian had dat laatst gezien toen ze verf ging kopen.

'Binnenkort moeten we maar eens met de meiden op stap, de kinderen bij de mannen laten en daarnaartoe gaan. Ik ben dol op cocktails.'

'Ik ook,' zei Sian. 'Maar dan moeten het wel stevige cocktails zijn, anders zijn het net van die zoete mixdrankjes waar je altijd veel te veel van drinkt en stomdronken van wordt.'

'Dat is nu helaas geen optie. Oké, kinderen, wat willen jullie hebben?'

Ze leidden de kinderen net het restaurant uit, na een vrolijke en luidruchtige maaltijd, toen Rory riep: 'Daar is Gus!'

Sian keek waar hij naar wees. Ze zag Gus in een strak pak, samen met Melissa in een chic mantelpakje met bijpassend hoedje, de Boca Loca binnengaan. Hij had zijn hand rond haar middel en keek glimlachend op haar neer. Sian keek snel de andere kant op voordat ze kon zien hoe zijn hand ongetwijfeld omlaag gleed naar haar billen.

Ze voelde zich plotseling kotsmisselijk. Ze schraapte haar keel en wreef over haar klamme voorhoofd. De puzzelstukjes leken rond haar hoofd te dansen en daarna op hun plek te vallen. Fiona's geslotenheid toen ze had gebeld en naar Gus had gevraagd; het feit dat hij amper met haar had gesproken; de verdenking dat ze Melissa had horen lachen op de achtergrond toen ze had gebeld. Het leek nu allemaal zo logisch. Melissa en Gus waren een stel. Zij en Gus hadden alleen maar seks gedeeld; fantastische seks, maar meer was het kennelijk niet geweest. Voor hem niet, in elk geval.

'Gaat het, Sian? Je ziet eruit alsof je een spook hebt gezien.'

Sian schudde snel haar hoofd. 'Nee, het gaat prima. Ik

voelde me alleen een beetje... vreemd.' En met een snelle blik achterom naar de deur, waar ze daarstraks zo gelukkig door waren verdwenen, stapte ze de auto in. Alle opwinding en pret van de avond waren voorbij.

21

'Voel je je wel goed?' vroeg Jody, toen ze Sian en Rory bij de voordeur afzette. 'Je ziet een beetje bleek.'

'Ach, ik heb alleen een beetje last van mijn maag. Ik vergeet altijd wat jalapeño-pepertjes met me doen. Ik ben dol op ze...'

'Maar zij niet op jou,' zei Jody, 'zoals onze grootmoeders zouden zeggen.'

Sian slaagde erin even te lachen. 'Ik slik straks wel iets als Rory in bed ligt. Hij moet morgenochtend maar even onder de douche. Vanavond geen bad meer.'

Rory was doodmoe en voldaan, en stemde braaf in. Toen ze zijn tanden hadden gepoetst en een verhaaltje hadden gelezen, liet hij zich gemoedelijk instoppen. Sian ging naar beneden en zette de tv aan, zonder echt te zien wat voor programma er was. Ze kon zich niet concentreren, zelfs niet op haar werk, wat altijd een afleiding van de grootste problemen voor haar was geweest. Uiteindelijk gaf ze het op en ging naar bed, achtervolgd door het beeld van Gus en Melissa.

Toen ze Rory de volgende ochtend naar school had gebracht en uitnodigingen voor koffie van andere moeders had afgeslagen, ging ze regelrecht naar huis en pakte ze de telefoon. Ze kon niet gaan zitten wachten tot Gus contact met haar opnam en zich ondertussen afvragen of ze het misschien mis had wat Gus en Melissa betrof. Nee, ze zou dapper zijn en het Melissa vragen. Ze had per slot van rekening genoeg smoesjes om haar te bellen.

'Melissa! Hoi! Met Sian!'

'O. Sian!' zei Melissa, na een korte pauze, die zo lang was dat Sian zich afvroeg of Gus soms bij haar was.

'Hoi,' zei ze opnieuw. 'Sorry dat ik zo vroeg bel, maar ik wilde even wat data met je doornemen. Wanneer zou de architect langskomen?'

'De architect? O! Sorry, ik wist even niet goed wat je bedoelde. Even mijn agenda pakken.'

Sian probeerde te ontdekken of ze gefluister kon horen, terwijl Melissa op zoek ging naar haar agenda, maar ze hoorde niets. Ze duwde een beeld van Gus in Melissa's bed weg en wachtte tot ze weer aan de lijn kwam.

Toen de Sian de datum had genoemd zei ze: 'Ja, sorry dat ik wat afwezig ben. Ik was gisteravond uit en heb veel te veel mojito's gedronken.'

Ze maakt het me wel heel makkelijk, dacht Sian. 'O, ja. Ik dacht al dat ik je zag toen je de Loca Boca binnenging, of hoe die tent dan ook heet.'

'O, ja?' zei Melissa, en ze klonk beschaamd.

'Ja, hoe was het?'

'Wat?' Ze klonk nu bijna paniekerig.

'De cocktailbar?'

'O, leuk! Moet je ook een keer naartoe. Echt heel leuk. Knappe mannen die er werken. Ze jongleren met cocktailshakers en zo. Net als in die film.'

'Cool!' Sian merkte dat ze Melissa's meisjesachtige toon nadeed. 'En was dat Gus die ik bij je zag?'

'Angus? Eh, ja! We hebben een fantastische avond gehad, het is zo'n leuke man.'

'Ja, hè?' Dit keer was het lastiger om de bitterheid uit haar toon te houden. Toen ze zichzelf hoorde, besloot Sian dat het tijd was om op te hangen. 'Afijn, ik moet ervandoor. Ik heb het toch zóóó druk!'

Ze had het ook druk, maar ze kon niet fatsoenlijk werken. Om zichzelf een leuk project te geven, begon ze aan het verfijnen van de ontwerpen voor de kasten van Melissa's moeder, maar daardoor moest ze juist aan Melissa en Gus denken, en ze vroeg zich af wat ze in Melissa's slaapkamer uitspookten. Uiteindelijk e-mailde ze Richard, ondanks het feit dat ze wist dat dit het laatste was wat ze moest doen.

Sian voelde zich vreselijk schuldig tegenover Richard. Toen ze met Gus naar bed was geweest, had ze Richard vriendelijk maar kordaat willen zeggen dat hij alleen vriendschap van haar kon verwachten, en verder niets. Maar om de een of andere reden had ze dat niet gedaan. Was dat omdat ze zich door Gus had laten meeslepen en Richard helemaal vergeten was? Was het lafheid? Of, en dat was waarschijnlijk de meest logische reden, was het gewoon besluiteloosheid?

Misschien hielp het als ze contact met hem opnam. Hij kon haar altijd zo goed geruststellen. En zonder het verder te analyseren en voordat ze kon beslissen of het verstandig was om Richard bij deze ongelukkige situatie te betrekken, had ze getypt:

Lieve Richard, vroeg me af wanneer je terugkomt. We hebben je al een tijd niet gezien. Ik heb je gemist.

Ze bleef een tijdje op het internet, keek naar haar website en vroeg zich af of ze die moest bijwerken, toen ze *ping* hoorde. Richard had teruggemaild.

Hé! Grappig dat je net mailt, ik sta op het punt om naar het vliegveld te gaan. Ik kom morgen thuis. Kun je een oppas regelen? Ik wil je graag mee uit eten nemen.

Er waren honderden redenen om te weigeren. Het was Rory's eerste schoolweek, het was vreselijk kort dag om een oppas te vinden en ze moest zelf ook nodig vroeg naar bed.

En ze wist dat ze alleen maar méér beslissingen moest nemen als ze hem weer zag. Maar nu Melissa en Gus haar ergste vermoedens hadden bevestigd, had ze het gevoel dat ze iemand wilde zien die écht om haar gaf en die geen familie van haar of Rory was. Ze had niet beseft hoezeer ze had gehoopt dat Gus veranderd was, dat op hem kon rekenen en dat hij misschien, heel misschien aan een toekomst met haar en niet alleen met Rory dacht. Dat hij er misschien aan toe was om zich te settelen. Ze had het helemaal mis gehad! Hij was nog steeds de opportunistische waaghals van toen. Erg aantrekkelijk, maar niet langer wat ze wilde of nodig had. Het was alsof ze een stomp in haar maag had gekregen. Misschien kon Richard haar helpen om alles op een rijtje te krijgen. Hij was altijd goed in een crisis, zelfs als ze hem dit keer niet kon vertellen wat haar crisis was.

Ze vroeg of Fiona wilde oppassen, waarna ze Richard terugmailde dat ze graag met hem uit eten ging en ernaar uitkeek. Het enthousiasme waarmee Fiona ja had gezegd toen ze had gebeld, versterkte haar overtuiging dat Gus nu met Melissa samen was en dat Fiona zich schuldig voelde.

Richard stond erop Sian op te halen zodat ze van een wijntje kon genieten en niet hoefde te rijden.

Ze besteedde veel aandacht aan haar uiterlijk. Richard was zo lief en aardig en betrouwbaar… Hij verdiende haar mooiste outfit en met zorg aangebrachte make-up. Ze trok haar favoriete zwarte jurk aan. Hij kwam tot boven de knie en had een mooie capuchonkraag met een decolleté dat spannend maar niet ordinair was. Toen besefte ze dat ze een panty aan moest. Met blote benen was het geen gezicht, en dus pakte ze een glanzende, zwarte panty en trok die aan met het gevoel dat dit symbolisch was. Ze maakte zich klaar om afstand te doen van de gemakkelijk zittende zomerkleren en zich weer te kleden als een vrouw. Hoge hakken versterkten dat gevoel. Ze was een sterke vrouw, had de touwtjes in handen. Ze was geen verwarde, kwetsbare vrouw die elk moment kon instorten.

'Wat zie je er mooi uit, mama,' zei Rory vanuit zijn bed. Fiona lag naast hem met een berg boeken om uit voor te lezen.

'Inderdaad, je ziet er prachtig uit!' beaamde Fiona.

'Zeg, klink niet zo verbaasd. Ik ben nog niet helemaal afgeschreven!'

'Dat weet ik,' zei Fiona, 'maar je ziet er gewoon... anders uit.' Door de manier waarop ze het zei, vroeg Sian zich af of het wel als een compliment bedoeld was.

Terwijl Sian bij Richard in de auto stapte – een nieuwe, luxe wagen – bedacht ze dat ze ook anders wílde zijn. Ze wilde niet de persoon zijn die ze was geweest. Die vrouw was dwaas, en romantisch en idealistisch. Nu wilde ze praktisch en verstandig zijn. Liefde werd overgewaardeerd. Het was per slot van rekening niet meer dan een chemische reactie. En die zou snel genoeg slijten. Ze zei maar niet tegen zichzelf dat die liefde na bijna vijf jaar nog steeds niet was gesleten.

'Je ziet er beeldschoon uit!' zei Richard, terwijl hij naast haar ging zitten.

'Maar jij mag er ook wezen,' zei ze opgewekt, en ze keek nog eens naar hem. Hij zag er echt goed uit. Hij had een mooi pak aan. Keurig en chic. En niet op een arrogante manier. 'Nieuwe auto?' vroeg ze. Ze deed het goed. Ze kon heel goed die verfijnde vrouw zijn die uit eten ging met een aantrekkelijke man die ze graag mocht. Ze wist dat ze het kon.

'Ja. Ik vond het tijd voor wat meer luxe. En er is achterin ruimte genoeg voor een kinderzitje.'

Sian dacht even aan de oude landrover van Gus en besloot dat Richards nieuwe Audi veel mooier was. De opmerking over het autozitje negeerde ze.

'Niet te geloven dat ik nooit eerder bij jou thuis ben geweest,' zei Sian, en ze keek naar de oprit met aan het eind een vrij burgerlijk, rood bakstenen huis.

'Ach, je woont hier nog niet zo lang en ik ben veel weg geweest. Vind je het mooi?' Hij had de auto stilgezet zodra ze door het elektrische hek waren gereden.

Sian moest lachen. Ze voelde zich net Elizabeth Bennet bij de eerste aanblik van Pemberley. 'Deze bouwperiode heb ik altijd mooi gevonden. Ik vind dat hij ondergewaardeerd wordt.' Ze hoopte dat hij niet zou vragen waarom ze moest lachen.

'Mmm. Edwardian. Daar ben ik het mee eens. Ik wilde iets hebben met wat ruimte.'

'Dus je hebt het huis nog niet zo lang?'

'Ik heb het ongeveer vijf jaar, maar ik woon er nog maar pas.' Hij trok de handrem aan. 'Ik had het verhuurd. Ik heb het eerst laten opknappen.'

Hij maakte de voordeur open en leidde haar naar binnen.

Daarna schonk hij een glas champagne voor haar in. Die had hij uit een chique designerkoelkast gehaald die in een nis bij de voordeur stond, met aan weerszijden wijnrekken. Hij schonk een glas voor zichzelf in en gaf haar toen een rondleiding door het huis.

Ze begonnen in de grote gelambriseerde hal. Het was er een beetje donker, vond Sian, maar de parketvloer glansde en liet het grote Perzische tapijt mooi uitkomen. 'En dit is de zitkamer,' ging hij verder, en hij deed een deur naar rechts open.

Het was een reusachtig grote kamer met een erker aan het eind, waar weelderige gordijnen van brokaat met franje en veel plooien voor hingen die pasten bij de kussens op de bank. De haard was van baksteen, omgeven door leren banken en nog meer kussens. Er stonden kaarsen, en de haard stond klaar om aangestoken te worden.

'Die kunnen we straks wel aansteken als het fris wordt. Kom mee naar de keuken.'

In de keuken stond een jonge vrouw te koken. 'Dit is Joy,' zei Richard. 'Zij kookt soms voor me.'

'Het ruikt heerlijk,' zei Sian. Ze glimlachte en keek om zich heen naar het marmeren aanrecht, het keukeneiland en de betegelde vloer. Het was allemaal prachtig, maar op de een of andere manier niet haar smaak.

'Ik ga niet verklappen wat jullie eten,' zei Joy. 'Maar ik ben er zelf erg trots op.'

'O, dan hoop ik dat jij er ook van eet!' zei Sian.

Joy glimlachte. 'Dat komt wel goed. Richard, vergeet niet haar de voorraadkast te laten zien.'

Richard vergat het niet. Evenmin vergat hij om haar de gastenvleugel, de speelkamer met pooltafel en het overdekte zwembad te laten zien. Bij het zwembad wees hij naar de stallen. 'Houdt Rory van pony's?'

'Toevallig wel,' zei Sian, die bedacht hoe teleurgesteld Rory was toen hij bij het sportfeest niet op een pony had mogen zitten. Als het Richards bedoeling was om haar te imponeren, dan was dat goed gelukt.

'Nou, er is hier ruimte om voor jullie allebei iets te stallen, als je zou willen.'

'Richard, ik weet niet wat ik moet zeggen!' Sian was oprecht met stomheid geslagen.

'Zeg gewoon dat je nog een glaasje champagne wilt,' zei hij met een glimlach, 'en maak je verder nergens druk om.'

Ze liepen terug naar de zitkamer en zagen dat iemand – vermoedelijk Joy – de lichten had gedimd, de kaarsen had aangestoken en de haard had aangedaan, die nu vrolijk knapperde. Het was niet echt koud, maar het zag er gezellig uit.

Ze hield haar glas op. 'Ik had geen idee dat je zo…'

'Welvarend was? Rijk?' Hij lachte. 'Maak je geen zorgen. Doe ik zelf ook niet. Ik werk hard en word er goed voor betaald.'

'Dat is wel duidelijk. Dit is overheerlijke champagne.'

'Sian, lieverd, je ziet er niet op je gemak uit. Is dat kussen te groot? Ik pak wel even een kleiner voor je.'

'Nee.' Ze legde een hand om zijn pols om hem ervan te weerhouden dat hij opsprong. 'Ik zit hier prima. Ik ben alleen een beetje overdonderd.'

Hij glimlachte. 'Op een goede manier, hoop ik?'

'Tja, het is een schitterend huis!' zei ze aarzelend.

'Maar je weet niet waar ik het afgelopen halfuur op gedoeld heb? Het spijt me,' zei hij, en hij zag er opeens nogal ongemakkelijk uit. 'Ik ben hier niet goed in.'

Sian dook weg achter haar glas. Op de een of andere manier wist ze wat nu ging komen.

'Ik wilde wachten tot na het eten, maar ik kan mijn voorstel net zo goed nu doen.'

O nee, doe maar niet, dacht Sian. Zeg alsjeblieft niets wat mij dwingt een beslissing te nemen waar ik nog niet klaar voor ben. Ze wilde dat ze gewoon zo konden blijven zitten als oude vrienden, en gezellig konden kletsen over alledaagse dingen. Hij keek haar aan met een vriendelijke, aantrekkelijke glimlach in het kaarslicht en zij wilde alleen maar vluchten. Ze dwong zichzelf ook te glimlachen. Ze kon dit, hield ze zich voor, terwijl ze zich aan haar champagneglas vastklampte alsof het een veiligheidsstang in een achtbaan was. Ze had het gevoel dat haar leven helemaal op z'n kop stond.

Richard nam een slokje champagne en kondigde aan: 'Ik zou graag willen dat jij en Rory bij me komen wonen. Zoals je hebt gezien is er genoeg ruimte. Je zou je eigen kamer kunnen hebben en ik zou verder niets van je verwachten.'

Dit was niet helemaal waar ze zich op had ingesteld, maar ze was bang dat Richard nog niet klaar was. Bedoelde hij echt dat hij huisgenoten wilde, bood hij haar alleen een dak boven hun hoofd aan?

'Meen je dat? Dat we verder gescheiden zouden leven?'

'Nou ja, ik bedoel… Mettertijd…' Hij pakte haar hand en Sian dwong zich hem niet terug te trekken. Hij was zo lief.

'Als je niet op het punt stond op straat gezet te worden,' ging hij met een glimlach verder, 'zou ik je wat langer het hof hebben willen maken, maar de gedachte dat jij en Rory ergens in een krot moeten wonen, terwijl ik dit allemaal met jullie zou kunnen delen, vind ik onverdraaglijk.'

'Maar we redden ons wel. We redden ons heus wel,' zei ze zacht.

'Zeker als je bij mij komt wonen. Laat mij voor jou… en Rory zorgen. Ik heb een prachtige, grote schuur waar je zou kunnen werken. Al hóéf je niet te werken. Je hoeft nooit meer te werken, als je dat niet wilt. Ik kan je alles geven, Sian, je hoeft alleen maar ja te zeggen.'

Ze keek naar deze aardige man die zoveel had gedaan om haar leven gemakkelijker te maken. En nu bood hij haar dit als thuis, en als ze wilde nog meer: hemzelf.

Het was een enorm gul aanbod. Kon ze het aannemen? Het had zoveel voordelen, vooral voor Rory. En ze mocht Richard bijzonder graag. Misschien dat genegenheid op den duur zou uitgroeien tot echte liefde, als ze het een kans gaf. Wat ze voor Gus voelde was waarschijnlijk geen échte liefde, het was alleen lust, een dodelijke cocktail van hormonen die haar hersenen aantastte. En Gus… Ach, hij was een opportunist, een avonturier die lolletjes pakte waar hij ze krijgen kon. Met Richard wist ze precies waar ze aan toe was. Misschien zou ze voor de verandering eens haar hoofd moeten volgen in plaats van haar hart, dat haar al zo vaak had teleurgesteld.

Richard legde zijn hand op de hare. 'Dit is een geweldig huis, dat weet ik, maar er is een gezin voor nodig om het een thuis te maken.'

Sian zette haar gevoelens over het huis opzij, maar huiverde bij het woord 'gezin'. Ze kon zich voorstellen dat Richard en Rory het prima met elkaar zouden kunnen vinden, al liet ze zichzelf in dit plaatje achterwege, omdat ze zich niet echt kon binden aan iemand op wie ze alleen maar gesteld was.

Maar misschien was dat ook prima. Misschien moest ze gewoon doen wat ze altijd had gedaan en wat altijd goed was geweest: Rory op de eerste plaats zetten. Hem een zekere en financieel betere toekomst bieden. Richard en zij waren allebei verstandige mensen, ze zouden elkaar ruimte geven, en het moment waarop ze uit haar huis gezet zou worden kwam steeds dichterbij.

Misschien kon ze bij hem intrekken en een platonische relatie opbouwen en kijken hoe dat ging. Ze haalde diep adem en nam nog een slokje champagne.

'Dat is ontzettend lief van je! Mag ik erover nadenken? Het is heel wat. En ik zou beslist willen werken, mijn bijdrage leveren. Ik wil absoluut niet onderhouden worden.' Ze glimlachte om haar afschuw van die gedachte te verbergen. Ze mocht Richard niet zomaar voor alles laten betalen. Ze moest haar onafhankelijkheid vasthouden.

'Wat je maar wilt, jij bepaalt het. En in ruil daarvoor...' Hij zweeg.

Er moest een ruil zijn, anders was het niet eerlijk. Ze wachtte tot hij verder ging.

'En in ruil daarvoor, leer jij... probeer je in elk geval te leren... om van mij te houden.' Hij stond op en kwam naast haar zitten. Hij nam haar in zijn armen en kuste haar.

Dat voelt fijn, dacht Sian verrast. Ze leunde tegen hem aan, toen hij haar opnieuw kuste. Nee echt, hem kussen is fijn. En als kussen fijn is, geldt dat misschien ook wel voor de rest. Misschien was samenwonen met Richard wel meer dan oké. Misschien zou ze echt van hem kunnen leren houden zoals hij zo graag wilde. 'En als je dan vindt dat ik nog niet zo'n slechte keus ben,' zei hij een tijdje later, 'kunnen we praten over trouwen en misschien kan ik Rory dan adopteren. Dan is eindelijk alles officieel. Ik weet zeker dat ik een goede echtgenoot zou zijn en een goede vader.'

Sian herinnerde hem liever niet aan het feit dat Rory al een vader had. Ze wilde zichzelf er liever niet aan herinneren. Ze trok Richard naar zich toe en zette dat soort gedachten van zich af.

Toen ze een tijd later in de auto zaten, op weg naar haar huis, nadat ze hadden genoten van een heerlijk diner en nog wat zoenen op de bank, zei hij: 'Ik heb je dit nooit verteld, maar ik heb jou en Rory altijd een echt thuis willen geven, al vanaf het moment dat ik wist dat je zwanger was.'

'Maar Richard, je hebt nooit iets gezegd,' zei Sian verrast.

'Dat weet ik. Ik was verlegen en had je toen nog niet veel te bieden. Nu is het anders.' Hij grinnikte. 'Weet je, ik heb geld in de kinderopvang van mijn zus gestoken zodat ze eerder open kon, om jou en Rory aan te moedigen hier te komen wonen.' Hij zweeg even. 'Ik hoop niet dat je dat vals en achterbaks vindt. Ik wilde je de tijd geven om over Rory's vader heen te komen... over Gus.' Hij keek haar even snel aan om te zien hoe ze op zijn naam reageerde. 'Je was verliefd op hem, of niet?'

Ze knikte, niet in staat een woord uit te brengen.

'Ik wist wel dat je anders niet met hem naar bed was gegaan. Zo ben je niet.'

Ze knikte weer. Hij had gelijk. Zo was ze niet. En ze was daarna nog een keer met Gus naar bed geweest. Maar dat mocht Richard nooit te weten komen. Dat was niet nodig. Het was over tussen Gus en haar, als het ooit al echt opnieuw was begonnen. Het had geen zin om verliefd te zijn op iemand die zich niet kon binden. Hij zou haar hart alleen maar opnieuw breken.

'Wil je erover nadenken? Dat jij en Rory bij me komen wonen? Dan regel ik het zo dat ik niet meer zoveel van huis weg ben.'

'Ik zal erover nadenken,' stemde ze in. 'Zeker.' En ze besefte dat ze het meende.

Nadat ze elkaar in de auto welterusten hadden gekust, was Sian blij dat ze meteen naar bed kon. Fiona had gelukkig direct naar huis gewild, dus hoefde ze geen kop thee met haar te drinken en allerlei ongemakkelijke vragen te beantwoorden. Als ze besloot om met Richard te gaan samenwonen, mocht hij nooit te weten komen dat ze nog van Gus hield. Ze wilde niet dat hij zich een tweede keus zou voelen. En ze zou leren om oprecht van hem te houden, natuurlijk wel; dat kon toch niet anders?

Sian wenste dat ze iemand had om mee te praten, maar ze kende hier in de buurt niemand met wie ze zo'n hechte band had. Jody was een schat en ze zou haar beslist niet veroordelen, maar dit was pittige kost en Sian had niet het gevoel dat ze haar daar goed genoeg voor kende. Misschien zou ze het wel afschuwelijk vinden dat Sian overwoog om te gaan samenwonen met een man van wie ze niet hield, alleen omdat hij van haar hield en een groot huis met een zwembad had.

Het was geen bijzonder fraai huis, dacht Sian. Het was waarschijnlijk miljoenen waard, maar ze vond het niet echt mooi. Als ze toch in dit huis ging wonen, was ze dan minder op geld belust?

Niet echt, besloot ze. Het maakt haar méér op geld belust, want als ze met hem wilde trouwen, zou ze hem zeggen dat ze wel ergens anders wilde wonen. Werkelijk, ze was verachtelijk!

Maar was dat zo? Zou ze dat zijn? In de rol van echtgenote zou ze alles voor hem geven. Ze zou voor hem koken, custard voor hem maken, zijn vrienden ontvangen, met hem naar bed gaan. Het zou een Oscar-waardige rol zijn, zo nodig. Hij zou nooit hoeven te weten dat ze van iemand anders hield en hij zou het nooit vermoeden. Daar zou ze absoluut voor zorgen.

Die nacht nam Sian haar besluit. De ochtend na haar etentje met Richard besloot ze dat samenwonen met hem het beste was voor haar en Rory. En omdat ze over een maand al hun huis uit moesten, moest ze de kennismaking met Richard en Rory maar snel vernieuwen. En dus nodigde ze hem uit voor een maaltijd met Rory na schooltijd. De gewoonste zaak van de wereld.

Richard was verrukt dat ze hem belde om hem te bedanken voor de heerlijke avond, en om hem uit te nodigen voor het eten. Ze wist dat hij vandaag thuis werkte en het niet erg zou vinden om langs te komen. Ze zei verder niets, maar hij begreep wel dat het belangrijk voor haar was dat Rory erbij was. Ze had het niet over zijn aanbod van de vorige avond. Daar was nog genoeg tijd voor.

Richard kwam prompt om vijf uur met een cadeautje voor Rory.

'Ik heb je eerste schooldag gemist, maar hier is een klein cadeautje om het alsnog te vieren.'

Het was een grote doos lego waarmee je een helikopter kon bouwen. Rory was er stil van. Met grote ogen keek hij Richard aan.

'Richard, wat een cadeau!' zei Sian, geroerd om te zien dat hij zoiets moois voor Rory had uitgekozen. 'Ik hoop dat je Rory ermee wilt helpen. Ik ben heel slecht in de tekening nabouwen.'

'Wil je dat ik je ermee help?' vroeg Richard.

Rory keek naar hem op en knikte. 'Dank je wel,' fluisterde hij.

'Na het eten dan,' zei Sian. 'Richard, ik hoop dat je het niet erg vindt dat we zo vroeg eten.'

'Het maakt mij niet uit hoe laat ik eet, zeker niet als jij kookt,' zei hij, en hij gaf haar een klopje op haar schouder.

Ze zaten net aan het dessert, een stukje strooptaart met custard, toen Gus ineens binnenkwam. 'Hallo! Iemand thuis? O.' Hij bleef abrupt staan. Onder zijn arm zat een dikke envelop.

Een paar tellen lang verroerde niemand zich. Toen liet Sian haar lepel zakken. 'Hallo, Gus. Richard is komen eten,' zei ze opgewekt, alsof het de gewoonste zaak van de wereld was dat ze knus met zijn drietjes om halfzes aan tafel zaten.

'Ik zie het,' zei Gus, ogenschijnlijk helemaal niet blij om zijn oude vriend naast zijn zoon te zien zitten.

'Wil je ook wat hebben. Strooptaart? Met custard.'

'Ik hou niet van custard.'

'Je weet niet wat je mist,' zei Richard.

'We hebben ook ijs,' zei Rory behulpzaam.

'Of heb je liever een kopje thee of iets dergelijks?' zei Sian, die overeind kwam en zich vreselijk ongemakkelijk voelde.

'Ik wil je eigenlijk even spreken, Sian. Onder vier ogen als het kan,' zei Gus kortaf.

'We zitten aan tafel,' zei Sian. Ze wilde dat Gus wegging en hen met rust liet. Ze was er helemaal niet aan toe om met hem te praten.

'Dan wacht ik wel.'

Hij wachtte, wilde niets eten of drinken en oogde vreselijk ongeduldig; hij zat nog net niet met zijn vingers op tafel te trommelen.

Richard probeerde hem bij hun gesprek te betrekken, maar Gus gaf geen sjoege en deed geen enkele moeite om de spanning te doorbreken. Het was ongelooflijk onbeschoft van hem, maar ze kon er niets aan doen.

Uiteindelijk zei Sian: 'Vertel jij Gus eens wat je allemaal hebt gedaan, Rory?'

'O! Ik ben naar school geweest. Richard heeft me een cadeautje gegeven om het te vieren, een grote Lego-doos. En hij heeft een zwembad!'

Sian wist dat Rory lekker aan het kwebbelen was. Hoewel dat leuk voor Richard was, wilde ze dat Rory niet over zijn cadeau en het zwembad was begonnen; ze kon zien dat Gus zich eraan stoorde.

'En vind je school leuk?' vroeg Gus.

'O, ja!'

'Ging het allemaal goed?'

'Ja. O, en de eerste dag zijn we met Annabelle en haar broers en Jody naar de Pizza Express geweest.'

'Ik was er ook bij,' verduidelijkte Sian.

'Wat voor pizza heb je gegeten?' vroeg Gus.

'Nou…'

Terwijl de mannen over pizza spraken, at Sian haar dessert. Zonder te vragen, schepte ze Richard nog een keer op, en gaf hem daarna de custard aan.

'Zeg,' zei hij, 'zou je het heel vervelend vinden om het even in de magnetron op te piepen. Ik hou niet van koude custard.' Hij glimlachte schaapachtig. Sian onderdrukte haar ergernis, maar Gus deed daar geen moeite toe; hij snoof en stoorde zich duidelijk aan Richards aanmatigende gedrag.

'O!' zei Rory tegen Gus. 'En ik heb je gezien!'

'Wanneer?' vroeg Gus. 'Wanneer heb je me gezien?' Hij fronste zijn wenkbrauwen.

'Toen we pizza gingen eten. Je zag er heel netjes uit!' Het klonk bijna een beetje beschuldigend.

'Ik snap je nog steeds niet,' zei Gus.

'Je ging net die cocktailbar tegenover de pizzeria binnen,' zei Sian. 'Met Melissa.' Ze wilde dat ze dat laatste voor zich had kunnen houden, maar de woorden floepten er zomaar uit.

Gus keek geschrokken. 'Ik kan me niet herinneren dat daar een pizzeria zit.'

'Waarom zou je ook, gezien de verleidingen van de Boca Loca?' Sian nam een slokje wijn. Die smaakte vies in combinatie met haar nagerecht, maar ze moest iets doen om niet te laten merken dat het haar iets deed. Hij had niet eens het fatsoen om schuldbewust te kijken toen ze over de cocktailbar was begonnen.

Gus schraapte zijn keel. 'Sian, ik moet je iets vertellen. Onder vier ogen.'

Richard trok zijn wenkbrauwen op. 'We zitten nog te eten.'

Gus haalde scherp adem, maar voordat hij iets kon zeggen, kwam Sian tussenbeide. Ze wilde niet alleen met Gus zijn, maar ze wilde ook geen ruzie met hem krijgen waar Rory bij zat. 'Ik heb genoeg gehad,' zei ze. 'Als jullie nu eens verder eten en een begin maken met de lego?'

'Oké,' zei Richard. 'Dan ruimen we eerst even op.' Hij keek naar Gus en glimlachte. 'We gaan een helikopter bouwen.'

Gus keek naar de enorme doos op het aanrecht. 'Ik zie het.'

Sian had medelijden met hem. Hij was niet in staat om zoveel geld uit te geven aan speelgoed. Zijzelf ook niet. 'Kom dan maar. Laten we naar de woonkamer gaan.'

'Wat zijn jij en Richard opeens klef,' zei Gus kil, toen Sian de deur van de woonkamer dicht had gedaan. 'Jullie zijn bij hem geweest en hij heeft ineens dure cadeaus voor Rory gekocht...'

'Rory is niet bij Richard thuis geweest, dat was ik alleen. Ik heb hem over het zwembad verteld.'

'Dus je hebt bij hem gegeten? Alleen jullie tweetjes? En heeft hij een rond bed met zwartsatijnen lakens?'

'Gus, waar slaat dit op?' Dit was echt absurd! 'Hoe haal je het in je hoofd om me hier een beetje te gaan ondervragen over Richard. Wat ik in mijn vrije tijd doe gaat jou niets aan.'

'Eerlijk gezegd, ben ik een beetje in de war.' Gus' ogen glommen van kwaadheid. 'Ik kwam hier om je iets te vertellen, maar nu blijkt dat je zelf nieuws hebt! Je hebt Richards huis gezien en nu denk je opeens: *Wat een aardige kerel! Wat zal hij een goede kostwinner zijn, met zijn regelmatige inkomen en zijn blitse auto! Laat ik het eens met hem aanleggen!*'

Sian kleurde van woede. Hoe haalde hij het in zijn hoofd om haar zo te beschuldigen, na wat hij zelf had gedaan! 'Richard is hier om te eten, dat is alles. En trouwens, het gaat je verder niets aan!'

'O, nee? Zelfs niet als die persoon misschien de stiefvader van míjn zoon wordt?'

'Dat is belachelijk. Ik zou je nooit bij Rory weg houden. Je mag hem zien wanneer je maar wilt...'

'O, goh, wat aardig van je!'

'Dat is inderdaad heel aardig van me, zeker aangezien jij totaal onbetrouwbaar bent!'

'Ik? Waar heb ik dat nou weer aan verdiend?' Hij keek haar pisnijdig aan.

Plotseling kon Sian zichzelf er niet toe brengen om over Melissa te beginnen en over hoe afschuwelijk ze zich had gevoeld toen hij helemaal niets meer van zich had laten horen nadat ze met elkaar naar bed waren geweest.

'Dat weet je heel goed! Afijn, dat is allemaal verleden tijd.'

'Is dat zo?'

'Ja. Wat wilde je me zeggen?' Ze begon ongeduldig te worden. Alle pijn en verraad die ze had gevoeld toen ze Gus en Melissa samen had gezien, gaf haar de moed om voet bij stuk te houden en niet in tranen van frustratie en boosheid uit te barsten.

Gus lachte en schudde zijn hoofd. 'Dat ga ik je niet zeggen. Het doet er niet meer toe.'

'Wat kinderachtig. In dat geval is er niets meer dat je hier houdt, of wel?'

'Alleen Rory.'

'Je mag hem gerust welterusten zeggen, maar laat me over één ding duidelijk zijn... Als je het me op welke manier dan ook moeilijk maakt, bijvoorbeeld niet vertrekt nadat je hem welterusten hebt gezegd, dan zal omgang op een formele basis plaatsvinden, op afspraak. Dan hoef je niet meer zomaar langs te komen wanneer het jou uitkomt.' Ze wilde niet dat Rory overstuur raakte, hoe overstuur en boos ze zelf ook was.

'Je zou me bij mijn eigen zoon weghouden?'

'Niet als je je normaal gedraagt, maar ik heb ook mijn eigen leven.'

'En het is wel duidelijk welke kant dat opgaat!'

'Waarom zou ik mezelf niet eens op de eerste plaats zetten? Ik heb mezelf vijf jaar lang weggecijferd, en dat was geen probleem, maar ik heb ook behoeftes.'

'En Richard kan vast prima in al je behoeftes voorzien. Behalve de behoeftes die écht belangrijk zijn…'

'Waar heb je het over?'

Gus liep niet langer heen en weer, maar keek haar zo intens aan dat ze bijna ineenkromp. 'Ik heb het over seks! Wat we samen hebben…'

Sian wilde niet denken aan wat zij en Gus samen hadden – hadden gehad. Zoals ze al had gezegd, dat was verleden tijd. Ze was verdergegaan. Ze had haar besluit genomen en was niet van plan om zich te laten koeioneren. Welk recht had hij om zo bazig tegen haar te doen?

'Maak je daar maar geen zorgen om,' zei ze, zich ervan bewust dat ze heel stijf klonk, maar ze was vastbesloten om niet de controle over de situatie te verliezen. 'Er zijn absoluut geen problemen op dat vlak, dank je wel voor je medeleven!'

'Aha! Dus dat heb je ook even gecontroleerd, evenals zijn bankrekening?'

Hoe durfde hij! 'Als je nu niet snel mijn huis uit gaat…'

'O, ik ben al weg! Zodra ik Rory welterusten heb gezegd.'

'Dat lijkt me geen goed idee. Je bent nu veel te boos.' Ze kon de vlammen bijna in zijn ogen zien en ze deed een stap naar achteren. 'En nog iets… Als je denkt dat ik met je meega naar Londen om je te helpen dat rotboek te verkopen, dan kun je het vergeten. Ga nu alsjeblieft weg!'

'Ik ga al. En als je zin hebt om te lachen, moet je dit maar lezen!' Hij smeet de envelop boven op een kastje en beende toen de cottage uit.

22

Fiona was in de tuin bezig en probeerde troost te zoeken in het snoeien van de rozen, een klusje dat ze meestal heel rustgevend vond. Niets was zo erg als je eigen kind met een gebroken hart te zien. Ach, er waren ongetwijfeld ergere dingen, een ziek kind bijvoorbeeld. Maar op dit moment zat haar anders zo zorgeloze, luchthartige zoon diep in de put.

Toen hij een paar avonden eerder was teruggekomen van Sian, wist ze niet of hij niet uit zijn woorden kwam van woede, of te verslagen was om te praten, maar het was afschuwelijk om aan te zien hoe rot hij zich voelde en het was moeilijk geweest om met hem samen te leven.

Ze begreep dat Angus haar zijn nieuws had willen vertellen en dat ze op dat moment aan een intieme maaltijd met Richard had gezeten, die zich niet had gedragen als de aardige man die ze vaag van vroeger kende, maar als een arrogante rijkaard en Sian als een op geld beluste sloerie.

Fiona had aangeboden om naar Sian toe te gaan, om uit te vinden wat er aan de hand was, maar dat had Angus haar nadrukkelijk verboden. Ze wist zeker dat er een vergissing in het spel was, maar ze mocht zich er niet mee bemoeien. En sindsdien had ze moeten toekijken hoe hij leed, ook al hoopte ze dat hij al die lange, eenzame uren in zijn werkkamer besteedde aan zijn boek.

Ze had net een nog helemaal niet uitgebloeide roos afge-knipt, toen ze de telefoon hoorde. Ze rende naar binnen in de hoop dat het Sian was en dat alles weer normaal zou zijn.

Het was James.

Haar adem stokte in haar keel, en dat terwijl ze toch al een beetje buiten adem was.

'O, hallo!' zei ze, en ze hoopte dat hij niet kon horen dat ze moest hijgen.

'Hallo. Fiona, ik wil je uitnodigen voor een etentje.'

'Dat lijkt me heel gezellig.' Fiona ontspande zich. Ze ging op het bankje naast de telefoon in de hal zitten en stelde zich een mooi restaurant of een pub langs de rivier voor.

'Bij mij thuis,' ging James verder.

Fiona stond op. Ze voelde vlinders in haar buik fladderen bij de onderliggende boodschap. 'Aha.' Meer zei ze niet.

'Ik wil iets bijzonders voor je klaarmaken, niet alleen met spullen die toevallig in de koelkast liggen.' Hij zweeg even. 'Lijkt je dat leuk?'

Fiona wreef haar lippen over elkaar en slikte. Het zou heerlijk zijn om hem weer te zien. Dan hoefde ze meteen even niet thuis te zijn, te midden van Angus' ellende. 'Als je me vertelt wanneer, misschien wel.'

'Wanneer komt het jou uit? Is door de week handig? Of liever in het weekend?'

'Door de week is prima,' zei Fiona. 'Ik weet dat de week-enden voor jou altijd erg druk zijn.'

'Het zou wel kunnen, maar ik wacht liever niet tot het weekend,' zei hij. Ze hoorde dat hij glimlachte.

'Zeg het maar, wanneer?' Ze was bang dat ze niet zo en-thousiast klonk als ze was bij het vooruitzicht hem weer te zien, maar haar zenuwen waren tot het uiterste gespannen. En ze wilde niet te gretig overkomen.

'Woensdag?'

'Prima,' zei Fiona. 'Hoe laat?'

'Is halfacht goed?'

303

'Ja. Heel goed. Tot dan.'

Toen ze ging zitten, besefte ze dat ze zich in geen jaren zo had gevoeld. Als er een pil was die dat gevoel opwekte, zou ze die dolgraag kopen.

Natuurlijk was ze niet verliefd. Dat kon niet. Zo goed kende ze James helemaal niet. Het was lust. Maar naast lust voelde ze ook een portie pure angst. Het was een opwindende combinatie en even dacht ze niet aan haar verdriet om Angus en Sian. Maar al snel voelde ze zich schuldig. Het lot van een vrouw, besloot ze. Geen plezier zonder schuldgevoel of iets anders rottigs.

Nu hoefde ze alleen nog te bedenken wat ze aan moest. Maar wat een probleem! Stel dat ze verder gingen met waar ze waren gebleven. Dan moest ze ook aan haar ondergoed denken.

Ze liep naar boven om haar la met slipjes te inspecteren. Een snelle greep erdoorheen leverde een paar Sloggi's op: comfortabel en betrouwbaar en zo sexy als koude pap. Ze had ook een paar exemplaren die wat minder saai waren met wat kant, maar die zaten niet lekker en dus had ze ze nooit gedragen. En dan nog een enorme hoeveelheid corrigerende slipjes. Die kocht Fiona regelmatig, maar meestal kreeg ze het er veel te warm in.

Afijn, ze wilde niet dat James haar zag in iets wat op een ouderwets badpak met lange pijpen leek, al was het in elk geval strak en goddank zonder strepen. Ze moest iets moois vinden zonder strak elastiek.

Dat had ze niet, besloot ze, en dus liep ze naar haar kleine werkkamer om haar favoriete catalogi online te bezoeken.

En zo diende het volgende dilemma zich aan: wat voor gelegenheid was het? *Een bijzondere gelegenheid*? *Moeder van de bruid*? Ze huiverde. Uiteindelijk vond ze een paar geschikte kleren. Een was een eenvoudige, mouwloze jurk van linnen met een heel mooie, soepele, lange omslagdoek. Normaal gesproken zou ze de uitgezakte huid van haar bovenarmen aan niemand willen laten zien, maar als het donker was, of in elk geval schemerig, dan kon ze haar topje wel uittrekken in de hoop dat hij was afgeleid en haar armen niet zou zien.

Ze doorliep het lange, ergerlijke proces van alles 'in een winkelwagen doen', haar creditcard opzoeken, haar wachtwoord intypen – een paar keer verkeerd – en uiteindelijk haar bestelling plaatsen. Toen besloot ze dat haar bestelling veel te netjes was en dat ze eruit zou zien alsof ze veel te veel haar best had gedaan.

Ze beende naar de slaapkamerkast, vastbesloten om iets te dragen wat ze al had. Ze rukte alles uit de kast, maar niets was geschikt. Uiteindelijk ging ze naar beneden om een kop thee te zetten.

Als ze zich zorgen maakte over wat ze aan moest naar het etentje met James, maakte ze zich tenminste geen zorgen over Angus en Sian, dacht Fiona, toen de woensdag aanbrak en ze voor de zoveelste keer in de afgelopen drie dagen voor haar kledingkast stond. Ze had Angus opnieuw voorgesteld dat zij met Sian kon gaan praten, maar zijn reactie was dezelfde geweest: onder geen beding.

Ze staarde naar de kleren, haalde toen impulsief een van haar lievelingsjurken tevoorschijn. Oud en vaak gewassen. De jurk was van linnen en ooit hadden er rozen op gezeten. Het patroon was vervaagd en subtiel geworden. Hij had een theekleur die haar eigen huidskleur ophaalde; ze voelde zich er altijd plezierig in. En het toeval wilde dat hij perfect paste bij de omslagdoek die bij de outfit hoorde die Fiona speciaal voor de gelegenheid had gekocht.

Opgelucht dat ze eindelijk een keus had gemaakt, liep ze naar de badkamer.

De avond ervoor had ze zichzelf al goed onder handen genomen met scrub en crème, dus nam ze nu alleen een snelle douche. Ze was er redelijk zeker van dat haar huid er op zijn best uitzag. Haar oksels had ze ook gedaan, al had ze betreurd dat haar bijziendheid betekende dat ze een scheermes niet meer goed kon hanteren en daarom van die stinkende ontharingscrème moest gebruiken. Maar nu had ze het gevoel dat ze haar best had gedaan en er niet onaardig uitzag. Ze dacht aan wat ze Gok Wan een keer over het onderwerp had horen zeggen en liet een schaar en wat kleurcrème los op haar schaamhaar, maar weigerde zijn advies over waxen op te volgen. Liever nooit meer seks dan zoveel pijn.

Ze bekeek zichzelf in de spiegel, deed haar schouders naar achteren en trok haar buik in. James' gezichtsveld was ook niet meer perfect en als het licht gedimd was, dan kon ze er best mee door. Ze begon aan haar make-up.

Toen ze eindelijk naar de flat van James reed, iets eerder dan strikt noodzakelijk, dacht ze nog steeds dat de kans op seks niet groot was. Niet dat ze niet wilde, maar ze kon zich niet voorstellen dat ze de gênante dingen die eraan vooraf gingen zou doen. Hoewel ze er gestrikt en gestreken uitzag, kon ze zich niet voorstellen dat ze haar kleren zou uittrekken waar iemand anders bij was. Ze dacht niet dat ze zonder kleren in bed kon stappen en wachten tot hij ernaast kwam liggen. Sterker nog, ze wilde er helemaal niet aan denken, want elk scenario leek nog meer kans op vernedering met zich mee te brengen. Ze kon maar beter als kuis oud vrouwtje overlijden!

Maar in haar oude jurk voelde ze zich lekker. Ze had hem zorgvuldig gestreken, en met de nieuwe omslagdoek zag hij er heel mooi uit. Omdat hij van linnen was, zou hij gauw genoeg weer kreuken, maar zolang ze er goed uitzag als hij de deur voor haar opendeed, was het goed.

Ze had een fles wijn meegenomen, uit de onderste regionen van de wijnkelder, waar de echte goede wijn lag. Ze wist niet precies wat het was, maar het was rood. Ze verwachtte niet dat James hem direct zou openmaken, het was een cadeautje. Ze zou champagne mee hebben genomen, maar dan had Angus die in de koelkast zien liggen. Het leek niet juist om zoiets feestelijks in het vooruitzicht te hebben, terwijl hij zo bedroefd was.

Ze had zich een beetje stiekem gevoeld toen ze was vertrokken. Ze had Angus gezegd dat ze ging eten bij een vriend en dat ze bleef slapen als ze had gedronken. Niet dat ze hem om toestemming vroeg, maar ze hield graag rekening met haar medebewoner. Dat hield ze zich in elk geval voor.

Ze wilde niet weten wat Angus ervan zou vinden dat ze een vriend had. Ze had hun leven zo moeilijk gemaakt toen ze, te snel na de dood van haar man, was hertrouwd, onder andere omdat ze het belangrijk had gevonden dat de jongens een vader hadden.

Haar zelfvertrouwen en verwachting groeiden naarmate ze dichter bij het huis van James kwam. Het was een prachtige zomeravond, en hoewel ze nog steeds de spanning voelde die ze had gehad sinds zijn telefoontje, was het gevoel bijna niet meer te onderscheiden van verlangen.

Ze was te vroeg. Ze parkeerde haar auto op de plek waar ze hem altijd neerzette als ze naar de stad ging, en bleef zitten. Ze speelde wat met haar haar in de achteruitkijkspiegel en probeerde haar ademhaling tot rust te brengen. Ze controleerde haar mobieltje om te zien of hij echt niet had gebeld om af te zeggen, en besloot toen dat ze net zo goed kon gaan. Van wachten werd ze alleen maar zenuwachtiger. Ze liep gewoon langzaam en bekeek nog wat etalages. James was zelf ook altijd stipt, dus vond hij het vast niet erg als ze er precies op de afgesproken tijd was.

Hij had zeker in de winkel op haar zitten wachten, want de deur ging vrijwel direct open. Met een brede glimlach stond hij in de deuropening. Haar eigen glimlach werd breder en breder toen ze naar hem keek.

'Ik ben zo blij om je te zien,' zei hij. 'Kom toch binnen.'

Ze stapte over de drempel de winkel binnen, waar het donker was. Hij legde zijn armen op haar schouders en gaf haar een zoen op haar wang. Daarna trok hij haar naar zich toe en kuste haar opnieuw... niet op de wang. Toen ze zich losmaakten, keek ze naar hem op en vroeg ze zich af waarom ze nooit eerder had gezien dat hij heel sexy en sprankelende ogen had. Haar zenuwen kwamen wat tot rust, maar haar verlangen niet.

'Kom mee naar boven.'

Ze liep voor hem uit over de smalle wenteltrap naar de flat en zag opnieuw hoe mooi het er was met de brede, licht golvende vloerdelen, de oude kleden, de scheve ramen en de donkere meubels.

Ze keek om zich heen en maakte aanstalten om op de bank voor de haard te gaan zitten.

'Nee, niet hier,' zei hij, en hij leidde haar naar een hoek van de kamer waar ze nog niet eerder was geweest. Er stond een kleine, scheve deur open. 'Kom mee naar wat ik mijn tuin noem.'

Hij ging haar voor naar een balkon dat precies groot genoeg was voor een rond tafeltje en twee stoelen. Op tafel stond een bord blini's met gerookte zalm en iets wat eruitzag als zure room. Er stonden twee glazen, en leunend tegen een pot lavendel stond een wijnkoeler met een fles champagne erin.

'Wat mooi!' riep ze uit. 'En zo onverwachts!'

'Ja. Een klein stukje dak, eigenlijk. Maar het was al een balkon toen ik het kocht. Dat was volgens mij de doorslaggevende factor om het te kopen.'

Hij schonk champagne in en gaf Fiona haar glas. 'Op jou,' zei hij. 'Ik kan je niet zeggen hoezeer ik hiernaar heb uitgekeken.'

Maar waar keek hij precies naar uit? Haar gedachten dansten heen en weer tussen verlangen en angst. Fiona nam een slokje; de bubbels hielpen, maar haar angst won terrein. Nee, ze was niet van plan met hem naar bed te gaan. Ze vond het allemaal te eng.

Toen ze dit besluit had genomen, ervan overtuigd dat het definitief was, ontspande ze zich en nam ze een blini. Verrukkelijk.

'Wat vieren we?' Het was niet de geestigste opmerking ooit, maar ze kon niets beters verzinnen.

'Dat ik hier ben, vanavond, op deze prachtige avond. Samen met jou.' Hij was zich er niet van bewust dat ze net had besloten dat hij haar ondergoed – bekostigd met de verkoop van haar boeken en veel duurder dan de rest van de kleren die ze droeg – niet te zien zou krijgen.

'Ik moet zeggen, het is heerlijk hier.' Ze slaakte een zucht, misschien van spijt over haar beslissing. 'Ik heb een fles rode wijn meegenomen. Ik heb hem op tafel laten staan. Ik weet niet wat het precies is. Ik heb hem gewoon uit de kelder gepakt. Die hoeven we natuurlijk niet te drinken... Het is alleen een cadeautje.' Ze was aan het bazelen, dat wist ze, en ze nam snel een slokje champagne. Wat een waardeloze gast ben ik, dacht ze. Te oud om meisjesachtig te zijn, en te onnozel om een verfijnde, oudere vrouw te zijn.

'Ontspan je toch, Fiona,' zei James, waardoor haar hart sneller sloeg. 'Er gaat niets gebeuren dat jij niet wilt. We gaan gewoon heerlijk eten in deze prettige omgeving. Al moet ik zeggen dat ik op avonden als deze dolgraag een tuin zou willen hebben.'

'Maar dit is ook prachtig.' Fiona keek om zich heen naar de daken en schoorstenen, de straten, cafés en bars, mensen die rondkuierden. 'Het is alleen anders.'

'Meestal ben ik blij met mijn stedelijke bestaan. Kijk. Dat is de kerktoren en net daarachter kun je de rivier zien. Dit stadje heeft geschiedenis en daar hou ik van. Maar een enkele keer verlang ik naar wat meer groen.'

'Je zou een kamperfoelieplant kunnen neerzetten en die

langs een frame omhoog leiden, dan lijkt het wat meer op een tuin.' Toen hield ze haar mond, zich ervan bewust dat ze in haar eigen valkuil stapte van het oplossen van problemen van mensen die daar geen oplossing voor wilden.

'Ga zitten, lieverd, en neem nog een blini. Ik moet even iets in de keuken doen.' Ze vond het fijn dat hij haar 'lieverd' noemde. Het deed haar denken aan haar eerste man.

James was veranderd sinds ze hem kende, besloot Fiona, of keek ze op een andere manier naar hem? Toen ze hem net kende, was hij charmant en beleefd, maar niet bijzonder dynamisch. Nu nam hij de leiding op een manier die ze aantrekkelijk vond. Ze vroeg zich af of alle moederlijke types graag een beetje gecommandeerd werden.

Vrij snel kwam hij terug met een grote kom asperges en een kleiner schaaltje hollandaisesaus. 'Ik weet dat het niet meer het seizoen is, maar dat is maar zo kort, dat ik vind dat we het wel een beetje mogen rekken.' Hij had servetjes meegenomen, maar geen borden. 'Ik dacht dat we ze zo in de saus konden dopen en eten.'

Fiona duwde een asperge in de hollandaisesaus. 'Heb je die zelf gemaakt?'

'Ja. Dat is niet zo moeilijk.'

Ze aten hun asperges en dronken champagne in een aangename stilte. Maar ook al hoopte ze dat ze rustig leek, ze was nog altijd zenuwachtig. Ze was al zolang niet meer op deze manier alleen met een man samen geweest.

Hij wilde haar bijschenken, maar ze hield hem tegen. 'Laat ik maar niet te veel drinken. Ik moet nog rijden.'

Hij zette de fles neer en pakte haar handen vast om er zeker van te zijn dat hij haar aandacht had. 'Fiona, ik weet dat je je zorgen maakt, maar dat is niet nodig. Deze flat is niet groot, maar ik heb wel een logeerkamer. Ik gebruik hem als werkkamer, maar er staat een eenpersoonsbed. Als je te veel hebt gedronken, kun je altijd in mijn bed slapen, dan slaap ik daar. Rustig maar.' Hij zweeg even. 'Ik heb het bed net opnieuw opgemaakt, net zoals ik doe wanneer mijn zus komt logeren.'

'Oké!' Het idee dat ze zonder problemen kon blijven logeren, hielp wel. Het betekende dat ze niet de hele avond moest nadenken bij wat ze dronk. Ze nam een flinke slok champagne en ontspande zich weer. James was zo begripvol. Het was maar goed dat ze een potje crème en haar make-up in haar tas had gestopt.

Na de asperges serveerde hij zalm met pesto en Parmezaanse kaas en nieuwe aardappelen.

'Zoals je ziet is het een maaltijd die grotendeels van tevoren kan worden klaargemaakt, zodat je op het laatst niet veel meer hoeft te doen,' zei James, en hij schonk pinot grigio in haar glas.

'Ik dacht dat het een heerlijk zomermenu was,' zei Fiona, die ook dacht dat dit het soort gerecht was dat zij haar vrienden zou kunnen voorzetten; eenvoudig, heerlijk en niet te zwaar.

'Die goeie Delia, zullen we maar zeggen.'

Fiona lachte en ontspande zich nu helemaal. Ze waren gewoon twee vrienden die op een mooie avond samen een hapje aten. Ze zou blijven slapen, zoals ze ook wel eens bij een vriendin bleef slapen als ze niet nog naar huis wilde rijden. Al die onzin over haar ondergoed en kleurcrème was gewoon... nou ja, onzin.

'Nog wat wijn?' vroeg James een tijdje later.

'Ach, waarom ook niet?' Fiona legde haar mes en vork neer. 'Dat was echt overheerlijk,' zei ze. 'Ik heb zo'n idee dat je de pesto zelf hebt gemaakt.'

Hij knikte. 'Het is zo makkelijk. Dat is het in elk geval sinds ik met kerst een keukenmachine van mijn zus heb gekregen.'

'Angus maakt heerlijke pesto met wilde knoflookblaadjes,' ging Fiona verder. 'Hij gebruikt cheddar in plaats van Parmezaanse kaas en zonnebloempitten in plaats van pijn-boompitten. Heerlijk.'

'Vast, maar het zou niet passen bij de volgende gang.'

'En die is?'

James glimlachte. Die glinstering lag weer in zijn ogen en Fiona voelde een golf van verlangen opkomen. Hij stond op, pakte haar hand en trok haar overeind. 'Ik neem je mee naar bed.'

Ze zei niets, liet zich door de kleine deur zijn flat binnen leiden. Ze aarzelde nog steeds en elk moment kon ze zeggen: *Nee, dank je*. Maar angst en verlangen deden een stoelendans in haar gedachten, en ze wilde wel heel graag met James naar bed.

Het enige licht in zijn slaapkamer was afkomstig van een kaars die hij halverwege de avond kennelijk had aangestoken. Toen ze in de slaapkamer stonden, kuste hij haar. Hij trok intussen haar omslagdoek af. Ze trapte haar schoenen uit. Hij ritste haar jurk open. En opeens wilde ze al haar kleren uit en wilde ze zijn huid tegen de hare voelen.

Nog een paar twijfels prikten tegen haar hartstocht. Stel dat haar lichaam vergeten was hoe het moest. Stel dat het te laat was. Ze had in geen jaren de liefde bedreven. En toch gleden haar vingers langs de knoopjes van zijn overhemd en streelden haar handen over zijn huid toen ze haar armen om hem heen sloeg.

Haar ondergoed kreeg weinig aandacht, besefte ze, toen het werd uitgeschopt en ze allebei naakt op bed gingen liggen.

Een hele tijd later zei ze: 'Jeetje, je bent hier wel goed in, zeg.'

James ging hijgend op het kussen liggen en lachte. 'Je bent een waanzinnige en heerlijke vrouw.'

Ze slaakte een verrukte zucht toen ze zich naast hem liet vallen en het laken over haar borsten trok. 'Jij hebt het harde werk gedaan.' Ze giechelde.

Hij leunde op een elleboog en kuste haar decolleté dat net zichtbaar was. 'Ik zal een heer zijn en iets te drinken voor je halen. Wijn? Thee? Water?'

'Water. Dat lijkt me lekker.'

'En misschien het nagerecht?'

Ze kwam een beetje overeind. 'Ik dacht dat dit het nagerecht was.'

Hij keek spottend. 'Nee, dit was een tussendoortje...'

Ze gooide een kussen naar hem.

'Sorry, ik kon de verleiding niet weerstaan. Ik ben even weg. Water en crème brulée.'

Een tijdje later zaten ze samen in bed hun dessert te eten. Ze zei: 'Ik was echt bang dat ik me niet meer zou kunnen herinneren hoe het ging, en toen bedacht ik dat dat helemaal niet hoeft.'

'Als je zomaar wat deed, dan deed je het erg goed.' Hij pakte haar lege schaaltje en lepel.

'Ik maakte me zo'n zorgen. Alleen de gedachte dat... nou ja...'

'Ik wist dat je zenuwachtig was. Ik hoop dat ik het niet erger heb gemaakt.'

'Je maakte me vreselijk zenuwachtig, maar op de een of andere manier maakte dat het nog spannender. En heerlijk.'

'Daar ben ik blij om. Ik was ook zenuwachtig.'

'Dat verbaast me. Je leek zo... zo zelfverzekerd.'

'Jij gaf me dat gevoel. Bovendien verlangde ik zo naar je dat dat het makkelijk maakte.'

Ze grinnikte. 'Goh, wie had dat gedacht, twee oudjes als wij die een waanzinnige avond in bed hebben.'

'Ik moet eerlijk zeggen dat ik hier al aan dacht vanaf het eerste moment dat ik je zag.'

'Wat een heerlijke opmerking. En dat van zo'n keurige man.' Ze grinnikte. 'En ik ben een keurige vrouw, ik verzorg de bloemen in de kerk, bak taarten...'

'Je geeft etentjes.'

'Soms. En hoewel ik internetdaten heb geprobeerd, had ik niet verwacht dat ik ooit nog seks zou hebben.'

'Vond je dat een nare gedachte?'

'Ja, want het is een belangrijk deel in een mensenleven, maar ik had het wel geaccepteerd.' Ze fronste haar wenkbrauwen even. 'Ik wou alleen dat mijn lieve zoon en Sian dat zouden beseffen en iets aan hun relatie zouden doen.'

'En zou je het nog eens willen overdoen?'

'De seks bedoel je? Wat, nu?' Fiona was een beetje geschokt... en moe.

James lachte. 'Nee, niet nu. Ik ben niet meer zo jong als ik was, maar in de toekomst? De nabije toekomst?'

'O, ja.' Toen werd ze overvallen door schuldgevoel. 'Maar ik wil niet trouwen. Dat wil jij toch ook niet, hè? Ik bedoel, ik weet dat het niet bij mijn uitstraling past, maar ik wil mijn leven niet omgooien...' Haar stem stierf weg, toen ze besefte dat ze wel een enorme sprong had genomen, van seks naar trouwen in één keer. Maar alles voelde intuïtief zo goed met James dat het moeilijk was om hem niet te zien als iemand die een permanente rol in haar leven zou spelen.

Gelukkig glimlachte James. 'Het is goed. Ik zou graag echt een stel zijn, samen dingen doen en bij elkaar slapen, maar ik wil niet opnieuw trouwen.'

'Ik maak me alleen opeens zorgen,' liet Fiona zich ontvallen.

'Waarom? Wat heb ik gezegd waardoor je je zorgen maakt?'

'Angus! En Russell... Dat is zijn broer. Wat zullen zij ervan vinden dat hun moeder...'

'Zo'n keurige vrouw...'

'Een bloedgeile minnaar heeft?'

James moest lachen tot er tranen in zijn ogen stonden. 'Sorry, maar ik had het niet meer. Ik verkoop oude boeken. Ik zie mezelf niet als bloedgeile minnaar.'

'Nee, maar ik wel! Normaal gesproken zou ik zo'n woord niet gebruiken, maar het leek gepast.'

'Maak je je echt zorgen om wat zij denken? Angus en ik konden het prima met elkaar vinden tijdens het etentje.'

'Dat weet ik, maar jongens en hun moeders… Je weet hoe ze zijn. En ze hebben het door mij niet gemakkelijk gehad.'

'Maar je gaat dit keer niet trouwen en zij zijn nu volwassen.'

'Ik denk niet dat je ooit volwassen genoeg bent om gelukkig te zijn met de gedachte dat je ouders een seksleven hebben. Seks is alleen maar voor de eigen generatie, denk je niet?'

'Eerlijk gezegd heb ik daar nooit zo over nagedacht.'

'Ik maak me denk ik te druk.'

'Dat denk ik ook, en ik wil ook best als een gewone vriend blijven logeren…'

'In mijn bed!'

'Ja. Jouw huis is per slot van rekening ook zo klein, je had gewoon geen andere kamer voor me.'

Ze gaf hem een goedmoedige por, kroop toen dicht tegen hem aan, legde haar hoofd op zijn borst en luisterde naar zijn hartslag. 'Laten we er nu niet aan denken.'

Hij kuste haar schouder. 'Nee. Maar ik wil wel dat je weet dat ik je niet alleen heel leuk vind, maar dat ik ook verliefd op je ben.'

Fiona reed in een gelukzalige bui naar huis. Omdat James de winkel om tien uur moest openen, was hun ochtend ten einde gekomen, maar James was al die tijd de volmaakte minnaar geweest. Ze had in zijn overhemd mogen slapen, hij had haar thee met croissants op bed gebracht en een bad voor haar laten vollopen. Voordat ze wegging, hadden ze gezoend als pubers en hadden ze afgesproken om elkaar heel snel weer te zien.

Toen ze thuiskwam, zat Angus in de keuken met een betrokken gezicht depressief naar de muur te staren. Haar eigen geluk gaf haar inzicht: soms moest je je eigen eergevoel opofferen en een belofte breken. Als ze de kans kreeg, zou ze iets doen om het goed te maken tussen Sian en Angus. Ze ging niet toekijken hoe die twee hun leven kapotmaakten.

23

Waarom ze met Richard had afgesproken in de Boca Loca
wist Sian niet goed. Toen hij belde, was ze een beetje afgeleid geweest en toen hij vroeg waar ze naartoe wilde, had ze
de eerste de beste gelegenheid genoemd die ze kon bedenken. Terwijl ze haar auto parkeerde op de plaats waar ze ook
hadden gestaan toen ze met zijn allen naar de pizzeria waren
gegaan, bedacht ze dat het een belachelijk voorstel was. Ze
deed elk moment van de dag haar best om Gus te vergeten,
en de plek waar ze hem samen met Melissa had gezien was
als zout in een pijnlijke wond.

Ze zag Richard aan een tafeltje achter zijn krantje zitten.
Hij was hier duidelijk al een tijdje, maar om de een of andere reden stoorde ze zich aan zijn stiptheid. Ze liep naar het
tafeltje en probeerde zich niet te voelen als een lam dat naar
de slachtbank wordt geleid.

Richard zag haar, glimlachte en kwam overeind om haar
te begroeten.

'Dag, prinses,' zei hij, en hij kuste haar wang.

Het was iets nieuws dat hij haar prinses noemde, en Sian
wist niet of ze het leuk vond. 'Dag, Richard.' Ze was niet van
plan om hem prins te noemen.

Hij pakte een stoel voor haar en ze ging zitten.

'Zo, cocktails?' vroeg hij. 'Of zullen we wijn bij de lunch
drinken?'

'Doe mij maar mineraalwater. Ik moet nog rijden.'

'Nou,' zei hij, en hij tuurde naar het menu, 'je kunt ook een alcoholvrije cocktail nemen.'

'O, dat lijkt me lekker. Kies jij maar iets.' Op de een of andere manier ontnam Richard haar altijd al haar energie. Misschien omdat ze het gevoel had dat ze moest werken om hem gelukkig te maken, en zichzelf een gelukkig gevoel te geven. Of misschien was het omdat ze zich constant schuldig voelde. Vaak wou ze dat ze terug konden gaan naar hoe het was geweest toen ze nog gewoon vrienden waren, voordat ze hem min of meer had gezegd dat ze wel bij hem wilde komen wonen; maar ze waren eigenlijk nooit echt gewoon vrienden geweest – niet wat Richard betreft.

Richard keek haar aanbiddend aan, terwijl zij bedacht wat ze moest zeggen. Waarom kostte het allemaal zoveel moeite?

'Rory neemt tegenwoordig leesboeken mee uit school. Hij kan al goed lezen,' zei ze, en ze besloot om over Rory te blijven praten. Rory was een veilig onderwerp.

'Dat komt doordat je hem altijd hebt voorgelezen. Je bent een goede moeder, Sian. En ik hoop dat je meer kinderen wilt.' Hij legde zijn hand beschermend over de hare.

Ze keek hem enkele ogenblikken aan en zag zijn verlangen. Ze wist dat hij een fantastische vader zou zijn, niet alleen voor Rory, maar ook voor baby's, kleuters, en zelfs lastige, veeleisende pubers.

Ze wilde wel meer kinderen, dacht ze. Omdat ze alleen was en Rory al haar tijd in beslag nam, dacht ze er niet vaak over na. Maar ze was te jong om het idee van baby's helemaal uit haar hoofd te zetten. Als ze Richard een kind schonk, was dat het mooiste cadeau dat ze hem kon geven. Als ze dat deed, hoefde ze zich niet langer schuldig te voelen. Dan was haar schuld afbetaald. Maar wat klonk dat gruwelijk kil… zelfs in haar eigen oren.

'Mmm?' Zachtjes gaf hij haar hand een kneepje en Sian besefte dat ze hem geen antwoord had gegeven.

318

'O ja, ik zou graag meer kinderen willen,' zei ze met een glimlach, 'maar laten we eerst gaan eten.' Ze voelde er niets voor om nu een zwaar gesprek te voeren. Ze was er niet klaar voor. Ze negeerde het stemmetje in haar hoofd dat fluisterde: *Je zult er nooit klaar voor zijn.*

Richard moest lachen. 'Natuurlijk, het is nog vroeg en we hebben nog niet eens een datum geprikt voor jullie verhuizing.'

'Ik vind niet dat we het moeten overhaasten. Het wordt een grote verandering voor iedereen dat we een stel zijn.'

'Dat weet ik, maar hoe eerder hoe beter, toch zeker? Rory heeft een echt gezin nodig nu hij op school zit.' Hij zag Sian verstijven. 'Ik weet dat jij en Rory een gezin zijn geweest, met je ouders die hielpen, maar ik bedoel een écht gezin: vader en moeder in hetzelfde huis; bij voorkeur getrouwd.'

Ze trok een blik die naar ze hoopte vriendelijk en aantrekkelijk was, en ze frunnikte met haar bestek om tijd te winnen. Ze besefte nu pas hoe ouderwets Richard eigenlijk was en hoeveel hij bereid was voor haar op te geven. Het zou niet moeilijk voor hem zijn geweest om een aardige, alleenstaande vrouw zonder kinderen te vinden die met heel haar hart van hem zou houden. Hij was oprecht een goede man, maar door alles wat hij zei, wilde ze alleen maar dieper wegkruipen in haar stoel. Het was niet zo dat ze niet waardeerde wat hij haar aanbood, hoeveel hij van haar hield en haar wilde – maar het was allemaal zo verstikkend.

'Ik neem de zalm, denk ik,' zei ze, en ze probeerde te kijken naar alles behalve Richards aanbiddende blik.

Hij grinnikte goedmoedig. 'Je bent echt heel bijzonder. Ik vraag je zo ongeveer ten huwelijk en jij kiest wat je wilt eten. Ik heb vrouwen gekend die dat niet zouden kunnen, zelfs als ze over niets anders hoefden na te denken.'

De waarheid was dat Sian zoveel aan haar hoofd had, dat het prettig was om een eenvoudige keus te maken. Ze wist in elk geval zeker dat ze zalm lekker vond. Verder was ze helemaal nergens zeker van.

'Ik vind het nog een beetje vroeg dag om over een huwelijk te praten,' zei ze. 'Maar het is nooit te vroeg om de menukaart door te nemen.'

'Akkoord. Ik neem ook zalm. Wil je nog een voorafje?'

Plotseling werd Sian overvallen door paniek. Ze zag haar toekomst voor zich: een leven vol perfecte en aangename lunches als deze. Ze zou gevangen zitten in een perfect en aangenaam leven, en ze kon het niet verdragen.

'Nee, ik geloof het niet,' zei ze, en ze kwam overeind. 'Ik voel me niet helemaal lekker. Ik ga even naar het toilet. Neem me niet kwalijk…'

Op het toilet keek Sian naar haar spiegelbeeld en ze besefte waarom ze misselijk was. Het was de gedachte om de rest van haar leven door te brengen met een goede, aardige man die doodsaai was. Hoe kon je leren houden van iemand die zo saai was? Waarom had ze dat niet eerder gezien? Kwam het doordat hij niet zo saai had geleken toen ze gewoon vrienden waren, zonder verborgen ideeën – in elk geval niet zulke dwingende verborgen ideeën. Kwam het omdat hij zich wilde settelen met haar als een gelukkig getrouwd stel dat hij opeens zo saai leek? Gus had zijn fouten, elke fout onder de zon, liever gezegd, maar hij was niet saai. Met hem zouden er altijd nieuwe dingen aan de horizon zijn.

Niet dat ze kon kiezen – Gus was immers geen optie meer. Maar het feit dat ze nog steeds aan Gus dacht, voortdurend, elk bewust en onbewust moment van de dag, betekende toch zeker dat ze niet samen met Richard kon doen alsof?

Ja, besefte ze, dat was precies wat het betekende. Ze haalde een paar keer diep adem en liep toen terug naar het restaurant om Richards hart te breken.

De tranen stroomden over Sians gezicht toen ze terugreed naar het dorp. Richard was zo begripvol geweest, zo deugdzaam, had zichzelf compleet weggecijferd. Ze had bijna de neiging gehad om alles terug te nemen, zich in zijn armen te werpen, maar ze had de woorden hardop gezegd en er was geen weg terug.

'Ik heb altijd geweten dat het te mooi was om waar te zijn,' zei hij. 'Ik wist dat die klootzak van een Angus je uiteindelijk zou krijgen.' Hij had gezwegen, terwijl Sian haar tranen had weggeslikt. 'Laat het me weten als hij je teleurstelt. Dan zal ik er voor je zijn.'

Ze was zelf niet over Angus begonnen, ze had alleen tegen Richard gezegd dat ze niet met hem kon samenleven als ze niet echt heel erg van hem hield, niet als ze alleen maar vrienden waren. Diep in haar hart wist ze dat het de juiste beslissing was, maar ze voelde zich er niet beter door.

Toen ze het dorp binnen reed, besloot ze dat ze de stilte van de cottage niet aankon. Die was altijd haar toevluchtsoord geweest, maar nu stond het huis vol dozen en koffers, klaar om naar Richard te gaan, en nu ze Richard had verteld dat ze niet met hem kon samenwonen, was het nog dringender om ergens anders woonruimte te vinden. Maar waar? Zelfs met haar moeders speurtochten op internet had ze geen betaalbare woning in de buurt kunnen vinden – zelfs niet als ze haar wens voor een tuin en een derde slaapkamer om in te kunnen werken opofferde.

Ze besloot om bij Fiona langs te gaan. Ze had haar al tijden niet gezien, waarschijnlijk doordat ze elkaar hadden ontlopen, omdat ze niet wisten hoe ze met elkaar om moesten gaan nu zij en Gus ruzie hadden. Maar Fiona en zij waren al vriendinnen vóór Gus was teruggekomen, dus misschien kon hun vriendschap de onenigheid tussen Sian en Fiona's zoon overleven.

Ze reed langs Fiona's huis om te zien of de landrover er stond, en toen ze die niet zag staan, parkeerde ze de auto en liep ze naar het huis. Ze klopte aan, en terwijl ze wachtte tot de deur openging, veegde ze haar neus af en hoopte dat het niet aan haar te zien was dat ze had gehuild. Ze had beter eerst naar huis kunnen gaan om zich een beetje op te knappen, dacht ze.

'Is Gus thuis?' vroeg ze, toen Fiona de deur opendeed.

'Nee, maar…' begon Fiona.

'Goddank. Mag ik binnenkomen?' vroeg Sian dringend, er opeens niet van overtuigd of ze wel welkom was. Ze snifte.

'Natuurlijk,' zei Fiona. Ze trok de deur verder open en leidde haar naar binnen. 'Ik zie dat je erg overstuur bent, maar ik vind het wel jammer dat je blij bent dat Angus er niet is. Ik had gehoopt dat je voor hem kwam.'

Sian liep sniffend achter Fiona aan naar de keuken, en vroeg zich af wat Fiona bedoelde. Eenmaal bij de keukentafel deed ze haar best om zichzelf tot rust te manen. Ze veegde haar neus af aan haar hand en zei: 'O, dat is smerig.' Ze stond op en pakte een velletje keukenrol.

'Zal ik theewater opzetten of een fles wijn opentrekken?' vroeg Fiona.

'Thee, alsjeblieft. Ik moet zo Rory ophalen.'

Fiona ging thee zetten, waardoor Sian even gelegenheid had om zich te vermannen.

'Zo,' zei Fiona, die een beker thee en een pakje cakejes voor Sian neerzette. 'Wat is er aan de hand?'

Sian zuchtte en klampte zich aan haar beker thee vast alsof die haar tranen kon tegenhouden. Maar toen ze Fiona zag zitten, met haar lieve en bezorgde blik, kostte het moeite om niet haar hoofd te laten hangen en opnieuw in tranen uit te barsten. Ze hoopte maar dat Fiona geen hekel aan haar zou krijgen.

'Ik heb zojuist het hart van een heel goede man gebroken,' zei ze.

'O, dat is dan de tweede keer in één maand. Het begint een beetje een gewoonte te worden.'

Sian keek naar Fiona en was niet echt verbaasd. 'Fiona, ik neem aan dat je Gus… Angus bedoelt, maar ik heb zijn hart niet gebroken. Hij was om de een of andere reden boos op Richard, maar dat was niet terecht. Ik betwijfel of zijn hart gebroken is! Sterker nog, volgens mij is er niets met hem aan de hand.'

Fiona schudde haar hoofd. 'Je zit er helemaal naast! Ik woon met hem samen en ik weet dat er wel degelijk iets met hem aan de hand is!' Fiona stond op en pakte een mes om het pak cakejes open te maken, maar het was duidelijk dat ze iets om handen moest hebben.

'Dat is niet mijn schuld. En als iemand het recht heeft om een gebroken hart te hebben, dan ben ik het wel!' zei Sian. Echt weer iets voor Gus om te doen alsof hij gekwetst was en het allemaal haar schuld was. Alsof hij niet schaamteloos een romantisch etentje met Melissa had gehad, uren nadat hij en Sian een heerlijk weekend samen hadden doorgebracht. Hij had zijn eigen moeder zelfs overtuigd! Ik ben degene met het gebroken hart, dacht ze verontwaardigd.

Ze haalde diep adem om zichzelf te kalmeren. Ze was niet boos op Fiona, welke moeder zou nu niet de kant van haar kind kiezen?

'Ik zweer je dat ik zijn hart niet heb gebroken, en ik vind het niet te geloven dat Melissa hem nu alweer aan de kant heeft gezet!'

Fiona keek haar bevreemd aan. 'Sian, waar heb je het over? Angus en Melissa zijn geen stel, ze zijn gewoon vrienden.'

Sian dacht na, zag weer voor zich wat ze had gezien en kwam tot de conclusie dat Fiona het mis had. Ze wilde haar niets vertellen wat Gus misschien geheim had willen houden, maar ze moest zichzelf verdedigen. 'Dat geloof ik niet. Ik heb ze samen gezien. Ze gingen die cocktailbar binnen. Ze waren absoluut meer dan vrienden. Ze zagen eruit als een stel.'

Fiona schudde haar hoofd. 'Heus, dat is niet zo.'

'Jawel! Ik weet het zeker!' Ze zou het dolgraag mis willen hebben, maar dat had ze niet. Ze had hun lichaamstaal tenslotte gezien en die was niet mis te verstaan. 'Waarom gingen ze anders chic gekleed naar een cocktailbar, liepen ze te lachen en keken ze elkaar diep in de ogen?' Toen ze zag dat Fiona nog steeds niet overtuigd was, ging ze verder. 'En waarom wilde hij me niet meer spreken, nadat we...' Ze kon moeilijk zeggen dat ze waanzinnige seks met Angus had gehad. Fiona was zijn moeder. Dat was veel te veel informatie.

Fiona zei niets; ze dronk haar thee. Sian keek naar haar vriendin die zichtbaar over iets ingewikkelds nadacht. 'Wat?' vroeg Sian uiteindelijk, en ze maakte zich op voor het moment dat de waarheid tot Fiona doordrong – dat Sian gelijk had. 'Wat denk je nu?'

'Ik denk dat ik een belofte moet verbreken. Misschien wel meerdere.' Ze nam nog een slok thee. Het was duidelijk een moeilijke keus. 'Hoe laat moet je Rory ophalen?'

Sian wierp een blik op haar horloge. 'Over een halfuur.'

'Dan moeten we opschieten. Kom.'

Sian wist niet zeker of haar vriendin ze allemaal nog op een rijtje had, maar ze moest Fiona het voordeel van de twijfel geven. Ze liep dus achter haar aan de trap op naar de eerste verdieping. Daar deed ze de deur tot de trap naar de zolder open en zei: 'Jij eerst.'

Sian rook verf en hout en nieuw tapijt toen ze omhoog liep. Ze had deze ruimte alleen gezien toen er nog bergen rommel hadden gestaan. Oorspronkelijk was het de ruimte van de bediende geweest en er was jarenlang niets aan gedaan.

Maar nu was er zoveel veranderd dat het wel een andere ruimte leek. Een oud dakraam was zichtbaar geworden en vulde de hele ruimte met licht. Ook door een raam dat ze eerder niet had gezien stroomde licht. Ze liep ernaartoe en keek naar buiten naar de toppen van de bomen, de heuvels en de velden daarachter. Het uitzicht was schitterend. Maar waarom had Fiona haar hiernaartoe gebracht?

'Dit is de woonkamer, uiteraard,' zei Fiona, 'en de slaapkamers zijn daar. Dit is een kleine tweepersoonskamer.'

Sian liep achter haar aan naar een kamer met een tweepersoonsbed, een oude toilettafel die ze herkende en een ladekast. Ook deze kamer was licht en ruim, terwijl hij eerst zo klein had geleken toen hij vol spullen stond. Het raam was kleiner en toen Sian naar buiten keek, zag ze de andere kant van het huis. Aan de andere kant van de kamer zat een nieuw dakraam. 'Eerlijk gezegd hoop ik dat er nooit iemand achter komt dat dit raam er zit,' zei Fiona, 'maar je kunt het helemaal opendoen en zo de brandtrap bereiken. Uit architectonisch oogpunt is het misschien niet heel fraai, maar wel veilig.'

Sian luisterde amper. Ze liep naar een kleine eenpersoonskamer met inbouwmeubelen, die als scheepshut was ingericht. Hij had zelfs een rond raam.

'Dit zou natuurlijk de perfecte kamer voor een jongetje zijn,' ging Fiona verder. 'En de badkamer is daar, als je tenminste nog tijd hebt.'

Sian keek op haar horloge en zag dat het kwart voor drie was. 'Ik moet Rory echt...'

'Even een snelle blik.'

Sian wierp een blik naar binnen en zag een kleine ruimte met aan één kant een hoekbad en een douche en aan de andere kant een wasbak en een toilet.

'En een keukentje,' zei Fiona, en ze sloeg een paar dubbele deuren open waarachter een gootsteen, een fornuis en kastjes zaten. 'Piepklein, maar functioneel.'

'Wat prachtig,' zei Sian, die nog steeds niet begreep waarom Fiona haar dit zo nodig nú wilde laten zien. Ze zou het ook op een andere dag kunnen bekijken als ze wat meer tijd had. 'Ga je het verhuren?'

'Nee, sufferd! Het is voor jou!'

Sian keek Fiona geschokt aan, maar ze had geen tijd meer om te vragen hoe het zat. Ze moest Rory ophalen. 'Ik moet gaan, anders kom ik te laat.' Ze liep naar de trap.

'Ik ga met je mee,' zei Fiona, die haastig achter haar aan kwam, 'dan kan ik het je uitleggen.'

Ze reden zó snel naar school, dat ze uiteindelijk nog een paar minuten in de auto konden blijven praten.

'Angus heeft het voor jou gedaan,' legde Fiona uit. 'Daardoor heb je hem zo weinig gezien. Hij heeft keihard gewerkt om het af te krijgen. Het is nog niet perfect, maar goed genoeg. Hij wilde niet dat je je zorgen zou maken over woonruimte.'

'Ik weet niet wat ik moet zeggen,' zei Sian verward. Waarom had Gus haar niet gewoon kunnen vertellen waar hij mee bezig was? En waarom zou hij zoiets doen, terwijl hij en Melissa samen waren? Toen wist ze het: voor Rory. Hij wilde niet dat zijn zoon dakloos zou worden. 'Dat is lief van hem,' ging ze verder. 'En ik zou je natuurlijk huur betalen.'

Maar het was niet echt ideaal te noemen om het huis te delen met een man die ze probeerde te vergeten, en waar ze Melissa in een sexy negligé tegen het lijf kon lopen – of veel erger nog: zonder negligé!

'Je begrijpt het nog steeds niet, hè?' zei Fiona.

Wat bedoelde ze nú weer? 'Het spijt me dat ik zo traag van begrip ben, Fiona, maar ik geloof het niet, nee. Misschien kun je het me uitleggen.'

'Het is eigenlijk niet aan mij.'

'Wat niet? Toe, Fiona, vertel me nu gewoon wat er is.' Het was niets voor Fiona om zo om de hete brij heen te draaien.

'Volgens mij was het de bedoeling van Angus…'

Net op dat moment zag Sian een groepje kinderen in de richting van het hek lopen. 'O, ze zijn uit. Ik moet Rory halen.'

'Kom dan straks theedrinken. Ik vind dat je de waarheid moet weten.'

Maar Sian rende al over het schoolplein in de richting van haar zoon.

'Fiona is er,' zei ze tegen Rory, nadat ze zijn schooltas,

lunchtrommel en jas van de grond had gered. 'Ik ben met de auto. Wil je mee naar Fiona om daar thee te drinken?' Ze hoopte dat hij nee zou zeggen zodat ze Fiona thuis kon afzetten. Zolang ze bezig was met koken, Rory in bad doen en hem verhaaltjes voorlezen hoefde ze niet te denken aan wat ze met haar leven moest.

'O, leuk! Mag ik in de hut? Mag dat? Is Gus er ook?'

Rory's enthousiasme maakte het onmogelijk om Fiona's uitnodiging af te slaan. Ze wou dat ze er niet over was begonnen, maar ze wist dat Fiona erop zou staan. Het was interessant dat Rory zijn vader Gus bleef noemen en hem als een leuke, grote broer zag, ook nu hij de waarheid kende, dacht ze afwezig, terwijl ze naar de parkeerplaats liepen.

Fiona was uitgestapt en Rory rende op haar af. 'Is Gus er? Ik wil hem zien!'

Fiona ving hem op en wierp hem in de lucht. 'Jemig, wat word jij zwaar! Gus is jammer genoeg in Londen.'

'O.' Rory was teleurgesteld, maar dat duurde niet lang. 'Mag ik in de hut? Staat hij er nog?'

'Lieverd, dat moet je aan je moeder vragen. Je hebt je schoolkleren aan en in de hut word je vies.'

Sian voelde zich verscheurd. Ze kon aan Fiona merken dat die haar waarschijnlijk pas zou laten gaan als ze had verteld wat ze op haar lever had. Ze wilde Sian wanhopig graag iets vertellen en zou misschien wel moeilijk doen als Sian niet naar haar luisterde. Ze had ook het gevoel dat het iets met Gus te maken had en betwijfelde of ze dat wel wilde horen. Wat het ook was, ze wilde niet dat Rory meeluisterde. Maar in de hut werd hij vies, dat was een feit.

'Weet je wat?' zei Fiona. 'We kijken eerst of je iets van Angus... van Gus aan kunt. Die kleren zijn natuurlijk heel groot, maar dan blijf je in elk geval redelijk schoon. En als jij aan het spelen bent, kunnen mama en ik lekker kletsen.' Ze keek indringend naar Sian.

Sian legde zich bij het onvermijdelijke neer.

Fiona was iemand die snel kon regelen wat nodig was. Een oude trui van Gus kwam tot over Rory's knieën. Ze keek naar Sian.

'Ach, zit maar niet in over zijn broek. We hebben er nog een,' zei ze, 'maar, Rory, wil je eerst niet iets eten en drinken?'

'Een banaan?' vroeg hij hoopvol.

'Ik heb een banaan voor je, dan mag je die meenemen. Wil je in je eentje of zullen we naar je komen kijken?'

'Jullie moeten mee,' riep hij over zijn schouder, terwijl hij wegrende.

'En dan mogen we de banaan zeker voor je meenemen,' mopperde Sian.

De twee vrouwen keken Rory na en liepen een stuk rustiger achter hem aan.

'Wat doet Gus in Londen?' vroeg Sian.

Fiona wierp een blik opzij die aanvoelde als een verwijt. 'Hij is bij zijn agent om met een uitgever te praten.'

Sian beet op haar lip. 'Dat was ik vergeten.'

Als de situatie anders was geweest, zou ze bij hem zijn geweest, hem hebben geholpen een goede indruk te maken op de uitgever, dacht ze met een steek van pijn. Maar direct daarna vond ze dat hij het helemaal aan zichzelf te wijten had. Toch hoopte ze wel dat zijn boek een succes zou worden, dat gunde ze hem.

'Ja, maar jij zou toch niet meegegaan zijn, hè?' vroeg Fiona. 'Jij en Gus hebben ruzie gehad.'

'Ja.'

'Hij zei dat je een relatie met Richard had.'

Dus daar ging het allemaal om. Maar hij had het recht niet om zich daarmee te bemoeien. Hij had het aangelegd met Melissa amper een paar uur nadat hij bij haar uit bed was gestapt, en hij had het lef om commentaar te leveren op de persoon met wie ze uitging! En ze had Richard alleen maar gezoend. Ze kon zich wel voorstellen wat hij en Melissa hadden gedaan. En waarschijnlijk hadden ze haar achter haar rug om hartelijk uitgelachen. Arme Sian, zo gemakkelijk verleid – tot twee keer aan toe! En nu liet hij zijn moeder het vuile werk opknappen. Niet te geloven!

'Tja, hij was iets met Melissa begonnen,' legde ze uit, en ze probeerde rustig te blijven. 'En ga me niet vertellen dat het niet zo is, want ik heb hem zelf gezien, ik heb ze samen gezien.'

Fiona slaakte een zucht. 'Echt, dat was volkomen onschuldig.'

'O, ja? Hoe weet je dat?'

'Omdat...' Fiona wilde het net uitleggen toen Rory op hen af rende omdat hij zijn banaan wilde.

'Hij staat er nog! Hij is nog goed!' zei hij. 'We zouden er weer in kunnen slapen.'

Toen hij met zijn banaan was verdwenen, mopperde Sian: 'Je hebt er anders niet echt in geslapen de eerste keer, maar goed.'

'Sian, je moet weten wat er tussen Melissa en Angus gaande is.'

'Ik weet niet of ik dat wel wil.'

'Jawel. Doe niet zo raar. Ze heeft een afspraak georganiseerd met iemand die een stuk land heeft. Ze kent... of liever gezegd, haar ouders kennen iedereen. Deze man heeft land en zoekt een investering. Als Angus wat startkapitaal bij elkaar zou kunnen krijgen, dan zou hij zijn survivalcursus kunnen geven.'

'O, god,' zei Sian zacht, toen ze besefte dat Fiona's uitleg wel eens de waarheid zou kunnen zijn. 'Ik weet hoe graag hij dat wil,' gaf ze toe.

'Maar hij krijgt het geld pas als hij morgen zijn boek verkoopt,' ging Fiona verder. Er lag een dringende klank in haar stem toen ze zag dat ze eindelijk tot Sian doordrong.

'Dat gaat hem vast lukken, geen probleem. Het is een geweldig idee, met fantastische foto's en alles.'

'Misschien niet.' Fiona keek haar aan met een blik die Sian

niet begreep. Was het afkeur? Teleurstelling? Hoop, misschien?

'Wat bedoel je?'

'Hij heeft jou daar nodig, Sian.'

'Maar waarom?'

'Je geeft hem zelfvertrouwen, jullie vormen een team. Hij heeft je daar nodig,' herhaalde Fiona.

'Nou, dat had hij moeten zeggen! Hij had me iets moeten laten weten! En waarom kon Melissa niet met hem mee?' Maar heel langzaam begonnen Sians woede en verdriet over te gaan in schuldgevoel omdat ze het zo mis had gehad.

Fiona pakte Sians arm vast en draaide haar om zodat ze haar aankeek, aangemoedigd door het feit dat ze haar arm niet meteen wegtrok.

'Sian, lieverd, waarom heb je het toch steeds over Melissa? Er is niets tussen hen, alleen vriendschap. Meer is er nooit geweest.' Ze zweeg even. 'Ik zeg niet dat Melissa het niet graag anders had gezien… Daar heeft ze absoluut haar best voor gedaan toen hij net thuis was. Maar hij ziet haar gewoon als een leuke jeugdvriendin, en de laatste tijd als zakelijk contact.' Ze haalde diep adem, misschien om Sian de kans te geven iets te zeggen. Toen Sian niets zei, ploeterde ze verder. 'Ik moet zeggen dat Melissa het sportief heeft op-gevat. Toen ze besefte dat Angus niet op die manier in haar geïnteresseerd was, was ze bereid hem te helpen als een oude vriend.'

Sian knikte en begon in te zien wat een gruwelijke ver-gissing ze had gemaakt.

'Angus vertelde dat jij iets met Richard had. Ik weet dat het niet zo is, maar het was voor hem een geweldige klap in het gezicht. Hij had die hele zolderverdieping voor je opge-knapt. Niet helemaal alleen, hij heeft een aannemer inge-huurd, zodat jullie een plek zouden hebben om te wonen. En het heeft hem veel overwerk gekost om het allemaal zo snel af te krijgen.'

Sian had het gevoel dat ze op de bodem van een meer had

geleefd en langzaam naar de oppervlakte dreef. 'Dat wist ik niet.' Misschien had ze overhaaste conclusies getrokken en was het bewijs tegen hem allemaal indirect. 'Maar waarom heeft hij niets gezegd? Waarom heeft hij me niet gebeld?' Ze voelde een brok verdriet in haar hart.

'Hij wilde je verrassen. Je weet hoe hij is.' Ze zweeg even, misschien om zich af te vragen of ze het er nog meer in moest wrijven, om het vervolgens te doen. 'Hij heeft al zijn spaargeld in een huis voor jou gestopt. Geld dat hij opzij had kunnen zetten voor zijn bedrijf.'

'O god, wat afschuwelijk. Ik dacht dat hij... dat hij me niet wilde... Hij heeft nooit gebeld... Hij heeft nooit gezegd dat hij van me houdt!' Ze beet hard op haar lip en vocht tegen de tranen.

Fiona sloeg haar arm om Sians schouders. 'Hij heeft het misschien niet in zoveel woorden gezegd, maar hij heeft het je laten zien. Geen woorden maar daden, en zo. En als je van hem houdt...'

'Dat doe ik. Ik hou van hem. Daarom moest ik breken met Richard.'

'Laat het hem dan zien, zoals hij het jou heeft laten zien.'

'Maar hoe dan? En eerlijk gezegd dacht ik dat hij wel zou hebben geraden wat ik voor hem voel.'

'Jij hebt ook niet geraden wat hij voor jou voelt.'

Sian knikte, draaide zich om en liep de heuvel op, met haar rug naar de hut en naar Rory en Fiona. Ze had even een paar tellen voor zichzelf nodig, ze moest bedenken wat ze nu ging doen. Ze bleef staan en wist opeens wat het was. Ze rende terug naar Fiona.

'Ik moet gaan. Ik moet naar Londen. Ik moet bij hem zijn, hem laten zien dat ik om hem geef... hem helpen deze deal te krijgen.'

'Hoe ga je dat doen?' Hoewel Fiona zichtbaar blij was dat Sian eindelijk bijgetrokken was, was ze praktisch als altijd.

Sian keek voor de zoveelste keer die dag op haar horloge.

331

'Ik kan Rory in de auto zetten en hem naar mijn ouders brengen. Als we nu gaan, zijn we er nog voor het bedtijd is.'

'Maar dan mist Rory morgen school.'

'Ach… en ik was vergeten dat hij bij Annabelle zou gaan spelen… Maar dat geeft niet.'

'Waarom vragen we Rory niet of hij bij mij wil blijven? Dan kun jij met de trein.' Fiona was erop gebrand om van deze missie een succes te maken.

'Kan dat? Heb ik daar tijd voor?'

'Laten we het eerst aan Rory vragen. We zeggen hem dat je naar Londen gaat om Angus te halen.'

Rory was verrukt bij het vooruitzicht om bij Fiona te logeren, maar misschien meer omdat ze verschillende Pixarfilms op dvd had, dan dat hij zijn moeder wilde helpen. Dat maakte Sian niet uit, zolang ze maar op tijd op het station was.

'Ga jij naar huis om je spullen te pakken,' zei Fiona, 'dan brengen Rory en ik je naar het station, en dan halen we op de terugweg gebakken vis en patat,' voegde ze er zachtjes tegen Rory aan toe.

'Gebakken vis en patat!' kraaide Rory. Sian was blij dat dit altijd zo'n traktatie was, anders zouden ze haar rit nu niet zoveel makkelijker gemaakt hebben. Er schoot opeens een gedachte door haar hoofd.

'O god, wat moet ik aan? Wat draag je naar een afspraak met een uitgever?'

'Lieverd, ik heb geen idee! Trek gewoon iets leuks aan. Je ziet er altijd mooi uit. Wat je ook draagt, het is prima!'

Sian wilde net het huis uit rennen, toen ze het pakje zag dat Gus had laten liggen. Ze had het verschillende keren verschoven tijdens het opruimen, maar ze had nooit in de envelop gekeken. Nu had ze er geen tijd voor, maar ze duwde hem in haar tas, toen ze de deur uit liep. Dan kon ze het hem teruggeven.

Pas toen Sian in de trein op weg naar Londen zat, en een blije Rory had uitgezwaaid die zich verheugde op patat en Buzz Lightyear, besefte ze dat ze niet eens wist hoe laat de afspraak was en naar welke uitgever hij ging. Ze belde Fiona, maar die kon haar wel de naam van de uitgever vertellen, maar niet prijsgeven hoe laat de afspraak was.

'Ik weet alleen dat het 's morgens is,' zei ze hulpeloos. 'En ik denk niet al te vroeg. Een uur of tien, lijkt me. Je zou ze kunnen bellen om het te vragen.'

'Zouden ze mij dat vertellen? Is dat niet tegen de privacy-wet, of iets dergelijks?'

'Dan kun jij over de openbare informatievoorziening be-ginnen, misschien helpt dat.'

Maar dat leek hen allebei niet echt een optie. 'Nou ja, ik bedenk wel iets. Ontzettend bedankt dat Rory bij jou mag logeren.'

Omdat Sian dit al minstens tien keer had gezegd, her-haalde Fiona haar kant van het gesprek en zei ze dat Sian haar niet hoefde te bedanken als het ging om het geluk van haar zoon.

Haar ouders hadden wel wat vragen toen ze hen belde, maar ze vonden het enig dat ze bij hen kwam logeren.

Nadat ze het een en ander voor zichzelf en voor Rory in tassen had gegooid was het haastwerk geweest om de trein nog te halen en Fiona te bellen; ze had amper de tijd gehad om op adem te komen. Toen ze de telefoon had opgebor-gen, leunde ze achterover en dacht ze aan wat ze voor zich-zelf had ingepakt. Ze had niets kunnen plannen en ze had vast de verkeerde kleren meegenomen. Maar dat deed er niet toe. Het ging niet om haar, en zelfs als dat wel zo was, mochten illustratoren best een beetje apart zijn, of kleren dragen die niet bij elkaar pasten; dat paste wel bij het imago. Het ging om haar werk.

Ze rommelde in haar tas en pakte haar schetsboek. Ze had geen zin gehad om het enorme A3-portfolio mee te

nemen in de trein, en dus had ze haar A4-schetsboek meegenomen. Ze bladerde erdoorheen en voelde de moed in
haar schoenen zakken. Ze zag tekeningen van bloemen,
realistisch en fantasierijk, feeën, zeepaardjes en Franse lelies,
een heleboel draken, maar voorzover ze kon zien niets
waarmee ze kon aantonen dat ze de juiste persoon was om
een boek over overleven in de wildernis te illustreren. Zij
en Gus hadden zoveel tijd verspild met hun dwaze misver-
standen. Als ze niet zo verschrikkelijk ruzie hadden gehad,
had ze zijn werk kunnen lezen en wat eerste schetsen kunnen maken.

Ze keek weer in haar schetsboek. Dit had geen zin; hier
had Gus niets aan. Dit zou zelfs tégen haar werken. Straks
dachten ze dat Sian een of andere gestoorde stalker was met
een verzameling tekeningen die nergens op sloeg. Als ze
wisten dat hij zulke vrouwen in zijn leven had, zouden ze
hem direct wegsturen, geen risico willen nemen met hem.

Haar kleren deden er niet toe, maar haar werk wel. Ze
moest iets doen. Ze pakte haar potloodetui, koos een pot-
lood en besefte toen dat ze niet goed kon tekenen in de
trein. Er zat niets anders op dan bij haar ouders thuis iets in
elkaar te flansen. Al moest ze de hele nacht doorwerken. De
carrière van Gus, zijn boek, zijn survivalproject, álles stond
op het spel.

Toen dacht ze aan het pakje en ze haalde het uit haar tas.
Er zaten zo'n vijftig getypte velletjes papier in. Toen ze de
eerste pagina las, besefte ze dat het zijn boek was. Ze las de
tweede pagina en toen de derde. Ze kreeg een glimlach rond
haar mond, deels van opluchting en deels omdat het boek zo
grappig was. Hij kon goed schrijven, hij kon echt goed
schrijven! Ze hoefde geen kenner te zijn om dat te weten.
Het was meeslepend, intrigerend, onderhoudend en leuk.
Zijn unieke persoonlijkheid was op elke pagina te herkennen, in elke regel, plagerig, opstandig maar informatief. Ze
besefte dat dit een succes moest worden, zelfs als ze helemaal

niets voor Gus voelde, zelfs als hij een terloopse vriend was. Zo goed was het.

Later die avond, na een huiselijke en snelle hap met haar ouders, maakte ze het bureau op haar oude slaapkamer leeg en begon te tekenen.

Ze had niets om na te tekenen en putte daarom uit haar herinneringen: hoe de handen van Gus met een mes over de bast van een stuk berkenhout schraapten en een klein hoopje tondel maakten; de hut met de dikke laag bladeren die eruitzag als een grot; Gus die met een houtsnijwerk bezig was, hele kleine houtkrullen produceerde die net een lint om een cadeautje leken; Gus met een bijl boven zijn hoofd.

Toen ze alles wat ze had gezien had getekend, las ze zijn boek opnieuw, koos ze stukken waar ze naar haar idee een goede tekening van kon maken. Ze glimlachte terwijl ze tekende, en haar enthousiasme groeide toen ze de gebeurtenissen in het boek tot leven bracht met haar kundige potloodstrepen en schaduwen. Ze voegde er een tekening van Rory aan toe die met een stok rondrende, deels omdat die leuk was, en deels omdat hij liet zien dat de wildernis voor alle leeftijden aantrekkelijk was. Ze wilde dat ze tijd had om kleur aan te brengen, maar ze had haar verf niet bij zich en potloodtekeningen waren waarschijnlijk toch wat nodig was. Toen ze uiteindelijk haar etuitje dicht ritste, was ze van mening dat dit haar beste tekeningen ooit waren, en dat ze goed genoeg waren om zelfs de meest kritische uitgever tevreden te stellen. Ze sloeg het schetsboek dicht, stond op, rekte zich uit en liep naar beneden om nog een kopje thee met haar ouders te drinken voor iedereen naar bed ging.

Ze bewonderden haar werk en kusten haar welterusten. Haar vader had duidelijk een spreekverbod opgelegd gekregen van zijn vrouw en was niet over het liefdesleven van zijn dochter begonnen. Sian was opgelucht. Haar eigen gevoelens waren verwarrend en ze wist niet wat Gus voor haar voelde; ze had geen zin om zich te moeten verantwoorden.

Bovendien had ze geen idee wat haar vader van Gus zou vinden. Hij probeerde nog steeds te verwerken dat Gus Rory's vader was. Haar moeder had het hem verteld, dat had haar het beste geleken. Als er een kans bestond dat ze Gus zouden ontmoeten nu Sian in Londen was, dan konden ze maar beter voorbereid zijn.

24

De receptioniste was erg aardig. 'Ik vind het heel vervelend voor u, maar u bent op de verkeerde plek. Dit is het hoofdkantoor, maar Emmanuel & Green zit in Park Street.'

Sian kon wel janken, maar daar was geen tijd voor. Ze was vroeg vertrokken, gewapend met de openbaarvervoerkaart van haar moeder en de stadsplattegrond van haar vader, en alles had goed moeten gaan. Maar de metro was een chaos als gevolg van een elektrisch probleem en ze durfde geen bus te nemen, omdat ze al zo laat was. Dat dacht ze tenminste; ze wist nog steeds niet hoe laat de afspraak was.

'Hoe kan ik daar het snelst komen?'

'Met de fiets, eerlijk gezegd, of anders met een taxi. Ik kan even bellen om te zeggen dat u onderweg bent. Wat is uw naam, en met wie is uw afspraak?'

'Dat weet ik niet! Ik bedoel: ik weet natuurlijk mijn eigen naam wel, maar niet met wie de afspraak is. En de uitgever zal mijn naam waarschijnlijk ook niet kennen.'

De receptioniste keek haar minzaam aan, waarschijnlijk blij dat dit gestoorde mens snel weg wilde. Maar ze was ook nieuwsgierig. 'Wat gaat u nu doen?'

'Ik verzin wel iets. Dank u wel!' riep Sian, terwijl ze de deur uit rende.

In de taxi probeerde ze tot rust te komen en zich geen zorgen te maken over de teller die met een schrikbarend tempo een steeds hoger bedrag aangaf. Gelukkig had haar vader haar wat geld toegestopt en toen ze dit bekeek, besefte ze dat ze zestig pond extra had. Gelukkig. Naarmate ze haar doel naderde, besefte ze dat ze in een wijk van Londen kwam die ze kende, doordat ze er had gewerkt, en ze voelde zich enigszins gerustgesteld.

Na een eindeloze rit door het drukke verkeer kwam de taxi tot stilstand. 'Daar zijn we dan, meissie.'

Ze sprong uit de auto, riep dat hij het wisselgeld kon houden en rende de trap op naar de ingang.

Het was een veel kleiner gebouw dan het eerste, en Sian vond dat een goed teken. Hier konden nooit veel vergaderingen tegelijk gehouden worden; dat vergrootte haar kans om de juiste te vinden.

Enkele seconden later was ze binnen. Ze moest in een intercom spreken, waar ze zo'n hekel aan had. Nóg een aanslag op haar zelfvertrouwen. Ze wist nooit hoe het moest en als ze niet op een bezoekerslijst stond, zou ze misschien niet binnengelaten worden, als ze al verstaanbaar was. Met een uiterste inspanning wist ze een kalme en professionele stem op te zetten.

'Ik ben hier met Angus Berresford, maar ik ben aan de late kant?' Haar vragende toon zou misschien helpen, dacht ze.

De deur klikte, ze duwde ertegenaan en hij ging open. 'Hallo!' Ze hoopte dat ze Gus in de hal zou aantreffen. 'Ik ben nog later dan ik dacht. Is de vergadering al begonnen?

De vrouw, met een headset op, keek haar geschrokken aan. 'Eh, ja,' zei ze.

Opgelucht dat ze niet had gevraagd wélke vergadering, glimlachte Sian. 'Als u me de juiste kant op zou kunnen wijzen?'

Wat ze eigenlijk wilde was dat iemand haar bij de hand nam en naar de juiste kamer bracht, maar de telefoon ging. De receptioniste wuifde. 'Tweede verdieping, derde deur rechts. De lift is die kant op.' Het meisje wees, toen Sian verkeerd dreigde te lopen.

De lift was traag en Sian had tijd om te beseffen dat het

goed ging. Ze had haar schetsboek niet in de taxi laten liggen, het regende niet en ze hoefde niet naar de wc. Allemaal goed. Het zou ook goed zijn als er tijdens de vergadering water op tafel stond. Haar mond was kurkdroog. De sjaal die ze droeg om een verfvlek te verbergen verhoogde de stress en ze had het veel te warm.

Ze tuimelde de lift uit en zag een gang met veel deuren. Wat had de receptioniste ook alweer gezegd? Derde deur rechts? Ze begon te tellen, klopte dapper aan en ging naar binnen. Het herentoilet. Gelukkig was er niemand. Waarom stond er dan ook niets op de deur? Verontwaardigd liep ze weer naar buiten en zag dat er wel iets op de deur stond, maar dat ze het gewoon niet had gezien. Toen zag ze nog een deur waar iets op stond. Het damestoilet. Moest ze even tijd nemen om zichzelf op te frissen? Ze was al laat, zouden een paar tellen nog wat uitmaken? Ze liep het toilet al binnen nog voordat ze haar eigen vraag had kunnen beantwoorden.

In het damestoilet was wel iemand: een jonge vrouw die haar handen aan het wassen was. 'O, goddank,' zei Sian. 'Ik ben laat voor een vergadering en ik kan het niet vinden. Weet jij misschien waar ik moet zijn?'

De vrouw liep naar de handdoekautomaat, trok een deel omlaag en droogde haar handen. Daarna nam ze wat handcrème uit een pompje. Het leek wel of de tijd stilstond, maar ze besefte dat het niet meer dan een paar seconden kon zijn.

'Met wie is het? De vergadering?'

'Dat weet ik niet.' Sian keek haar met een onnozele glimlach aan. 'Met Angus Berresford. Enig idee?'

'O, ja. Ze zitten in de vergaderzaal aan het eind. Ik laat het je wel even zien.'

'De receptioniste zei de derde deur rechts.'

'Dat is Edwards kamer, maar met de agent, iemand van Vormgeving en het hoofd Marketing was dat wat te klein. Hier is het.' Ze wachtte even. 'Wil je dat ik je even aankondig?'

Sian dacht hierover na. 'Ja, heel graag. Mijn naam is Sian

Bishop. De illustratrice,' zei ze, met meer zelfvertrouwen dan ze voelde.

De jonge vrouw klopte aan en ging naar binnen. 'Dit is Sian Bishop, de illustrator,' zei ze, waarna ze Sian alleen liet.

'Neem me niet kwalijk dat ik zo laat ben!' zei Sian opgewekt. 'Ga rustig verder. Ik haak wel in.'

Iedereen in de ruimte staarde haar aan, en de meeste aanwezigen vroegen zich zichtbaar af wie ze in vredesnaam was en wat ze hier deed. Ze durfde nauwelijks naar Gus te kijken toen ze rond de tafel liep. Maar ze zag een lege stoel en ging snel zitten.

Gus staarde haar vanaf de andere kant van de tafel aan, maar ze durfde hem pas aan te kijken als ze weer op adem gekomen was en kon doen alsof ze precies was waar ze hoorde te zijn. Dat zou nog wel even duren.

Als ze had gehoopt dat ze in de achtergrond zou kunnen verdwijnen, dan kwam ze bedrogen uit. De vergadering lag abrupt stil.

'Pardon?' zei een jongeman in een gekreukt linnen pak. 'Wie is dit? Wie bent u?' Hij glimlachte naar Sian en wilde duidelijk niet onbeleefd zijn, maar verlangde wel een antwoord.

'Dit is Sian Bishop,' zei Gus krachtig. 'Mijn illustrator.'

'Let maar niet op mij,' zei Sian, gesterkt door het feit dat Gus niet deed alsof hij haar niet kende. 'Ik maak alleen wat aantekeningen. Ga rustig verder.'

Er werd wat geschoven en gewiebeld, waarna de jongeman zei: 'Zoals ik dus zei, heeft dit boek absolute passie en toewijding nodig.' Hij keek bezorgd naar de vrouw aan het hoofd van de tafel.

De woorden vielen als bakstenen op de grond, terwijl ze als veren speels door de lucht hadden moeten dansen.

Gus keek omlaag. De man in het linnen pak zat een naakte dame te tekenen en de rest keek beschaamd en teleurgesteld voor zich uit. De vrouw aan het hoofd keek verveeld.

Sian moest iets doen.

'O, maar die heb ik!' zei ze, en ze stak van wal. Ze had zichzelf belachelijk gemaakt met haar komst. Nu haar waardigheid weg was, kon ze net zo goed doorgaan. 'Absoluut! Massa's! Ik ben ervan overtuigd dat dit boek het waanzinnig gaat doen! Want Gus… Angus…' Ze glimlachte heel kort in zijn richting. '… is geweldig. Een geweldige schrijver, die weet waar hij het over heeft en die dat op een fantastische manier weet over te brengen.'

'Dat hoor ik te zeggen,' zei een man in een gestreept overhemd met een krijtstreep pak. 'Ik ben zijn agent.' Maar hij klonk niet beledigd, eerder het tegenovergestelde.

'Maar ik heb het geluk dat ik hem in actie heb gezien,' ging Sian verder, toen ze merkte dat niemand het van haar wilde overnemen. 'Niet het ontdekkingsgedeelte, natuurlijk, dat moet je alleen doen, maar de communicatie! Ik heb gezien hoe hij in staat is om een groep kleine kinderen en volwassenen met een glas wijn in hun hand geboeid te houden. Niet het meest ontvankelijke publiek, zult u moeten toegeven. Maar ze aten uit zijn hand! Vergeef me dat cliché,' voegde ze eraan toe, omdat ze het gevoel had dat ze misschien iets overdreef.

'En het boek is uitstekend geschreven,' voerde de agent aan. 'Daar zijn we het allemaal over eens. We hebben alleen…'

'… wat pit nodig,' zei een jonge vrouw in een strakke witte bloes en een behoorlijk decolleté. 'En die heeft Sian zojuist geleverd!'

Sian glimlachte breed; ze kon deze vrouw wel zoenen!

'Eh,' zei een van de andere mannen, met krulletjes, zonder stropdas, 'wilt u misschien laten zien wat u in huis hebt?'

Sian haalde haar schetsboek tevoorschijn. 'Het is natuurlijk nog niet heel veel. Gus en ik…' Ze bloosde en hoopte dat niemand het zag. '… hebben de laatste tijd niet veel gelegenheid gehad om samen te werken, maar ik zie hem helemaal zitten… het project, bedoel ik, het concept van Gus als de moderne ontdekkingsreiziger.'

Ze zocht in haar tas naar een zakdoekje zodat ze niet hoefde te zien hoe de anderen haar tekeningen bekeken.

'Ja,' zei Gus, en hij keek haar aan. 'Soms moet je een risico nemen met iemand, niet altijd de veiligste optie kiezen, zelfs als dat in eerste instantie het beste lijkt.'

'Absoluut,' zei Sian. Ze keek Gus strak aan en negeerde de anderen. 'Dat is eng, maar op lange termijn brengt het minder risico met zich mee. De saaie optie is de gevaarlijkste.'

Iemand, het zou Gus' agent kunnen zijn, schraapte zijn keel. Weer iemand anders, een man in pak die nog niet aan het woord was geweest, leunde naar voren.

'Tja, zo te zien hebben we een overtuigd auteur, een fantastisch project en een illustratrice die op ongewone wijze bij het hele project betrokken is.' Hij trok Sians schetsboek naar zich toe en bladerde erdoorheen. 'O, dit is heel geschikt!'

Het was de tekening van Rory die met een stok in zijn hand aan het rennen was.

'O,' zei Gus, toen hij de tekening zag. 'Dat is Rory.'

Sian en hij keken elkaar ingespannen aan. Sian slikte, hoopte dat ze niet ging niezen of huilen of op een andere morsige, luidruchtige manier emotie zou tonen.

'Is dat je zoon, Gus? Zijn jij en Sian…' vroeg een vrouw, die nog niet eerder had gesproken. Ze droeg het onvermijdelijke mantelpakje, de kleur van rijpe tomaten, had zwarte krullen en haar make-up was onberispelijk. 'Interessant.'

Gus' agent fronste zijn wenkbrauwen. 'Ik wist niet dat je een partner had, Gus.'

'Vooralsnog hebben wij alleen een zakelijke relatie,' zei Sian, en ze wendde haar blik van Gus af.

'Maar dat zou kunnen veranderen?' suggereerde de vrouw in het rode mantelpakje.

'Laten we het hier niet over hun privéleven hebben,' zei de agent.

'Maar het zou wel iets toevoegen…' hield de vrouw vol.

Sian was verbijsterd dat het gesprek deze wending had ge-

342

nomen. Het leek nogal ongewoon om het liefdesleven van een auteur tijdens een vergadering te bespreken, maar als het hielp om de deal te sluiten, wat deed het er dan toe? De vergadering was al bizar op het moment dat zij de kamer was binnen gegaan. Ze keek de tafel rond, keek ook naar Gus, en besefte dat haar komst iedereen kennelijk betoverd had. Iedereen glimlachte.

Iemand kuchte. 'Tja, een stel of niet, ik denk dat ik vol vertrouwen kan zeggen dat we zeer binnenkort met een bod kunnen komen. We zullen wat sommetjes moeten doen, kijken wat voor publiciteit we kunnen creëren... Supermarktdeals, dat soort dingen... Maar ik zie het wel zitten. Absoluut!' Hij keek iedereen stralend aan en stond toen op om aan te geven dat de vergadering voorbij was.

De agent van Gus kwam op haar af en gaf haar op beide wangen een zoen. 'Tjonge, jij kwam precies op het goede moment! Na de eerste enthousiaste impuls was de vergadering een beetje ingedut. Dat was goed te merken.'

Gus zei: 'Sian, dit is Rollo Cunningham. Mijn agent. De beste die er is, zegt hij zelf. Rollo, dit is Sian, mijn... Tja, ze is mijn...'

'Laten we het voorlopig maar op illustrator houden,' zei Sian, met een glimlach.

'Maar we kennen elkaar al heel lang,' voegde Gus eraan toe.

Sian keek naar de grond. Ze had haar best gedaan om Gus te laten zien dat ze van hem hield door naar de vergadering te gaan, haar eigen remmingen overboord te zetten en hem bij zijn project te helpen, maar hoewel hij blij was met wat ze had proberen te zeggen, ze had geen idee wat zijn gevoelens voor haar waren. Misschien dácht Fiona alleen maar dat Gus van haar hield omdat ze dat graag wilde. Maar Sian moest het van hemzelf horen.

Gus keek naar Sian. 'Wij moeten praten.'

'Absoluut,' zei Rollo. 'We moeten details uitwerken en ervoor zorgen dat de neuzen allemaal dezelfde kant uit staan.

Ik ken een leuk tentje hier vlakbij. Het is nog vroeg, maar nu is het er in elk geval rustig.'

'Ik moet eigenlijk terug naar mijn ouders…' begon Sian.

'Ik sta erop dat je mee gaat lunchen, tenzij ze dringend hun medicijnen moeten hebben!' zei Rollo. 'Je wordt een belangrijk onderdeel van dit project. Zeker nu de uitgevers je in de armen hebben gesloten.'

'Vind je het erg?' vroeg Gus. Hij leek het belangrijk te vinden dat ze blij was met dit plan.

'Nee, het is prima.' Ze wilde hem geruststellen. 'Mijn ouders zijn kerngezond,' zei ze tegen Rollo. 'Ik ga graag mee lunchen.'

Sian liep achter hen aan. Ze konden niet met zijn drieën naast elkaar lopen en ze vond het belangrijker dat Gus en Rollo konden praten dan dat hij haar arm vast had.

Ze liepen een smalle deur door, die Gus voor haar openhield. Het was binnen donker, maar toen haar ogen aan de duisternis begonnen te wennen, zag ze dat er niet veel tafeltjes stonden, maar dat er wel witte tafelkleden op lagen en glinsterende glazen stonden. Rollo sprak met de eerste kelner die kennelijk een vriend van hem was, en vervolgens werden ze naar een tafeltje geleid.

'Ouderwets Engels eten,' zei hij. 'Zeer bekend om de traditionele desserts met custard.'

'Echt iets voor Richard dus,' zei Gus, en hij keek betekenisvol naar Sian.

'Ja.' Sian liet zich door Rollo een zitplaats aanbieden.

Het onderwerp Richard vereiste een betere verklaring dan ze hier kon geven. Haar schuldgevoel stak weer de kop op; ze had hem zoveel verdriet bezorgd. Ze kon nog steeds niet geloven dat Gus ook van haar hield en niet alleen het zolderappartement had gemaakt zodat Rory een dak boven zijn hoofd zou hebben en niet in een of andere kansarme wijk zou hoeven wonen.

'En overheerlijke frites!' ging Rollo verder. 'Wat er ook

gebeurt, we moeten frites hebben. En bubbels.' Hij keek om zich heen, en onmiddellijk kwam er een ober op hen af. 'We hebben iets te vieren!'

Er kwam een fles champagne op tafel en de glazen werden gevuld.

'Op het boek?' zei Rollo, en hij hief zijn glas naar hen beiden.

'Op het boek,' zei Sian. 'Het wordt fantastisch. En dat ze Gus er maar veel geld voor mogen geven.' Ze keek naar Rollo die glimlachte en zijn glas opnieuw hief.

'Ja, en op Sian,' zei Gus, 'onze redder in nood.'

'Welnee! Ik kwam zomaar binnenvallen en… Ach, ik heb mezelf belachelijk gemaakt.'

Rollo en Gus schudden hun hoofd. 'Ze waren een beetje stilgevallen,' zei Rollo. 'We hadden een extra element nodig. Jouw prachtige illustraties én je aanwezigheid voor publiciteitsdoeleinden.'

'Daar wil je mij niet voor hebben. Gus is de ster!'

'Soms heeft een ster een satelliet nodig,' zei Rollo, 'en jij bent een erg mooie, als ik zo vrij mag zijn.'

'Inderdaad,' zei Gus.

Op dat moment kwam de ober met de menukaarten, zodat Sian meer stress bespaard bleef.

De maaltijd leek een eeuwigheid te duren. Sian keek voortdurend naar Gus, die voortdurend naar haar keek. Ze voelde zijn voet op de hare en wist niet zeker of dat expres was of dat hij daar per ongeluk was geland. Hoe dan ook, ze bewoog haar eigen voet niet en genoot van het contact, in de hoop dat het een teken was dat alles goed zou kunnen komen.

'Zo,' zei Rollo, toen hij zijn nagerecht met extra jam en custard op had. 'Wat gaan jullie vanmiddag doen? Plannen?' Toen ze geen antwoord gaven, ging hij verder: 'Het was een bizarre wending tegen het eind van de vergadering, vond ik.' Hij zweeg en wendde zich toen tot Gus. 'Maar, zijn jullie nou een stel?'

Ze keken elkaar aan, maar Sian wist niet wat de blik op Gus' gezicht betekende. Was het afschuw en paniek bij de gedachte alleen al? Of iets anders? Haar hart, dat al de hele maaltijd tekeer was gegaan, maakte nu helemaal vreemde sprongen.

'Eh, nou…' begon Gus.

'Hemeltje! Ik zeg toch geen verkeerde dingen, hè?' bralde Rollo. 'Weten jullie zeker dat je geen likeurtje wilt? Ik weet dat het lunchtijd is, maar het is een prima manier om iets te vieren. We hebben ongetwijfeld een geweldig bod voor het boek losgepeuterd. Of een cognacje?' Zijn stem stierf weg.

'Nee, echt niet. Als ik nog meer drink, kan ik niet meer op mijn benen staan,' zei Sian. Ze had twee glazen champagne gehad en haar deel van de fles rode wijn. Nu wilde ze weg.

Maar Gus had nog vragen. 'Vertel, wat is de volgende fase van het boek?' vroeg hij.

'De uitgevers gaan nu eerst rekenen en doen ons dan een bod, dat we zullen weigeren…'

'Hoe hoog het ook is?' vroeg Sian, blij dat ze ook iets kon zeggen.

'Ja. Nooit een eerste bod accepteren. Ze mogen blij zijn dat ik het alleen aan hen heb aangeboden.'

'Ik dacht dat zij de enigen waren die geïnteresseerd waren.'

'Tja, nou ja, er zijn nog wel een paar uitgevers die interesse zouden kunnen hebben. Die kunnen we alsnog benaderen als deze partij niet met een fatsoenlijk bod komt.'

'Hoe lang moeten we daarop wachten?' vroeg Sian.

Rollo haalde zijn schouders op. 'Geen idee. Het kan snel gaan, of ze kunnen ons een paar dagen laten wachten. Ik verwacht dat ze het ijzer willen smeden nu het heet is, zullen we maar zeggen.'

'Wat zenuwslopend,' zei Sian.

'Ja,' beaamde Gus, 'en vreemd. Ik heb het gevoel dat ik een slaaf ben die aan de hoogste bieder wordt verkocht.'

Rollo knikte. 'Heel normaal. Maak je geen zorgen. Ik zorg ervoor dat we ze flink laten dokken.' Hij zweeg even. 'Goed, weten jullie zeker dat jullie niets meer willen hebben? In dat geval vraag ik de rekening.'

Rollo betaalde met een zwierig gebaar de rekening en grapte met het personeel. 'Zo,' zei hij, 'kan ik iemand nog een lift aanbieden in mijn taxi?'

Sian stotterde en Gus zei: 'We redden ons wel, dank je.' Hij stond op om Rollo te bedanken voor alles wat hij had gedaan en Sian deed hetzelfde. Daarna zwaaiden ze hem uit.

'Hij is duidelijk een goede agent, geweldig in wat hij doet,' begon Sian.

'Maar wij moeten onder vier ogen praten,' maakte Gus de zin af.

Sians hart maakte een sprongetje. Dat klonk goed, maar kon ook slecht zijn.

'Ja. Zullen we een cafeetje opzoeken?'

Gus schudde zijn hoofd. 'Ik heb frisse lucht nodig, een groen plekje. Ik kan niet goed nadenken in de stad.'

Sian glimlachte. 'Gelukkig ben ik een Londense. Ik weet wel iets. Loop maar mee.'

Het duurde niet lang voordat Sian hem een geheime tuin binnen leidde, verstopt achter oude huizen en nieuwe torenflats, alleen toegankelijk via een steegje tussen een oeroude, halfhouten pub en een advocatenkantoor dat uit dezelfde periode leek te stammen.

'O, wauw!' zei Gus. 'Wie had dat kunnen denken?' Hij keek naar de hoge, oude bomen en de bloembedden; wat gras, hier en daar een paar bankjes en een vogelbad in de vorm van een naakte dame met een schaal in haar handen.

'Ik heb hier in de buurt een baan gehad. Tussen de middag at ik meestal in deze tuin mijn boterhammen op. Ik weet niet of het niet vroeger een begraafplaats is geweest, of iets dergelijks.'

'Het is een oase.'

'Ja. Zullen we gaan zitten?' Ze wees naar een bankje waar duiven op zoek waren naar kruimels. 'Om te praten?' Het was hoog tijd.

Gus keek haar verontschuldigend aan. 'Vind je het erg om te lopen? Het gaat vast beter als ik loop.'

Sian glimlachte, liep met hem mee en vroeg zich af wat hij met 'beter' bedoelde. Maar ze was zo zenuwachtig dat ze het niet wist. Misschien wilde Gus haar bedanken voor wat ze voor het boek had gedaan, of misschien wilde hij haar vertellen dat hij met Melissa ging trouwen, ondanks wat Fiona had gezegd.

Gus pakte haar hand en duwde hem ouderwets door zijn arm, hield haar dicht tegen zich aan. Ze voelde een sprankje hoop.

'Lief dat je bent gekomen,' begon hij.

'Het was wel het minste wat ik kon doen. Ik had beloofd dat ik zou helpen en toen... nam ik het terug. Dat was niet eerlijk. Ik moest het goedmaken.'

'Vindt Richard het niet erg dat je hier bent?'

'Nee. Hij weet het niet.'

'Je bent vertrokken zonder hem iets te zeggen?'

'Ja.'

Gus was blijven staan, had haar arm losgelaten en keek haar streng aan.

'Gus, er is niets tussen Richard en mij, dat is er ook nooit echt geweest.'

'Nee?' Hij keek verbaasd. 'Maar je bent met hem naar bed geweest!'

'Niet! Ik ben met jóú naar bed geweest. Ik heb je alleen dat idee gegeven omdat ik boos en gekwetst was en dacht dat je iets met Melissa had.'

'Lissa? Goeie genade, hoe kom je daar nou bij?'

Het bewijs dat ze had leek nu erg zwak, terwijl het toen zo expliciet had geleken. Ze dacht na en liep stilletjes naast hem. 'Ik zag jullie samen, nadat je niets van je had laten horen en je er niet was toen ik belde…' Fiona was ervan overtuigd dat er niets tussen Gus en Melissa was, maar Sian zou het pas zeker weten als ze het van Gus zelf hoorde.

'Ze heeft me alleen voorgesteld aan iemand die zijn land wilde verhuren en geld wilde investeren. Ik vind haar een leuk mens, hoor, maar verder… nee. Niet te geloven dat je dat dacht en niets hebt gezegd. Je had iets moeten zeggen.'

'Fiona zei het al, maar op dat moment… Nou ja, ik was vreselijk gekwetst. En je belde maar niet terug. En toen heb ik mijn toevlucht bij Richard gezocht.'

Gus vond haar redenering kennelijk niet zo logisch. 'Ah ja, Richard. Onze held.'

Dat was niet eerlijk; ze moest hem verdedigen. 'Hij is een goede man en ik voel me er vreselijk schuldig over.'

'Waarom? Hij heeft een kast van een huis en een snelle auto, waar maak je je zorgen om?'

'Omdat ik zijn hart heb gebroken. Toen ik hem vertelde…' Ze zweeg.

'Wat heb je hem verteld?' vroeg hij zacht. Hij had haar arm weer vastgepakt en hield hem stevig vast alsof hij bang was dat ze zou ontsnappen.

Geen enkele vrouw wil als eerste de woorden 'houden van' gebruiken in een relatie. 'Ik heb hem gezegd dat ik niet bij hem kon zijn. Niet… Nou ja, ik heb er een eind aan gemaakt.'

Hij keek haar ingespannen aan. 'Wat wil je nu zeggen?'

'Ik denk dat je dat wel weet.' Ze keek hem aan, maar ze kreeg de woorden niet uit haar mond.

'Probeer je nu te zeggen, of juist niet te zeggen wat ik wil dat je zegt?'

Het was een impasse. Ze wilden geen van tweeën het als eerste zeggen, maar zolang Sian die o, zo belangrijke woorden niet had gehoord, kon ze er niet zeker van zijn dat hij van haar hield. Haar eigen gevoelens waren te zeer gekwetst om dat risico te lopen. 'Waarom begin jij niet?' zei ze zacht.

Hij slikte, haalde diep adem en vermande zich. 'Ik vind mezelf geen lafaard, maar dit is wel het engste wat ik ooit heb gedaan. Ik hou van je, Sian. Toen ik thuiskwam en ik zag je daar, werd ik weer helemaal opnieuw verliefd op je, ver voordat ik van Rory's bestaan wist.'

Sian zei lange tijd niets. Ze kon de woorden niet verzinnen en was bang dat ze zou gaan huilen. Hij had het gezegd. Hij had eindelijk gezegd dat hij van haar hield. De laatste cel in haar lichaam die nog had getwijfeld was om.

'O, Sian! Lieve schat, toe! Ik heb je verteld wat ik voor je voel. Hou me alsjeblieft niet langer in spanning.'

Het was niet haar bedoeling geweest om hem te kwellen. Ze had het alleen zeker willen weten. 'Ik ben blij. Toen Fiona me de zolder liet zien… Wees niet boos op haar, ze was wanhopig. Ik dacht dat je het misschien had gedaan zodat Rory een dak boven zijn hoofd zou hebben.'

'Natuurlijk wil ik niet dat hij dakloos wordt, maar ik heb het voor jou gedaan. Ik wilde jou redden, niet Rory, want Rory had jou.'

'Wat lief,' zei ze stilletjes.

'Nou ja, je bent een goede moeder.' Zijn mondhoek trilde. 'Nu weet ik waarom Rory van draken houdt! Hij woont er met een samen!'

Sian haalde adem en draaide zich verontwaardigd naar hem toe. 'Ik ben geen draak…'

Gus nam haar gezicht tussen zijn handen en kuste haar heel lang. Halverwege was ze blij dat ze niet was vergeten adem te halen; dat kwam goed uit.

Sian zag iemand de tuin in komen en ze maakte zich los. Ook Gus deed een stap naar achteren. 'Dus we kunnen onze onzekere toekomst samen tegemoet gaan?'

'O, ja. Ik heb liever een onzekere toekomst met jou dan een leven vol luxe en zekerheid met Richard. En ik wil dat je weet dat ik het alleen voor Rory wilde. Het was niet voor mezelf.'

'Echt? Ik dacht dat hij in een kasteel woonde.'

Sian knikte. 'Het is een groot huis, maar de keuken is niet geweldig.'

Gus fronste zijn wenkbrauwen, zichtbaar verward. 'Bedoel je...'

'Ik bedoel,' ging Sian verder, vastbesloten om hem terug te pakken voor de opmerking dat ze een draak was, 'als je zoveel geld aan een huis besteedt, dan moet de keuken wel iets meer zijn dan oké.'

Gus keek haar nu een beetje bezorgd aan. 'Maar de keuken in het zolderappartement is piepklein. Is dat een probleem?'

Sian genoot ervan om de overhand te hebben zolang het duurde. 'Zoals je weet zijn afmetingen niet belangrijk. Zijn keuken had een aanrecht van lelijk marmer. Het deed me denken aan gehakt... van die hele grove terrines die je in Frankrijk wel krijgt.'

Gus had moeite met de informatie. 'Probeer je me nu te vertellen dat je Richard hebt afgewezen omdat je het marmer in de keuken van zijn landhuis met zwembad en stallen niet mooi vond?'

'Hoe weet jij dat het een zwembad heeft?'

'Dat vertelde Rory me die dag tijdens de thee, weet je dat niet meer? Maar, kom, zeg op. Wat was het? De keuken, het zwembad, de stallen...' zei hij plagerig.

'Dat zei ik. Het marmer. En de haard in de zitkamer was ook niet geweldig.'

'En daarom heb je hem afgewezen?'

Ze keek hem met grote ogen vol onschuld aan. 'Welke andere reden zou er kunnen zijn?'

'Je bent een rat! Maar je bent absoluut beter af met mij, marmer of geen marmer. Ik ben blij dat je de juiste keus hebt gemaakt.'

'Maar dat is het 'm, Gus, dat heb ik niet gedaan.' Sian werd serieus. 'Je begrijpt het niet. Ik heb niet gekozen tussen jou en Richard. Ik er alleen voor gekozen om niet bij Richard te zijn. Jou kon ik niet kiezen, zie je? Ik dacht dat ik die keus niet had.'

'Welke keus?' Hij keek vertwijfeld.

'Nou, Richard bood me zekerheid en de liefde van een goede man, maar jij…' Ze zweeg even. Het was belangrijk dat hij het begreep. 'Ik dacht dat jij me helemaal niets bood.'

'Wist je dan niet dat ik van je hield?'

'Nee! Hoe had ik dat moeten weten? Je hebt het nooit gezegd, zelfs niet op momenten dat de meeste mannen naar het schijnt wel bereid zijn een vrouw te zeggen dat ze van haar houden. Ik bedoel, als ze net waanzinnige seks hebben gehad. Ik dacht dat het voor jou… nou ja, gewoon waanzinnige seks was geweest.' Ze keek naar haar voeten en hoopte maar dat hij niet dacht dat lekkere seks genoeg was, al dacht ze dat soms zelf wel eens.

'O god, ik ben zo'n sufferd dat ik je niet heb gezegd en dat ik je niet heb laten voelen dat ik van je hou. Ik was bang dat ik je weg zou jagen als ik over liefde begon. Ik vond het zo al eng genoeg.'

'Ik dacht je bang was om je te binden.' Zelfs nu vond ze het moeilijk om haar diepste angst toe te geven, dat hij een zwerver was, letterlijk en figuurlijk.

'Nee. Ik heb me nooit willen binden aan een werkgever of een carrière die ik niet zelf heb gecreëerd, maar toen ik jou had ontmoet… Toen ik mijn zielsverwant had gevonden, wilde ik niet anders dan me binden.'

Ze zuchtte, en omdat de tuin weer leeg was, nam hij haar weer in zijn armen.

'Ik hou van je, weet je dat?'

Zo, zij had het ook gezegd. Ze wisten nu allebei wat ze voor elkaar voelden en het was heerlijk.

Later, toen ze op een bankje zaten en praatten en kusten en kusten en praatten, vroeg Gus: 'Wat zijn je plannen?'

Ze keek op haar horloge. 'O mijn god, de trein! Ik moet ervandoor!'

352

'We nemen wel een taxi. Dan rij ik met je mee naar het station.'

'Dat ik dat bijna vergeten was! Wat voor moeder ben ik?'

'Je weet dat mama op Rory past, daar hoef je je geen zorgen om te maken.'

'Maar je hoeft niet met me mee naar het station. Wat ga jij nu doen?'

'Even wat spullen ophalen bij de vriend waar ik vannacht heb gelogeerd. Kun je geen latere trein nemen?'

'Dan moet ik fors bijbetalen.'

Haastig verlieten ze het park. Hij hield haar vast, leidde haar door de menigte totdat ze op de hoek van de straat stonden om een taxi aan te houden.

Ze draaide zich om. 'Je hoeft niet met me mee te gaan. Ik red me wel.'

'Ik wil geen moment meer zonder je, als het niet nodig is. Ik ga met je mee.'

'Gus, wees nou verstandig!'

Net op dat moment botste iemand tegen haar aan en stapte ze onhandig van de stoep af. Een fractie van een seconde later schoot er een brandende pijn door haar enkel. Ze viel op de grond en hoorde piepende remmen.

'O, mijn god!' hoorde ze een vrouw zeggen.

25

Fiona en Rory waren koekjes aan het bakken, maar Fiona was er met haar gedachten niet bij. Terwijl Rory vrolijk de volgende koekjesuitsteker uitkoos en inschatte of hij een dinosaurus uit het kleine lapje uitgerold deeg kon steken, probeerde zijn grootmoeder zich wanhopig voor te stellen hoe het in Londen ging. Was Sian op tijd voor de vergadering geweest? Was ze erin geslaagd iets goeds te doen, toen ze er eenmaal was? En hoe had Angus gereageerd? Hij was zo razend op haar geweest... Misschien had hij wel gezegd dat hij niets met haar te maken wilde hebben. Het zou afschuwelijk zijn als Sian met haar portfolio had moeten afdruipen.

De telefoon ging. Ze wilde ernaartoe rennen voor het geval het nieuws was, maar ze moest er eerst voor zorgen dat met Rory alles goed was.

'Lieverd, ik ga even de telefoon opnemen. Val niet van je stoel, hè?'

Toen ze tien minuten later had opgehangen, was ze bezorgd. Toen de telefoon opnieuw ging, pakte ze direct op. Het was James.

'Dag, mijn liefste, je klinkt een beetje gespannen.'

'Dat ben ik ook! Niet dat er echt reden toe is, maar Penny, Sians moeder, belde net. Sian heeft haar enkel bezeerd, wat betekent dat ze morgen pas terug kunnen komen. Angus is bij haar, maar ik weet nog steeds niet hoe de vergadering is gegaan.'

'Ach, wat vervelend, maar met Rory is alles goed? Hij zwerft toch niet in zijn eentje door Londen?'

Onwillekeurig moest Fiona lachen. 'Natuurlijk niet, Rory is bij mij. Het is een lieverd en hij is helemaal niet lastig, maar ik vind het moeilijk om me op hem te concentreren nu ik me zorgen maak om mijn eigen zoon.'

'Zou je het fijn vinden als ik langskom? Dan kan ik helpen met Rory, en eten voor jullie koken.'

Fiona stond in tweestrijd. Haar eerste reactie was om ja te zeggen, maar was dat goed? Als ze James liet komen, vatte ze de zorg voor Rory dan wel serieus genoeg op? Was het alsof de oppas zonder toestemming haar vriendje het huis binnensmokkelde? Toen sprak ze zichzelf toe. Natuurlijk niet. James en zij deden niets wat slecht zou zijn voor Rory. 'Ja, graag!' zei ze.

De wetenschap dat hij onderweg was monterde haar op. Niet dat Rory en zij het ondanks haar zorgen niet heel gezellig hadden, maar James zou het nog leuker maken.

Eerst moest ze Rory vertellen dat zijn moeder pas de volgende dag thuis zou komen.

'Jij was lang weg,' zei Rory. Hij keek op van de zuurtjes die hij in het deeg duwde om een glas-in-loodpaneel te maken. Fiona vond het niet het moment om zich af te vragen of theepotten wel glas-in-loodpanelen hadden.

'Ja, het spijt me. Eerst belde Penny, je oma, en ik ben bang dat de plannen zijn veranderd.'

Rory bleef staan met een snoepje in zijn handen.

'Mama heeft haar enkel bezeerd. Het gaat goed met haar, je hoeft je geen zorgen te maken,' zei ze snel, toen ze emotie over zijn gezicht zag glijden. Opgelucht dat hij haar geloofde, ging ze verder. 'Ze blijft vannacht in Londen bij haar ouders, bij opa en oma. Dat betekent, lieve jongen, dat jij nog een nachtje bij mij blijft! Is dat niet gezellig?' Ze hoopte maar dat ze niet klonk als een dokter die zegt dat de prik geen pijn zal doen, terwijl hij donders goed weet dat dat niet waar is.

'Oké. Waar is Gus?' vroeg Rory, alsof de verblijfplaats van zijn vader belangrijker was dan zijn moeders enkel.

'Hij logeert daar ook.' Fiona vroeg zich af waar hij zou slapen. Vast niet bij Sian, maar toch hoopte ze het stiekem. 'Hij brengt haar morgenochtend thuis.'

'O.'

Zijn gezicht betrok niet, dacht Fiona, maar hij was ook niet echt blij. Eerder gelaten. 'Mijn vriend James komt ons gezelschap houden. Je kent hem wel.'

'Ik geloof het wel,' zei Rory. Hij rimpelde zijn voorhoofd, maar leek blij met het nieuws. 'Gaan we straks koekjes eten?'

'Na het eten, ja. Wat zou je willen?'

'Pasta?'

'O, ja, ik ben dol op pasta. Zeg, heel toevallig heb ik alfabetpasta. Die zouden we door de kippensoep kunnen doen?' Lijkt je dat lekker?'

'Ik lust geen soep.'

'Wat, geen enkele soep?'

'Ik hou van tomatensoep. Uit blik.'

'Die heb ik niet, maar wel spaghetti. Vind je dat lekker met tomatensaus? Of met ketchup?'

Fiona was aan het koken wat ze uiteindelijk hadden besloten, na enkele compromissen van beide kanten, toen James arriveerde. Hij had een fles wijn voor Fiona meegenomen en een boek voor Rory.

'Dag, Rory,' zei hij. 'Ik ben James. Ik heb gehoord dat je pas jarig bent geweest, dus heb ik een cadeautje voor je meegenomen.' Hij gaf hem de bruine papieren zak. 'En ik dacht dat je misschien ook wel zou willen schaken met me, dus heb ik een bord en stukken meegenomen. Kun je schaken?'

Fiona wilde net zeggen dat hij daar veel te jong voor was,

maar deed haar mond weer dicht Ze schonk een glas wijn voor James in uit de fles die al open was.

Rory pakte het boek uit. Het was *De puike postbode.* 'Die hadden we bij de speelgroep in Londen ook, maar daar mochten we het niet zelf lezen omdat we anders de brieven zouden kwijtmaken.'

'Je raakt de brieven heus niet kwijt,' zei Fiona, die het nogal een opgave vond.

'Ik hoop dat het niet te kinderachtig voor je is, Rory, maar ik kon zo snel niets anders vinden in de winkel,' zei James verontschuldigend.

'Het is helemaal niet kinderachtig. En het is heel aardig dat je iets hebt meegebracht. Nietwaar, Rory?'

Tot haar grote opluchting deed Rory wat er van hem verwacht werd. 'Ja. Dank je wel,' zei hij, en Fiona gaf hem even een knuffel.

'Zo,' zei James. 'Wat dacht je van een potje schaken voor het eten? Hebben we daar nog tijd voor?'

'O, ja. Ik roep wel als het klaar is.'

Ze liepen naar de serre om het spel daar op te zetten.

'Zo,' zei James, 'op de achterste rij staan alle chique en machtige stukken. En die kleine jongens vooraan heten pionnen, maar je kunt meer met ze dan je zou denken.'

Fiona had bewondering voor zijn geduld. Ze zou zelf nooit iemand kunnen leren schaken, zelfs niet als ze niet met haar gedachten in Londen zat. Ze keek toe terwijl James uitlegde wat elk stuk kon. Hij was zo leuk met Rory. Toen ging ze opruimen, en ze was blij dat ze zich even in haar eentje zorgen kon maken.

Terwijl Fiona de laatste hand aan het eten legde en nog een salade maakte, vroeg ze zich af: kon ze Penny bellen om haar te vragen hoe het bij de uitgever was gegaan? Nee, niet echt. Angus had haar ook zelf kunnen bellen, maar hij was nooit zo goed met woorden, en als hij zich ergens geen zorgen om maakte, begreep hij niet waarom zij dat wel deed.

Logeerde Angus bij Penny en haar man? En hoe had Sians vader op Angus gereageerd? Waarschijnlijk was hij blij dat Angus zijn gewonde dochter had thuisgebracht, maar misschien had hij al die jaren wel wrok gekoesterd tegen de vader van Sians onwettige kind. Dat zou afschuwelijk zijn voor iedereen. Zeker voor Angus, die de verantwoordelijkheid voor Rory volledig op zich had genomen. Hij had zich voorbeeldig gedragen in dat opzicht. Maar hoe zou Sians familie op hem reageren?

En dan de vergadering met de uitgever. Was Sians reddingsoperatie succesvol geweest, of dachten de uitgevers dat hun potentiële nieuwe auteur een krankzinnige vrouw had opgedoken en hadden ze hem direct gedumpt? Zoveel vragen waar ze antwoord op wilde. Maar nu was het tijd om Rory en James aan tafel te roepen. En te weten wie de schaakpartij had gewonnen.

'Hij heeft er aanleg voor,' zei James. 'Een beetje roekeloos met zijn pionnen, maar dat mag je verwachten van een beginneling. Je deed het verdraaid goed, Rory! En je weet nu wat voor zetten elk stuk mag maken, hè?'

'Ik vind de paarden het leukst,' zei Rory.

'Die vind ik ook leuk,' stemde Fiona in. 'Maar vooral omdat ze er zo leuk uitzien.'

'Kun jij schaken, Fona?' vroeg Rory.

'Nou, ik ken de zetten, maar ik ben niet erg goed.'

'We kunnen wel eens spelen,' zei Rory, nu hij een tegenstander had gevonden die hij mogelijk zou kunnen verslaan.

Rory lag te slapen, de keuken was opgeruimd en de tweede fles wijn was open.

'Ik moet gaan,' zei James.

Fiona wilde niet dat hij ging. 'Moet je de winkel morgen vroeg openen?'

'Nee. Sterker nog, mevrouw de taartendame opent morgen de winkel en ze heeft aangeboden om de hele dag te blijven. Ze was erg enthousiast. Dat vond ze het minste wat ze kon doen, zei ze.'

Hij keek op haar neer en zij wendde haar blik af en beet op haar lip om niet te grijnzen van plezier. Ze wilde niet dat hij zag hoe graag ze wilde dat hij bleef.

'Rory slaapt altijd goed,' zei Fiona, in de hoop dat James de hint zou vatten zonder dat ze het hardop hoefde te zeggen.

'Je bedoelt dat hij waarschijnlijk niet midden in de nacht opeens naast je bed staat?'

'Nee. Hij heeft mijn mobieltje naast zijn bed en als hij me nodig heeft, dan belt hij. Dat hebben we gisteravond geoefend. Hij heeft me een aantal keer gebeld en ik heb op mijn slaapkamer opgenomen.'

'En je hebt nog een keurige, tweede logeerkamer?'

Fiona deed niet langer haar best om te verbergen wat ze wilde. 'Ja, maar het bed is niet opgemaakt. Mijn bed, daarentegen, heeft schone lakens en een veel comfortabeler matras.'

Hij nam haar in zijn amen. 'Het is me wat, dat een beeldschone vrouw een man haar bed aanbiedt omdat het matras lekkerder is.'

Ze giechelde. 'Tja, we worden al wat ouder en die dingen zijn belangrijk.'

'Niet zo belangrijk als andere "dingen",' zei hij. Hij nam haar bij de hand en liep met haar naar boven.

Sian bewoog en werd wakker van de pijn in haar enkel. Ze opende haar ogen en zag dat ze in haar eigen bed lag. Heel even was ze in de war. Toen herinnerde ze zich haar val. Ze ging iets verliggen en probeerde haar herinneringen op een rijtje te krijgen.

Angus had haar mobieltje gepakt om haar moeder te bellen, en er was uitgebreid gediscussieerd of ze direct naar huis gebracht moest worden of dat ze eerst naar de spoedeisende hulp moesten. Sian had willen zeggen dat haar ouders naast een gepensioneerde huisarts woonden die misschien kon helpen, maar ze kon zijn aandacht niet trekken zonder op te staan en haar geblesseerde enkel te pijnigen.

Uiteindelijk stopte hij de telefoon in haar tas en zei: 'De buurvrouw van je ouders schijnt een gepensioneerde huisarts te zijn.'

'Dat weet ik,' zei Sian, huiverend van de pijn. 'Dat probeerde ik je te zeggen.'

'Afijn, die is thuis en er staat straks een welkomstcomité voor je klaar.'

Angus vond vrijwel direct een taxi. Hij was heerlijk kalm en geruststellend, en Sian bedacht dat een vriend die eraan gewend was om onder alle omstandigheden, zelfs in de grote stad, te kunnen overleven wel zijn voordelen had.

De taxi zette hen bij de voordeur af en Angus stond erop om Sian naar binnen te dragen, ook al zou ze best kunnen hinken. Haar vader betaalde de taxi, terwijl haar moeder Angus voorging.

'Tjonge,' zei haar vader in de deuropening, toen Gus langs hem liep met Sian in zijn armen. 'Wat een toestand. Wat is er gebeurd?'

Sian kon merken dat hij Gus de schuld gaf. 'Ik zette mijn voet niet goed neer toen ik de stoep af stapte,' legde ze snel uit. Ze vond het niet fijn om alleen maar bezorgde gezichten te zien.

'Louise komt zo,' zei Penny. 'Ga jij eerst maar eens op de bank liggen, dan kan ze naar je kijken. We kunnen je zo naar de spoedeisende hulp brengen, als Louise dat nodig vindt.'

'Zo erg is het vast niet. Het doet alleen zeer.' Sian beet op haar lip om het niet uit te schreeuwen van de pijn, toen ze haar voet op de grond probeerde te zetten.

'Je moet maar geen pijnstillers nemen, zolang we niet weten of je niet geopereerd moet worden,' zei Gus. 'Ik snap dat dat niet fijn is. Sorry, Sian.' Hij tilde haar weer op en liep achter Sians ouders aan naar de woonkamer waar hij haar op de bank legde. 'Hebt u ijs?' vroeg hij aan Penny, die meteen haastig wegliep en terugkwam met een zak diepvries-boontjes.

'Sorry, ik kon geen erwten vinden,' zei Penny, en ze gaf de zak plus een theedoek aan Gus, die het kompres zachtjes op Sians gezwollen enkel legde. Sian keek hoe ze allemaal naar haar enkel keken en voelde zich erg ongemakkelijk. Gelukkig werd haar nog meer schaamte bespaard door de komst van dokter Louise.

'Hier is de patiënte,' zei Sians vader, en hij liep met een slanke, grijze vrouw de kamer binnen. 'Kijk maar eens wat je ervan vindt. Het lijkt mij verstandiger om haar naar het ziekenhuis te brengen, maar ze wil niet.'

'Dat kan ik haar niet kwalijk nemen,' zei Louise met een geruststellende glimlach. 'Ziekenhuizen kun je maar beter vermijden, vind ik. Goed, eens even kijken.' Voorzichtig duwde ze tegen Sians enkel. 'Au. Dat zal wel pijn doen. Het is goed dat die jongeman van jou er ijs op heeft gedaan.' Sian huiverde, maar meer om het effect dat 'die jongeman van jou' op haar vader had dan vanwege de pijn. 'We moeten er een verband om doen als steun,' ging Louise verder, zich er niet van bewust dat ze iedereen om verschillende redenen zenuwachtig had gemaakt. 'Kokervormig is het best.' Ze keek vragend naar Sians ouders.

'Er zit een drogist op de hoek,' zei Penny.

'Ik ga wel,' zei Gus, die liever iets te doen had dan hulpeloos toe te kijken. 'Hebben we verder nog iets nodig?'

'Paracetamol is goed tegen de pijn. Geen ibuprofen, de komende dagen. Heb je nog wat kussens, om je voet hoog te houden?'

'We hebben wel paracetamol in huis, maar neem nog maar wat extra mee,' zei Penny. Ze glimlachte naar Gus om de boze blik van haar man wat te verzachten. 'Dus dat, en het verband. En misschien nog iets van tijgerbalsem, of zo?'

Louise schudde haar hoofd. 'Daarmee trekt er bloed naar

het gebied. Massage en warmte vertragen het genezings-proces.'

'Mag ik wat water?' vroeg Sian, die zichzelf nogal zielig vond.

'Natuurlijk!' Iedereen kwam in beweging om het haar zo prettig mogelijk te maken.

'Niet in slaap vallen met het ijs erop. En als het binnen achtenveertig uur niet beter is, ga dan naar je eigen huisarts of naar de spoedeisende hulp.'

Toen Louise uitgebreid was bedankt en weer naar huis was, en Gus terug was van de drogist met verband en para-cetamol voor de patiënt, stonden Sians ouders en Gus naast de bank naar haar te kijken.

'Nou, Gus,' zei haar vader nors, 'je hoeft niet te blijven. Wij kunnen wel voor onze dochter zorgen.'

Dit deed meer pijn dan de verstuikte enkel.

'Ik blijf liever, als u het niet erg vindt. Ik voel me mede-verantwoordelijk voor het ongeluk,' zei Gus. Hij was won-derbaarlijk kalm, vond Sian.

'Maar je voelde je niet verantwoordelijk toen je haar zwan-ger maakte?' zei haar vader.

Sian en Penny hapten naar adem. 'Doe niet zo absurd, Stuart. Gus wist niet eens dat Sian zwanger was. Kom, ik ga een borreltje inschenken. Jij maar niet, hè Sian? Lijkt me niet verstandig met die pijnstillers. Maar ik kan zelf wel een borrel gebruiken. Stuart, wil jij dat even doen, dan maak ik even de bedden op. Gus? Je blijft toch? Ik moet de logeer-kamer een beetje opruimen, maar er staat een bed...'

Sian keek hoe haar vader Gus een drankje gaf en wat chips haalde, en hoe ze vervolgens allebei gingen zitten en elkaar als wantrouwige honden aankeken die niet wisten of ze in de aanval moesten of niet. Sian wist niet wat haar vader be-zielde. Hij kon wel eens wat ouderwets zijn en vaders namen hun dochters wel vaker in bescherming, maar hij deed an-ders nooit zo onaardig.

'Dus jij bent ontdekkingsreiziger?' vroeg Sians vader, in een poging beleefd te zijn.

'Ja, daardoor was ik destijds nogal moeilijk te bereiken.' Gus glimlachte naar Sian. 'We hebben de ruzie over "waarom heb je het me nooit verteld" al gehad. Maar ik begrijp best hoe u erover denkt.'

Sians vader keek in zijn glas. 'Tja, nou, als ze het je niet verteld heeft, kan ik je ook niet kwalijk nemen dat je het niet wist.'

'En Gus is fantastisch met Rory, papa. Je zou ze samen moeten zien,' zei Sian vanaf de bank. Ze hoopte maar dat haar vader Gus verder met rust zou laten. Het was zijn schuld niet. Zij droeg minstens zoveel verantwoording.

Haar vader nam een flinke slonk van zijn borrel. 'Tja, als Rory het goedvindt, kan ik niet veel zeggen.'

'Ik wil u geruststellen,' zei Gus. 'Ik ben vastbesloten om de beste vader voor onze Rory te zijn die er is.'

Sian wilde opeens dat ze iets te drinken had. Ze had iets nodig om de brok in haar keel mee weg te spoelen. Het leek of haar vader ook even tranen in zijn ogen had, al wist ze niet zeker of hij het Gus had vergeven.

Gelukkig kwam haar moeder weer binnen, die erop stond dat Sian naar bed ging om te rusten. Ze zou haar straks wel wat te eten brengen. Gus droeg Sian naar boven, terwijl Penny voor hen uit liep en Stuart achter hen aan kwam, al mopperend dat Gus voorzichtig moest doen.

Toen Sian eenmaal goed en wel in bed lag, joeg Penny de mannen de kamer uit. Sian werd plotseling overvallen door paniek. Haar zoon!

'Maar Rory dan? Ik moet Fiona bellen.'

'Het is al goed, lieverd. Ik heb Fiona gebeld en zij en Rory hebben het prima naar hun zin.' Penny gaf Sian een klopje op haar hand. Toen ze haar dochter instopte, de rest van het dekbed tot aan haar kin optrok, en ervoor zorgde dat de gewonde enkel veilig bovenop lag, fluisterde ze dat zij beneden de lieve vrede zou bewaren.

De volgende ochtend werd Sian al vroeg wakker van de pijn in haar enkel. Ze deed haar ogen open en zag dat ze op haar oude slaapkamer lag. Even was ze in de war. Toen dacht ze aan haar val, en terwijl ze zich terug liet zakken in de kussens, zette ze al haar herinneringen op een rijtje.

Er werd op de deur geklopt. Gus kwam binnen met een beker thee. Hij zette hem naast haar op het nachtkastje en trok de gordijnen open.

'Hoe gaat het met de invalide? Lekker geslapen?'

Sian kwam met moeite overeind en pakte de beker van Gus aan. 'Ik ben kapot! Wat was dat een dag, gisteren. Hoe is het met jou? Hoe heb jij geslapen?'

'Prima.' Hij zweeg even. 'We zijn laat naar bed gegaan. Je vader en ik raakten aan de praat.'

Dat was een opluchting. Hoeveel ze ook van haar vader hield, Sian zou het heel moeilijk en heel vervelend vinden als hij en Gus niet goed met elkaar overweg konden.

'Ja,' ging Gus verder. 'Er is heel wat whisky doorheen gegaan. Jouw vader doet niet aan kleine glaasjes, hè?'

'Maar hij heeft je vergeven dat je me zwanger hebt gemaakt?' vroeg Sian bezorgd. Ze zou het niet aan kunnen als haar vader boos bleef. Ze hield van hen allebei en wilde dat ze met elkaar konden opschieten – beter nog – maar haar vader kon zó koppig zijn. Misschien weigerde hij wel om iets goeds in Gus te zien.

'Ik geloof het wel. Als ik hem goed begrijp, heeft hij het me nooit echt kwalijk genomen. Hij wilde het verhaal alleen van beide kanten horen. En hij wilde zeker weten dat ik je niet weer in de steek zou laten… Niet dat ik je bewust in de steek had gelaten, maar… Ach, het is ook wel logisch dat een vader wil weten wat voor vlees hij in de kuip heeft.' Voorzichtig ging hij op de rand van het bed zitten. 'Ik zou niet weten hoe ik het zou vinden als onze dochter werd lastiggevallen door iemand die ik niet zag zitten.'

'"Onze dochter",' herhaalde Sian. 'Denk je dat die er komt?' Ze glimlachte.

'Dat zou ik heel graag willen,' zei hij. Hij pakte haar hand vast en streelde die zacht. 'Maar nog een jongetje lijkt me ook leuk. Het zal heerlijk zijn om er vanaf het begin bij betrokken te zijn.' Hij grijnsde. Na een korte stilte, zei hij: 'Je moeder is een schat. Echt een fantastische oma.'

'Fiona ook!'

'Ik heb mama gebeld. Met Rory gaat het prima. Ze kunnen het goed met elkaar vinden.'

'Ja. We hebben veel geluk gehad.' Ze nam een slokje thee. 'Mijn ouders hopen vast dat ik hier nog een tijdje blijf, maar ik wil zo snel mogelijk naar huis. Wil je me daarin steunen?'

Hij keek haar zó lang en smeulend aan dat Sian vlinders in haar buik voelde en haar adem sneller ging. 'Tja, ik heb een heleboel goede redenen om jou in je eigen huis te willen hebben.' Daarna leunde hij naar voren en kuste hij haar, en alsof ze een heel eigen wil hadden, gleden zijn handen rond haar borsten.

Gelukkig maakte hij zich na een paar minuten los. Sian had het idee dat ze zowel geestelijk als lichamelijk niet de kracht had om hem te stoppen na één zoen.

'Je hebt helemaal gelijk. Het is essentieel dat je zo snel mogelijk naar huis gaat.' Hij was ook een beetje buiten adem. 'Maar alleen als het gaat met je enkel.' Hij stond op. 'Sta maar eens op. Kijk of je je gewicht er al op kunt zetten.'

Met zijn hulp kwam ze voorzichtig uit bed en deed een eerste poging. 'Ik kan mijn volle gewicht er niet op zetten, maar ik kom vast wel thuis, als jij met me mee rijdt,' rapporteerde ze. Ze keek hem aan. 'Heb jij verder nog iets te doen in Londen? Het spijt me, dat had ik nog helemaal niet gevraagd.'

'Ik moet mijn spullen nog even ophalen bij die vriend van me.' Hij keek op de klok naast het bed. 'Ik denk dat we de trein van elf uur wel halen, als ik nu ga.'

Hoewel Sians ouders er niet blij mee waren, accepteerden ze dat Sian met Gus' hulp wel naar huis kon. 'Je gaat toch geen gekke dingen doen, hè? Gus is prima in staat om Rory van school op te halen zonder jou,' zei Penny.

'En hij is niet zo'n lamzak als ik altijd heb gedacht,' zei haar vader. Aan de twinkeling in zijn ogen kon ze zien dat hij heel goed wist dat zijn woordkeus een beetje vreemd was.

'Laten we maar vast een taxi bellen,' zei Sian, 'dan kunnen we weg als Gus terug is.'

'Ik kan jullie wel naar het station brengen,' zei haar vader.

'Nee,' zei haar moeder. 'Een taxi is sneller. Die weet de snelste weg. Laat het maar aan een beroepschauffeur over.'

26

Gus stond erop dat ze eerste klas reden. 'Je bent geblesseerd,' zei hij. 'Je moet lekker kunnen zitten. En ik kan het betalen! Nog even en ik ben een succesvol schrijver.'

Al Sians gevoel verzette zich tegen deze verspilling, maar toen ze eenmaal in een comfortabele stoel zat met een tafeltje voor zich, besloot ze haar gevoel voor een keertje te negeren.

'Dit is heerlijk, zeg,' zei ze.

'Dat verdien je,' zei Gus. Hij zat naast haar zodat ze maximaal beenruimte had, klaar om iedereen die tegenover haar wilde zitten weg te jagen. 'Ik wil er niets over horen,' voegde hij eraan toe, toen ze bezwaar wilde maken.

Toen ze thuiskwamen, zei Gus: 'Ik vind echt dat je weer naar bed moet. Het is een hele schok geweest. In bed kun je uitrusten.' Hij hielp haar de taxi uit die ze van het station hadden genomen, haalde de deur van het slot en droeg haar het huis binnen.

'Doe niet zo belachelijk! Ik heb mijn enkel verstuikt, ik heb geen hartoperatie ondergaan of zo!'

'Nee, geloof me nou,' zei Gus resoluut. 'Ik heb verstand van die dingen. Ik ga je in bed stoppen en eten voor ons klaarmaken.'

'O, dus jij komt ook naar bed?' zei Sian, opeens veel enthousiaster over het voorstel.

'Natuurlijk. Je bent veel te zwak om alleen gelaten te worden.' Hij grijnsde. 'Maar aangezien het een volkomen onschuldige lunch wordt, moet ik eerst je bestelling maar even opnemen. Wat wil je op je brood?'

'Volgens mij is de keus kaas of kaas. Misschien tomaat, als we geluk hebben.'

'Ik ben gek op tomaat,' zei Gus. 'Goed, ga jij nu eerst naar boven.'

Hij tilde haar op en stommelde de wenteltrap op.

'En hoe ziet jouw ideale huis eruit?' vroeg Gus een tijd later. 'Jij houdt je nogal bezig met details, zoals marmer en openhaarden.'

Ze lagen samen in bed en aten een allegaartje aan boterhammen. Sians hoofd rustte heerlijk tegen Gus' schouder. Seks, besloot Sian, was nog beter, nu ze zeker wist dat Gus haar niet in de steek zou laten, zelfs met een verstuikte enkel die het hier en daar wat ongemakkelijk had gemaakt. Sian kroop dicht tegen hem aan. 'Echt, als je je huis met de juiste persoon deelt, maakt het niet uit waar je woont, ook al heb ik liever dat er geen oorwurmen boven op me vallen.'

Hij schoot in de lach en kuste haar haar. 'Maar even serieus, je hebt ruimte nodig om meubels te schilderen?'

'Eigenlijk wel, ja. En jij moet een werkkamer hebben, voor als je blijft schrijven en een bedrijf gaat runnen.'

'Het kan wel even duren voor we het perfecte huis vinden.'

'Natuurlijk, maar perfectie is het wachten waard. Waarom denk je dat ik de afgelopen zes jaar amper naar mannen heb omgekeken?' Ze glimlachte naar hem.

'Ik voel me gevleid.'

'Ja, dat had ik helemaal niet moeten zeggen. Zo word je wel erg zelfingenomen.'

'Ik ben best ingenomen met mezelf, maar ik voel me nog steeds een sufferd dat ik niet eerder gezegd heb dat ik van je hou. Dan zouden we al veel langer samen zijn.'

'Er zijn veel mannen die er nooit toe in staat zijn.' Ze kuste zijn wang en was blij dat hij haar er niet op had gewezen dat zij, als onafhankelijke, moderne jonge vrouw, het ook niet had gezegd. Hij kuste haar heel lang terug.

Om ongeveer twee uur hielp Gus Sian in de douche en hield hij stug vol dat ze onmogelijk kon douchen zonder hem. Ze kwamen net onder de douche vandaan toen ze begonnen te ruziën over wie Rory zou ophalen. Sian wilde dolgraag klaarstaan als hij uit school kwam. Hij was nog maar net begonnen, en ze was er de vorige dag ook al niet geweest; ze had hem gemist.

Gus' tegenargument was dat ze nauwelijks kon lopen en hij Rory beter zelf kon ophalen en thuis kon brengen.

Toen ze beseften dat ze helemaal geen eten in huis had, kwamen ze overeen om met de auto naar school te gaan en daarna met zijn allen naar Fiona door te rijden. Zij wilde vast weten hoe het bij de uitgever was afgelopen.

Rory vond het machtig dat ze er allebei waren, en al helemaal dat zijn moeder een spannend verband om had en Gus vast moest houden om te kunnen lopen. Zijn ogen flitsten tussen zijn ouders heen en weer toen hij naast hen mee huppelde. Hij merkte duidelijk dat het vandaag anders was tussen zijn ouders.

'Annabelle zegt,' begon hij, 'dat papa's en mama's altijd samenwonen. Gaan jij en Gus ook altijd samenwonen, mama?'

'Nou, lieverd…' begon Sian voorzichtig.

'Dat is het plan, jongen,' zei Gus, die zijn kans schoon zag. 'Wat vind je daarvan?'

'Cool,' zei Rory, en hij knikte bedachtzaam. 'Iedereen vond de hut gaaf.' Hij bleef staan om zijn schooltas op zijn schouder te hijsen. 'Moet ik je dan papa noemen?'

Sian en Gus keken elkaar aan. 'Dat mag jij beslissen, jongen,' zei Gus.

'Moet je mij dan Rory noemen?'

'Ja, natuurlijk!' zei Gus verontwaardigd.

'Je noemt me altijd "jongen"!'

Gus schoot in de lach. 'Nou, dan noem ik je allebei.'

Rory leek teleurgesteld. Er zaten kennelijk nadelen aan als Gus van vriend een vader werd. 'Ik vind het leuk als je me "jongen" noemt.'

'En ik vind het leuk als je me Gus noemt. Misschien doen we allebei. Vind jij dat goed, mama... Sian?'

'Ik heb liever dat je me niet al te vaak "mama" noemt, Gus, maar als het zo nu en dan per ongeluk gebeurt, overleef ik het wel.' Ze grijnsde naar haar beide mannen. Ze kon er niets aan doen. Ze was zo gelukkig. Ze had niet gedacht dat ze ooit zo gelukkig zou zijn.

'Cool!' Rory rende voor hen uit het schoolhek door, in gedachten ongetwijfeld al bij de koekjes die Fiona altijd had.

'Nou, hij lijkt niet al te getraumatiseerd,' zei Gus, toen hij Sian verder hielp.

'Nee. Ik vraag me af hoe het voor hem zal zijn. Heel anders, natuurlijk. Ik bedoel, aan mijn vader is hij gewend, maar misschien vindt hij het wel moeilijk om altijd een man in de buurt te hebben.' Ze zweeg even. 'Een van de redenen dat ik niet aan mannen dacht, was dat ik het een akelig idee vond dat Rory dan een stiefvader zou krijgen.'

'Je dacht anders wel aan Richard,' zei Gus.

Ze knikte. 'Daar heb ik mijn best voor gedaan. Ik bedoel, ik heb over hem gedacht. Hij leek een goede oplossing voor het probleem, maar uiteindelijk...'

'Ik ken het einde. En ik ben het einde, en daar ben ik blij om.' Hij gaf haar een zoen op haar hoofd. 'Kunnen we wat sneller? Rory staat te wachten.'

Sian was opgelucht dat ze het onderwerp Richard zo snel terzijde hadden kunnen schuiven, ook al voelde ze zich nog steeds schuldig als ze aan hun laatste ontmoeting dacht. Maar Richard was beter af met een vrouw die echt van hem hield. Ze pakte Gus wat steviger vast.

Toen zijn ouders bij hem waren, had Rory nog een vraag. 'Als James er is, mag ik dan weer schaken?'

'James? Mama's vriend? Was hij er gisteravond?' vroeg Gus met een frons, toen hij moeder en zoon in de auto hielp.

'Jij. Hij is leuk. Hij had een boek met brieven erin voor me gekocht en hij heeft me leren schaken. Ik heb juf Evans gezegd dat ik kan schaken en zij zei dat ik de enige jongen in de klas ben die dat kan.'

'Vast,' zei Sian. Ze was trots op haar zoon, maar stiekem vroeg ze zich af hoeveel hij echt had geschaakt en hoeveel hij met de schaakstukken botsautootje had gespeeld.

Gus had een frons op zijn gezicht en Sian bedacht dat hij misschien niet blij was met het feit dat Fiona de hele avond herenbezoek had gehad. Ze voelde zich een beetje schuldig. Ze was zo met haar eigen problemen bezig geweest, dat ze geen aandacht had besteed aan Fiona's liefdesleven. Was er stilletjes iets opgebloeid, terwijl zij haar eigen drama had beleefd? Hoe meer ze erover nadacht, hoe fijner ze het vond. James was erg aardig. En Fiona verdiende iemand die erg aardig was.

'Misschien is hij niet de hele nacht gebleven,' zei ze diplomatiek. 'Rory lag per slot van rekening al in bed toen hij naar huis ging.'

'O, maar hij is wel blijven slapen,' zei Rory, die een huiveringwekkend goed gehoor had. 'Hij heeft vanmorgen ook met ons mee gegeten.'

'Aha,' zei Gus, en hij reed weg.

Hoewel de achterdeur open was en er twee auto's op de oprit stonden, leek het huis leeg. Sian hield Gus lijfelijk tegen om boven op zoek te gaan naar Fiona door op hem te leunen en naar de keuken te willen om iets lekkers voor Rory klaar te maken. Dat zou Fiona niet erg vinden. Nu kon ze Gus afleiden.

'Dat doe ík wel,' zei Gus. 'Rory, Sian, gaan jullie maar zitten, dan kijk ik wat we in huis hebben.'

'Er zijn koekjes,' zei Rory. 'In dat blik.' Hij wees naar de kast naast die waar Gus net in keek.

'Misschien moet je eerst iets gezonds eten?' stelde Sian voor. 'En daarna een koekje?' Doordat ze niet in haar eigen huis was en niet kon lopen, had ze niet haar normale gezag.

'Ja, jongen,' zei Gus, en hij keek in de koelkast. 'Wat dacht je van een monsterbroodje? Drie lagen? Een van mijn specialiteiten, een BLT?'

Rory fronste zijn wenkbrauwen en stond op het punt om te vragen wat een BLT was, maar wilde ook niet dom lijken. Sian hielp hem door te vragen: 'Liggen er wel bacon, sla en tomaten in de koelkast, Gus?'

'Ligt er ooit minder dan een complete supermarkt in mijn moeders koelkast?' kaatste hij terug.

'Mag ik er in dat geval ook een?'

De bacon begon te spetteren en Sian sneed het brood, toen ze Fiona hoorde lachen, gevolgd door een mannenstem. Even later kwam ze enigszins verfomfaaid de keuken binnen met de knoopjes van haar vest scheef. Achter haar liep James, gekleed in een broek en een overhemd waarvan wel heel veel knoopjes los waren.

'O, hoi!' zei Sian snel. Ondanks de slordige aanblik zag Fiona er stralend uit, alsof ze net een gezichtsbehandeling had gehad, of iets dergelijks. 'We zijn de koelkast aan het leeg roven, ben ik bang. Gus is BLT's aan het maken voor mij en Rory.'

'We kwamen beneden.... We kwamen een kopje thee zetten,' zei Fiona verontschuldigend alsof ze zich betrapt voelde. 'Maar wat ben ik blij dat jullie er zijn. Ik kan niet wachten om te horen hoe het gisteren bij de uitgever is geweest. Sian! Je arme enkel! Doet het veel pijn?'

Fiona leek een beetje buiten adem, misschien omdat haar zoon op dreigende wijze met een schuimspaan zwaaide.

Sian had binnenpret en ze deed haar best om te doen alsof het helemáál niet raar was dat Fiona halverwege de middag in de keuken stond alsof ze net uit bed kwam. Het was per slot van rekening háár keuken. 'Het gaat wel als ik er niet te veel op steun. Het is niet ernstig,' zei ze. Als Fiona helemaal niet in de gaten had gehad dat zij beneden waren, zag haar slaapkamer er waarschijnlijk net zo verfomfaaid uit als Fiona zelf. En gezien Gus' reactie op het nieuws dat James was blijven slapen, was hij waarschijnlijk niet blij als hij langs de slaapkamer van zijn moeder liep en zag dat haar bed niet was opgemaakt.

'En wat waren jullie aan het doen, toen we hier kwamen? Het huis leek wel verlaten,' zei Gus, met een wantrouwige klank in zijn stem.

Sians intuïtie klopte dus.

'We waren boven...' begon Fiona aarzelend.

'Ik was je moeder met iets aan het helpen op de slaapkamer,' zei James kalm, zonder een spoortje schuldgevoel, maar niet erg behulpzaam.

Sian verslikte zich bijna en probeerde razendsnel een geloofwaardige manier te bedenken om haar vriendin uit deze situatie te helpen. 'O!' zei ze snel, 'dat rottige scharnier van die kast, zeker. Daar had je het laatst over. Dat was niet te repareren zonder ladder en een lange man.'

'Waarom heb je mij dat niet gevraagd, mama? Dat kan ik toch ook doen?' zei Gus, en hij keek met gefronste wenkbrauwen naar de bacon.

'Dat heeft ze vast gedaan, Gus,' zei Sian. 'Je bent het waarschijnlijk vergeten.'

Fiona's ogen glommen van pret, en ze verborg haar glimlach achter haar hand. 'Dat klopt! Mannen, hè? Wat heb je eraan?'

'Pardon?' zei James gekwetst. 'Ik heb anders wel dat rottige... eh...'

'Scharnier,' zei Sian behulpzaam.

'Ik kan me echt niet herinneren dat je me dat gevraagd hebt. Had het nóg een keer gevraagd.' Gus zag er nu gevaarlijk uit met het broodmes in zijn hand. Hij speurde rond naar een broodplank.

'James heeft het al gedaan,' zei Fiona, 'dus je hoeft er niet mee te zitten. Maar vertel eens, hoe was het in Londen? Ik heb zo in spanning gezeten. Als James niet langs was gekomen…' Ze zweeg plotseling.

'Om het scharnier te maken en met oppassen te helpen,' vulde Sian aan, die zich een souffleur bij een toneelstuk van de plaatselijke toneelvereniging voelde.

'Ach, kom! Zoveel werk is Rory niet!' zei Gus, en hij smeet brood in het broodrooster.

'Nee, hè?' zei Rory.

Alle volwassenen keken hem aan alsof ze vergeten waren dat hij er ook nog was.

'Natuurlijk niet, lieve schat,' zei Sian. 'Maar het is toch leuk om gezelschap te hebben?'

'Is het te vroeg voor een glas wijn?' vroeg Fiona aan niemand in het bijzonder.

Sian moest bijna onbedwingbaar giechelen. Het was zo heerlijk ironisch dat Gus zich net zo gedroeg als haar vader tegen hem: zo vijandig mogelijk, zonder onbeleefd te zijn. En vrijwel zonder reden.

'Veel te vroeg voor wijn, mama.' Gus wees naar de tafel. 'Ga toch zitten. Ik ga zo thee zetten. Ook voor jou, James,' voegde hij er wrevelig aan toe.

Ze trokken stoelen bij en gingen zitten, ook al kon Sian aan de manier waarop Fiona aan het frunniken was merken dat zij tot dezelfde conclusie was gekomen als Sian, en niet wist hoe snel ze weg moest, omdat er in haar slaapkamer meer dan genoeg bewijs lag dat ze meer hadden gedaan dan een scharnier repareren. Ze wierp voortdurend onrustige blikken op de deur.

'Zo, Rory,' zei Sian, die nog steeds probeerde te bedenken hoe ze Fiona kon helpen. 'Heb je me gemist?'

'Nee,' zei Rory, alsof dat een hele rare vraag was.

'We hebben geschaakt,' zei James. 'Dat was leuk, hè Rory?'

'Ja, ik vind de paarden het leukst,' vertelde hij aan Sian.

'Die zien er zo leuk uit,' antwoordde ze.

'Dat zei Fiona ook,' zei Rory.

'O, Fiona... Fiona,' onderbrak Sian hem, toen ze iets bedacht, 'zou ik misschien een vest van je mogen lenen? Ik heb het een beetje koud.'

'Hoe kun je het nou koud hebben?' wilde Gus weten. 'Het is hartstikke warm.'

'Ja, en toch heb ik het een beetje koud,' hield Sian vol. Ze wilde dat ze iets beters had bedacht. 'Ik denk omdat ik geblesseerd ben.'

'Ik haal wel een trui voor je.' Gus liep al naar de deur.

'Nee!' zei Sian. 'Jij bent aan het koken. Het gaat wel.'

'Nou, zeg nou maar gewoon wat je wilt,' zei Gus, die rond haar bleef hangen. 'Ik kan zo even naar boven rennen.'

'Of neem een sjaal,' stelde Fiona voor. Ze stond op om Gus de weg te versperren. Waarschijnlijk baalde ze dat ze niet sneller had gereageerd. 'Als je geen trui wilt...'

'O, loop nou niet weg, mama, we hebben nieuws!'

'Fantastisch! Mag ik raden?' vroeg Fiona.

'Laten we eerst de broodjes afmaken,' zei Gus.

'Dan haal ik wel even een sjaal voor Sian,' waagde Fiona. Ze begon een beetje wanhopig te kijken.

'Sian voelt zich vast beter als ze een kopje thee heeft gehad. Die is bijna klaar.'

'Nou, vertel op, wat is het nieuws?' vroeg Fiona, die haar poging om de keuken uit te komen kennelijk had opgegeven.

'Sian was geweldig bij de uitgevers,' zei Gus, terwijl hij een bord voor Rory neerzette. 'Ze kwam binnen vliegen en was de redder in nood.'

'Zoals superman?' vroeg Rory, die nogal onder de indruk was van zijn enorme broodje.

'Best wel,' zei Gus. 'Alleen droeg zij haar panty over haar ondergoed en niet andersom.'

'O, hoe weet jij dat?' vroeg Fiona plagerig.

'Dat zat vast allemaal verstopt onder haar cape,' zei James, omwille van Rory.

'Ik had geen cape omdat ik in mijn dagelijkse verschijning van Sian, moeder en illustratrice was. En ik heb niet veel gedaan.' Sian pakte een stukje sla dat op Rory's bord was gevallen en stak het in haar mond.

'Je hebt me absoluut gered,' zei Gus. Hij kuste haar op haar hoofd. 'Dat zei mijn agent, Rollo, ook.'

Sian bloosde, in verlegenheid gebracht door dit vertoon van liefde, al wist ze niet goed waarom.

'Gus, je kuste mama,' zei Rory.

'Ja, jongen,' zei Gus. 'Ze is nu mijn vriendin. En we hebben zojuist besloten dat we gaan samenwonen.'

'Ja?' zei Fiona, en ze klapte in haar handen. 'Wat enig! Ik wist wel dat jullie voor elkaar gemaakt waren. Dit is geweldig nieuws.'

'Maar je bent toch mijn papa?' ging Rory verder, die niet onder de indruk was van Fiona's enthousiasme.

'De twee zijn niet onverenigbaar,' zei Gus. 'Dat betekent dat ik tegelijk jouw papa én mama's vriend kan zijn.'

'Wat ben je toch slim, lieverd,' zei Fiona, en ze gaf haar zoon een klopje op zijn hand. 'Wie zegt dat mannen niet kunnen multitasken?'

Gus keek naar Sian. 'Als je je broodje op hebt, kunnen we boven kijken waar we gaan wonen... totdat we een eigen huis hebben, tenminste.'

Sian onderschepte een geschrokken blik tussen Fiona en James, en ze besefte dat ze een tweede poging moest doen om Fiona te redden.

'Wat ontzettend lief van je dat Gus het huis mocht aanpassen zodat we hier kunnen wonen,' zei ze snel. 'Ik kan niet wachten om het te zien. Is alles al klaar?' Ze wilde Gus er niet aan herinneren dat ze het al had gezien. Bovendien wilde ze Fiona verdere schaamte besparen. De smoes met het vest had niet gewerkt, dus moest ze iets anders bedenken.

'Bijna,' zei Gus. 'Er moeten alleen nog een paar muren worden geschilderd.'

'O!' zei Sian, die een ingeving kreeg. 'Ik zou dolgraag de kleuren uitkiezen. Fiona, weet je nog dat je vertelde dat je een kleurenstaal van Farrow & Ball had?'

Ze keek haar vriendin veelbetekenend aan, in de hoop dat ze zou snappen dat dit haar kans was om de keuken uit te kunnen.

'Daar hoef je je nu niet mee bezig te houden!' zei Gus. 'Kom dan gaan we kijken.'

'Nee!' piepte Sian. 'Ik bedoel, ik wil graag die kleurenstaal meenemen. Ik kan niet even naar beneden rennen om hem te pakken.'

'De kleurenstaal?' vroeg Fiona. Het begon haar te dagen dat Sian haar op een of andere manier probeerde te helpen, maar ze begreep nog niet direct hoe.

'Ja. Je zei dat die in je slaapkamer lag. Weet je nog? We hadden het over lezen in bed en toen zei jij dat je kook-boeken en verfstalen op je nachtkastje had liggen. Je zei dat je er een van Farrow & Ball had.'

Er bestond een risico dat de man van haar dromen en de vader van haar kind dacht dat ze stapelgek was geworden, maar ze deed dit voor haar vriendin.

'Mijn nachtkastje!' Fiona sprong overeind, haar reactie waarschijnlijk verscherpt door haar schuldgevoel. 'O, ja! Ik ga even kijken!' Voordat iemand er iets tegen kon inbrengen, rende ze de keuken uit.

'En Gus, is die tweede portie bacon aan het verbranden? Volgens mij ruik ik iets,' zei Sian.

'O.' Gus richtte zijn aandacht op de pan.

Sian en James keken elkaar aan. Rory beet manmoedig in zijn broodje, waar wat stukjes tomaat en een druppel mayonaise uit vielen.

Kort daarop kwam Fiona weer binnen. Ze had haar haar gekamd en wat lippenstift opgedaan. 'Sorry Sian, ik kan die kleurenstaal niet vinden, maar ik heb wel een sjaal en een vest voor je meegenomen, voor het geval je het echt koud hebt.'

Sian trok het vest aan en was blij met het extra laagje. 'Ik bedenk me net dat ik die trap helemaal niet op kom met mijn enkel.' Ze slaakte een treurige zucht.

'Wat is het probleem? Ik draag je wel,' zei Gus, en hij keek toen naar de pan met bacon.

'Ik neem het hier wel over,' zei James.

Dat was het moment waarop Gus besloot maar gewoon te accepteren dat James in het leven van zijn moeder hoorde. Hij leek te beseffen dat hij zich absurd had gedragen en dat zijn moeder het recht had om te gaan met wie ze maar wilde. 'Dank je,' zei hij, en hij gaf James de bakspaan. 'Ik wil mijn meisje en mijn zoon de zolder laten zien.'

Sian protesteerde lachend toen hij haar in zijn armen nam, de keuken uit liep en de eerste treden op liep. 'Rory, ga jij maar voorop,' zei hij tegen zijn zoon.

'Straks ga je door je rug,' zei Sian hulpeloos giechelend.

'Dat risico loop ik dan maar.'

Rory rende vooruit. 'Is dit mijn kamer?' zei hij, toen hij de scheepshut met het ronde raam uit rende. 'Mag dat?'

'Natuurlijk is dat jouw kamer,' zei Gus. 'Geen meisje zou daar willen slapen.'

Hij rende alle kamers in en uit, verrukt over de twee-persoonskamer van zijn ouders en de plek waar ze 's avonds warme chocolademelk konden maken.

Sian was al net zo verrukt, terwijl Gus haar rondleidde. Ze was veel details vergeten, of ze waren haar eerder niet opgevallen. Toen Fiona het haar had laten zien was ze gehaast en overstuur geweest.

'Ik geloof dat ik je even moet neerzetten,' zei Gus.

'O, oké.' Ze deed haar best om niet te huiveren toen hij haar op het tweepersoonsbed liet ploffen.

'Wat doe je?' Rory was verontwaardigd dat zijn moeder op bed lag en zijn vader naast haar zat te hijgen.

'Even uitrusten. Die moeder van jou is geen veertje.'

'Hé, de brutaliteit!'

Rory rende weer weg, vond zijn ouders maar saai en dacht waarschijnlijk weer aan Fiona's koekjes.

Een tijdje later kwam hij weer boven. 'Jullie moeten mee naar beneden. Fona en James hebben een fles champagne opengemaakt.' Hij fronste zijn wenkbrauwen. 'Ik heb gezegd dat jullie aan het rusten waren en toen moesten ze lachen!'

'Jullie zien er niet uit alsof je champagne nodig hebt,' zei Fiona, toen Gus en Sian hen in de serre aantroffen. 'Maar we hebben een fles opengemaakt, dus jullie moeten maar een glaasje nemen.'

'James is net een opa,' verklaarde Rory, die iets uit een champagneglas dronk wat vermoedelijk vlierbloesemsap was. 'We hebben het erover gehad,' voegde hij er gewichtig aan toe.

'Ik voel me vereerd,' zei James.

Gus stond stil en dacht waarschijnlijk na over de betekenis hiervan, toen Fiona zijn gedachten onderbrak. 'Zeg, schat, je moet even naar je telefoon kijken,' zei ze tegen hem. 'Die ging net.' Ze gaf hem aan Gus.

'Heb je niet opgenomen, mama?' Hij pakte de telefoon aan en drukte op wat toetsen.

'Natuurlijk niet.' Ze ging zitten en nam een glas van James aan dat ze vervolgens aan Sian gaf. 'Dat is net zoiets als je examenresultaten openmaken.'

'Misschien moet je het even buiten doen,' zei Sian. 'Ik kan de spanning niet aan.'

'Het is waarschijnlijk gewoon de telefoonprovider met een upgrade,' zei James, met een glinstering in zijn ogen. 'Maak je maar niet druk.'

Alleen Rory trok zich nergens iets van aan. Hij had zijn

drinken op en rende de tuin in om vliegtuigje te spelen. De anderen bleven zitten en dronken zenuwachtig van hun champagne.

'We hadden moeten wachten om te zien of we een toost konden uitbrengen,' zei Fiona. 'Maar ik ben al aan mijn champagne begonnen.'

'Ik ook,' zei Sian.

'We hebben nog een fles,' meldde James.

'En daarom hou ik van je!' riep Fiona spontaan uit. En ze bloosde.

Ze konden Gus buiten zien ijsberen op het terras, terwijl Rory met uitgestrekte armen naar de hut rende. Fiona begon dode blaadjes van de geraniums te plukken, Sian wiebelde met haar tenen om te voelen of het al wat beter ging met haar enkel en James zette de schaakstukken klaar.

Even later kwam Gus binnen. Hij leek een beetje bedrukt.

'Wat? Wat is er?' vroeg Sian.

'Dat was Rollo.'

'Ja. Daar gingen we al een beetje van uit,' zei Fiona.

Gus zag bleek, alsof hij in shock was.

'Lieverd, zeg het alsjeblieft. Als het slecht nieuws is, dan kunnen we dat aan.' Fiona pakte zijn arm vast.

'En we hebben geen huis nodig,' zei Sian, in een poging hem gerust te stellen.

'Wil je een glaasje cognac?' stelde James voor.

Gus kreeg een glimlach op zijn gezicht. 'Nee, het is goed nieuws. Het is een waanzinnige deal. Genoeg geld om mijn bedrijf te beginnen en misschien wel genoeg om de aanbetaling voor een huis te doen!'

'Zoveel?' zei Sian. 'Nee toch zeker?'

'Een deal voor twee boeken én…' – dit was kennelijk het spannendste deel – '… ze hebben het over een televisieprogramma! Een van de mensen bij de vergadering was kennelijk van een televisiemaatschappij. Daarom kunnen ze zoveel bieden.'

Fiona rende op hem af en sloeg haar armen om hem heen. 'Lieverd! Dat is fantastisch!'

Sian kwam wat langzamer overeind vanwege haar enkel. Ook zij omhelsde hem.

'Ik denk dat ik die tweede fles bubbels ga halen,' zei James tegen niemand in het bijzonder.

Dankwoord

Het is voor mij belangrijk om research te doen, maar toen ik mijn familie en vrienden vertelde dat ik een survivalcursus bij Ray Mears Bushcraft ging doen, dachten ze dat ik deze keer echt te ver doorschoot. Het was een van de beste weekends van mijn leven. Dank aan iedereen die erbij betrokken was: het fantastische team, dat me niet uitlachte toen ik midden in de nacht mijn tent niet meer kon terugvinden, de geweldige mensen met wie ik de cursus samen deed en die me hebben beschermd tegen elk mogelijk ongemak en aan iedereen die bij de organisatie betrokken was. Ik kan de cursus van harte aanbevelen.

Veel dank aan de mensen van Mysinglefriend.com, die zo hulpvaardig waren om me op een veilige manier alles over internetdaten te leren. Dat heb ik uiteraard niet zelf uitgeprobeerd!

Dank aan mijn geweldige agenten van A.M. Heath, die ontzettend veel voor me hebben gedaan. Vooral Bill Hamilton en Sarah Molloy.

En veel dank aan mijn geweldige uitgever, Cornerstone-Random House. De redacteuren, Kate Elton en Georgina Hawtrey-Woore, zijn eindeloos bereidwillig, geduldig en niet in de minste plaats enorm inspirerend.

Ook dank aan Charlotte Bush en Amelia Harvell, die niet alleen hun werk fantastisch doen, maar voor wie ook nooit iets te veel is.

Dank aan het geweldige verkoop- en marketing-team, dat elk jaar meer voor elkaar krijgt: Clare Round, Sarah Page, Rob Waddington en Jen Wilson.

En zoals altijd dank aan Richeda Todd, de beste bureau-redacteur die je je maar kan wensen, zoals iedereen zal beamen die net als ik het geluk heeft dat zij ze het schaamrood op de kaken bespaart.

Eerlijk waar, het schrijven van het boek is nog maar het gemakkelijke gedeelte!